En miljövänlig bok!
Papperet i denna bok är tillverkat
av helt mekanisk trämassa – utan
tillsats av klor och kemisk massa
eller andra miljöfarliga ämnen.

SLUMP VANDRING

Majgull Axelsson

MånPocket

Omslag av Linn Fleisher
Omslagsbild: pastell av Edgar Degas. Paris, Musée du Louvre, Département des Arts Graphiques, fonds du Musée D'Orsay.
© Photo RMN – C. Jean
© Majgull Axelsson 2000

www.manpocket.com

Denna MånPocket är utgiven enligt överenskommelse med Bokförlaget Prisma, Stockholm

Tryckt i Danmark hos
Nørhaven Paperback A/S 2002

ISBN 91-7643-788-4

PROLOG

RÄVEN SER DET INGEN ANNAN SER.

Han är ett koppartecken i en kopparskog, han granskar hösten, han kartlägger dess rörelser och dofter. Därför ringlar hans eget doftspår på krokiga vägar; han har gjort ständiga avstickare ut och in i den tätaste växtligheten, han har krafsat i den torra jorden under döda granars rotvältor, försökt åla sig in i ludna smådjurs väldoftande håligheter och kört nosen djupt ner i markens matta av multnande löv. Då och då har han stelnat mitt i en rörelse och vinklat öronen mot nya ljud; små prasslande ljud som har lagt sig som ett tunt spetsmönster över det avlägsna dån som ständigt fyller hans mors skog.

Jo. Det är hennes skog. I denna lustgård av tusen dofter är hennes doft fortfarande den mäktigaste, den vilar som ett löfte i varje andetag, ett trösterikt om än lögnaktigt löfte om att han när som helst kan vända om, gå tillbaka till lyan och bli en valp bland valpar. Ofta stannar han och vrider huvudet i hennes riktning, ser tillbaka under några tomma ögonblick, innan han vänder sig om och gör ett prövande språng, den vuxna rävens graciösa sorksprång, det som är nedlagt i honom för att han ska kunna leva ensam utan att hungra. Sekunden senare rusar han vidare, bort från en längtan mot en annan.

Därför närmar sig räven på hemliga stigar en helt annan värld; den värld som fyller hans mors skog med avlägsna ljud och dofter. Och därför står han en morgon i en gyllene glänta och iakttar den första människan.

Det gula gräset omkring henne har styvnat av nattens frost, några brutna strån vilar i hennes öppna hand, hon måste ha gripit om dem strax innan hon slutade röra sig. Räven står gömd i ett ormbunksstånd en stund och betraktar henne. Kanske kommer hon snart att sluta handen och sätta sig upp, stryka sin kala hjässa för att göra sig kvitt de skrumpna löv och bleka barr som ligger som sårskorpor i den fuktiga huden, kanske kommer hon att slå armarna om sig själv för att skydda sig mot morgonkylan.

Men hon rör sig inte. När en evighet har gått har hon ännu inte rört sig och räven blir modigare, han kryper fram ur ormbunkarna och går i en vid cirkel kring henne, vinklar öronen, lyssnar och avläser. Nej, hon kommer inte att röra sig igen, aldrig mer kommer denna varelse att sätta sig upp och stryka med handen över sin blanka skalle. Men hennes dofter kommer att leva länge än, de söta dofter som fyller gläntan, de som tjocknar och förtätas i samma takt som morgonen blir varmare. Och nu kan räven inte hejda sig längre, lusten spränger försiktigheten, driver honom till språng. Ett ögonblick senare står han vid hennes kropp och låter nosen glida över den daggvåta vita yta som är hennes hud.

Han har just börjat slicka i sig det blod som har runnit ur hennes mun när en gren knäcks i skogen bakom honom och en annan doft sipprar genom gläntan. Han spetsar öronen och stelnar till, plötsligt fri från sin berusning. Han tvekar inte länge, den nya doften hinner bara snudda vid hans slemhinnor innan han glider undan och gör sig osynlig bland ormbunkarna. Men han stannar inte där, han skyndar vidare genom buskar och snår, och nu är hans doftspår alldeles rakt. Han flyr.

Först när det blir skymning återvänder han till gläntan. Nu är den inte längre gyllene, dess färger har mörknat och djupnat till brunt, gräset har trampats ner av tunga skor och ingen flicka med handen full av frusna strån ligger längre i det.

Räven gnäller av fåfäng lust, sätter nosen mot marken och låter sig tröstas av det enda som återstår. Hennes dofter. Minnet av hennes tusen söta dofter.

I.

HUSET VISKAR.

Så fort hon sluter ögonen kan hon höra det. Små susande ljud, var för sig omöjliga att höra och förstå, möjliga att tolka som ord och meningar bara för att de viskas fram på den melodi alla sagor rymmer. Mumlande sche-ljud sipprar ur osynliga skrymslen, kantiga konsonanter rullar som stenkulor nerför trappan, andlösa små pauser tränger in och mättar den ohörbara sagan med betydelse.

Gång på gång slår Alice upp ögonen just i det andetag då hon är på väg att somna. Första gången nöjer hon sig med att tända sänglampan, gången därpå går hon upp och stänger dörren, tredje gången skjuter hon in en stol under dörrhandtaget. Det hjälper inte. Så fort hon har gått tillbaka till sängen, släckt lampan och kurat ihop sig under det röda vaddtäcket börjar huset viska på nytt.

Egentligen förvånar det henne inte. Alice har sovit många nätter i Augustas hus, hon vet att det rymmer många skepnader. Några av dem är hennes egna: i det här huset har hon varit en knubbig liten flicka på sommarlov och en mager tonåring på flykt, här har hon legat nyförlöst en vår och blödande svurit på att aldrig mer närma sig en man, här svepte hon några somrar senare täcket åt sidan och bröt sitt löfte. Dagar och veckor, månader och år har strömmat genom hennes kropp sedan dess och skapat om henne, men genom alla förvandlingar har hon burit samma ordlösa förvissning; hon har alltid vetat att ett helt sekels röster ligger gömda i Augustas hus, att de har legat länge i vinklar och vrår och väntat på att en annan tid ska komma. Deras tid. Berättelsernas tid.

Och kanske har den tiden kommit nu, kanske kom den med Alice till denna del av Roslagen just i natt. Kanske är det därför de blygrå molnen driver så hastigt över den svarta himlen, kanske är det därför hundra hästar i sina stall frustar av iver när de möts i samma rusande dröm, kanske är det därför förra sommarens solkatter plötsligt blinkar till i de tomma sommarstugor som nyss stod svarta och stirrade blint mot havet, slutna för allt utom det stilla regn av neutriner som alltid genomborrar jorden och allt på dess yta.

Natten är full av sagor, ändå är allt mycket stilla. I Häverödal sluter sig mörkret om ett förflutet som är större än framtiden, men i Herräng brinner en ensam lampa utanför affären. En första vårvind stryker prövande utmed marken och driver en ekbuske att röra sig i sömnen, men vattnet i Glittergruvans dagbrott ligger svart och stilla, sluter sig stumt och högmodigt om sina hemligheter. Några mil längre söderut sjunker Hallstavik allt djupare in i dis och dimma när pappersbrukets ångor långsamt sänker sig från höga skorstenar.

Inne på bruket rör sig nattskiftet som i dans, det är så sent att alla rörelser har blivit långsamma och alla ord tagit slut. Det är glest mellan de dansande, i dessa stora salar finns numera bara plats för en eller två människor i taget. Därför ser ingen den ensamma unga kvinnan, hon som är ny på skiftet och som plötsligt grips av oförklarlig fruktan. Hon sluter ögonen och pressar sig mot en tegelvägg, försöker sjunka in, försvinna, göra sig osynlig. Det är över på ett par sekunder. Hon öppnar ögonen och drar djupt efter andan, rycker sedan generat på axlarna åt sig själv och går vidare mot sin maskin.

Alldeles utanför bruket, bara några meter från dess mur, hukar den lilla kyrkan i väntan på att det ska bli morgon och begravningsdag. Allt som kan förberedas är redan förberett, bårtäcket har skakats och granskats, nu vilar det prydligt hopvikt i ett skåp i sakristian, framför altaret står två bockar på vilka man ska sätta kistan och på de svarta tavlorna har man redan hängt upp numren på de psalmer som ska sjungas. Men ännu är det tyst i kyrkan, allt som hörs är brukets sång, den monotona basröst som dag som natt, sommar som vinter, sjunger om arbetstillfällen och exportinkomster.

Om man lyssnar noga kan man höra den sången också i de oskiftade byar som ligger gömda i skogarna mellan Hallstavik och Herräng och minner om att Roslagen för inte så länge sedan var utmark och vildrike, ett ställe där man kunde huka sig och titta bort, låtsas som om man händelsevis inte hade hört herrarnas befallningar. Där är vägarna smala och gropiga, där gömmer sig månghundraåriga gruvhål på hemliga platser ute i skogarna, där sover halvt bortglömda gamla hus i ekbackarna.

Nordanäng är en sådan by. Här ligger bostadshusen nära varandra, men inte så nära att man kan se det ena huset från det andra. Timrade lador och sneda stall, spretande hassel och mossbelupna klippor skymmer sikten. Man kan mycket väl gå ut naken i en trädgård mitt i byn utan att bli sedd, men om man vill berätta en hemlighet är det säkrast att gå in och stänga dörren. Här färdas människors röster långt, mycket längre än på andra platser. Om Alice skulle öppna ett fönster och tala ut i natten skulle hennes röst nå ända fram till det vita huset; om Angelica öppnade ett annat skulle hon kunna höra den.

Men ingen av dem öppnar. De vakar båda bakom stängda rutor.

De vet inte hur lika de är, trots alla levda och olevda år som skiljer dem åt, där de ligger med öppna ögon och knutna händer i var sin säng, i var sitt hus och försöker tukta sina tankar. Angelica är skickligast, hon stirrar ut i mörkret och låter siffrorna dansa genom hjärnans alla vindlingar. Kristoffer har lagt sin högerarm över hennes bröst, ännu vågar hon inte lyfta undan den, hon måste vänta tills han sover så djupt att hon inte längre kan höra honom andas.

Huvudräkning är bästa hjälpen för den som har många tankar att undvika. Det fungerar överallt, vid frukostbordet och på bussen, på skolgården och i sängen, det fungerar inte minst när man cyklar runt Hallstavik och lägger reklam i brevlådorna. Ingen märker att man räknar, man ser ju ut som en fullt normal person, fullt upptagen med att göra fullt normala saker.

Ibland räknar Angelica pengar, ibland tid. I går var det viktigaste svaret sexhundratjugotre. När det blir morgon är det viktigaste svaret följaktligen sexhundratjugotvå. Förutsatt att hon har räknat rätt. Förutsatt att det inte är skottår något av de närmaste två åren, hon har glömt kolla det. I så fall är hon tillbaka på sexhundratjugotre. I vilket fall som helst kommer hon att hamna under sexhundra dagar redan om en månad. Tjugotre dagar kan man uthärda. Och sexhundra dagar på det. Andra har gjort det. Andra har hållit ut, sparat pengar och sedan skaffat sig små enrumslägenheter när de just fyllt arton år …

Kristoffer suckar i sömnen och kryper närmare. Nu har hon hans varma andedräkt så tätt mot sin kind att hon måste vrida huvudet åt sidan för att själv få luft. Hela sängen är med ens en pina. Lakanet ligger i ett fuktigt trassel under henne, täcket tynger, det är vått och klibbigt mellan låren. Hästsvansen har blivit en knöl i nacken, hon längtar efter att sätta sig upp och lossa gummibandet, att klia sig länge och grundligt i hårbotten och sedan dra fingrarna genom hela det svettfuktiga håret. Nej, förresten, inte fingrarna ... Borsten. Hon måste få borsta håret. Och hon kan inte vänta, hon måste få borsta håret nu. Genast. I detta ögonblick.

Mycket försiktigt lyfter hon Kristoffers arm, glider ur sängen och ner på golvet, drar sedan ner kudden en aning så att hans arm ska vila mjukt när hon långsamt sänker den igen. Efteråt sitter hon orörlig några sekunder, lyssnar vaksamt till hans andnings rytm. Märkte han något? Nej. Han sover djupt. Om hon rör sig ljudlöst kan hon göra nästan vad hon vill i natt.

Hon drar gummibandet ur håret och kliar sig med trubbiga naglar. Det är skönt, men inte tillräckligt skönt, hon måste få riva med vassa stålpiggar över hela huvudet ... Borsten borde ligga kvar i ryggsäcken, hon kan inte minnas att hon har tagit upp den sedan hon kom hit. Och ryggsäcken står borta vid skrivbordet. Det gäller bara att ta sig dit utan att välta omkull några möbler i mörkret.

Kristoffer har mycket möbler på sitt rum. Mycket möbler, många färger och många mönster. Faktiskt blev hon förvånad när hon kom hit första gången, hon hade väntat sig något helt annat än denna gröna gamla heltäckningsmatta, dessa bruna tapetblommor och dessa grågrötiga gardiner. Hon hade trott att en kille, vars pappa hade råd att köpa en hästgård och vars mamma var konstnärlig, enligt vad som sas i skolan, skulle ha ett vackert rum med dyra saker. Hon hade sett det framför sig: ett stort rum med vita väggar, mörka tavlor och ett gammaldags skrivbord i brunt. Ett vilorum.

Men Kristoffers rum rymmer ingen vila, hans skrivbord är lika Ikea-vitt som det hon själv övergivit hemma hos Carina. Den enda skillnaden är att hans är så gammalt att lacken har börjat gulna. Dessutom har han trädgårdsstolar på rummet, vanliga vita trädgårdsstolar av plast. Fula. Faktum är att hela rummet är fult, att det är fulare än alla fula rum hon sett. Fulare än Mariannes plottriga vardagsrum. Fulare än mammas och Bacillens nakna rum. Fulare än Siris sovrum med sina illrosa tyllgardiner ...

Tanken darrar till och skyggar. Angelica vill inte tänka på Siri och hennes rum, vill inte minnas att det är begravning i morgon. Dessutom måste hon ju ha tag i sin hårborste. Hon lägger sig på alla fyra och börjar krypa, sveper med högerhanden framför sig så att hon inte ska stöta till någon vinglig trädgårdsstol på vägen. Hon märker inte att hon håller andan, först när handen snuddar vid ryggsäckens nylon, känner hon hur hon släpper ut luften i en suck och börjar andas normalt. Hon sticker handen i väskan och låter fingertopparna glida över innehållet: där är matteboken, sminkväskan och där – äntligen! – borsten med sina piggar av metall.

Hon sätter sig på knä och drar den prövande över huvudet. Ja. Det är precis så skönt som hon visste att det skulle vara, och nu kan hon inte bärga sig längre, nu rundar hon ryggen och skakar håret fram över ansiktet, försvinner i det som i en grotta, innan hon låter borsten glida från nacken över hjässan i en svepande rörelse som följer håret ända ner till golvet.

Alice har också löst sitt hår, men hon har dragit det i långa slingor över ansiktet. Hon ligger kvar i sängen och är så upptagen av att försöka låta bli att tänka på vykortet hon fick i går att hon glömmer värja sig för annat. Bilder fladdrar under ögonlocken, ansikten dyker upp och glider undan, okända ansikten och välkända om vartannat, men alla lika förvridna. Lars uttryck i ett ögonblick av vrede: underkäken framskjuten och stirrande blick. En skallig flicka med blodiga läppar. En skrattande man som ser på henne över axeln, blekögd, rödlätt och svettblank. Augustas ansikte stelnat i dödens grimas ...

Hon blundar hårdare och drar vaddtäcket över axlarna, ser inte riskerna i det halvt bortglömda minne som plötsligt stiger mot ytan, griper i stället girigt efter det, och med ens är hon en tonårsflicka som simmar ensam i Strömsvikens svalka en solig sommardag för länge sedan. Hennes hud är mjuk, musklerna smidiga, slemhinnorna skimrar som pärlemor, ingenting i hennes kropp är längre brustet och vidöppet, ingenting i hennes yttre antyder att hon inte alltid har varit just så slät och sluten som hon ser ut att vara.

Det guldbruna vattnet omkring henne doftar av järn, ytan är spegelblank och stilla, den krusas bara av hennes egna rörelser. Alice vill inte störa vikens stillhet, därför håller hon sina armar under ytan, rör dem bara långsamt medan hon betraktar dem. Vattnets färg gör dem gulvita och främmande, de får henne att tänka på biologisalens spritflaskor med sina foster, en kyckling, en kattunge, ett ofullbordat människobarn, och dem vill hon inte minnas. Därför vänder hon sig på rygg mitt i ett simtag och låter sig flyta, sluter ögonen till skydd mot solen. Det är då det händer: en hand stryker plötsligt över hennes vrist och griper om den, en annan hand glider i samma ögonblick in mellan hennes lår och smeker dem, ett par hårda fingrar letar sig in under baddräktens kant, särar blygdläpparna och glider hastigt genom skåran ...

Alice sluter ögonen och öppnar munnen, hennes kropp blir mjuk och vidöppen, för en sekund låter hon det bara hända, innan paniken griper henne. Hon vräker sig undan i en klumpig rörelse, sjunker och snappar efter luft, sparkar i den dyiga bottnen och fäktar med armarna, ser i ett hastigt ögonblick, som om allt detta gällde någon annan, inte henne, inte Alice, en flock svarta fåglar stiga mot himlen och skrämmas till flykt av ett skrik.

Och sedan ser hon honom, han stiger från djupet med hopknipna ögon, vitskimrande axlar och brunbrända händer. Strömsvikens vatten strilar över hans ansikte innan han stryker undan luggen. Det är Kåre, en mycket ung Kåre, med hårlös överkropp och ett guppande, nyss mognat adamsäpple. Han är skrattande och säker.

"Vafan", ropar han. "Är du både döv och blind? Hörde du inte att vi kom?"

Vi? Alice frustar till och vänder sig mot bryggan. Där står Marianne i Bardotrutig bikini och ett konstgjort litet leende. Hon höjer handen och vinkar. Rörelsen är stel och dockaktig, som om hon vet, som om hon skulle kunna veta vad som nyss hände under vattenytan.

Alice sätter sig upp och drar handen över nacken, som om det var där det solkiga minnet satt och som om hon skulle kunna gnida bort det med en rörelse, ryser sedan till när rummets kyla stryker henne över ryggen. Ändå viker hon upp täcket och sätter fötterna på den kalla korkmattan.

Det är lika bra att inse faktum. Hon kommer inte att kunna sova i det här rummet i natt. Hon kommer inte ens att kunna sova i det här huset.

Lars hade rätt. Det tröstar henne inte alls att han hade rätt av fel skäl.

Han ville inte att hon skulle resa till begravningen. Han vill aldrig att hon ska resa någonstans, trots att han själv befinner sig i ständig rörelse, både mellan den verkliga världens universitet och föreläsningssalar och i cyberrymdens matematiska arkipelager. När han är hemma vill han ha Alice inom räckhåll, i vardagsrummet om kvällarna och i sovrummet om nätterna. Hon ska vara det öga som ständigt ser honom, det öra som ständigt lyssnar till honom, den röst som ständigt försäkrar att han finns.

Själv hade Alice tvekat i mer än en vecka, men glömt hela saken den eftermiddag när hon kom hem och fann ett vykort på hallmattan. Tiden hakade upp sig under några sekunder och började gå baklänges, hon visste vem som hade skrivit och vad han hade skrivit redan innan hon ens hade böjt sig ner för att ta upp kortet, det var som om hon redan hade läst den korta texten många gånger. Och visst. Det stämde. Ändå blixtrade det grå eftermiddagsljuset till och bytte nyans, gulnade först, rodnade sedan, för att till sist blekna och bli vitt. Först då märkte Alice att hon hade glömt att ta av sig handskarna, att hon vred och vände på kortet med bruna läderfingrar. Hon tänkte lätt förbryllad att färgerna stämde, att det var som om hon hade köpt dessa handskar just för att de skulle passa till en billig vykortsreproduktion av Degas *Flicka som kammar sitt hår* men lät samtidigt tanken hastigt vända sig bort från ironin i motivet. Först när hon hörde Lars fotsteg ute i trapphuset drog hon av sig handskarna och vek ihop kortet, tänkte för en mikrosekund på den vita linje som vecket skulle skapa och som skulle få bilden att brista, stoppade det sedan i byxfickan. När Lars lade handen på dörrhandtaget stod hon redan borta vid hatthyllan och hängde upp sin jacka, hon kunde känna hans leende i ryggen.

Inte förrän morgonen därpå berättade hon att hon tänkte åka till begravningen. Då hade hon tillbringat en lång och orolig natt bredvid honom, hon hade legat vaken långa stunder och lyssnat till hans andetag, slumrat till ibland bara för att genast vakna och börja vakta honom på nytt.

När det äntligen blev morgon steg Lars upp och lagade frukost medan Alice försökte duscha bort tröttheten. På väg från badrummet till köket kände hon doften av nybryggt kaffe och rostat bröd, men inte förrän hon hade satt sig vid köksbordet gick det upp för henne att hon inte kände sig det minsta skyldig för att Lars hade fått laga frukost. Det gjorde henne slött förvånad.

Genom hela deras äktenskap har Alice annars burit en känsla av skuld, det är som om hon har gjort Lars orätt bara genom att vara den hon är. Det beror inte bara på allt hon har lämnat osagt, utan också på den håglöshet med vilken hon en gång lät sig fösas in i äktenskapet alltmedan hon beredde sig på det som oundvikligen måste komma, det som var äktenskapets konsekvens i hennes värld. Grälen. Anklagelserna. Könsorden som kvinnan spottade mot mannen när han höjde handen för att slå.

Men så har det inte blivit. I tjugosju års tid har de pendlat mellan ömhet och likgiltighet, fascination och irritation, kärlek och fientlighet utan att Lars en enda gång har höjt handen mot henne och utan att hon själv en enda gång spottat könsord över Lars. De har varit oföränderligt artiga mot varandra, så artiga att de inte ens har höjt rösten när de har grälat. Ändå har den slutliga sammansmältningen uteblivit. Alice har aldrig kunnat sjunka in i hans famn helt utan förbehåll, och Lars har alltid blickat över hennes axel mot något annat.

Ändå har hon aldrig slutat längta efter honom. Under hela deras äktenskap har hon väntat på att stunden ska komma, den stund då hon äntligen ska våga berätta för honom om den hon verkligen är och den hon en gång var. Någon gång under natten hade hon tänkt att vykortet var ett tecken, att det betydde att Lars äntligen skulle kunna sitta tyst vid hennes sida och lyssna utan invändningar, förebråelser och kommentarer, men så här i det grå gryningsljuset insåg hon att det var rent självbedrägeri. Hon stod på samma punkt där hon stått i trettio års tid: det var för sent. På något sätt hade det alltid varit för sent, det var som om det faktum att hon inte berättade sanningen om sig själv i samma sekund som hon mötte Lars hade tvingat henne att tiga för alltid. Därför hade hon levt ett fegt liv, ett liv i falskhet och lättja, ett liv som stumt uppmuntrade hans blindhet, hans vägran att vidkännas att det ens fanns ett liv som bara tillhörde henne. Alice.

Och kanske var det just denna vägran som fick honom att höja överläppen i en missnöjd grimas, när Alice till slut sänkte morgontidningen och förklarade att hon hade bestämt sig för åka till begravningen, att hon skulle åka direkt efter arbetet och att hon skulle sova i Augustas hus. Han inledde genast en lång och lågmäld monolog för att få henne att ändra sig. Faktiskt begrep han inte hur det kom sig att Alice hade blivit så släktkär de senaste åren. Siri var ju bara en kusin bland andra, mycket äldre än Alice dessutom, och såvitt han visste hade hon aldrig betytt mer för Alice än vilken bekant som helst. Eller ville hon påstå att de hade stått varandra nära? Att det inte skulle räcka med att skicka en krans?

Alice hade hållit ansiktet slutet och blicken stadigt fäst i morgontidningen fram till dess, men nu sänkte hon tidningen och såg på honom över glasögonbågarna. Han vek undan med blicken, men gav sig inte.

"Dessutom kommer huset att vara helt utkylt."

"Marianne kan åka dit och sätta på värmen i dag."

"Men frågan är om det finns något vatten. Hydroforen krånglade ju i somras."

Alice vände blad i tidningen utan att svara. Det fick Lars att skärpa rösten en aning, det öppna grälet låg nu och darrade strax under ytan.

"Eller har Marianne reparerat hydroforen också? Skickligt i så fall. Du kanske skulle erbjuda henne till dina kompisar på Tekniska museet, hon kan ju bli en resurs i kulturminnesvården. Det är inte var dag man hittar en tant som kan reparera hydroforer från fyrtiotalet ..."

Alice lade ifrån sig tidningen och tog av sig glasögonen.

"Vad är det med dig?"

Lars drog åt sig blicken.

"Vadå? Det är väl inget med mig."

"Jag ska åka till Hallstavik över natten. Jag är tillbaka i morgon kväll, jag åker hem omedelbart efter begravningen. Är det så farligt?"

"Har jag sagt att det är farligt? Jag bara konstaterar att huset är iskallt och att det förmodligen inte finns något vatten ..."

Jag bara konstaterar att ...

Alices ögon smalnade i ett motvilligt leende. Lars log öppet över Dagens Nyheters stockholmsbilaga. Stormen var avvärjd, det hotande grälet undanröjt. I början av deras äktenskap hade *Jag bara konstaterar att ...* varit Lars favoritreplik, den han tog till varje gång deras viljor bröts. Den hade gjort Alice rasande, gång på gång hade hon styckat den, monterat ner den i minsta beståndsdel, slitit sönder den med tänderna. Det där var en replik för ryggradslösa kräk, hävdade hon, ett fegt försök att gömma sig bakom en förment objektivitet. Lars hade först blivit alldeles häpen över hennes vrede, hon som aldrig någonsin brukade bli arg, men hade sedan vridit vapnet ur hennes händer genom att göra det till ett skämt. Numera var *Jag bara konstaterar att ...* en kod. Det betydde att Lars hade lagt ner vapnen, att han viftade med den vita flaggan.

Ändå försökte han övertala henne än en gång, om än mer indirekt och med uppriktigare omsorg. Han strök henne över håret när hon hade stannat bilen utanför matematiska institutionen och helt hastigt lutade sitt huvud mot hans bröst. Utanför bilfönstren sträckte ekarna sina svarta grenar mot molnen, det regnade lite, vindrutetorkarna vilade ett ögonblick mellan varje gång de svepte över rutan.

"Men kommer du att kunna sova i natt?" sa Lars. "Alldeles ensam i det där gamla huset? Kan du inte sova hos Marianne och Kåre i stället?"

Alice rätade på sig. Under ett andetag lät hon sig frestas av tanken att säga sanningen: att det hade kommit ett vykort och att hon behövde tid och ensamhet för att ens våga tänka på det. Men det var naturligtvis omöjligt. Då skulle de tvingas sitta kvar i bilen i timmar och dagar.

"Det kommer att gå fint", sa hon i stället och lade händerna på ratten. "Jag ringer dig om jag inte kan sova."

Han stod kvar i regnet när hon startade bilen på nytt. När hon hade kört några meter höjde hon handen till hälsning, hoppades att han skulle se det genom bakrutan. Men då hade han redan vänt sig om och börjat gå, hon skymtade bara hans rygg i backspegeln.

Ska hon ringa honom nu?

Nej. Naturligtvis inte. Klockan är redan kvart över ett, om han alls är hemma sover han. Han var inte hemma när hon ringde för några timmar sedan. Hon slog numret i samma ögonblick som hon stannade bilen på Augustas trädgårdsgång. Det mörka huset hade överväldigat henne, hon hade velat höra Lars röst medan hon stack nyckeln i låset och gick in. Men han svarade inte, hon stod ensam på den mörka verandan med mobiltelefonen tätt tryckt mot örat och hörde signal efter signal gå fram, föreställde sig hur det ekade i de tomma rummen därhemma. Till slut satte telefonsvararen i gång, hon stod kvar en stund och lyssnade till sin egen röst, men lämnade inget meddelande efter pipet.

Efteråt hade hon gått genom Augustas hus och tänt alla lampor, utom fotogenlampan i snedgarderoben. Där inne hade det aldrig funnits något elektriskt ljus. Nu öppnade hon bara dörren som hastigast och såg att allt var sig likt, att ingenting hade förändrats på mer än fyrtio år, innan hon stängde och gick ner till bottenvåningen. I hallens gula ljus blev hon stående och granskade sig själv i den svartfläckiga spegeln. Hon såg redan ut som en begravningsgäst. Ögonen var blanka, läpparnas konturer på väg att suddas ut, det såg ut som om hon skulle börja gråta. Men det var bara en synvilla. Hon skulle inte gråta, inte i natt och inte på begravningen i morgon. Lars hade haft rätt: hon och Siri hade aldrig stått varandra nära, de var knappast mer än ytligt bekanta. När Alice var en flicka på sommarlov hos Augusta var Siri redan en vuxen kvinna, och längre fram i livet sågs de bara när hela släkten samlades. De fann aldrig något att säga, log bara vagt i varandras riktning.

Först nu, när Siri är död, har Alice insett att det finns ett samtalsämne som borde ha kunnat intressera dem båda. De skulle ha kunnat tala om Mikael och Angelica.

Inte för att hon egentligen känner dem, hon har aldrig tillbringat en enda dag i livet med Angelica och bara en enda med Mikael, men det är en dag som finns i henne som en vila. Det var en dag för ett par somrar sedan, då Carina skulle följa med Siri till en undersökning på Norrtälje sjukhus och Angelica hade fått löfte om några extra pass i reklamutdelningen. Alice hade stött ihop med Carina inne i Hallstavik och lovat vara barnvakt, Lars skulle ändå in till Stockholm på sammanträde just den dagen. Efteråt hade hon ångrat sig, känt sig irriterad och bestulen. Vad visste hon om hur man tar hand om en utvecklingsstörd femåring? Dessutom behövde hon sin ensamhet. Allt mer och allt oftare.

Men ett löfte var ett löfte. Alltså hade hon hämtat Mikael i det sandfärgade hyreshuset tidigt om morgonen, hon hade stått i Carinas hall för första gången och låtit blicken spela över vardagsrummet. Det var en främmande värld: en orange soffa i sliten sjuttiotalsbouclé, en gardinkappa vars håglösa blå blommor såg ut att tyngas av ett tunt lager damm, en TV i ett hörn, en trasslig trasmatta på golvet. Det var allt. Inga krukväxter. Inga böcker. Inte ens en plastblomma i den tomma vasen på soffbordet. Ordet *torftigt* hade hastigt slunkit genom hennes medvetande, hon hade slutit ögonen och skamset suddat ut det igen.

Hon var fullkomligt oförberedd på Mikaels beredvillighet att följa med. Egentligen kände han henne inte: de hade bara träffats några gånger och det var redan ett par veckor sedan sist. Därför hade hon gjort sig beredd att lirka och övertala, rustat sig med en påse godis i bilens handskfack och några bilderböcker från biblioteket, men hon hade inte ens behövt nämna dem. Mikael hade utan att tveka lagt sin hand i hennes och följt henne nerför trapporna. Han hade bara vänt sig om och vinkat när de kom ut på gården och Carina ropade hans namn från balkongen.

Det blev en mjuk dag. Tyst. Mikael sa inte mycket, i stället sökte han ofta Alices hand, pekade och visade med gester. Så småningom tystnade också hon, och när hon någon gång talade var det med dämpad stämma och långa mellanrum mellan orden. Dagen låg stilla och väntande framför dem, och Alice insåg att hon inte behövde rusa genom den så som hon brukade rusa genom alla sina dagar.

De hade ätit lunch under äppelträdet. Efteråt hade de gått till hagen och matat hästarna med sockerbitar och på hemvägen hade de plockat klöverblom och kamomill i dikesrenen. Solen gick i moln när de kom tillbaka till Augustas hus. Mikael gäspade när de gick in till gungstolen. Alice lyfte upp honom i knäet, tänkte sig att läsa en saga, men hann inte ens börja innan han lutade sitt huvud mot hennes bröst och föll i sömn.

Utanför mulnade det hastigt, färgerna i rummet slocknade en efter en och det blev skymning trots att det ännu bara var tidig eftermiddag. Åskan mullrade på avstånd. Alice satte gungstolen i rörelse och slöt armarna tätare om pojkkroppen. När den första regndroppen slog mot rutan mindes hon att hon hade glömt stänga ytterdörren. Det gjorde detsamma. Allt gjorde plötsligt alldeles detsamma.

Hon vaknade av att han såg på henne. Han låg alldeles stilla i hennes famn och såg på henne med halvslutna ögon. Hon strök honom över kinden med sitt pekfinger, han suckade lite till svar. Så blev de sittande ända tills Angelica kom, alldeles stilla, pojkens huvud mot kvinnans bröst, den enes blick djupt vilande i den andres.

Angelica hade en vit regnjacka över svarta jeans, trubbiga vita fingrar och svart nagellack. Hennes hår var stramt åtdraget över hjässan och samlat till en svans i nacken, ansiktet var vitt, ögonbrynen svarta och smala som tuschtecken. Hon var en flicka som alldeles uppenbart valde kontraster hellre än färg, men hon hade inte kunnat värja sig mot det som var Augustas arv till alla släktens kvinnor. Också Angelicas hår var tjockt och kastanjebrunt.

Hon ville inte ha något av det som Alice erbjöd henne. Inte några kalla pannkakor som hade blivit över efter lunchen, ingen saft och inga bullar. Hon vägrade till och med att ta emot den handduk som Alice höll fram, skakade bara på huvudet så att regndropparna stänkte från hästsvansen. Det behövdes inte. Hon skulle ju ut i regnet igen, hon skulle bara hämta Mikael och ta honom hem. Och de måste skynda sig, för bussen som hon kommit med gick snart tillbaka, den skulle bara in till Herräng och vända.

Så blev det brådska och buller i Augustas hus också denna dag. Inte för att Alice tänkte låta Mikael och Angelica ta bussen, men för att Angelica med sin blotta närvaro drev henne att jäkta. Det var en besynnerlig flicka, bara fjorton år och fortfarande lite barnsligt knubbig, men med slutet ansikte och knivskarpa konturer. Hon fann sig stumt i Alices beslut att skjutsa dem tillbaka till Hallstavik, men när Alice låste dörren till Augustas hus och stoppade nyckeln i byxfickan, harklade hon sig och sa:

"Det är vårt hus också."

Alice hejdade sig mitt i rörelsen, tvekade en sekund innan hon log ett hastigt leende och började gå mot bilen.

Borta i det vita huset borstar Angelica fortfarande sitt hår, men långsammare nu, mer njutningslystet och behärskat. Hon har satt sig upp, sitter med rak rygg och korslagda ben på golvet tätt intill Kristoffers skrivbord, och drar borsten i långa tankfulla drag genom håret.

Håret är det enda skälet till att Angelica står ut med att vara Angelica. Resten är inte mycket att ha. Brösten är för små. Magen för bullig. Låren för feta. Munnen för liten. Händerna för trubbiga. Huden för genomskinlig. Tankarna för konstiga.

Angelica vet hur en riktig människa ska tänka. I hela sitt liv har hon granskat sin omgivning och noga lagt på minnet vad andra säger och gör, försökt härma och efterlikna, ändå vill det sig inte. Hon vet att man ska tycka om sommaren och avsky hösten, ändå suckar hon av lättnad varje gång det blir november. Hon vet att man ska stöna över skolan och ändå plugga stenhårt, men själv trivs hon på lektionerna och klarar sig hyggligt, trots att hon aldrig läser sina läxor. Hon vet att man ska akta sig för att bli stämplad som hora, ändå har hon redan legat med fler killar än hon vill minnas och strulat runt med ännu fler. Hon vet att man ska himla sig över sina föräldrar, men ändå fladdra med ögonfransarna då och då och förklara att man e-g-entligen har världens bästa mamma och pappa. Själv kan hon inte ens uttala de där orden, de sätter sig som en klump i halsen och får henne att må illa. Men framför allt ska man kunna visa sina känslor, man ska kunna kasta huvudet bakåt och brista ut i ett pärlande skratt när man är glad, man ska kunna sjunka ihop och låta tårarna rinna när man är ledsen. Men Angelica kan inte gråta. Hon har inte gråtit sedan hon var liten. Hon vet inte hur man gör.

För det mesta tycker hon att det är rätt skönt. Det gör henne oberoende. Fri. Det ger henne makt att se sina fiender i ögonen. Men ibland kan hon se att bristen på tårar blottar henne mer än gråten skulle ha gjort. Avslöjar henne. Visar upp henne som en som det är något fel på.

Alla märker det inte. Men somliga gör det. Somliga vet att hon är annorlunda. Angelica undviker dem, glider undan och håller tyst när de är i närheten. För det mesta går det bra, det är egentligen bara Rebecka hon inte kan slippa undan. Rebecka sitter några bänkar bakom henne och Angelica har hennes blick i nacken hela dagarna.

På mellanstadiet var de kompisar. Inte bästisar, för ingen av dem har någonsin haft en riktig bästis, men kompisar. Det betydde att Angelica fick följa med Rebecka hem ibland, att hon fick sitta vid köksbordet i det blonda köket medan Rebecka stod borta vid diskbänken och gjorde chokladmjölk. Vissa dagar bjöd hon, andra dagar bjöd hon inte. Angelica lyckades aldrig förutse vilket, trots att det var viktigt. De dagar då Rebecka bara tog fram en enda mugg var nämligen inga bra dagar, då visste Angelica redan på förhand att Rebecka skulle hävda sin äganderätt och gripa efter varje sak hon själv sträckte sig mot: det var minsann hennes Barbie-dockor, hennes serietidningar, hennes ritblock och målarfärger. Till slut skulle Angelica bli sittande alldeles orörlig mitt på golvet, oförmögen att säga eller göra något, medan Rebeckas ensamma lekar vid hennes sida skulle bli allt mer tillgjorda och invecklade. Sådana dagar var det som om Rebecka ljög. Som om hon egentligen inte lekte, utan bara spelade teater. Som om hon ville bevisa att Angelicas enda uppgift i tillvaron var att titta på Rebecka och vara hennes publik.

Ändå kunde Angelica inte låta bli att nicka varje gång Rebecka bad henne följa med hem, att avstå hade varit att begära för mycket av sig själv. För det var ju inte för Barbie-dockornas skull hon kom, inte för serietidningarnas och inte för målarfärgernas, hon kom inte ens för att leka med Rebecka. Det var huset hon var ute efter. Bara det. Hon ville vara i Rebeckas hus.

När hon steg in genom dörren första gången blev hon alldeles andlös: det var som att stiga in i en berättelse, en mycket sann och trovärdig berättelse om hur livet skulle kunna vara om allt hade varit rätt från början. I Rebeckas hus var allt precis som det skulle vara. Möblerna såg ut som om de snidats och snickrats för att placeras i just dessa rum. De mörka tavlorna såg ut som om de målats för just dessa väggar. De många böckerna såg ut som om de skrivits och bundits in för att skänka värme och atmosfär åt just detta hem. Till och med de tjocka handdukarna och det mjuka toapappret ute i badrummet var rätt. Alldeles självklara och alldeles rätt.

Bara en gång mötte hon en vuxen i Rebeckas hus. En man. Han öppnade den bruna ytterdörren just när hon stod i hallen för att ta på sig gummistövlarna och gå hem. Först märkte han henne inte, han hade blicken riktad mot några kuvert som han höll i ena handen. I andra handen bar han en portfölj som han ställde ifrån sig på hallgolvets svarta skiffer innan han tankspritt började treva över väggen efter ljusknappen. Först när taklampans gula ljus fyllde hallen lyfte han blicken, blinkade till och såg på henne. Log.

"Och vem kan det här vara då?"

Angelicas röst blev bara en viskning:

"En skolkamrat ..."

Leendet blev ännu bredare:

"En namnlös skolkamrat?"

Angelica vek undan med blicken och drog mössan djupt ner i pannan, svarade inte.

"Nå?" sa mannen. "Vad heter du?"

Angelica böjde huvudet och mumlade:

"Angelica ..."

"Jaså minsann", sa mannen. "Så vi har haft en liten ängel på besök i vårt hus i dag ..."

Långt borta i huset hördes Rebeckas röst:

"Pappsen! Är du redan hemma?"

Lika tillgjord som vanligt. Och ändå var det hennes hus. Hennes pappa. Hennes liv.

Numera är Rebecka och Angelica varken bästisar eller kompisar. Rebecka ber aldrig Angelica att följa med hem och Angelica tilltalar aldrig Rebecka. De vet var de har varandra och det är inte på samma sida.

Rebecka är inte särskilt snygg, hon är till och med mer plattbröstad än Angelica och har finnar på hakan. Killarna tittar inte åt henne, men det verkar inte bekomma henne, hon beter sig ändå som om hela världen fanns till bara för henne. Kanske blir man sådan när man har en pappa som är Direktör i Egen Firma och en mamma som är doktor i Norrtälje och när man ständigt omges av ett hov av flickor som nickar och håller med om allt man säger, i det fåfänga hoppet om att en skvätt av all denna oreflekterade självsäkerhet en dag ska stänka också över dem.

Rebecka är duktig i skolan, precis som man kunde vänta sig, men Angelica är nästan lika duktig. Åtminstone i vissa ämnen. Svenska. Bild. Matte och fysik. Kanske är det därför Rebecka ständigt följer Angelica med blicken, hon gillar inte konkurrens, tycker inte om att då och då bli utskåpad av någon som aldrig har varit på museum eller teater, som aldrig åker utomlands och inte ens har en egen dator. En fattigunge. En fattigunge som dessutom slarvar med läxorna och klarar sig på pur uppfinningsrikedom.

Det var Rebecka som drog igång skitpratet efter Siris död, det är Angelica säker på. När hon kom tillbaka till skolan flockades de andra flickorna runt henne. De lade sina vårbleka händer på hennes armar och stirrade på henne med ögon där lystnaden ännu till hälften doldes av medlidande.

"Är det sant att du hittade henne? Gud vad hemskt!"

"Stackars Angelica! Vad läskigt det måste ha varit. Fy fan, jag kunde inte sova på hela natten när jag hörde det ..."

"Var ska du nu bo? Ska du flytta hem till din mamma igen?"

Till en början kunde hon inte svara dem. Hon stod rakryggad och blek vid sin bänk oförmögen att ens se dem i ögonen. Hon anade deras besvikelse, ändå visste hon inte vad hon skulle göra. De ville ha en känsla, så mycket förstod hon. Men skulle de nöja sig med en tårögd blick? Eller måste hon kröka sig av smärta och tvinga fram gråten? Och vart skulle tårarna i så fall föra henne?

Rebecka stod i utkanten av flocken och såg på henne, aldrig förr hade Angelica lagt märke till att hennes ögonvitor var så vita att de nästan stötte i blått. Det fick hennes grå iris att se ännu blekare ut, som om den var på väg att smälta och bara skulle lämna en svart pupill i ett alldeles vitt öga efter sig. Angelica vek undan från hennes blick, såg ner i golvet och sa:

"Snälla ... Jag kan inte prata om det. Det var för ..."

Tomrummet bakom det sista ordet räddade henne, de andra flickorna smög sig tätt intill, någon gav henne en hastig kram, en annan strök med handen över hennes arm, en tredje suckade djupt, innan flocken löstes upp och alla letade sig tillbaka till sina platser.

Det var bara Rebecka som inte omedelbart gick tillbaka till sin bänk, hon stod kvar ett ögonblick och fortsatte att granska Angelica. Hon log inte, men tanken på ett leende tycktes sväva över hennes ansikte.

Några dagar senare började korridorviskningarna bakom Angelicas rygg:

"I flera timmar! Har ni hört att hon satt där i flera timmar utan att göra något …"

"Är det sant? I samma rum som ett lik? Fy fan, vad sjukt!"

"Jag skulle ha spytt!"

"Jag skulle ha svimmat!"

"Jag skulle ha dött!"

Angelica hade inte spytt. Inte svimmat. Inte dött. Hon hade ringt på hos en granne och bett dem ringa efter polis eller ambulans eller vem som helst. Efter flera timmar.

Hon kränger till med huvudet och drar borsten hastigare över huvudet. Inte tänka! Räkna. Hon har åttahundra på banken, trehundra i innestående lön och fyrtio kronor i plånboken, det gör elvahundrafyrtio. Och i kassaskrinet hemma hos Carina har hon fyrahundra till … Åtminstone hade hon det för en vecka sedan, Gud vet vad som finns kvar nu. Mikaels vårdnadsersättning var på upphällningen sist Angelica var i lägenheten och bostadsbidraget var slut sedan länge …

Om hon vill rädda sina pengar måste hon alltså hämta sitt kassaskrin. Det borde inte vara omöjligt. Om hon går dit på morgonen, står utanför huset en stund och kollar, håller det under bevakning ända tills hon ser Bacillen gå ut, om hon sedan springer fort uppför trapporna, öppnar dörren till lägenheten på vid gavel och låter den stå öppen ut mot trapphuset, om hon viker till vänster så fort hon kommer in i hallen, om hon tar tre tysta steg in i lilla rummet, drar ut skrivbordslådan och plockar fram kassaskrinet, om hon stoppar det innanför jackan och går lika snabbt och tyst tillbaka så kommer det att vara över på bara en minut. Och en minut borde hon kunna uthärda, det är det minsta hon kan begära av sig själv. Hon måste ju ha sina pengar!

Om bara någon kunde följa med … Om hon bara hade haft någon enda människa som kunde stå ute i trapphuset och vänta medan hon gick in, då skulle hon kunna göra det, till och med om Bacillen var hemma. Men vem skulle hon kunna fråga? Kristoffer? Aldrig i livet, då skulle han få veta mer om henne än vad som är nyttigt för honom att veta. Marianne? Uteslutet. Hennes blick skulle klösa djupt i Angelicas hud och få henne att blöda. Någon av flickorna i skolan? Omöjligt. Då skulle skvallret susa i korridorerna i flera dagar efteråt ...

Det mörka rummet blir plötsligt silvergrått. Månen har gått upp där ute. Kristoffer rör sig borta i sängen, trevar halvt i sömnen efter henne och sluddrar hennes namn. Angelica sluter ögonen, där hon sitter, blundar och ber en ordlös bön till sina stumma gudar: Låt honom inte vakna. Han får inte vakna. Hon står inte ut med att han vaknar.

Borta i Augustas hus går Alice fram till fönstret och lutar pannan mot glaset. Fullmånen har gjort trädgården ljusare nu än när hon kom. Mindre skrämmande. Det hjälper inte, hon kommer ändå inte att kunna sova.

Men just när hon fogar sig i sömnlösheten förstår hon vad hon ska göra. Det ligger en gammal sovsäck i Augustas klädskåp, det vet hon, en fin gammal sovsäck gjord för fjällvandringar och hårt väder. Hon har själv köpt den, hon gav den till Petter när han fyllde sexton år, och hon minns fortfarande sin egen häpnad, hennes och Lars gemensamma förvåning över att de hade fått en fjällvandrare och fältbiolog till son. Det är tio år sedan nu och har definitivt gått över. Numera är Petter övertygad anhängare av rökiga barer och experimentell teater.

Sovsäcken luktar lite unket, men den är hel och ren, det ser hon när hon brer ut den över sängen. Hon låter den ligga där medan hon drar jeans och tröja över pyjamasen och rotar fram ett par gamla raggsockor i byrån. Hon vet inte vem de tillhör: de kan vara Lars eller Petters, men lika gärna Kåres eller någon annans. Augustas hus är gemensam egendom och hela släkten har tagit för vana att betrakta allt som glöms kvar i det på samma sätt. Det är bara Marianne som då och då förstulet hävdar äganderätt och särställning, en ställning som genast och lika förstulet erkänns av de andra. Det är inte mer än rätt. Marianne är den som lägger ner mest tid och arbete på

Augustas hus och trädgård, hon är den som fördelar semesterveckorna mellan kusiner och kusinbarn, hon är kvinnan med nyckeln i sin vård. Nyckelbäraren.

Det var därför Alice först åkte till Mariannes villa inne i Hallstavik. För att hämta nyckeln. Men inte bara därför, hon ville träffa Marianne också, helst ensam utan Kåre, så att de skulle kunna prata ostört. Det är som om det faktum att Erland och Harald, Augustas söner och deras egna fäder, nu ligger under var sin gravsten på var sin kyrkogård har fört Alice och Marianne närmare varandra. Sådant som inte kunde nämnas när de under många år bara stötte ihop som hastigast på släktkalas och begravningar kan de nu betrakta tillsammans, om än skyggt och med stumma sidoblickar på allt det som skiljer dem åt. Marianne är pappersarbetare i Hallstavik, Alice frilansande utställningsproducent i Stockholm. Ingen av dem gör anspråk på den andras liv och hemligheter. De har bara det förflutna gemensamt. Inte nuet och inte framtiden.

Marianne hade varit sig lik. Självklart. På något sätt blev Marianne mer lik sig själv för varje år som gick, hon blev bara en aning tyngre i rörelserna och en smula längre i linjerna ju äldre hon blev. Men hennes hår var fortfarande lika tjockt och brunt, hennes ansikte lika vitt och hennes blick lika misstänksam som när hon och Alice en gång lekte som småkusiner i Augustas trädgård. Hon hälsade med ett halvt litet leende och en hastig handskakning, höll sedan stumt fram en galge. Hon hade väntat, det syntes. Köksbordet var dukat till kaffe för två, med rosa duk, blommiga servetter och glänsande silverbestick. Kaffebryggaren flåsade astmatiskt borta på diskbänken och tömde sina sista droppar i tratten i samma ögonblick som Alice steg över tröskeln.

"Är du ensam?" sa hon och lade sin handväska på kökssoffan.

Marianne satte en liten smörgåstårta på köksbordet och såg sig om efter tändstickorna.

"Mmm", sa hon och strök eld på en sticka.

"Så Kåre är fortfarande på möte varenda kväll?"

Marianne tände ljusen – de var rosa, i exakt samma nyans som duken – och skakade stickan.

"Jo. Nästan varenda kväll. Men det gör inte så mycket, du vet …"

"Jag vet."

De log hastigt mot varandra. Marianne släckte lysröret över diskbänken och gjorde en gest: Alice skulle sitta i soffan, den avlutade gamla kökssoffa som en gång hade stått i Augustas kök. Marianne hade fått den i femtioårspresent av släkten, det var den enda möbel som hade lämnat huset sedan Augusta dog.

De åt under tystnad, Marianne kurade med axlarna och förde gaffeln mot munnen i precisa rörelser, Alice satt i soffan och lutade sig över fatet. Hon hade inte ätit på hela dagen, hon hade glömt det som vanligt när hon jäktade mellan sammanträden, snickarateljén och sitt eget kontor, och när hon tog den första tuggan märkte hon hur hungrig hon var. Den rökta laxen kittlade tungan, det mjuka brödet klibbade mot gommen, majonnäsen var så fyllig i smaken att den nästan kväljde henne. Men hon aktade sig noga för att låta kväljningen synas i sitt ansikte, hon visste att Marianne iakttog henne. Marianne granskade alltid de människor som satt vid hennes bord, iakttog deras ansikten och mätte tyst deras aptit. Om någon sa att hennes mat var god värjde hon sig med en hastig gest, men hennes ansikte mjuknade om gästerna teg medan de åt och tog stora tuggor.

När Alice sköt tallriken från sig efter den tredje tårtbiten var Mariannes ansikte nästan milt. Hon frågade med ögonen om Alice ville ha ännu en kopp kaffe. Alice nickade till svar.

"Hur dags är det i morgon?" sa Alice medan Marianne hämtade kannan.

"Klockan ett."

"Och begravningskaffet?"

"Omedelbart efteråt. På Häverödals Hotell."

Alice vände blicken mot köksfönstret, det var mörkt utanför. Hon betraktade sin egen spegelbild i fönsterglaset ett ögonblick. En rundad skugga. Nästan osynlig i skenet från de levande ljusen.

"Är det du som har ordnat begravningen?" sa hon sedan.

Marianne ryckte på axlarna.

"Jo. Jag fick ju göra det."

"Carina då?"

Marianne krökte överläppen.

"Äh, du vet …"

"Har hon tagit det så hårt?"
Marianne ryckte på axlarna igen.
"Vad är det då? Är hon sjuk?"
"Inte värre än vanligt. Men du vet ju hur hon är. Hon passar på."
Alice sökte hastigt i hjärnans alla filer efter ett nytt samtalsämne, hon ville inte höra den vassa biton som plötsligt skar genom Mariannes röst. Augustas ättlingar i Hallstavik hade alltid talat om varandra med vassa röster, men själv hade hon försökt hålla sig på vänskaplig fot med alla. Ibland skämdes hon över det. Det var som om det gjorde henne till en falsk människa, trots att hon egentligen bara var likgiltig. Hon brydde sig inte om vad Marianne ansåg om Carina och Carina om Marianne, hon ville bara slippa bråk och arga röster. I synnerhet ville hon slippa Mariannes röst när den lät som nu: både bitsk och strykrädd.
"Vad var dödsorsaken?"
Mariannes tonfall mjuknade:
"Hjärtat. Och det var ju väntat, hon hade ju haft besvär i flera år ..."
Alice andades ut, trodde sig ha styrt bort från minerat område.
"Jo, jag vet. Jag passade ju Mikael en gång när Carina följde med henne till Norrtälje sjukhus."
Fel replik. Den eld som nyss var på väg att slockna flammade upp på nytt. Marianne fnös till och hennes röst blev gäll igen.
"Ja, det var väl enda gången. Annars var det ju alltid jag eller Angelica som fick följa med henne till doktorn ..."
Det blev tyst en stund innan kylskåpet brummade till och väckte dem båda ur tankarna. Alice suckade inombords. Det var lika bra att ge upp, att låta Marianne få säga det hon ville ha sagt, annars skulle hon aldrig hitta tillbaka till sin vanliga röst.
"Var det Angelica som hittade henne?"
Marianne nickade och började borsta bort några smulor från duken, förde dem med ena handen mot bordskanten och lät dem falla i sin kupade hand, tömde sedan smulorna i sin egen tomma kaffekopp.
"Jo", sa hon. "Fast Gud vet hur det gick till. Hon ringde inte på hos grannarna förrän vid halv tio på förmiddagen ..."
"Hur menar du?"

Marianne slöt ögonen till hälften, kisade genom köksdunklet mot Alice.

"Det är många som tycker att det är konstigt. Polisen också. Hon borde ju ha hittat henne tidigt, redan vid sjutiden eller något. Det var ju vanlig skoldag. Men hon ringde inte på hos grannen förrän vid halv tio ..."

"Men försov hon sig inte? Siri kunde ju inte väcka henne."

Marianne fnös till.

"Siri! Hon väckte väl inte Angelica. Och det gjorde inte Carina heller, så länge hon bodde hemma. Den ungen fick ju sköta sig själv långt innan Mikael föddes och då var hon bara nio år gammal. Och hon har inte kommit för sent till skolan en enda gång."

Alice såg ner i bordet, strök med fingret över dukens knivskarpa strykveck.

"Men det är väl duktigt ..."

Marianne ryckte på axlarna.

"Duktigt. Ja, det är det väl. Hon har väl alltid varit duktig på sitt sätt. Men det är en djävla unge i alla fall. Iskall. Tänker bara på pengar ... Hon delar ut reklam fem dagar i veckan, hon har snott åt sig det ena passet efter det andra. Carina berättade att hon till och med hade hotat en annan flicka till att släppa ifrån sig sitt pass. Carina blev kallad till skolan efteråt. Det var rena rättegången, sa hon. Men det var ju inte mycket hon kunde göra, hon har ju aldrig kunnat styra den där ungen. Angelica har gjort som hon velat sedan den dag hon föddes. Brås på far sin, förstås. Vem det nu var."

Alice vred på sig, hon ville inte höra mer.

"Var är hon nu?"

Marianne flackade till med blicken, rösten sjönk till sitt vanliga dämpade tonläge.

"Ja, Gud vet, egentligen. Det sägs att hon har fått ihop det med en kille och att hon mest håller till hemma hos honom. Danielssons, du vet. Dom som köpte det vita huset förra året."

"Ute i Nordanäng? Vid Augustas hus?"

"Ja, i backen nedanför. Danielssons, dom med hästarna."

Alice blinkade till. De gåtfulla grannarna? Lars och hon hade skämtat om dem under den sommarvecka de hade tillbringat i Augustas hus förra året. När de satt i trädgården om kvällarna kunde de höra röster och rop från det vita huset, men varje gång de hade gått ner för att hälsa på de nya grannarna var det som om larmet hade gått. När de kom fram var det tomt i trädgården, alla dörrar var stängda och det enda liv som syntes var en ensam häst i hagen. De hade aldrig kommit sig för att knacka på, i stället hade de börjat undvika det vita huset och gått sina kvällspromenader i en annan riktning, alltmedan de fantiserade om varför de gåtfulla grannarna gömde sig. Folkfobiker, sa Lars. Det blir man om man bor för länge på landet.

"Du vet vilka det är", sa Marianne. "Eller hur?"

"Vi har aldrig hälsat", sa Alice. "Men jag tror att jag såg honom i somras. Han red förbi en kväll, men stannade inte ... Henne har jag aldrig sett."

"Jodå. Dom flyttade in förra våren. Han håller mest på med hästarna, men han har visst en firma nere i Uppsala. Och hon är något slags konstnär, sägs det."

"Och Angelica bor hos dom?"

"Hos sonen, ja. Hon har visst gjort det, sista veckan."

Alice lade ofrivilligt handflatan på mellangärdet för att dämpa den gamla oron som rörde sig där inne.

"Men hon är ju bara sexton år ..."

Marianne gav henne ett ironiskt ögonkast. Alice vek undan med blicken, men vidhöll:

"Varför bor hon inte hemma hos Carina?"

Marianne sträckte sig efter Alices kaffekopp och började duka av.

"Formellt sett gör hon väl det. Men hon går aldrig dit om inte Mikael är hemma, när han är hos stödfamiljen då försvinner hon. Och när Bacillen är där så går hon inte dit alls ..."

Marianne hade hunnit bort till diskbänken och stod med ryggen till. När hon vände sig om hade ansiktets linjer djupnat:

"Folk tycker att vi borde ha tagit hand om henne nu när Siri är död. Men jag ville inte. Jag tycker inte om henne. Och inte Kåre heller."

Alice nickade stumt. Mariannes röst blev gäll igen:

"Vi har tagit hand om allt det praktiska, jag har ordnat begravningen och jag ska tömma huset, för Carina lär aldrig kunna samla ihop tillräckligt med initiativförmåga för att göra det, och Kåre har lovat att ta hand om det ekonomiska. Vi ska se till att Carina får allt det hon ska ha och all den hjälp hon behöver. Men vi vill inte ha med Angelica att göra. Och jag har sagt det – jag sa det rent ut till dom på socialen innan dom ens hann fråga om hon kunde få bo hos oss ... Hon är otäck!"

Marianne skulle inte orka med några invändningar nu, hon måste lugnas och tröstas. Därför lade Alice händerna i knäet, lutade sig mot soffans ryggstöd och sa med lätt röst:

"Socialen hade säkert inte tänkt fråga. Varför skulle dom göra det? Angelica har ju redan ett hem ..."

Marianne tog stöd mot diskbänken, men vände sig inte om.

"Har hon det? Egentligen? Hon flyttade till Siri när hon var tolv år gammal."

"Dom hade säkert ändå inte tänkt fråga."

Mariannes axlar sjönk.

"Tror du det?"

"Absolut."

Marianne andades ut och vände sig om, men Alice skyndade sig att resa sig upp. Hon måste faktiskt gå nu, klockan var mycket. Och de skulle ju ses i morgon, Alice skulle komma hem till Kåre och Marianne före begravningen. Marianne följde henne ut i hallen. Nu var hon sig själv igen. Blyg och tystlåten, lite ängslig i rösten.

"Att du bara vågar sova där ute alldeles ensam", sa hon och höll fram nyckeln till Augustas hus.

Hon skulle se mig nu, tänker Alice när hon knuffar upp den tröga ytterdörren och går ut på verandan. Så modig är jag att jag inte vågar stanna kvar i det viskande huset. Så modig är jag att jag har bestämt mig för att sova utomhus.

Hon har aldrig kunnat förklara för sig själv hur det kommer sig att hon bara är mörkrädd inomhus. Utomhus har hon alltid känt sig trygg, oavsett hur mörkt det är. Som barn vågade hon inte ens gå på toaletten därhemma om nätterna, hon låg vaken och höll sig ända tills den grå gryningen började sippra in genom persiennerna, men när hon var på sommarlov hos Augusta kilade hon oförskräckt genom trädgården till utedasset också under de svartaste augustikvällar.

Det är samma sak nu, hon blir lugn så fort hon kommer ut. Om hon darrar lite när hon rullar ut sovsäcken på verandagolvet, så är det bara för att det är kallare i luften än hon hade tänkt sig. Hon skyndar sig att krypa ner och dra upp blixtlåset, men hon lägger sig inte. Hon tänker sova sittande med ryggen mot dörren.

Det blir fort varmt i sovsäcken, men det är en bedräglig värme, den försvinner vid minsta rörelse. När hon lyfter händerna för att dra snörena i dragskon hårdare om huvudet blir det isande kallt över hela kroppen. Hon lägger armarna i kors över bröstet, gömmer händerna i armhålorna. Nu ska hon sitta alldeles orörlig tills hon blir varm igen. Inga viskningar skrämmer henne längre, hon är ensam och trygg, allt hon hör är en stilla nattvind som susar genom björkarna i hagen på andra sidan grusvägen. Månen har gått i moln, den är bara ett minne av ljus på den mörka himlen.

Så länge stirrar hon ut i natten att hon inte märker att hennes ögon sluts, att mörkret och kylan viker och att sommarens färger föds på nytt. Nu är det inte längre en natt i april, nu är det en morgon i juni. Äppelträdet har nästan blommat över och lupinerna står på tur, de breder långsamt ut sina regnbågskjolar över gräset, djupt violett, syrligt rosa, honungsgult och vitt. Solen står redan högt på himlen, ändå ligger syrenhäckens doft som en skymningston över trädgården, den hejdar pionernas knubbiga knoppar från att svalla och slå ut. Det är inte bråttom, det finns inget skäl att skynda, sommaren är fortfarande en evighet lång. Men kejsarkronorna vill inte vänta, de står redan strama som soldater med sina flammande kalkar vidöppna och inväntar sin kejsarinna.

Och så kommer hon till slut i hela sin väldighet, en fetlagd furstinna tungt lutad mot Alices magra tonårsarm. Hon har stuckit sina svullna fötter i ett par utgångna morgonskor och muttrar vresigt om de tunna sulorna och trädgårdsgångens grus, innan hon räddar sig över till gräsmattan och låter sig ledas bort mot rottingstolen under äppelträdet. Väl framme lutar hon sig mot Alice och kräver att flickan utan att släppa taget om sin farmors arm ska hålla stolen på plats när hon sätter sig. Ska det vara så svårt? Hon dimper ner i stolen med en duns som får rottingen att kvida och skrockar torrt. Det är minsann tur att Alice aldrig kommer att behöva försörja sig på sina händers arbete för då skulle hon inte bli fet. Hon är den klumpigaste, mest opraktiska flickan i hela släkten.

Men Alice, den mycket unga Alice som ännu inte vet vad som ska komma, bryr sig inte om sin farmors morgongnäll. Hon skrattar lite och sticker handen i klänningsfickan, griper om sköldpaddskammen. Detta är den bästa stunden på dagen, den stund då hon ska kamma Augustas hår.

Det är ett löfte, detta hår. Så tjockt och blankt och brunt, utan det minsta silverstrå, kommer också Alices hår att vara när hon blir gammal. Kanske kommer hon också att sitta i en rottingstol i en blommande trädgård och låta sig kammas av ett barnbarn. Men hennes eget hår kommer aldrig att bli lika långt som Augustas, det kommer aldrig att rinna som ett vattenfall ända ner till marken. Augusta har aldrig klippt sig, hennes hår är lika uråldrigt som hon själv.

Mycket försiktigt lirkar Alice loss en slinga ur nattflätan och låter den glida mellan fingrarna.

"Berätta nu!" säger hon.

För så är det med Augusta. Hon har sina berättelser gömda i håret.

VEM VAR AUGUSTA? VAR KOM HON IFRÅN?

Ingen vet. Inte Alice, där hon sover på verandan till Augustas hus, inte Marianne, som sitter i sitt renskurade kök och stirrar in i lågan på ett ensamt levande ljus, inte Angelica som sitter med knutna händer på en grön heltäckningsmatta och tigger okända makter om att Kristoffer inte ska vakna.

Augusta visste inte ens själv vem hon var och var hon kom ifrån. När hon var på gott humör kunde hon påstå att hon kom från en potatisåker i Sörmland, att hon hade legat i leran och grott tills hon var färdigvuxen. Då hade hon stuckit sina vita armar genom myllan och kravlat sig upp, ställt sig på knä och betraktat den skapelse hon hamnat i. Alice, som kunde sin Bibel, skrattade med tänderna slutna om hårnålarna och frågade:

"Fann du att det var gott?"

"Inte ett dugg", sa Augusta. "Mest var det var regn och dimma, vägglöss och tuberkulos, utslitna kärringar och hålögda småbarn som inte hade ätit sig mätta en enda dag i livet. Jag förstod ögonblickligen att jag inte borde stanna, då hade jag skrumpnat ihop illa kvickt och blivit grön och möglig som en gammal potatis. Så jag reste mig upp, borstade bort jorden från förklädet och började gå mot Stockholm."

"Så du föddes med kläderna på?"

Augusta grinade till och skakade på huvudet så att en vågrörelse spred sig genom håret. Kammen fastnade.

"Var inte näsvis. Det är klart att jag föddes med kläderna på, jag har alltid varit ett anständigt fruntimmer på det viset. Jag hade både kjol och förkläde, linne och kofta, och ett par alldeles nya kängor. Fast kängorna höll jag på att slita ut redan innan jag kom till Södertälje. Då tog jag av dem och började gå barfota, trots att det var höst.

Det gällde att spara på sulorna. Och jag var ju ung och varm av mig. Är du varm av dig, Alice?"

"För det mesta."

"Pöh. Ljug inte. Du äter för dåligt. Tro inte att jag inte har sett det. Du sitter där och pipplar med maten som en riktig fröken, petar undan och gömmer under gaffeln. Och sedan säger du att du fryser och springer och hämtar koftan mitt på blanka förmiddagen. Mig lurar du inte. Jag ser mer än du tror."

Alice stack kammen i Augustas pannhår, tog tre steg bakåt medan hon drog den genom håret i en enda lång rörelse.

"Vad åt du själv då, när du gick till Stockholm?"

"Potatis, förstås. Jag stoppade lite potatis i förklädesfickan när jag gick från åkern. Och efter ett tag kom jag till en liten stuga, där det bodde en gumma, som jag hjälpte med en sak. Och som tack fick jag koka min potatis på hennes spis och fick en sillsvans därtill."

"Vad var det du hjälpte henne med?"

Augusta sög in läpparna och tänkte efter ett ögonblick innan hon svarade.

"Jag fick hennes katta att tiga."

Alice hejdade sig mitt i rörelsen. Augusta log belåtet och kisade mot solen. Den dramatiska effekten var uppnådd.

"Stå inte och sov", sa hon. "Fortsätt kamma. På den tiden, förstår du, var hela Sverige fullt av gummor som hade problem med pratsamma djur. Ju skröpligare och hungrigare och ensammare gummorna blev, desto pratsjukare blev deras höns och katter. När jag kom till den där gamla gummans stuga så hade hon inte orkat ta sig ur sängen på fjorton dagar, hon låg alldeles stilla på sina grova lakan och väntade på liemannen. Faktiskt trodde hon att det var han som kom när jag knackade på dörren. Efteråt, när jag hade tänt eld i spisen, kokat några potatisar och matat henne, sa hon att hon egentligen inte alls hade något emot att dö, hon hade levat länge och tyckte att det kunde vara lika så gott för det fanns inte mycket mer i världen för henne att förundras över, men hon tänkte sig att det kunde finnas åtskilligt i himlen. Allt hon ville var att få gå hädan i lugn och ro, att få ligga alldeles stilla i sin säng och höra skogen susa utanför, så som den hade susat i hela hennes liv. Men kattan lät henne inte vara i fred, den hade börjat prata redan på tredje dagen och sedan dess hade den traskat runt i stugan och bara gnällt och klagat. Det var ingen måtta på hur synd det var om den kattan. Ack, vilken otur den haft som hade hamnat hos en så uschlig gumma. Den hade det sämre än den eländigaste strykarkatt. Till och med mössen och småfåglarna var magrare här än på andra ställen. Den tyckte faktiskt att den förtjänade bättre, av god familj som den var och född i självaste prästgården. Det var en skam att prästfrun hade skänkt bort den till gumman redan som unge. Den kvinnan saknade faktiskt hjärta och det var en gåta att inte prästen hade kört henne på porten till straff, det hade varit en gärning i sann kristlig anda. Ja, så där tjatade kattan och gick på. Alltmedan gumman låg där och bara väntade på att få det tyst omkring sig, så att hon kunde få lyssna till skogens sus och dö i frid."

Alice gjorde en grimas. Det här var en barnsaga, inte den sanna berättelse hon hade hoppats på att få höra. Kanske anade Augusta att Alice höll på att lägga pussel, att hon skrev ner de fragment av Augustas berättelser som hon anade innehöll ett spår av sanning. Det var ett tilltag som säkert inte skulle uppskattas. Augusta ville själv härska över sin gåtfulla historia.

"Vad gjorde du då? Slängde du ut katten?"

"Det var inte en katt. Det var en katta. Det är skillnad. Och jag slängde inte ut henne, det hade inte varit någon lösning. Gumman behövde liv i huset medan hon dog, lite liv och lite värme. Kattans uppgift var att ligga på hennes bröst, bara ligga där tyst och stilla och slicka sig om tassarna. Möjligtvis kunde hon få spinna."

"Så vad gjorde du då?"

"Det var märkvärdigt vad du var frågvis i dag. Kan du inte hålla tyst och låta mig berätta i lugn och ro? Jag tog kattan i nackskinnet, bar ut henne utanför stugan och ställde henne på brunnslocket. Men eftersom det var en så högfärdig och fisförnäm katta, så vände hon sig genast om och satte svansen i vädret, hon skulle ha gått därifrån direkt om jag inte hade börjat ljuga."

Alice satte kammen under Augustas högra öra, lirkade med en liten lock som hade slagit knut på sig själv.

"Aj!" sa Augusta. "Ta det försiktigt! Jo, jag sa till kattan att jag var lagårdspiga från biskopsgården och att självaste biskopen hade skickat mig ut i världen. Biskopen hade nämligen en katt i huset, en katt som han älskade mer än något annat, en katt som serverades grädde i silverskål vareviga dag och sardiner från Portugal om söndagarna. Och ändå var denna katt inte riktigt lycklig. Han var en grubblande och melankolisk katt, som ofta suckade och frågade sig vad livet hade för mening. Biskopen tänkte sig att katten skulle bli gladare till sinnes om det också kom en katta i huset, en söt och tystlåten liten katta av god familj. Men eftersom biskopens katt var så helgonlikt god av sig, närmast överjordisk, måste också kattan vara alldeles särdeles dygdig. Helst skulle hon ha gjort något änglalikt, som till exempel att ligga tyst och värma en fattig gumma på hennes dödsbädd. Har du inte kammat färdigt snart?"

Alice stoppade kammen i fickan, tog ett steg bakåt. För en sekund blixtrade spektrumets alla färger i den blanka, bruna yta som var Augustas hår. Alice sjönk ner på ena knäet, samlade håret i sina händer och började rulla ihop det. Augustas frisyr såg enkel ut, men den var svår att skapa. Allt skulle samlas i en decimetertjock rulle i nacken. Det hade varit enklare med en knut, men det vägrade hon att ens diskutera. Det var bara frikyrkotanter som hade knut och själv var Augusta fritänkare, godtemplare och medlem i socialdemokratiska kvinnoklubben. Då hade man rulle.

"Kattan rände ner från brunnslocket innan jag ens hade pratat färdigt, satte sig vid stugdörren och lade huvudet på sned. Tjatat? Hon hade minsann aldrig sagt ett ord i hela sitt liv, allt hon hade i sinnet var att hjälpa sin stackars matmor att dö i frid. Men jag öppnade inte dörren genast, jag stod med handen på klinkan en stund och sa åt henne att jag skulle komma tillbaka, att jag skulle komma på skogsstigen endera dagen med biskopens katt i en korg klädd med sammet och siden – han var nämligen alldeles för spröd och känslig av sig för att orka gå själv – och om jag då hörde det minsta lilla tjat så skulle jag vända om och gå igen, men om det var tyst och stilla vid stugan och allt som kunde höras var skogens sus, så skulle jag stoppa kattan i korgen och ta henne med hem till biskopsgården. Jag hann knappt öppna dörren förrän kattan slank in, hoppade upp i gummans säng och lade sig tillrätta. Och när jag hade kokt resten av mina potatisar och lagt dem i ett knyte så sov båda två borta i sängen ..."

Alice stack en hårnål i rullen, medan hon mycket försiktigt kupade sin andra hand över den del som ännu inte fästs.

"Och sedan gick du till Stockholm."
Augusta suckade.
"Ja. Sedan gick jag till Stockholm."
Alice stack den sista nålen på plats, tog ett steg bakåt och granskade sitt verk.

"Berätta mer", sa hon och sträckte fram handen, strök över farmoderns hår. "Berätta hur det verkligen var."

Men Augusta böjde sin nacke och såg ner på sina fläckiga händer.

"Nej", sa hon. "I dag vill jag inte minnas hur det verkligen var."

NÄR SOLEN GÅR UPP ÄR ANGELICA FORTFARANDE VAKEN.
Hon ligger i sängen nu med ansiktet mot väggen och Kristoffer bakom ryggen och ser med torra ögon hur den nya dagens ljus letar sig in i den verklighet som nyss tilldelats henne. Det sker mot hennes vilja. Den här dagen borde inte ha fått komma. Den är ett vatten som hon ska klyva med sin vilja, hon ska gå rakryggad och torrskodd genom den, hon ska inte se sig om ens när vattnet sluter sig och dränker förföljarna bakom hennes rygg ...

Hon stryker med pekfingret över väggen, en våd i den brunblommiga sjuttiotalstapeten är lite fransig i kanten, hon lirkar lite, gör glipan större och trasigare och betraktar för ett ögonblick den gamla tapeten därunder. Den är ljusblå med små vita blommor. Fin. Det är bra, då kan hon tänka på hur det här rummet måste ha sett ut en gång. Kanske liknade det Rebeckas rum med sina blommiga väggar och gräddvita flickrumsmöbler, de som – och det har Angelica och de andra flickorna i klassen fått höra till leda – har gått i arv från Rebeckas mormor till hennes mamma och som en gång ska gå vidare till Rebeckas dotter. Arvegods, säger Rebecka när hon tjatar om de där möblerna och hennes överläpp blir alldeles ovanligt smal och snörpig.

När Angelica var mindre var hon dum nog att gå på den där bluffen. Hon avundades Rebecka hennes rum och trodde uppriktigt det Rebecka ville att hon skulle tro, nämligen att man blev en bättre människa av att bo i ett sådant rum. Finare på något vis. Mer äkta och gedigen. Som om en människa formades av sina möbler ...

I så fall skulle Kristoffer vara en plastmänniska. Angelica ler in i väggen. Och Siri skulle ha varit en björkmänniska för alla möbler i hennes vardagsrum var ju gjorda av björk ...

Hon stryker med handen över pannan för att driva bort tanken på Siri, Kristoffer suckar bakom hennes rygg och rör sig i sömnen. Angelica stelnar till. *Shit*! Hon glömde sig, glömde att minsta rörelse kan få honom att vakna. Långsamt sänker hon sin hand mot kudden, ligger sedan styv och blundande och försöker andas lugnt.

Han stinker, tänker hon mitt i ett andetag. Han stinker som ett rävgryt.

Tanken får henne att rynka pannan. Vad är det med henne? Varför tänker hon taskigheter om Kristoffer? Det är ju inget fel på honom, han luktar inte ens värre än andra. Alla killarna i skolan stinker på det där viset, särskilt om eftermiddagarna. Och Kristoffer är faktiskt schysst. Hon får inte glömma det, hon får inte glömma att han bara genom att välja henne öppnade en utväg just när hon trodde att ingen utväg fanns. Det är faktiskt det som är det bästa med honom. Att han valde henne. Att hon inte behövde göra ett dugg. Att hon bara behövde låta det hända.

Dessförinnan hade hon egentligen aldrig tänkt på honom, han var bara ett namn och ett ansikte bland andra namn och ansikten. Hon hade aldrig låtit honom fylla hela synfältet förrän den eftermiddag för tio dagar sedan då de stötte ihop på bussen till Herräng.

Då var det fortfarande vårvinter med grå himmel, snöslask och svartblank asfalt. Två dagar hade gått sedan Angelica hade funnit Siri död, och hon kände sig fortfarande konstig. Avstängd på något sätt, som om alla hennes sinnen hade flyttat en bit bort, som om de inte längre tillhörde henne. Hon kunde känna frityrlukten från korvkiosken vid busstationen, men den fick henne inte längre att tänka på pommes frites, hon kunde se Edebovikens stålgrå yta, men utan att egentligen uppleva den som vatten, hon kunde höra både motorljud och människoröster, men ljuden var dova och dämpade som om det slagit lock för öronen. Kroppen var stum och utan känsel, ändå utförde den alla de rörelser som måste utföras. Nu höll hon Mikael i ena handen och försökte få honom att gå före henne upp på bussens trappsteg, men han ville inte. Han var rädd för dörrens pysande och ville att de skulle ta steget upp tillsammans, men dörröppningen var för smal. Angelica hade hans stora nylonbag över axeln och den var så full av kläder och leksaker att de helt enkelt inte fick plats bredvid varandra. Busschauffören iakttog dem under några sekunder innan han lade båda händerna på ratten och sa:

"Nå, ska ni med eller?"

Angelica kunde plötsligt känna hur tung väskan var, hur djupt remmen skar i hennes axel. Hon såg på busschauffören utan att svara, medan hon än en gång drog Mikael i armen för att få honom att stiga upp. Det gick inte, han gnällde bara och gjorde sig tung och lealös. Hon gjorde en sekundsnabb kalkyl, vägde chaufförens irritation mot skammen i att komma med en blöt och smutsig väska till Mikaels stödfamilj och valde skammen. Alltså lät hon bagen dunsa i asfalten och bar in Mikael i bussen, sprang sedan hastigt nerför trappsteget och slet åt sig väskan. Hon hann inte mer än släppa den på bussgolvet förrän chauffören startade, hon fick kasta sig över Mikael och svajande parera bussens rörelser medan hon lyfte upp honom på ett säte. När hon gick tillbaka till förarplatsen för att betala kunde hon känna hur svetten pärlade på överläppen, hon drog hastigt handen under näsan, såg mitt i rörelsen att täckjackans mudd hade börjat bli fransig i kanten.

Chauffören stirrade ut på vägen när han gav henne biljetten, men när hon vände sig om för att gå tillbaka till Mikael kastade han en blick i backspegeln och sa:

"Den där ungen sitter på en plats för handikappade."

Angelica hejdade sig mitt i steget:

"Ja, han är ju handikappad ... "

"Men han kan gå. Den där platsen är avsedd för folk som inte kan gå. Äldre människor."

"Men ..."

"Det är inget att diskutera. Du får flytta honom."

Angelica betraktade sina medpassagerare. De var inte många: bara några färgglada täckjackstanter, vars svällande plastkassar avslöjade att de hade varit inne i Hallstavik och handlat, och en skygg ungkarl, förmodligen en sådan som dagligen gick till ett undanskymt jobb på bruket, men som levde sitt verkliga liv i en halvtom by någonstans. Alla undvek att se på Angelica, kvinnorna lutade beslutsamt huvudena mot varandra och talade med dämpade röster, mannen stirrade envist ut genom fönstret, trots att det inte fanns mer att se än brukets dis och dimmor. Om Angelica började protestera skulle alla titta på henne och värdera hennes utseende, de skulle notera att det liksom stod stämplat *lågpris* på alla hennes kläder, att jympadojorna var slitna och utgångna, att täckjackan var nästan urvuxen och att de svarta jeansen hade tvättats så många gånger att de hade blivit grå. Hunnen så långt skulle någon av dem säkert också dra sig till minnes att den där flickan faktiskt var dotter till den där människan som hade ihop det med Bacillen, och sedan skulle deras blickar rista ordet *socialfall* i hennes panna, så djupt att ärren skulle synas för evigt. Angelica ville inte ha några ärr. Alltså förblev hon tyst, tog Mikael vid handen och ledde honom till en plats längre bak i bussen.

Det var då hon fick syn honom, det var då hon insåg att det faktiskt fanns en person på bussen som såg på henne och som hade sett på henne hela tiden. En kille. Han satt bredbent och tillbakalutad längst bak. Hon letade i minnet efter hans namn medan hon gick tillbaka till handikapplatsen för att hämta väskan. Kristoffer. Så var det. Flyttade till Hallstavik för några år sedan. Gick i nian förra året. I gymnasiet inne i Norrtälje i år. Dyra kläder.

Mikael var trött. När de väl hade satt sig tillrätta lutade han sig mot Angelica och gnuggade sig i ögonen. Hon drog av honom mössan och rufsade honom lätt i håret, lade sedan armen om honom och tryckte honom intill sig. Hon var vaksamt och ordlöst medveten om pojken längst bak i bussen, samtidigt som hennes tankar fladdrade mellan Siris död, matteprovet på måndag och Bacillen som skulle komma redan i morgon. I bakhuvudet ekade Carinas gråt, när hon skrek att hon inte orkade, inte stod ut, att det faktiskt var hennes mamma som hade dött och att hon därför hade rätt att begära lite hänsyn.

Kristoffer gjorde ingenting förrän de var halvvägs till Herräng. Då vinglade han fram genom mittgången och slog sig ner på ett säte strax intill Angelica. Han gav henne ett hastigt ögonkast innan han lät blicken fladdra bort igen.

"Tja", sa han.

Angelica nickade. Det slog henne att han aldrig förr ens hade hälsat.

"Vart ska du då?"
"Till Herräng."
"Bor du där?"

Angelica vek undan med blicken och satte handen mot ryggstödet framför sig, som om hon behövde ta stöd för att hålla balansen.

"Nej. Ska bara dit med brorsan."

Han log:

"Så det är din brorsa, det där?"

"Mmm ..."

Mikael lutade sig fram och granskade Kristoffer, drog sig sedan hastigt tillbaka och gömde ansiktet i Angelicas täckjacka. Det blev tyst en stund, eftermiddagsljuset utanför rutorna hade plötsligt fått en ton av duvblått. Kristoffer tog sats inför nästa replik.

"Han är mongolid, va?"

Angelica svarade inte, men tryckte Mikael tätare intill sig.

"Jo", sa Kristoffer och det lät som om han talade för sig själv. "Jag har en kusin som är mongolid. Han liknar honom. Fast min kusin är mycket äldre ..."

Angelica vred på huvudet och såg på honom.

"Rätt cool typ", sa Kristoffer. "Min kusin, alltså. Ska jämt sjunga. Sjunger din brorsa?"

"Nej", sa Angelica. "Han sjunger nästan aldrig."

Han steg av utanför affären, precis som hon och Mikael. När hon kom tillbaka till hållplatsen en timme senare stod han fortfarande kvar.

Under den timmen hade Angelica först gått med Mikael till stödfamiljen, hon hade stått i deras hall och sett hur han först kastade sig i stödmammans famn för att bli kramad och sedan i stödpappans för att bli hissad mot taket. Deras ögon glittrade, de stod i hallens gula lampljus, omgivna av sina tusen ägodelar, sina prydnadssaker, porslinstallrikar och broderade bonader, och allt de såg var Mikael, hans skratt, hans runda kinder och den svarta gluggen i hans leende, den som visade att han hade förlorat sin första mjölktand sedan sist han var här. Det måste firas! Men hur? Chokladmjölk med vispgrädde? Godis? Eller hyrfilm? Ja, tänk om de skulle ta och hyra en film redan i kväll?

Angelica fick harkla sig två gånger innan stödmamman snodde runt, hon såg på Angelica medan hennes öppna leende långsamt slöts. Visst ja! Väskan.

"Den är lite smutsig i botten", sa Angelica.

Stödmamman suckade.

"Ja, ja", sa hon. "Det är väl lika bra att ställa in den i tvättstugan direkt. Det mesta brukar ju ändå behöva tvättas redan när han kommer ..."

Efteråt hade Angelica gått ensam genom Herräng bort mot slagghögarna och havet. Herräng var hennes hemlighet: hon hade aldrig mött någon som skulle kunna förstå vad den här platsen egentligen var. I Hallstavik ryckte folk på axlarna när Herräng kom på tal, om de inte fnös och började tala om bonnläppar och efterblivna typer. Angelica var den enda i hela Hallstavik som visste att Herräng var något helt annat än det halvdöda lilla brukssamhälle det såg ut att vara, men vad detta andra egentligen var kunde hon inte riktigt reda ut för sig själv. Något vackert, bara. Eller något hemlighetsfullt. En plats där alla sinnen kunde få vila; syn och hörsel, känsel och smak. Kanske hade det med ekarna att göra, med detta att solen silade genom deras bladverk om sommaren och att det där ljuset på något magiskt sätt tycktes stanna kvar när löven föll, kanske berodde det på att Glittergruvans vatten skiftade färg varje timme, kanske hade det med tystnaden att göra eller med öarna och skären i havet utanför. Angelica visste inte. Hon visste bara att hon aldrig kände sig så lugn som i Herräng, att det bara var när hon stod alldeles ensam högst upp på ett av de cementgrå slaggbergen i hamnen som hon kunde låta ryggens muskler mjukna. Här kunde hon hålla hela världen under uppsikt, ingenting kunde undgå henne. En sommardag hade hon till och med skymtat en sjunken ångbåt i vattnet, den låg väldig som en val på havsbottnen och vände sin vita buk mot himlen. Den är död, hade hon tänkt. Drunknad.

Men den här dagen syntes den döda ångbåten inte alls, havet var vintergrått och ogenomträngligt. Som glas, tänkte hon när hon kom upp på slagghögen. Havet ser alltid ut som glas när det är kallt, svart glas och grått glas, det är egentligen bara om sommaren som vatten verkligen är vatten ... En isvind strök henne över nacken, kölden letade sig in under kläderna, strök henne över ryggraden, kittlade hennes mellangärde, nöp hennes tår. Ändå förblev hennes muskler mjuka och hon stod kvar i nästan en halvtimme. När hon hade klättrat ner och börjat gå mot busshållplatsen var händerna stela av köld.

Hon fick sätta dem mot munnen och blåsa på dem för att kunna röra fingrarna igen.

Lamporna inne i affären hade tänts under den timme hon varit borta, de spred ett litet rutmönster av ljus över busshållplatsens asfalt. Kristoffer gick hastigt fram och tillbaka över dem med händerna gömda i armhålorna. Angelica hejdade sig när hon fick syn på honom, stod en stund inne i skymningen och granskade honom medan insikten långsamt växte.

Han har väntat, tänkte hon. Den där killen har faktiskt stått där i en hel timme och bara väntat på mig.

Ingen annan kille hade någonsin väntat på henne. Det var hon som hade fått vänta. Trots att hon ibland inte ens visste vem hon väntade på.

En vinterkväll för några år sedan hade hon stått utanför busstationen och hängt i många timmar, innan en kille dök upp och erbjöd henne plats bak på mopeden. Hon minns inte riktigt vad han hette, minns bara att hon njöt av att lägga kinden mot hans rygg och korsa sina händer om hans mage medan han körde mot sina föräldrars sommarstuga. När de kom in hade han tänt en liten lampa och kysst henne så hårt att deras tänder stötte mot varandra. Efteråt hade han klätt av henne och hon hade låtit det ske, hon hade stått mitt på golvet med armarna hängande utefter sidorna och låtit honom stryka plagg efter plagg från kroppen medan hon stirrade på sin egen andedräkt, såg hur den bildade små vita moln som upplöstes och förintades så fort de hade lämnat hennes kropp.

Kylan gjorde ont i huden. Hon kunde känna det, men brydde sig inte om det, hon slöt bara ögonen och lyssnade. Någon andades tungt. Det var mycket behagligt att lyssna till någon som andades så tungt.

Efteråt hade hon längtat efter den där andhämtningen. Det var därför hon började gå till discot på pizzerian om lördagarna, det var därför hon satte sig med särade lår i det mörkaste hörnet, det var därför hon stumt följde med var och en som grep om hennes handled, det var därför hon inte skrek när någon drog in henne på toaletten och tryckte upp henne mot väggen. Någon som faktiskt ville ha henne.

Det hände att hon kunde höra den där andhämtningen också när hon låg vaken hemma i Siris hus om natten, men då var den inte lika trösterik, då visste hon inte om den viskade om seger eller nederlag. Därför drog hon kudden över huvudet och blundade hårt, försökte stänga alla tankar ute ...

Men nu ligger hon i Kristoffers säng, i Kristoffers hus och är Kristoffers tjej. Eller hans flickvän, som hans mamma säger. Själv undviker hon det ordet, hon tycker att det liknar en dörr som lätt skulle kunna reglas bakom hennes rygg. Ändå måste hon naturligtvis medge att hon frivilligt har ställt sig på tröskeln i den där dörröppningen. Dagen efter deras första möte, samma dag som Bacillen skulle komma, hade hon helt enkelt följt med Kristoffer hem. Inte för att hon hade planerat det, det hade bara råkat bli så att hon hade stoppat en extra tröja och några trosor i botten på sin ryggsäck när hon gick till skolan den morgonen. Tandborste och tvål hade hon ju redan i sitt skåp i skolan.

Sedan den dagen har hon följt med Kristoffer hem varenda eftermiddag. Varken han eller hans föräldrar har sagt något om saken, det verkar som om de tycker att det är helt naturligt att hon har flyttat in. Tystnaden gjorde henne osäker i början, hon gick omkring och väntade på att bli avslöjad, även om hon inte riktigt kunde räkna ut vad det var hos henne som skulle avslöjas. Efter några dagar började Kristoffers mamma ställa frågor om Carina och Siri, om Mikael och stödfamiljen, men nu verkar hon ha tappat intresset och pratar mest om sig själv och om allt hon ska göra med huset. Pappan säger ingenting alls, hälsar knappt. Kristoffer själv är inte heller så talträngd, det är som om han bara vill ha Angelica i närheten, men utan att egentligen umgås med henne. Som ett slags husdjur. Det passar henne fint, det ger henne tid att tänka. Annars har tiden varit det enda problemet. Kristoffer tycker inte om att hon gör saker utan honom, delar ut reklam eller läser läxor, därför försöker hon hinna med både reklamen och läxorna innan han kommer med bussen från Uppsala. Men i dag ska hon varken dela ut reklam eller läsa läxor. I dag är det en dag som hon helt invändningsfritt kan hävda är hennes egen. En begravningsdag.

Siri skulle ha varit nervös ...

Angelica grimaserar lite åt sin egen tanke. Men det är faktiskt sant, Siri skulle ha varit svimfärdig av nervositet om hon hade vetat något om sin egen begravning. Hon skulle ha övertygat sig själv om att alla begravningsgäster egentligen hade betydligt viktigare saker att göra i dag än att se till att hon kom i jorden, att de var rasande på henne för allt besvär hon ställde till med. Hon skulle ha ängslats över att Angelica hade fått be om ledigt från skolan och över att Mikael skulle få stanna för länge hos stödfamiljen, för att inte tala om allt omak hon hade orsakat Marianne och Kåre.

Kanske är det skönt för Siri att vara död. Kanske är det skönt att dö när man har varit rädd ett helt liv, så rädd att man varken orkat se eller höra. Det var därför Siri behövde Angelica, hon behövde någon som kunde se och höra åt henne. Hon kunde ju inte ens gå till vårdcentralen själv, Angelica måste följa med för att höra vad doktorn sa. Siri själv satt rakryggad och styv och plockade bort osynliga dammkorn från kjolen under hela besöket, livrädd för att hon inte skulle vara tillräckligt sjuk för att vara berättigad till ett besök hos läkaren och lika rädd för att hennes tillstånd skulle vara alltför komplicerat, att hon skulle vara sjuk på något svårt och gåtfullt vis som skulle blotta luckor i läkarens stora vetande och därmed förolämpa honom, och därutöver rädd för att bli anklagad för slarv, slöseri och enfald, de brott hon själv ständigt ställde sig till svars för.

De dagar Siri skulle till doktorn tog det henne timmar att klä på sig, varje plagg måste bredas ut över köksbordet och granskas i ljuset från kökslampan. Underkläderna måste vara oklanderliga i både färg och form, inte slitna, men inte heller alldeles nya, så att man skulle kunna tro att hon hade skäl att dölja tillståndet hos sina vardagsunderkläder. De måste vara bländande vita men utan minsta antydan till lättfärdighet och pynt, inte ens den anspråkslösaste lilla trikåspets fick pryda dem. Den nytvättade klänningen måste undersökas i varje söm innan den ströks, så att inget enda stygn hade släppt. Strumpbyxorna måste vara nyinköpta och försedda med rejäla förstärkningar på tå och häl, så att det inte skulle löpa några maskor om Siri råkade få en sten i skon på vägen ...

Men den omsorgsfulla kontrollen gjorde henne inte tryggare. När Angelica kom hem från skolan mer än två timmar före den beställda tiden, satt Siri fullt påklädd på en pall i hallen med handväskan i knäet, redan i färd med att föreställa sig de anklagelser som skulle möta henne när hon kom fram till vårdcentralen. De måste skynda sig, så att de inte kom för sent, hon hade hört att läkarna brukade bli väldigt irriterade på patienter som kom för sent. Å andra sidan fick de inte heller komma för tidigt, för sköterskorna brukade bli lika irriterade om man kom för tidigt. De hade varit väldigt snäsiga en gång när Siri råkade komma en hel timme för tidigt. Och ändå hade Siri inte sagt ett knyst, hon hade inte ens bläddrat i veckotidningarna, bara suttit rätt upp och ner i väntrummet och försökt att inte störa. Siri ville inte att det skulle hända igen, så om de råkade komma för tidigt så kunde de kanske gå bort till biblioteket en stund. Angelica hade väl ingenting emot det? Var hon arg för att Siri hade bett henne att komma hem i så god tid? I så fall kunde Siri förstå det, självklart förstod hon hur besvärligt det var för Angelica att be om ledigt. Lärarna blev väl inte arga på henne? Då måste hon berätta hur det låg till, att det egentligen var hennes mormors fel alltsammans ...

Siri hade haft ett helt skåp fullt med mediciner. Där fanns piller som skulle få hennes hjärta att slå, hålla hennes blodtryck på rätt nivå och driva överflödig vätska ur hennes kropp, piller som var sömngivande, rogivande, uppiggande och smärtstillande. Men inget piller hade skrivits ut för att stilla den största smärtan: skammen över att vara född till Siri.

Angelica hade många gånger önskat Siri en sådan medicin, ett vitt litet piller som skulle ha dämt upp den flod av syndabekännelser som ständigt rann ur mormoderns mun. Nu ångrar hon sig, nu skulle hon ge flera år av sitt eget liv bara för att än en gång få sitta vid köksbordet och höra Siri stöka vid diskbänken medan hon med tonlös röst maler på om hur alla avskyr henne, från kassörskorna på Konsum, till farmaceuterna på apoteket och sköterskorna på vårdcentralen.

Angelica fnyser ljudlöst in i väggen. Carina borde väl vara nöjd nu när Siri är död, hon kunde ju ännu mindre tåla det där pratet. När Siri satte igång fick Carina alltid så bråttom, så bråttom eller så ont, så ont och flaxade mot dörren. Bara en gång stannade hon kvar och försökte överrösta den tonlösa monologen, skrek med gäll röst att det var inbillning alltihop, att ingen avskydde Siri, att kassörskorna på Konsum, farmaceuterna på apoteket, sköterskorna på vårdcentralen och alla de andra inte brydde sig ett dugg om henne, att Siri var lika oviktig och osynlig som alla andra gamla kärringar, att folk helt enkelt gav fullkomligt fan i henne ...

Det där hände samma dag som det hade gått upp för Carina att Angelica hade flyttat hem till Siri. Ingen kan påstå att hon reagerade snabbt. Det hade redan gått tre veckor sedan Angelica för första gången hade rett sig en bädd i det lilla rummet bredvid Siris sovrum. Ändå hade Carina gjort sig till och försökt spela riktig mamma. Det här tänkte hon inte finna sig i! Hennes dotter skulle minsann bo hos sin mor och bror och styvfar. Hon var alldeles för ung för att bara flytta iväg på det där viset, och förresten skulle Siri bara utnyttja henne till passopp, så som hon en gång i världen hade utnyttjat Carina. Dessutom borde Angelica faktiskt tänka en liten smula på sin mamma. Hon behövdes hemma eftersom Carina hade så ont och inte alltid orkade ta hand om allt som behövde tas omhand när det nu var som det var med Mikael. Bacillen hade för övrigt lovat att aldrig mer närma sig Angelica med sax och rakhyvel, vilket han förresten aldrig någonsin skulle ha gjort om inte hon hade varit så onödigt uppkäftig. Och han hade ju rätt: det Angelica hade sagt till Mikael var oförlåtligt. Dessutom måste hon någon gång lära sig att visa respekt för vuxna människor, i synnerhet mot vuxna människor som Bacillen som visade att det var möjligt för vem som helst att göra något av sitt liv, även med de uslaste förutsättningar. Dessutom fick Angelica tänka på att han var Mikaels pappa. Ville hon beröva den stackars ungen hans riktiga pappa? Va? Ville hon det?

Varken Siri eller Angelica hade svarat. Angelica hade satt händerna för öronen, dykt ner i sin SO-bok och halvhögt rabblat namnen på Europas huvudstäder, Siri hade smällt i köksskåpens dörrar och högljutt klagat över att hon inte kunde hitta strösockret, trots att hon var alldeles säker på att hon hade köpt ett nytt paket så sent som i lördags. Kassörskorna på Konsum hade säkert smusslat undan påsen, Siri hade minsann sett vilka menande ögonkast de gav varandra när hon lade upp sina varor på bandet ...

Det var då Carina började skrika. Siri och Angelica hade inte skrikit tillbaka, de hade bara fortsatt med Europas huvudstäder och jakten på det försvunna strösockret. Först när Carina med ansiktet flammigt av gråt hade slängt igen dörren bakom sig kände sig Angelica tillräckligt säker på Europas huvudstäder för att stänga SO-boken. Sockerpåsen dök upp i samma ögonblick, den stod på översta hyllan i skafferiet. Siri blev genast alldeles lugn, log vänligt mot Angelica och strök henne över kinden innan hon sjönk ner vid köksbordet med en kopp kaffe. Hon lassade sex skedar socker i koppen, blinkade sedan åt Angelica och avgav ett halvkvävt fnitter över sin egen syndiga måttlöshet.

En väckarklocka ringer i rummet på andra sidan hallen, men Angelica hör den bara som ett hastigt surrande. Kristoffers pappa låter aldrig sin klocka ringa länge. Han tystar den efter bara en sekund, som om han låg vaken hela natten med handen höjd och bara väntade på att slå till. Angelica skulle också vilja stiga upp, men det får hon inte. Klockan är inte sex ännu och Kristoffers pappa vill inte se några andra människor i köket före klockan sju, det gjorde Kristoffer klart redan första morgonen. Sedan dess har hon lärt sig att gubben helst inte vill se några människor överhuvudtaget. Han umgås hellre med hästar. Nu sätter han sig upp och daskar fotsulorna i golvet, det kan hon höra. Snart ska han gå ut i badrummet, ställa sig bredbent framför toalettstolen utan att stänga dörren bakom sig och låta nattens urin porla ner i skålen. Kristoffers pappa pinkar som en häst. Ljudligt.

Angelica drar kudden över huvudet för att slippa höra, halskedjan följer rörelsen och nyckeln faller ner mellan hennes bröst. Hon höjer handen och griper om den, oron rör sig i magen. Tänk om Carina verkligen har brutit upp kassaskrinet och tagit hennes fyra hundralappar ... Fast skulle hon klara det? Det är ju ett rejält kassaskrin, ett riktigt, ett sådant som man har i firmor och affärer, inte något fjolligt tonårsskrin. Angelica köpte det när hon fick sin första lön och sedan dess har hon burit nyckeln i en kedja om halsen. Kedjan fick hon av Siri på sin tolvårsdag. Det var en silverkedja som Siri själv hade fått som konfirmationsgåva av sin mormor Augusta.

Angelica sluter handen hårdare om nyckeln. Det var idiotiskt att alls ta kassaskrinet till lägenheten, hon borde ha låtit det vara kvar i Siris hus. Hon borde ha stannat där själv också. Hon och Mikael skulle ha kunnat bo där alldeles ensamma, de skulle ha kunnat sitta i Siris kök om vintermorgnarna och dricka chokladmjölk tillsammans. Utanför fönstret skulle luften vara dunig som en kattunge av stora vita snöflingor och inne i huset skulle det lukta gott av brinnande stearinljus ...

Äsch! Det är ju bara en dröm, en urlöjlig, djävla såpafantasi. Angelica kan inte bo med Mikael i Siris hus, det är omöjligt. Carina skulle ligga i en hulkande hög på trädgårdsgången så fort de hade flyttat in och kärringarna på socialen skulle få krupp vid blotta tanken. Sextonåriga flickor får inte ta hand om sig själva och sina småbrorsor, det är lag på det. Eller rättare sagt: lagen säger att det inte får synas att vissa sextonåriga flickor får ta hand om sig själva och sina småbrorsor, alla måste låtsas att det i själva verket är morsan som tar hand om dem fast alla vet att somliga morsor inte ens kan ta hand om sig själva ...

Tanken får Angelica att glömma hur viktigt det är att ligga orörlig, hon knyter näven och låter knogen snudda vid väggen. Det är tillräckligt för att allt ska börja på nytt. Kristoffer suckar djupt bakom hennes rygg, famnar henne sömnigt och drar henne tätt intill sig, söker trevande med handen efter hennes bröst och pressar sitt underliv mot hennes stjärt. Han har stånd igen! Tre gånger har han legat med henne i natt, hela hennes kropp är klibbig av hans svett och sperma, ändå har han stånd igen.

Utan att tänka höjer Angelica armen för att knuffa undan honom, men hejdar sig mitt i rörelsen. Minnet av moderns lägenhet stryker över hennes sinnen: hon ser köksfönstrets utsikt mot brukets stränga landskap, hör Carinas klagande röst, känner Bacillens andedräkt bränna mot kinden, hans vredes doft och snorets salta smak när man omärkligt tvingas svälja det för att inte visa att man är rädd.

Friheten har sitt pris. Men den är faktiskt till salu.

Alltså vänder sig Angelica än en gång mot Kristoffer, sluter sina ögon och särar sina ben.

En dörr slår igen en bit bort och Alice vaknar med ett ryck, drar in den kalla morgonluften i ett överraskat andetag innan hon minns var hon är.

I Nordanäng. I Augustas hus. På verandan.

Hon har glidit ner på golvet under natten, sovit med kinden mot en av de sammetsgrå plankorna. Hon ligger kvar så en stund och ser på Augustas trädgård, betraktar dess gula gräs och mossbeklädda fruktträd medan hon långsamt vaknar.

Luften är lätt att andas. Alice är också lätt, det är som om nattluften har gjort henne tyngdlös, som om hon skulle kunna sväva som ett genomskinligt fjolårslöv i vinden. Hon fruktar inte längre sina tankar, hon skulle lätt kunna låta dem glida över vykortet och alla dess komplikationer, det vet hon. Ändå avstår hon. Morgonen är alldeles för vacker, egentligen alldeles för vacker för en begravningsdag i april, hon vill bara ligga kvar i sovsäckens värme en stund och betrakta den. Världen är skön. Lite fransig i kanterna av sorger och förluster, men ändå mycket skön.

Så här om morgonen är den dessutom förnuftig. Huset har slutat viska, Alice kan sitta lugn vid köksbordet med sin frukost i nästan en timme utan att störas av det förflutna. Efteråt tvättar hon sig länge och omsorgsfullt med vatten som hon har värmt på kokplattan ovanpå järnspisen. När hon har tömt baljan i diskhon snor hon en handduk om kroppen, går ut i hallen och ställer sig framför spegeln. Hon vill se om det är sant. Om det verkligen stämmer.

Under det senaste året har Alice allt oftare tyckt sig skymta Augusta i sin egen spegelbild, därför har hon snabbt slitit åt sig badrocken när hon har klivit ut ur duschen och vägrat se på sig själv. Men nu tvingar hon sig, nu tänder hon lampan i den fönsterlösa hallen och låter handduken falla till golvet, blir sedan stående orörlig en lång stund medan hon betraktar sin kropp. Efter en stund lyfter hon sin högra hand, stryker den under hakan och minns Augustas dubbelhaka, kupar sedan händerna under sina bröst och minns Augustas väldighet, vänder till sist ryggen åt spegeln och ser sig över axeln, granskar sina ben och minns Augustas åderbråck, suckar lätt när hon skymtar en blå liten linje strax under ena knävecket.

Jo. Tecknen finns där. Slappare hull, en ny tyngd över höfterna, en nästan omärklig ryggens krökning som aldrig har funnits där förut.

Och ändå: fortfarande kan hon förvandla sig, ännu en liten tid är hon som en av de fixeringsbilder som hon minns från gymnasiets psykologibok, den där bilden som samtidigt kunde föreställa en ful gammal häxa och en vacker ung kvinna, allt beroende på hur man såg på den. Det enda hon behöver göra är att släcka lampan i taket så att det blir skymning i hallen, lösa sitt hår och låta det rinna över ryggen, öppna sina slutna läppar och lyfta armarna över huvudet så att brösten följer med i rörelsen. Än en gång, kanske för sista gången, är hon fuktig och lockande, mjuk och pärlemorskimrande. Ett minne rör sig i bakhuvudet, hon vet inte varför, vet bara att hon plötsligt ler mot sin spegelbild och vagt minns en man som hon mötte vid en middag för några år sedan. Vad var det han sa, den där knubbige fysikdocenten?

Allt finns alltid. Så sa han.

Alice sänker armarna och tar ett steg framåt, sträcker sina händer mot spegeln och låter fingertopparna snudda vid den andra Alices fingertoppar, hon som lever sitt liv på andra sidan glaset. Hon skulle vilja förklara för henne hur det ligger till, att tiden bara är en fråga om ljus och avstånd, att varje ögonblick bokstavligen finns kvar för evigt. Om Alice hade haft en tillräckligt skarp kikare och befunnit sig tillräckligt långt borta i universum, om hon till exempel hade krupit genom några av de där kosmiska maskhålen som den där docenten talade om med ett generat småleende, de som möjligen fanns, även om ingen visste säkert, och som skulle göra oövervinneliga avstånd övervinneliga, så skulle hon kunna se sig själv som femtonåring. Hon skulle kunna se hur hon en påskdag för länge sedan stod i just den här hallen framför just den här spegeln och för första gången såg med glädje och glitter på flickan bakom spegeln, därför att någon annan för första gången hade sett med glädje och glitter på henne själv ...

Ljuset har bevarat henne i det ögonblicket. Det finns för alltid. Någonstans.

Så sänker hon armarna och rycker på axlarna. Som om det skulle göra någon skillnad. Hon stirrar sin spegelbild i ögonen en kort sekund, innan hon böjer sig ner och plockar upp handduken. Hon snor den hårt om kroppen och tar sedan trappan upp till övervåningen i tre stora steg.

Det känns ovant att gå nerför trappan igen, att stiga försiktigt på varje trappsteg klädd i pumps och snäv dräktkjol. Hon har alltid känt sig som en flicka i Augustas hus, nu känner hon sig som en makaber liten flicka som roar sig med att leka vuxen begravningsgäst. Hennes spegelbild hånar henne som hastigast när hon går förbi: du är mer än vuxen. Se bara. Halvgammal.

Borta vid dörren stannar hon och kontrollerar att hon har fått med sig allt. Necessären och gårdagens kläder ligger i bagen, plånboken i handväskan. Under några andetag blir hon tveksamt stående med handen kvar i väskan. Hon vet ju att hon stoppade vykortet i blixtlåsfacket för en stund sedan, ändå darrar det av oro i henne för att hennes kropp lät det stanna vid tanken. Det har hänt förr. Alltså öppnar hon blixtlåsfickan en aning och sticker ner pekfingret, stryker hastigt med fingertoppen över den redan välbekanta ytan, innan hon öppnar dörren och går ut på verandan.

Först när hon har låst slår det henne att Angelica också är i Nordanäng. Hon blir tveksamt stående med nyckeln i handen. Nej. Det vore orimligt att åka härifrån utan att ta kontakt med flickan och erbjuda henne skjuts till begravningen. Även om det innebär att hon först måste ta henne till ett hus där hon inte är välkommen. Marianne och Kåre får helt enkelt uppföra sig som folk.

De svarta pumpsen blir grå av damm när hon går längs grusvägen till det vita huset. Hon stannar till vid grindstolpen, håller sig med ena handen och torkar först av höger sko med vänster strumpfot, sedan vänster sko med höger strumpfot, medan hon iakttar den silvertråd en yrvaken spindel dragit mellan grindstolparna. Vårens första spindelväv. För ett ögonblick föresvävar det henne att den är för vacker för att förstöras, att hon borde huka sig och krypa under den, sedan sansar hon sig och minns att någon skulle kunna se henne. Det skulle se konstigt ut i andra människors ögon om hon hukade, alltså måste hon föröda spindelns verk.

Utanför det vita huset är det lika tomt som i somras, det står inte ens någon häst i hagen. Bara en ensam katt iakttar Alice från trappan, men den reser sig upp och försvinner i en rinnande rörelse när hon närmar sig. Det vita huset är stort, större och äldre än något annat hus i Nordanäng, ändå verkar det bara halvfärdigt. På Augustas tid bodde en ensam gubbe här, då hade huset blå dubbeldörr och blå fönsterfoder, då var det som nu är en söndertrampad hästhage en liten nordisk lustgård med krusbär, augustipäron och astrakaner.

Sedan dess har huset bytt ägare fyra gånger. Den målade dubbeldörren ersattes redan på sjuttiotalet av en enkeldörr i teak, trappan revs några år senare och byggdes upp på nytt i grönaktigt tryckimpregnerat trä. De nya ägarna har satt in nya fönster på bottenvåningen, mindre och mer kvadratiska än de gamla. De gamla fönstrens rektangulära konturer syns tydligt, fönsterfodren har lämnats kvar och i skarvarna sitter ny omålad panel.

Dörren öppnas i samma ögonblick som hon knackar på, det är som om någon har stått med handen på handtaget och väntat. Och denna någon är en man i fyrtiofemårsåldern med rutig skjorta och urtvättade jeans. Stor. Han fyller nästan hela dörröppningen. Längre in i hallen skymtar en kvinna i samma ålder, hon står framför en spegel med handen höjd som om hon blivit avbruten just när hon skulle luta sig fram för att granska sitt ansikte.

"Ja?" säger mannen uppfordrande.

Alice förklarar sig hastigt. En släkting. Ska till begravningen. Vill erbjuda Angelica skjuts i sin bil. Om nu Angelica verkligen är här och det inte har ordnats på annat sätt. Mannen backar medan hon talar, gör en gest för att bjuda henne in i hallen, men säger inget mera. Men kvinnan vänder sig om och ler:

"Åh", säger hon. "Så bra. Vi undrade just om vi skulle vara tvungna att låta den lilla stackaren ta bussen. Kristoffer har redan åkt, han måste ju till skolan i vanlig tid, och själva måste vi iväg och titta på ett nytt sto på Singö, det går helt enkelt inte att ställa in ... Och så kommer du. Som gudasänd. Fantastiskt. Kom in, bara. Kom in."

Alice tar ett tveksamt steg in i hallen, en smula överväldigad av kvinnans entusiasm. Mannen stänger dörren bakom henne och sträcker fram handen, Alices egen hand försvinner nästan i den.

"Bertil", säger han och slänger till med huvudet som om han försöker kväva en bockning. Kvinnan går fram till dem och lägger sin egen hand över deras handslag, tvingar dem att förlänga det med sin egendomligt välsignande gest. Det tar några sekunder innan Alice förmår dra åt sig handen. Kvinnan söker den genast på nytt och sluter den mellan sina egna.

"Jag heter Ann-Katrin", säger hon och lägger huvudet på sned.

Hon påminner om någon, men det tar några sekunder innan Alice inser att det inte är om en levande människa. Modigliani. Den

57

här kvinnan ser ut som ett porträtt av Modigliani. Alla hennes linjer är aningen för långa, ansiktets, fingrarnas, halsens. Men hon saknar Modiglianis färger; håret är sandfärgat, huden i ansiktet bara en aning blekare, ögonen så ljust blå att de verkar genomskinliga.

"Kom in", säger hon, fortfarande med händerna slutna om Alices högerhand. "Vi tar en kopp kaffe medan Angelica gör sig färdig."

Hon släpper taget om Alice med ett leende, går fram till trappan och ropar upp på övervåningen.

"Angelica! Din moster är här för att hämta dig."

Moster? Alice hejdar handen som just har börjat knäppa upp kappan.

"Jag är inte hennes moster. Jag är hennes mormors kusin."

Ann-Katrin ler ett hastigt leende.

"Sak samma. Kom in i köket så får du kaffe."

Bertil glider ut genom ytterdörren med en tyst nickning. Han fäster blicken vid Alices ansikte och stirrar stint på henne medan han stänger dörren.

"Hon är en sån liten stackare", säger Ann-Katrin och sluter båda händerna om keramikmuggen. "Som en fågelunge. Jag har försökt få henne att sätta ord på sina känslor, men det är inte lätt. Hon vill inte öppna sig."

Alice sätter sin egen mugg på vaxduken. Frukosten har inte dukats av, den står och vissnar i en solstråle mitt på bordet. Osten har börjat svettas, lättmargarinet är redan så mjukt att en liten rännil av gul vätska har börjat bildas i askens botten. Ann-Katrin sveper luggen från pannan och ger Alice ett hastigt ögonkast.

"De första dagarna tyckte jag att hon nästan verkade katatonisk."

Alice skakar på huvudet.

"Angelica har alltid varit lite svår att komma in på livet. Och nu ..."

Hon slår ner blicken, plötsligt skamsen över att hon sitter och låtsas att hon känner Angelica, att hon vet vem hon verkligen är. Men Ann-Katrin tycks inget märka, hon nickar bara ivrigt.

"Jo, jag insåg ju att hon inte var katatonisk på riktigt, inte som en del av dom jag såg när jag jobbade på psyket."

"Har du jobbat på psyket?"

"Ja, för länge sedan. När jag var ung. Jag tänkte bli psykolog ett tag, men sedan hoppade jag av. Men jag fick ju en del erfarenhet på vägen. Så jag insåg ju att vad det än är för fel på Angelica, så inte är hon katatonisk. Då knyter man inte an till en person så hårt som hon har knutit an till Kristoffer."

Alice låter blicken glida åt sidan, hon vill inte veta vad Ann-Katrin anser att det är för fel på Angelica. Det blir tyst ett ögonblick, nästan vilsamt, men bara under de sekunder det tar Ann-Katrin att höja sin mugg, ta en klunk kaffe och svälja. Sedan ropar hon med hög röst i riktning mot trappan:

"Men kom då, Angelica! Din moster väntar!"

"Jag är inte hennes moster", säger Alice.

"Sak samma", säger Ann-Katrin. "Tycker du om hästar?"

Alice har ingenting att säga om hästar, därför mumlar hon bara otydligt till svar medan hon låter blicken fladdra runt köket. Det renoverades tydligen på sjuttiotalet och sedan dess har tiden stått stilla. Skåpluckorna är bruna, tapeten blommar skamlöst i grönt och orange.

"Själv älskar jag hästar", säger Ann-Katrin.

Det blir tyst en stund. Alice kan höra Angelica röra sig en trappa upp, det låter som om hon tassar med nakna fötter över ett trägolv.

"Hur länge har Angelica och Kristoffer varit tillsammans?" säger hon sedan. Ann-Katrin fyrar av ett leende.

"Bara någon vecka. De är fortfarande alldeles nyförälskade ... Det är rent rörande att se, de pussas och kramas och klämmer på varandra hela tiden. Kan inte bärga sig innan de får vara ensamma. Riktiga små kaniner."

Alice ser ner i bordet, petar lite på en brödsmula. Den har legat där en stund, det märks, den är torr och hård.

"Och du tycker inte att de är lite väl unga?"

Ann-Katrin skrattar till.

"Knappast. Det finns ingenting de kan göra som inte jag gjorde själv när jag var i samma ålder. Nej, jag unnar dom verkligen att njuta av den här tiden, den där första ljuvliga upptäckarglädjen. Det är härligt att se."

"Bor Angelica här hos er?"

Ann-Katrin flackar till med blicken och drar hastigt sina långa fingrar genom håret.

"Nej, nej, inte alls. Hon sover över hos Kristoffer ibland, det är allt. Men hon bor inte här ... Nej, absolut inte. Men jag tror att det är bra för henne att vara med oss just nu, inte bara med Kristoffer, utan med hela familjen. Hon bodde ju hos sin mormor och det verkar inte som om hon är så där väldigt angelägen om att flytta hem till sin mamma igen ..."

Hon ger Alice ett hastigt ögonkast innan hon fortsätter:

"Ja, du får ursäkta, men är inte Angelicas mamma ganska upptagen med att vara bräcklig? Det verkar inte som om hon riktigt har kunnat *se* Angelica. Därför tror jag att det kan vara bra för Angelica att få vara tillsammans med vår familj ett tag. Det är så rörande att se hur hon klänger sig fast vid Kristoffer, hur oerhört viktig han har blivit för henne ..."

"Och hon för honom?"

Ann-Katrin öppnar munnen, men stänger den igen utan att svara, ser över Alices axel bort mot köksdörren. Alice vrider på huvudet och följer hennes blick. Angelica står i dörröppningen. Hon nickar hastigt åt Alice, vänder sedan än en gång sin torra blick mot Ann-Katrin och ser på henne. Hon säger ingenting.

II.

LÅT OSS SÄGA ATT DET FINNS EN HIMMEL.
Låt oss dessutom säga att Augusta har fått tillträde dit.

Inte för att vare sig det ena eller andra är särskilt troligt, utan för att det ger oss möjlighet att låta Augusta betrakta sina ättlingar när de nu förbereder sig för Siris begravning.

Alltså låter vi henne sitta som en överårig kerub på ett av de moln som seglar fram över den klarblå aprilhimlen. Det är en roll som passar henne väl; Augusta behöll nämligen inte bara sitt kastanjefärgade hår livet ut utan också sin ungdoms klara ögonvitor, och hon har fått behålla sina färger i himmelriket. Det är hon nöjd med. Hon är mindre nöjd med att hon också har fått behålla det hull som med årens lopp kom att bädda in hennes muskler och skelett i alltmer molnartade formationer. Faktum är att hon ständigt stör Vår Herre med petitioner om att bli tilldelad en annan och mer tilltalande himlakropp. Isak är ju också i himlen, gubevars, och Augusta anser att paradiset inte kommer att vara riktigt paradisiskt förrän den dag han möter henne med samma överväldigade häpnad som den morgon då hon gjorde sitt intåg i Herräng.

Nåväl, nu sitter Augusta på sitt moln med alla sina färger och dubbelhakor i behåll och lutar huvudet i handen på kerubers vis medan hon betraktar landskapet under sig. Ännu tjugofem år efter sin död är Augusta varmt fästad vid den trakt som kom att inrama hennes vuxna liv, ändå vore det lögn att påstå att hon är lika förtjust i allt hon ser. Häverödal lämnar henne till exempel ganska oberörd, trots att hennes egen kropp ligger begravd utanför den medeltida kyrkan. Det är ett håglöst ställe, anser Augusta, en uppgiven liten plats som långsamt låter sig slukas av det större och mer självmedvetna Hallstavik.

Augusta rynkar pannan när hon betraktar Hallstavik, ungefär så som hon med misslynt ömhet brukade rynka pannan åt Harald och Erland när de var små. Förbaskade pojkvaskrar till att vända upp och ner på allting! Hallstavik ser nämligen ut som om det härjats av ett gäng småpojkar, det är så stökigt och rörigt att man knappt kan se det som är vackert: de små smyckena till bruksbyggnader och den märkvärdiga skolan, den som en gång av självaste ärkebiskopen utnämndes till den skönaste på hela Sveriges landsbygd. Men att själva rörigheten gömmer en berättelse – industrialismens och nittonhundratalets – förmår Augusta inte se. Hon ser inte att de övergivna arbetarbostäderna vittnar om slitets och kampens årtionden i början av seklet, att tjänstemännens och yrkesarbetarnas gedigna tegelvillor talar om de välståndets dagar som kom efteråt, hon hör inte att hyreshusen viskar om dem som aldrig fick vara med på festen; de mörkögda, som kom för sent, och de vildögda, som inte ens blev bjudna. Kanske beror hennes oförmåga på att Hallstavik är ett manssamhälle. Bokstavligen. Ett samhälle byggt av män för män och som därför endast låter sig tolkas av män.

Därför är det inte utan en viss skadeglädje som Augusta nu noterar att Hallstavik är på väg att bli ett stycke historia i en värld som bereder sig för en annan framtid än fabrikernas. Visserligen ligger pappersbruket fortfarande som en övergödd drake nere vid Edeboviken och pustar sina ångor över vattnet, och visserligen ligger Folkets hus fortfarande mitt i byn – en gedigen betongklump som göts under det korta ögonblick i historien då industriarbetarna trodde sig ha erövrat både framtiden och det förflutna – men makten och härligheten har flyttat någon annanstans. Ingen vet vart, men alla vet att den åtminstone inte står att finna vare sig på brukskontoret eller på arbetarekommunens expedition.

Det är annorlunda med Herräng, den sista av de tre orter som Augusta kan beskåda från sitt moln. I Herräng har tiden inte någon större betydelse. Här glider framtiden in i det förflutna, och det förflutna i framtiden utan att någon tycker att det är särskilt märkvärdigt. Så har det varit i många hundra år och så var det också när Augusta levde här. Och trots att Herräng är lika mycket ett brukssamhälle som Hallstavik så är det lättare att vara kvinna här. Kanske beror det på tystnaden, på att man i Herräng kan höra vinden susa och människor viska, kanske beror det på de gamla husen, på detta att de ligger i ett prydligt rutmönster och omges av stora trädgårdar med körsbärsträd och krusbärsbuskar. Om det nu inte beror på ljuset, det mycket speciella ljus som bara finns på de få platser på den svenska ostkusten där ekarna är så många att de nästan bildar en skog.

Augusta är nöjd med sitt Herräng, hon är nöjd med lugnet och långsamheten, hon är nöjd med att nästan alla de gamla husen står kvar, också stigaren Arthur Svenssons, hon är till och med nöjd med Alperna, de grå slagghögarna som ligger som cementberg nere vid hamnen. Utan dem skulle Herräng bli en idyll, anser Augusta, och hon har alltid haft svårt för idyller.

Å andra sidan skulle idyllhotet bli avsevärt mindre om bara Augusta ville erkänna för sig själv att det också finns gruvhål i Herräng, tre väldiga vattenfyllda gruvhål och flera hundra små. Men under de sista fyrtio åren av sitt liv vägrade Augusta att befatta sig med dem, vägrade se dem, vägrade att ens medge att de fanns. Döden har inte gjort henne mindre envis. När Glittergruvans vatten blänker till i vårsolen vänder hon bort blicken och låter sitt moln glida i en annan riktning, söderut, mot Nordanäng.

Det är då hon ser dem, två av sina ättlingar, den snart sextioåriga Alice och den sextonåriga Angelica. De går i gåsmarsch på den lilla grusvägen från det vita huset, bort mot bilen som står parkerad utanför Augustas eget hus. Augusta kan inte låta bli att le lite medlidsamt när hon känner igen sig själv i dem båda. Hon vet precis hur det känns att gå med så bestämda steg som Alice, och hon vet exakt hur världen ser ut när den betraktas med en blick lika misstänksam som Angelicas. Men hur är de egentligen klädda? Tänker Alice verkligen gå på begravning i knäkort kjol och med håret hoprafsat till en slarvig svinrygg i nacken? Gamla människan? Och Angelica? Ska hon verkligen ha långbyxor och gymnastikskor på sin egen mormors begravning? Vad är det med folk nuförtiden? Fattigare är de väl inte än att de kan klä sig ordentligt?

Augusta suckar så djupt att det fladdrar till i Angelicas hästsvans. Flickan vänder sig hastigt om och försöker se vad det var som blåste henne i nacken, men upptäcker naturligtvis ingenting.

Sekunden efteråt har hon glömt hela saken och snubblar vidare efter Alice.

Augusta hade varit död i många år när Angelica föddes. De känner alltså inte varandra, känner bara till. Augusta har mest skymtat Angelica i utkanten av de andra ättlingarnas liv, hon har sett henne springa över gräset på sommarens släktkalas, hon har sett henne sitta vid Siris köksbord och läsa sina läxor, hon har sett henne famna sin lillebror ...

Jo. Hon har sett annat också, men det vill hon helst inte medge. Obehagliga saker. Sådant som hon helst skulle vilja glömma. Inte för att Augusta har skäl att känna skuld över det som hände långt efter hennes egen död – fattas bara annat! – men för att det alltid, i livet som i döden, har varit så att Augusta har föredragit att dra sig undan när hon har stött på bedrövligheter som hon inte har kunnat lindra eller förhindra. Därmed har Angelica rönt samma öde som gruvhålen i Herräng: Augusta har inte gärna velat bli påmind att den där dotterdotterns dotterdotter faktiskt existerar.

Det har inte alltid varit så. I början av Angelicas existens följde Augusta henne intresserat. Hon iakttog Carina på avstånd redan när hon började bli rund om magen och hon lät sin molntapp hänga över hyreshuset hela dagen när Carina flyttade in i sin nya trerummare. Flyttningen gjorde Augusta ganska belåten. För att inte säga självbelåten. Om inte för egen del så för sin generations räkning.

"Det är faktiskt vi som har åstadkommit det där", sa hon nöjt till en socialdemokratisk kvinnoklubb som råkade segla förbi på ett cumulusmoln. "Vi såg till att en ung kvinna som blev med barn inte behövde leva i skam eller lämna bort sin unge, vi såg till och med till att hon slapp gifta sig om hon inte hade lust. Och numera kan man visst få abort. Men titta på min dotters dotterdotter! Hon har bestämt sig för att föda sitt barn och reda sig själv. Och nu flyttar hon in i en alldeles egen lägenhet, utan både karl och svärföräldrar ... Hon är en fri kvinna! Den allra första. Tack vare oss."

Kvinnoklubbisterna kvittrade som sparvar när de gled vidare mot solnedgången: Så bra! Visst var det bra att allt äntligen hade blivit så bra!

Men sedan var det plötsligt en höstmörk och regnig eftermiddag något år senare, och Augusta huttrade med regntunga vingar på ett novembermoln medan Carina gick med sin barnvagn på väg mot nästa anhalt i det tvångets och självförnekelsens spår som hon numera trampade varje dag, det spår som bara gick mellan fyra punkter: bruket, dagis, Konsum och en grå trerumslägenhet. I vagnen låg Angelica, hennes mössa hade glidit ner över ögonen, hon var snorig om näsan och en nyfödd liten öroninflammation hade just börjat bulta i hennes vänstra öra. Men det kunde hon inte berätta, hon var fortfarande så liten att hon bara hade ett enda ord, ett ord som hon upprepade i allt gnälligare ton:

"Mamma! Mamma! Mamma!"

Och Carina, Augustas ättling, hennes dotterdotters dotter, hejdade sig plötsligt mitt i steget, blev stående under en gatlykta och betraktade sitt barn, stod där stum och iakttog sin avkomma under några sekunder innan hon böjde sig ner och drog ner Angelicas mössa ännu djupare, dolde inte bara hennes ögon utan också hennes näsa och mun, lade sedan sin hand över mössan för att kväva skriket som stegrades där inne och väste:

"Tyst! Djävla unge! Tyst!"

Och för ett ögonblick blev det verkligen tyst. Det var som om hela världen stannade, som om stockarna hejdade sig där de flöt i rännorna mot barkmaskinerna borta på bruket, som om den timmerbil som just dundrade förbi ute på gatan hade fått ett plötsligt motorstopp, som om lastfartyget som just hade lagt ut från brukskajen vände kölen upp i samma stund och sjönk till botten. Men Carina märkte ingenting av allt detta, hon böjde sig bara djupare över vagnen med snor och tårar rinnande över sitt eget ansikte och tryckte sin hand hårdare över Angelicas mun medan hon upprepade:

"Tyst! Djävla unge! Tyst! Tyst! *Tyyyst!*"

Och i sin himmel mindes Augusta plötsligt en annan tid och ett annat barn, mindes hur hon själv en gång hade tvingats bära brukets larm i sitt huvud precis som Carina, mindes att hon varit lika trött och lika ensam och att hon just därför hade böjt sig över detta barn och väst av motvilja. Det var inte hennes stoltaste minne. Tvärtom. Om Augusta någon gång skulle tvingas sammanfatta det hon lärt sig under sina åttio år på jorden, så skulle det handla om den stunden. Så får man inte göra, sa den lärdomen. Nästan vad som helst får hända i livet, det går att laga och reparera det mesta, men man får inte böja sig över ett barn som en ormögd gorgon och tala till det med hat i rösten. Det är förbjudet. Det måste vara förbjudet. För om det inte är förbjudet blir världen till slut omöjlig att leva i.

Kanske var det därför hon aktade sig för att låta sitt moln komma för nära Carinas hyreshus under åren som följde. Bara en gång kastade hon en hastig blick genom Carinas fönster, men drog sig genast undan. Hon tyckte inte om det hon såg där inne, tyckte inte om att se en kvinna och en flicka stå på var sin sida om en stängd köksdörr, var och en instängd i sin förtvivlan. Kvinnan lutade sig mot dörren med hela sin tyngd för att hålla den stängd. Flickan tog spjärn mot golvet för att tvinga upp den.

"Mamma!" ropade flickan på samma sätt som förr. "Åh mamma! Mamma, mamma, mamma …"

Men kvinnan bankade sina knutna händer mot dörren till svar, bankade, snörvlade och ropade:

"Låt mig vara! Låt mig vara! Jag blir tokig om du inte låter mig vara!"

Augusta såg inte Angelica på flera år efteråt, och när det till slut hände insåg hon att detta var en flicka som för länge sedan hade slutat ropa på mamma. Nu var hon en sjuåring med rak rygg och vuxen blick, vaksam och tystlåten, ständigt beredd till språng. En uthärdare och en överlevare, en som förstod att ta för sig när något fanns att få. När Marianne dukade fram struvor och gräddfyllda mandelmusslor på sitt traditionella adventskaffe för släkten fyllde Angelica sin assiett inte bara en gång utan två, men när hon reste sig för att göra en tredje raid mot kaffebordet mötte hon Mariannes blick och satte sig igen. Hon var både glupsk och modig, men hon var inte dum. Alltså lutade hon i stället sitt huvud mot Siris arm och norpade en kaka från hennes assiett, alltmedan hon höll blicken fäst vid Marianne och log ett halvt litet leende. Du kommer inte åt mig, sa det där leendet. Försök bara. Om du törs.

Augusta var en smula förbryllad över det starka bandet mellan Siri och Angelica. Det stämde inte, det var bakvänt och konstigt.

Siri var samma skuggestalt nu som förr, en föräldralös flicka i en gammal kvinnas kropp, tveksam och dröjande, ängslig och tvivlande, medan Angelica redan innan hon börjat skolan hade blivit en person med så vassa konturer att folk som sträckte ut handen för att smeka henne plötsligt blev rädda för att skära sig och ryggade tillbaka. Ändå höll de ihop, dessa två. Sällan såg man Siris långsmala gestalt utan att också se Angelicas knubbiga, sällan såg man Angelicas kastanjehår utan att också skymta Siris. Fyrtornet och Släpvagnen i kvinnlig gestalt.

Det hände att Carina fick små utbrott av svartsjuka inför denna stumma samhörighet, men det hände inte ofta. Hon behövde inte bry sig om att hennes mor och dotter uteslöt henne, hon hade ju ett eget liv numera. Ett spännande liv. Ett liv som inneslöt den mest åtråvärde mannen i hela Hallstavik. Bacillen.

Nu var det inte alla som förstod att se Bacillen som en åtråvärd man. Marianne till exempel. Hon skakade på huvudet när hon halvviskande anförtrodde Alice vad som var på gång och hissade sina ögonbryn så högt upp att de nästan flöt samman med hårfästet. Ja, jösses! Fanns det något misstag som Carina inte var beredd att göra? Alice smålog till svar och mumlade något om Carina som en erotikens kamikaze-pilot. Fast å andra sidan, tänkte hon och suckade tyst för sig själv, så var hon ju inte den första bland Augustas ättlingar.

Vid det laget hade Carina av naturliga skäl ännu inte presenterat Bacillen för släkten. Till och med hon insåg att det var omöjligt att ta med honom till adventskaffet. Inte ens om han varit avtänd och nykter skulle Bacillen ha passat i Kåres och Mariannes vardagsrum. Hans jeans skulle ha solkat skinnsoffans ljusa yta, hans hår skulle ha lämnat en flottfläck på tapeten, och om man hade tagit risken att placera en kopp i hans darrande händer så skulle kaffet ha skvimpat åt alla håll.

Alltså fick Alice bara en hastig glimt av Bacillen innan han hade krupit ur missbrukets puppa och vecklat ut sin förträfflighets fjärilsvingar. Det var när hon och Marianne en gång skyndade genom Hallstaviks centrum. Plötsligt knuffade Marianne henne i sidan och viskade:

"Titta. Där är han! Carinas nye!"
Och där var han. Bacillen. Alldeles otvivelaktigt.

Det satt tre rätt slitna män på parkbänken utanför Konsum, men det var ingen tvekan om vem av dem som var Bacillen. Det var han som satt i mitten. Den bredbente. Han vars jeans hade en reva över vänster knä. Han som satt med skjortan uppknäppt långt ner på bröstet och med jeansjackans ärmar upprullade till hälften, trots att decemberregnet var så stålgrått och kallt att varje droppe som snuddade vid Alices egen hud lämnade en liten smärta efter sig. Men Bacillen frös inte. Bacillen såg ut som om han aldrig någonsin hade frusit.

Det finns något mycket lockande i manligt förfall. Nästan förföriskt. Något som kan få också en kvinna som Alice att under den halva sekund som skiljer känslan från tanken låta blicken stryka över ludna underarmar, slappa läppar och en bulnande gylf, innan hon blinkar till och ser också det svampiga ansiktet, de gula naglarna och ögonens glimt av beräkning. Då drar hon upp axlarna och skakar på sig, tar sin kusin under armen och skyndar vidare.

Men Carina hade ingen kusin att ta under armen. Carina trampade ensam i tvångets och självförnekelsens spår.

Augusta skakade på huvudet när hon första gången såg dem tillsammans. Det var inte så hon hade tänkt sig att den första fria kvinnan skulle inrätta sitt liv. Inte hade hon tänkt sig att denna kvinna alldeles frivilligt skulle släpa en man över en parkeringsplats, en man så berusad att han inte bara hade glömt hennes namn utan också spytt ner hennes skor. Inte heller hade Augusta tänkt sig att den första fria kvinnan skulle låta sin egen mor vara barnvakt i dagar och veckor, medan hon själv antingen tillbringade varje vaken sekund tillsammans med denne man eller irrade runt i Hallstavik på jakt efter honom.

Till en början gick hon i alla fall till jobbet. Hon stod på brukets lastkaj i sin röda overall och lyste av kärlekslycka också under de kallaste vintermorgnarna. Så länge älskaren ännu var anonym, log de andra kemikalielossarna och retades när hon slant i de vanda greppen – *För fan, Carina, natten är över, så här dags på dygnet får du sluta smekas!* – men leendet slocknade när viskningarna började susa i brukets alla salar och hallar. Bacillen? Hade Carina på kajen verkligen fått ihop det med Bacillen? Han som hade supit sedan han var tretton, knarkat sedan han var fjorton och som nu – vid drygt trettio års ålder – var stamgäst i tingsrätten? Var hon fullkomligt från vettet?

Och i någon mening var hon väl det. Ingen vid sina sinnens fulla bruk skulle finna sig i det Carina fann sig i vid den här tiden: spyor på badrumsgolvet och sönderslaget porslin i köket, brutna löften och timmar av väntan, gråtmilda lögner och plötsliga hånflin, snyftningar av bittert självmedlidande som på ett ögonblick kunde övergå i förorättad vrede. Bacillen hade hårda händer. Men ännu knöt han inte nävarna mot henne, han slog med öppen hand och bara med handens utsida. Det blev sällan några märken även om slagets kraft kunde vara så stor att det sjöng i öronen en lång stund efteråt.

Ändå vaknade Carina varje morgon under den där första tiden med en liten förväntan fladdrande i maggropen. Om Bacillen fortfarande låg kvar i hennes säng stängde hon hastigt av klockradion för att inte störa hans sömn och strök mycket försiktigt med fingertopparna över hans arm, lät sina fingerblommor övertyga resten av kroppen om att han faktiskt var verklig, att underarmens blå ådror ringlade under verklig hud och över verkliga muskler, kände i morgonmörkret hur hans breda händer låg som döda krabbor på de skrynkliga lakanen och mindes med en liten ilning av lust hur de under natten hade gripit efter henne med en tveklöshet som hade fått henne att hisna, blundade till sist och lyssnade till hans tunga andetag medan hon oändligt försiktigt lät sitt pekfinger snudda vid skäggstubben bara för att påminna sig om att den några timmar tidigare hade rispat hennes egen kind.

När hon tände lampan i badrummet kunde hon se att hon var vacker: läpparna var röda och svullna, ögonen svarta och blanka, huden vit och sammetsmjuk. Det förbryllade henne. Hon brukade inte vara vacker, det var mycket länge sedan hon senast hade varit vacker.

Och ändå var det varken hennes egen pånyttfödda skönhet eller Bacillens amfetamintorra kärlekskonster som fick henne att bortse från tillvarons realiteter. Det var möjligheterna. Äventyret. Detta att vad som helst kunde hända i Bacillens närhet, detta att Carina vid hans sida var innesluten i en berättelse långt större än hennes egen. Livet före Bacillen var förutsägbart, på den tiden behövde hon bara slå upp ögonen för att veta hur den dag som just börjat skulle sluta: efter morgonens tvångsvandring till dagis och bruket skulle hon gå samma väg tillbaka om eftermiddagen, möjligen med en avstickare till Konsum där hon skulle få hejda sin hand när den sträckte sig efter en djupfryst pizza och påminna sig att pengarna inte räckte till någon lyx så här dags i månaden. Det fick bli något annat. Något som fyllde buken, men lämnade kvar det eviga suget efter röd köttsaft, kornigt socker och halvsmält ost, ett sug som hon ständigt levde med. Efter middagen skulle hon få inleda en envig med Angelica, två eller tre timmars kamp för att få ungen tyst och i säng, innan hon själv skulle kunna dimpa ner framför TVn med kaffekoppen till vänster och tobakspaketet till höger, beredd att rulla morgondagens cigarretter. Om lördagarna brukade hon köpa en stor påse godis och gömma den högt upp i ett köksskåp tills Angelica hade somnat. Det var det närmaste en njutning hon kom. Om det nu inte var något riktigt bra på TV, men det var det inte ofta.

Nu var allt annorlunda. Nu skyndade hon sig in i duschen om morgnarna för att berusa sig med tvålens väldoft och känslan av att äga en kropp, nu knöt hon morgonrockens skärp hårt om midjan efteråt och tassade ut i köket, satt sedan med sin ostsmörgås och sitt kaffe och betraktade sin egen spegelbild i det svartblanka fönstret, försökte föreställa sig att hon faktiskt var den där kvinnan som skymtade där inne. Vad skulle den nya dagen bjuda denna kvinna? Spänning och dramatik? Ja. Lust och njutning? Ja. Drömmar och äventyr? Ja. Kanske skulle Bacillen vara försvunnen när hon kom hem från bruket, kanske skulle hon få springa som en hjältinna i en film mellan Hallstaviks alla rövarnästen och knarkarkvartar för att finna honom, kanske skulle han överväldigas av kärlek när hon äntligen hade funnit honom (i ett bedrövligt skick, naturligtvis, men helst inte alltför bedrövligt) och lutat hans huvud mot sina mjuka bröst. Kanske skulle han inte kunna behärska sin åtrå, kanske skulle han trycka på stoppknappen så fort de kom ut i hissen (här blev det ett hastigt hack i drömmen och hon fick flytta den drömda rövarkulan från ett hisslöst hus till ett höghus), kanske skulle han kyssa henne på halsen, kanske skulle han stöna och mumla medan han febrilt drog upp hennes kjol (fan också, hon brukade ju inte ha kjol ... Nåja, skit samma!) och drog av henne trosorna, kanske skulle han darra av lust medan han öppnade gylfen och pressade henne mot väggen, kanske skulle han kvida av kättja medan han vädjade till henne att saxa sina ben om hans höfter, kanske skulle han ta ett vredgat grepp om hennes hår och tvinga henne om hon inte genast lydde ...

Sådan var drömmen. Verkligheten var en smula sjaskigare, men den gick att bortse ifrån. Den som lever i en dröm behöver inte bry sig om att älskaren luktar ammoniak och har sorgkanter under naglarna, att jobbet är så tungt att det ständigt värker i nacken, att de pengar man får för det hårda arbetet ändå aldrig räcker till, att hemmet aldrig kommer att se ut som andra kvinnors hem, därför att man varken har pengar eller ork eller lust nog att förvandla det till ett volangprytt låtsasparadis, att man just därför är annorlunda och utestängd från andra kvinnors gemenskap och att man dessutom har en unge som inte går att förstå sig på, en unge som slår de andra ungarna på dagis och tar deras saker, en onaturlig unge som skriker och spottar sin mamma i ansiktet, till och med när folk tittar på ...

Ingenting av detta betyder något. Det finns inte. I den värld där män som Bacillen bor finns det inte plats för futtigheter.

Men ingenting är beständigt. Ingen människa kan som bekant stiga ner i samma flod två gånger, och ingen har heller vaknat en morgon och varit densamma som när hon föll i sömn. Nu, många morgnar senare, är Bacillen fortfarande Carinas härskare, men han är inte längre en utlevad Tiberius. Snarare en djävla Hushålls-Hitler, som Angelica en gång uttryckte det när hon väl hade försäkrat sig om att han var utom hörhåll.

Själv tillåter sig Carina inte att tänka sådana tankar. Aldrig någonsin. Hon nickar och håller med när Bacillen predikar ordentlighetens evangelium och försäkrar honom ständigt att det han har åstadkommit med sitt liv är fantastiskt, rent makalöst och alldeles storartat. Inte ens för sig själv medger hon att hon drar en suck av lättnad när han åker tillbaka till sitt jobb på det behandlingshem där han en gång själv fick lära sig att leva utan sprit och knark, och där han nu fostrar andra vilsegångna själar i samma anda. Hon sträcker bara på sig när han har stängt dörren och känner att ryggen nog värker värre än vanligt och att hon därför måste vila en stund. Angelica, som på något magiskt vis alltid lyckas göra sig osynlig så länge Bacillen är i Hallstavik, brukar dyka upp några timmar senare och tigande se till att Mikael kommer iväg till stödfamiljen i Herräng. När de har stängt dörren efter sig sväljer Carina en Panodil eller två innan hon går och lägger sig, blir sedan liggande en stund innan hon går ut i köket och slukar en Doloxen, bara för att ytterligare någon timme senare leta fram den halvt genomskinliga burken med Distalgesic – den som hon har gömt så noga medan Bacillen var hemma – öppna den med darrande händer och göra sig redo att äntligen sjunka in i den fulla smärtlindringens behag. Ibland ligger hon kvar i sängen i flera dagar, bara ligger där och röker, bläddrar i gamla veckotidningar och försöker låta bli att tänka. Förr hände det att hon ringde till Siri när maten och rulltobaken var på upphällningen och bad henne fylla på förråden. Några timmar senare ringde det på dörren, och när Carina öppnade stack Siri in sin magra arm och lämnade över en Konsumkasse. Hon vägrade alltid att komma in, stod och trampade ute i trapphuset medan hon pratade fort och gällt om att hon inte ville tränga sig på, absolut inte, att hon verkligen inte ville störa Carina som hade det så arbetsamt till vardags och därför minsann behövde sin vila ...

Men nu ska Siri aldrig mer sticka sin magra arm genom dörröppningen, för nu står Carina och Bacillen framför spegeln i hallen och gör sig redo för hennes begravning. Augusta betraktar dem med kritisk blick från sin himmel, men hittar egentligen ingenting att invända. Både Carina och Bacillen är klädda så som man enligt Augustas åsikt bör vara klädd på en begravning. Bacillen har konsulterat begravningsbyrån och fått veta att nära släktingar ska ha vit slips, medan vänner och bekanta ska ha svart, alltså knäpper han sin svarta kavaj över en vit. Att han och Carina inte är gifta på riktigt är något han har valt att bortse ifrån just i dag. Han är far till ett av likets barnbarn och styvfar till det andra, det borde räcka för att göra honom till svärson och nära släkting.

Carina, som står alldeles bakom hans rygg, får hastigt flytta foten för att inte hennes tår ska hamna under Bacillens klack när han tar ett steg tillbaka för att granska sin spegelbild. Han gillar vad han ser, det syns. Inget slödder. Ingen snobb. Ingen kunskapsfascist. Bara en vanlig rejäl karl, om än ovanligt bred och fyrkantig, klädd i en kostym vars byxor veckar sig en aning över de nyputsade skorna. Bacillen är inte särskilt lång. Därav öknamnet, det som han fick redan som barn och som han nu tror sig ha gjort sig fri ifrån, eftersom han sedan flera år kräver att alla ska tilltala honom med hans dopnamn Conny. På behandlingshemmet brukar han hålla små predikningar om hur viktigt det är att återta sitt namn, att öknamnet är en del av knarkaridentiteten, en del av den skrud som man måste stryka av sig och låta falla till golvet för att bli en vanlig människa. Han vet inte att inte en enda människa i Hallstavik tänker på honom eller talar om honom som Conny, inte ens Carina. Varför skulle man kalla honom för Conny? Han är ju Bacillen. I Hallstavik kommer han alltid att vara Bacillen.

Alltså aktar sig Carina mycket noga för att tilltala honom med namn, och när det någon gång måste ske så vaktar hon noga sin tunga. Inte för att han slår henne numera, men för att han har andra metoder. Nu står hon strax bakom honom i den grå hallen och betraktar först hans bild i spegeln och sedan sin egen. Hon har köpt en ny blus till begravningen, en svart. Bacillen ville det. Bacillen tycker inte att man ska ge efter för nymodigheter som att klä sig i ljusa kläder på begravningar. Att bära svart är att visa respekt för den döda, har han förklarat, och vem är Carina att säga emot honom? Men någon ny kjol har hon inte köpt, det hade hon helt enkelt inte råd till. Och förresten hade hon en svart kjol hängande i garderoben, en gammal sommarkjol, visserligen, i ganska tunn och sladdrig viskos, men sådant ser och förstår inte Bacillen.

Carina är inte vacker längre och det vet hon. Hennes läppar är aldrig svullna av kyssar numera och hennes kinder aldrig sammetsvita. De är grå. Dessutom har hon gått upp i vikt. Egentligen gör det henne detsamma, till vardags undviker hon att se sig i spegeln, skyndar bara förbi och drar med handen över huvudet om hon ser att håret skulle behöva tvättas. Det är bara när Bacillen är i antågande som hon gör sig besväret att fixa till frisyren och plocka fram sin gamla mascara. Inte för att hon tror att hon måste göra sig till för att behålla Bacillen, utan för att han kan bli ganska obehaglig om han tycker att hon slarvar med detta att vara hel och ren och skötsam. Hon har redan tänjt på gränserna för hans tolerans genom att klaga över en ryggvärk som inte syns på några röntgenplåtar och till slut få avsked från bruket. Officiellt fick hon gå för att hon råkade stå i tur sist det blev nedskärningar, inofficiellt sägs det att det berodde på hennes höga sjukfrånvaro. Att hon sedan dess har fått ganska regelbundna handräckningar från socialen gör inte Bacillen mildare stämd. Rejält folk ger inte efter för lite ryggont, de knaprar inte smärtstillande tabletter och de ränner definitivt inte till socialen för att klaga över att tonårsdottern är knäpp i huvudet och att pengarna inte räcker till. Ordentligt folk lär sina ungar hut och ser till att pengarna räcker. Så enkelt är det.

Alltså befinner sig Carina farligt nära fördömelsen. Det är egentligen bara två små skäl som skyddar henne. Det första är Angelica, detta att Bacillen fortfarande inte tycks ha gett upp hoppet om att kunna besegra sin styvdotter. Det andra är Mikael, detta att Carina faktiskt är mor till Bacillens enfödde son. Bacillen anser att fäder som lämnar sina barns mödrar, så som hans far en gång lämnade hans mor, är taskmörtar och sillmjölkar. Bra karl håller ut. Åtminstone så länge kärringen har vett att hålla käften. Så enkelt är det.

Följaktligen har Carina råd att odla ett litet förakt bakom sin fogliga yta, ett förakt som visserligen är en så späd planta att hon för det mesta inte ens själv ser den, men som ändå får henne att någon gång vända ryggen till och le för sig själv. Den dumme djäveln! Hon vet nog vad han drömmer om: att en dag få jobb på bruket och bli en alldeles vanlig pappersarbetare. Problemet är att han inte har en aning om vad det innebär, hur mycket kunskap och kraft ett vanligt arbete kräver. Själv kommer hon aldrig att gå tillbaka, inte ens om det inträffade ett mirakel som fick hennes rygg att sluta värka. Aldrig. Hon har fått nog av fabriksliv. Alldeles nog. Och förr eller senare måste också Bacillen inse att allt hans prat inte hjälper, att ingen av dem någonsin kommer att räknas som vanligt folk. Det är kört. Det kvittar hur noga han är med att stryka sina jeans, hur mycket han skrubbar sina händer, hur artigt han ler och håller upp dörren för pensionärstanterna, ingen i Hallstavik kommer ändå att glömma hans nerpissade jeans, hans sorgkantade naglar eller den där gången då han sparkade en gammal kvinna i ändan så att hon föll framlänges och tappade löständerna. Och hon själv? Hon kommer alltid att vara Carina med de stora brösten, flickan från Alaska, kvinnan som aldrig har haft vett att byta gardiner i köksfönstret fyra gånger om året så som riktiga kvinnor ska göra. Och om inte allt detta skulle vara tillräckligt för att stänga dem ute, så finns det ytterligare två skäl: Mikael och Angelica. Deras ungar. Deras konstiga ungar. Men det begriper inte Bacillen.

Vi har bara varandra, tänker hon och stryker med handen över sitt nyklippta hår. Jag är det enda Bacillen har och Bacillen är det enda jag har.

"Jag undrar om Angelica behagar dyka upp på begravningen", säger hon högt. Bacillen stryker långsamt med handen över kavajslagen innan han svarar.

"Hon skulle bara våga annat", säger han. "Så enkelt är det."

Men ingenting är så enkelt som Bacillen tror, tänker Augusta där hon sitter på sitt moln. Ingenting. Bacillen förstår inte att medborgarskap i normalitetens rike kräver mer än högstämda lojalitetsförklaringar, han förstår inte heller att människor inte kan leva utan glädje, han förstår inte ens att han själv fortfarande berusar sig, att det behag han finner i sin egen sträva röst när han talar om Angelica är detsamma som det han en gång fann när han skruvade kapsylen av en sjuttifemma.

Augusta suckar och låter sitt moln glida vidare.

Alice och Angelica är framme nu. De står med Marianne i hennes hall och deras blickar bildar en triangel. Marianne ser på Angelica, som ser på Alice, som ser på Marianne.

"Jaså", säger Marianne till slut. "Jaha. Så du fick åka med Alice ..."

Angelica svarar inte, ger bara ett litet ljud ifrån sig. Det blir tyst några sekunder innan Alice harklar sig.

"Jo", säger hon. "Jag tyckte det var enklast så. Är ni klara?"

"Det är ingen brådska", säger Marianne och tittar på klockan. "Kåre är fortfarande i badrummet. Vill du ha kaffe?"

"Gärna", säger Alice och ler. "Och Angelica vill säkert också ha en kopp."

Angelica har just öppnat sin mun för att säga att hon inte dricker kaffe när hon möter Alices blick. Hon sluter omedelbart läpparna och nickar stumt. Jo tack. Gärna. Angelica vill väldigt gärna ha en kopp kaffe när nu Marianne är så snäll att hon bjuder.

Ändå kan Augusta se att Angelica inte är alldeles densamma nu som när hon var en liten flicka, hon är stillsammare och än mer vaksam. När Marianne bjuder till bords väljer hon platsen närmast dörren och sätter sig ytterst på stolen, sitter där sedan med rak rygg och händerna i knäet medan Marianne häller upp hennes kaffe. Alice häller mjölk i sitt kaffe, Angelica iakttar henne och gör likadant, men hon tvekar ett ögonblick när Marianne sträcker fram sockret. Siri tog socker, men Alice gör det inte, själv har Angelica bara några sekunder på sig att bestämma sig. Marianne börjar bli otålig. Hon gör en liten rörelse med handen som får sockerbitarna att rassla, och det driver Angelica att gå i barndom. Hon sträcker ut handen och grabbar åt sig fem bitar, låter dem sedan plumsa ner i kaffet, en efter en, medan hon ger Marianne ett hastigt ögonkast. Du bjöd ju, säger den där blicken. Varför skulle du bjuda om du inte ville att jag skulle ta?

Det är då han kommer, just i det ögonblick då det annars skulle ha blivit isande tyst i köket. Men där Kåre är där kan det inte vara tyst; Kåre består till största delen av ljud och läten. Det är han som tar upp "Arbetets söner" när arbetarekommunen samlas till möte i Folkets hus och som med blotta kraften i sin stämma tvingar yngre partikamrater att sjunga med, det är han som under sena sommarkvällars skymning kan sitta på sin stenlagda terrass och sjunga smäktande visor av Dan Andersson med en röst som får kvinnor flera kvarter längre bort att sluta sina ögon, det är han som kan låta samma stämma mullra som åska när Marianne dristar sig att säga emot i något husligt ärende, eller när någon av hans vuxna söner inte begriper sitt eget bästa. Men nu varken sjunger eller mullrar han, nu går han frustande efter duschen genom hallen, lutar sedan sin badrocksklädda överkropp genom dörröppningen och låter sin röst fylla hela köket:

"Mina damer! Tjena allihop! Ett nöje att ha er här ..."

Tre kvinnor ler mot honom: en i himlen och två på jorden. Men den jordiska flickan ler inte, hon lägger handen mot sin hals som för att skydda sig.

Det är något alldeles speciellt med Kåre. Något som är svårt att förstå sig på. Något på en gång trösterikt och djupt oroande. Något som gör att Augusta har svårt att avgöra på vilken sida av den tunna gränslinje som skiljer idealism från cynism han egentligen befinner sig.

Han var en mager ung man den där sommarsöndagen i slutet av femtiotalet när han kom med Marianne till Augustas hus för att bli presenterad. Nästan genomskinlig. Inte för att han är direkt tjock numera, men han har grovnat, det är som om varje år har lagt ett nytt lager kött och hud över de gamla. Hans avlånga händer har växt sig breda och fyrkantiga, hans smala näsa har blivit stor och grovporig, hans hår har – märkligt nog – blivit allt tjockare och rufsigare. Kåre grånade redan innan han fyllt fyrtio och nu är han vithårig sedan länge. Silvervit. Luggen faller ner i hans panna när han drar ut en stol och slår sig ner vid köksbordet, han stryker undan den med en van gest och ler mot Alice, men ser inte åt Marianne och Angelica.

"Hur är det?"

"Bra", säger Alice, eftersom hon faktiskt inte ens minns vykortet och sin egen oro längre. "Själv då?"

"Bara fint."

"Fortfarande fackpamp och arbetets hjälte?"

"Det kan du ge dig fan på. Någon måste ju ta ansvaret. Och du dammar runt på museerna?"

"Jo."

"Och tar hutlöst betalt?"

"När jag kan. Vilket år som helst kommer jag att tjäna nästan hälften så mycket som du."

Marianne och Angelica sitter stumma, Marianne med blicken fäst vid bordduken, Angelica stramt uppmärksam. Men Augusta ler i sin himmel, det här känner hon igen och gillar. Det finns något mellan Alice och Kåre som tvingar dem att börja käfta så fort de får syn på varandra. Så har det varit i många år, egentligen ända sedan den tid då Alice hade kommit ur sin ungdoms skärseld och börjat läka. I början brukade folk bli förbryllade när de satte igång, inte ens Lars och Marianne tycktes kunna räkna ut om Kåre och Alice gillade eller ogillade varandra. Numera har Marianne resignerat och orkar inte undra mera, men Angelica ser frågande ut. Nu släpper hon Alices sneda leende med blicken och vänder ansiktet mot Kåre, ser hur han grinar till:

"Jaja. Tänk för all del inte på oss hederliga arbetare som ska betala skiten ..."

"Nej. Jag försöker undvika det."

"Går det bra?"

"Alldeles utmärkt. Jag har inte skänkt en tanke på de hederliga arbetarna sedan i julas."

"Det var som fan. Ursäkta att jag tog upp ämnet då. Och påminde dig."

"Ingen orsak. Jag glömmer dem snart igen."

"Tror jag det ..."

"Fast jag har fått erbjudande om att göra en utställning som borde intressera dem."

Kåre höjer sin kopp och tar en klunk kaffe:

"Jaså. Varför det?"

"Den ska handla om industrialismen. Om vad industrialismen har gjort med vårt sätt att tänka ..."

Kåre höjer ögonbrynen:

"Har industrialismen gjort något med vårt sätt att tänka?"

"Ja. Absolut. Det var inte bara arbetet som sönderdelades. Städerna slogs också sönder. Och tiden. Själva livet."

Kåre lutar sig bakåt och låter köksstolen gunga till:

"Det var som fan. Och vi som stod inne på fabrikerna fattade som vanligt inte ett dugg?"

"Lägg av med det där, det är bara ynk. Du vet vad jag menar. Jag försöker hitta något sätt att beskriva det, men jag vet inte hur jag ska göra ... Har du läst *Den Nya Grottesången*?"

Kåre fnyser:

"Ursäkta en obildad sate."

"Viktor Rydberg. Hans stora diktverk om industrialismen ... Du vet."

Alice lutar sig över bordet, lägger sin hand mot duken och citerar:

> *"Gör av minsta kraftförslösning*
> *guld av muskelenergi!*
> *Det var frågan. Här dess lösning*
> *I praktik och teori*
> *Grottes hållande i gång*
> *dagen lång och natten lång*
> *kräver i ett överslag*
> *tio tusen liv per dag ..."*

Kåre låtsas att han hejdar ett leende, men är noga med att låta Alice se det. Hon drar omedelbart åt sig handen.

"Jag vet. Det är dåligt ... Men det är ändå bra på något vis."

"Det är skit", säger Kåre. "Dessutom är det inget fel på industrialismen. Den föder oss och den kommer att föda oss länge än. Du blandar ihop industrialismen med taylorismen, men Taylor är faktiskt död och begravd för länge sedan. Det finns inte ett enda modernt företag som drivs som Fords fabriker på trettiotalet. Någon gång borde du och dina besserwisserkompisar på museerna faktiskt ta och kolla hur verkligheten ser ut innan ni börjar oja er över oss. Och nu ska jag gå och klä på mig ..."

Alice rynkar pannan.

"Men Viktor Rydberg levde ju långt före Taylor ..."

Kåre reser sig så häftigt att stolen skrapar under honom:

"Hör vad jag säger: det är inget att snacka om. Taylorismen är död, det är bara du och en massa andra dönickar i Stockholm som inte har fattat det. Man måste ha studenten för att få börja jobba på bruket numera. Treårigt gymnasium. Så är det. Vi är varken slavar eller robotar längre. Bara så du vet."

Det blir tyst ett ögonblick. Kåre står kvar vid bordet och låter blicken glida runt. Alice sitter med sänkt blick och slutna läppar, som om hon just svalt en invändning, Marianne har böjt nacken ännu djupare och stryker handen hårdare över strykvecket i duken, bara Angelica sitter rak och ser honom rätt i ögonen. Kåre iakttar henne under ett ögonblick innan han skjuter in stolen under köksbordet.

"Och hon där", säger han och nickar med huvudet i riktning mot Angelica. "Hon ska alltså gå på sin mormors begravning klädd i jympadojor och ett par gamla jeans?"

De lyder, tänker Augusta uppgivet. Ingen befallning har ens uttalats. Ändå lyder de. Fortfarande.

En dörr stängs någonstans i huset. Kåre har gått in i sovrummet för att klä på sig. För ett ögonblick är det alldeles tyst vid köksbordet. Marianne är plötsligt mycket trött. Han är arg, tänker hon. Och han kommer att vara arg länge ...

Alice stryker sig över pannan. Han har nog rätt, tänker hon. Hon har fel kläder. Och jag borde ha sett det, jag borde ha tänkt på det redan ute i Nordanäng ...

Angelica sänker blicken och drar pekfingret över duken. Jag ser fattig ut, tänker hon. Det är vad han säger. Gubbdjävulen.

Sekunden efteråt reser sig Marianne och hastar efter Kåre in i sovrummet, plockar fram alla svarta plagg hon kan hitta i sin egen garderob och bär dem tillbaka till köket. Det är inte mycket. En klänning i urtvättad trikå som ser bedrövlig ut. En sommarkjol med sladdrig volang. En tantkjol i platt gabardin, som verkar vara alldeles för stor i midjan. Ett par utgångna pumps. Strumpbyxor i ett oöppnat paket.

Alice har lagt huvudet på sned:

"Det är inget fel på tröjan", säger hon. "Den är väldigt slät och fin ... Och den där lilla nyckeln i halsbandet ser faktiskt ut som ett smycke."

Varken Angelica eller Marianne svarar, Marianne lyfter bara den svarta klädhögen och lägger den i Angelicas famn.

"Du får prova i vardagsrummet", säger hon.

När dörren stängs bakom Angelicas rygg öppnar sig en annan inom henne och hon glömmer att värja sig. Hon blir stående mitt på parketten i detta rum, det som rymde hela hennes dröm om framtiden när hon var mycket liten, men utan att se vare sig soffan i gräddvitt läder, bordet i glänsande jakaranda, kristallkronan eller guldpendylen. Hon ser inte ens högen med begravningskläder i sin egen famn. I stället vänder hon blicken inåt och minns det som hon i tolv dagars tid har aktat sig för att minnas.

Siri är död.

Hon har tänkt orden hundra gånger, men hon har inte förstått dem. Nu förstår hon. Siri är död. Siri är verkligen död och i dag ska hon begravas.

Någon drar efter andan i det tysta rummet och med någon del av sitt huvud förstår Angelica att det är hon själv och med samma del av huvudet tänker hon att hon inte har gråtit, att hon faktiskt är ett så kallhamrat as att hon inte har fällt en enda tår över sin mormor.

Hon grät inte ens när hon fann henne. Nej. Det minns hon nu. Nu kan hon minnas.

Hon hade tagit på sig både täckjacka och skor redan innan hon gick in i Siris sovrum den där morgonen. Ryggsäcken hängde över hennes högra axel, den svajade lite när hon stannade vid fönstret och drog upp rullgardinen. Utanför regnade det. Kanske visste hon redan då det hon inte ville veta, kanske var det därför hon blev stående och såg ut genom fönstret en stund, kanske var det därför det var så viktigt att lyfta pekfingret och låta det följa en liten regndroppe som långsamt tillrade nerför sovrumsfönstret innan hon långsamt vände sig mot sängen. Såg den gapande munnen. De stirrande ögonen.

Angelica tänkte hastigt på frukosten som stod och väntade på Siri i köket, på den tända taklampan, på Norrtälje Tidning som låg på vaxduken bredvid den blommiga koppen, innan hon upphörde att tänka och lät ryggsäcken falla till golvet. Hon drog av sig jackan och sparkade av sig skorna, kröp upp i sin mormors säng och kurade ihop sig bakom den kalla kroppen, låg sedan med slutna ögon och knäppta händer i flera timmar, utan att ens för ett ögonblick medge för sig själv att Siri var död, att en tid var förbi och att en annan hade börjat och att det innebar att den där magra kroppen aldrig mer skulle finnas där till skydd.

Först när regnet inte längre pickade mot rutan öppnade hon

ögonen, reste sig och klädde sig, gick med beslutsamma steg nerför trappan, ut ur huset, ut ur trädgården och vidare in i grannens hus.

Det hade hänt något med Siri, sa hon. Något. Hon sa inte vad. Hon yttrade aldrig det där ordet.

Men nu står hon plötsligt i Mariannes vardagsrum med en bunt kläder i famnen och vet att Siri är död. Hon ska begravas i dag.

Vad gör hon här?

Angelica öppnar famnen och låter kläderna falla till golvet, sparkar dem inte ens åt sidan, utan kliver rakt över dem när hon går mot terrassdörren. Hon öppnar mycket försiktigt så att ingen ska höra henne och skjuter upp dörren på glänt. Terrassen utanför ligger i skugga, men solen lyser över gräsmattan, vårluften är så frisk att den nästan tar andan ur henne.

Dit ska hon. Ut i den friska luften. Men innan hon tar det första steget vänder hon sig åt sidan och betraktar fönsterbänken, granskar för ett ögonblick Mariannes blommande azaleor och de många prydnadssakerna.

Var är den? Den där lilla cirkushästen i danskt porslin som är Mariannes mest omhuldade ägodel, den som Angelica aldrig fick röra när hon var liten, den som Marianne alltid skyndade sig att placera högst upp på skåpet så fort Angelica kom?

Den står lite i skymundan numera, halvt dold av en prunkande azalea, men den är lika vacker som förr. Angelica lyfter försiktigt upp den i handen och låter sitt pekfinger stryka över den blåskimrande manen innan hon med en hastig knyck bryter av ett av de spröda benen. Efteråt är hon noga med att kila fast det igen. Ingenting ska synas. Men när Marianne nästa gång dammar sitt vardagsrum ska det lilla porslinsbenet trilla ner på fönsterbänkens marmor med ett pling.

Sekunden efteråt slår hon upp terrassdörren på vid gavel och börjar springa, hon springer med stora steg över gräsmattan och tränger sig ut genom häcken, hon springer längs trottoaren bort mot en gatukorsning, passerar den och springer vidare bort mot landsvägen, hon springer förbi bruket och de sista bostadshusen, springer, springer och springer tills allt hon kan känna är sitt eget hjärtas slag och allt hon kan tänka är att hennes lungor snart kommer att brista.

Men ingen Augusta ser efter henne, ingen Augusta sitter på ett moln och följer sitt barnbarns barnbarn med blicken. De döda är döda, och himmelriket finns inte.

Bara jorden finns. Med alla sina barn.

III.

JAG LÄNGTAR, TÄNKER AUGUSTA.
Tänker Alice.
Tänker Angelica.

Tiden skiljer dem åt, men den är bara en fråga om ljus och avstånd. Allt finns alltid. Någonstans vilar Roslagen fortfarande under inlandsisen, någon annanstans är det ett glasgrönt kungadöme i ett hav av smältvatten, ytterligare någon annanstans ett klipprike som långsamt stiger mot ytan. En morgon speglar sig för första gången ett träd i vikens vatten, en dag många tusen år därefter sprängs skogens tystnad av den förste mannens röst och samma kväll viskar en kvinna det ord som ska bli platsens namn. Tusen år senare strandar en val i Edeboviken. Den ligger blå och väldig vid stranden, vispar trött med stjärten i det grunda vattnet medan den dör. Det är en märklig och lyckosam händelse, så märklig och lyckosam att den måste berättas för andra människor långt borta. Så skrivs för första gången platsens namn: *Hallstada*. Hällplatsen.

Namn och skrivna ord får tiden att gå fortare, nu börjar århundradena rusa, tiden andas häftigt, ser människor födas och dö så hastigt att de efteråt knappt ens minns att de har levat. Några av dem hejdar sig ibland, en man sänker hackan mitt under dagsverket i gruvan, en kvinna rätar på ryggen mitt i byken och stryker med köldstela fingrar över förklädet, tänker: *jag lever. Just nu lever jag.* Det är borta på ett ögonblick, hackan höjs på nytt i gruvans mörker, röda händer doppas i det kalla vattnet, tiden rusar vidare.

Kyrkan i Häverö växer upp ur jorden, står där en dag och prunkar med sina bilder, Herrängs gruvhål blir allt fler och allt djupare, tungt lastade foror går genom skogarna mot järnbruken i Skebo och Bennebol. Tiden flåsar efter dem, de utmattade hästarna försöker öka takten och hålla undan. Det hjälper inte: deras stund är snart förbi. Efter bara ett andetag byggs en hamn för segelskepp i Hallstavik och strax därpå en järnväg från Stockholm till Skebobruk och därifrån ytterligare en till Hallstaviks grannby Häverödal. Det är den sämsta och skakigaste järnvägen i hela Sverige, men det är ändå en järnväg, den kommer med sot och ångor och den nya tidens dofter. Pojkar samlas vid stationen om kvällarna. Deras hjärtan vill brista av hänförelse över lokets tyngd och svärta, men så kan de inte tillåta sig att tänka, alltså knuffas de i stället och muckar gräl, rullar runt i gruset i ständigt nya slagsmål, viftar manligt med knytnävarna i luften när stinsen till slut gör sig omaket att skilja dem åt. *Jag lever*, tänker en pojke, trots att ekot av stinsens örfil fortfarande darrar i hans huvud, trots att han känner sitt eget varma blod rinna under näsan. *Just nu lever jag.* En flicka går förbi ute på vägen och ser hastigt på honom, men låter inte blicken dröja kvar. Hon har sett tusen pojkar blöda näsblod under de tolv år hon har levat och de intresserar henne inte. Däremot intresserar tåget henne, ändå kan hon inte stanna och betrakta det. I sin gränslösa självöverskattning skulle pojkarna genast inbilla sig att det var dem hon glodde på och det unnar hon dem inte. För hur skulle hon kunna få dem att förstå att det hon ser när hon går förbi Häverödals station en sommarkväll inte är några osnutna slynglar, utan sig själv, sådan som hon kommer att vara om två år, när hon är stor och konfirmerad och ska ta tåget till Stockholm för att bli jungfru? Redan känner hon varje rörelse hon ska göra i den stunden: hur ena handen ska samla kjolen, lyfta den och blotta ett par skinande nya kängor, hur den andra ska gripa om godstrallans kant så att hon snabbt och smidigt kan häva sig upp. I Skebobruk ska hon byta till ett större tåg med en riktig passagerarvagn med tak och träbänkar. Hon vet inte riktigt hur en sådan vagn ser ut, hon har aldrig sett den mer än i sina drömmar, vet bara att den som ska resa till Stockholm måste åka i en sådan vagn.

Hon vet inte heller att Augusta den dagen ska komma resande i motsatt riktning, att deras kjolar ska snudda vid varandra på Skebobruks station när Augusta går av tåget och flickan som ska bli jungfru stiger på. De ser inte varandra: båda har fäst blicken vid framtiden, ingen av dem ödslar tid på att se sig om i nuet.

Denna dag är Augusta tröttare än hon någonsin varit och tröttare än hon någonsin mer ska bli. Hennes ansikte lyser ljusgrått mot hårets kastanjeton, läpparna är bara en aning mörkare, skuggorna under ögonen ser ut som de suddats fram i bleknat bläck. Vid första anblicken ter hon sig mer välklädd än man kunde vänta sig av en ung kvinna i hennes ställning, ändå ser hon ut att frysa. Kanske beror det på att kappan inte går att knäppa, den räcker inte riktigt till över bröstet. Hatten kan inte värma alls: det är en sommarhatt av strå som egentligen inte alls lämpar sig en brunfuktig oktoberdag som denna.

Augusta drar upp axlarna och ryser till där hon står på perrongen med sitt barnbylte på armen, öppnar sedan sin högra hand och släpper kappsäcken, spretar lite med fingrarna som om hon vill pröva om de fortfarande går att röra. Kappsäcken sjunker ihop till en grå liten schagghög bredvid henne, den tycks inte vara fylld mer än till hälften. För ett ögonblick svajar Augusta till, det ser ut som om hon ska sjunka ihop på samma sätt som väskan, men i stället böjer hon sig ner med en nigande rörelse och plockar upp kappsäcken igen, går sedan med bestämda steg och smällande klackar bort mot det andra tåget, godstrallan som ska gå till Häverödal. Utan ett ord sträcker hon barnbyltet till en gubbe som just har klivit ombord, mumlar något om att han måste hålla handen under barnets huvud, låter sedan kappsäcken dimpa ner i vagnens botten, tar ett stadigt tag om trallans kant och häver sig upp. Fyra män och en häpen gubbe som just har fått ett spädbarn i famnen iakttar henne, de ser att hon har mycket smala vrister. När hon har kommit upp på vagnen sträcker hon sig efter barnet och mumlar ett hastigt tack, men ler inte och ser inte gubben i ögonen.

När det finns herrskap ombord brukar järnvägsbolaget plocka fram bänkbrädor, men i dag kvalificerar sig ingen av passagerarna för en sådan förmån. Det syns lång väg att gubben bara är en vanlig gubbe, att de fyra männen är arbetare på väg till bruksbygget i Hallstavik, det som snart ska bli Europas största byggarbetsplats, och att den unga kvinnan med ett barn på armen möjligen – men bara möjligen – skulle kunna vara en fru, men sannerligen inte någon fin fru. Alltså får alla sitta direkt på golvet i den öppna trallan.

Loket frustar och väser och pyser ånga en lång stund innan tåget sätter sig i rörelse. Augusta tycker att det är skönt, då slipper hon ängslas för att barnet ska vakna och störa folk med sitt skrik. Ett barn på bara tre veckor kan inte överrösta ett lok. Inte utomhus. Inne i passagerarvagnen på tåget från Stockholm kunde det ha hänt, faktiskt oroade hon sig hela tiden för att det skulle hända, men Olga sov snällt hela vägen från Stockholm och gav inte ett ljud ifrån sig. Sudden hade fungerat, precis så som Kristin hade sagt.

Det var till Kristin hon hade gått när det började synas. Det blev aldrig någon uppgörelse mellan henne och Vilhelm, hon sökte inte ens hans blick när han började vända bort den. En förmiddag när frun och kokerskan hade åkt till sommarnöjet knöt Augusta helt enkelt av sig förklädet när hon hade diskat efter frukosten, gick in i jungfrukammaren och började packa. Vilhelm måste ha lyssnat till hennes rörelser och förstått vad hon gjorde, för när hon en stund senare stod i bibliotekets dörröppning klädd i stråhatt och kappa hade han redan skrivit hennes namn på kuvertet och klistrat igen det. Han såg rädd ut när han sträckte fram det, dumdryg och rädd på samma gång, och med ens kunde hon se hur ful han var med sin köttiga näsa och grovporiga hud. Någonstans inom henne rörde sig en vag förvåning över att hon inte hade sett det förut, över att det hade funnits stunder då hon rentav hade drömt om honom. Det skulle hon aldrig göra mer, det visste hon redan. Aldrig någonsin.

"Det finns lite kallskuret i skafferiet", sa hon och stoppade kuvertet i kappfickan. "Önskas något mera?"

Han flackade till med blicken och slickade sig hastigt om munnen, glansen över läpparna gjorde honom ännu fulare. Parketten gungade till under henne vid minnet av hur det kändes när dessa läppar gled över hennes hals och plötsligt mindes hon också hans odör, hur han luktade av tobak och ensamhet när han klängde sig fast vid henne första gången, hur han gnällde medan han trasslade in sina fingrar i hennes hår, hur han drog i det med hårda händer och ryckte loss en liten tuss med rötterna.

"Augusta lockade mig", sa han nu och harklade sig. "Om inte Augusta hade lockat mig ..."

Hon lät honom inte avsluta meningen, vände bara ryggen till och gick.

Kristin kunde inte minnas henne, Augusta fick stå en lång stund på hennes tröskel och förklara sig medan gumman granskade henne med ålderdomens vattniga blick. Fosterbarn? Ett par månader för nästan tio år sedan? Hur skulle hon kunna komma ihåg det? De hade ju varit så många, den ena barnhusungen hade avlöst den andra i mer än trettio års tid. Egentligen mindes hon inte mer än den förste ... Han hette Sven och var en lat liten vasker, han hade varit utackorderad till en skräddare i Småland men skickats tillbaka till barnhuset för att han inte ville arbeta ordentligt. Det var så det började, det här eviga fostermorandet, finfruarna på barnhuset tyckte snart att Kristin kunde ta hand om varenda unge som kom i retur och hon hade ju inte råd att neka. Men alltihop tog slut när en av ungarna råkade hosta ihjäl sig häromåret. Plötsligt upptäckte finfruarna att Kristin inte längre bodde i ett rum högt upp i huset utan i ett spisrum i källaren och att hon inte längre försörjde sig som ändringssömmerska utan hade slagit sig på lump och begagnade kläder. Det var inte tillräckligt hälsosamt för oäktingarna att leka i Kristins lumphögar, gudbevars, så därför hämtade de den sista ungen och vägrade skicka någon ny. Och det hade väl varit lika så gott, vad Kristin beträffade, om det inte hade varit för det där med pengarna, lumpen lönade ju sig inte lika bra som ändringarna, men hennes ögon hade blivit alldeles för skumma numera för att hon skulle kunna se att sy ...

Bröd? Jaså, Augusta hade köpebröd med sig? En hel påse vetebullar och en annan påse med skorpor? Och två hekto nymalet kaffe?

Det var värst. Alldeles värsta som värst.

Jo, visst fick hon komma in, Kristin var inte okristlig på det viset, det var bara att komma in och slå sig ner på en pinnstol, Kristin skulle bara maka undan lumpen från bordet innan hon gjorde eld i spisen till kaffet. Vid närmare eftertanke tyckte hon nog att hon kunde minnas Augusta, var det inte hon som hade bott hos en folkskollärarinna i Skåne i rätt många år? Som hade dött knall och fall? Jo, minsann nu mindes Kristin. Augusta var en ovanligt illa utrustad barnhusunge, var det inte så? Inte bara fader okänd, så att säga, utan även modern. Upphittad på barnhusets trappa utan så mycket som en lapp som kunde tala om vem hon var? Jojo, nog mindes

Kristin hur arg Augusta blev när de andra ungarna retade henne för att hon var föräldralös. Som om deras pigmödrar var så mycket att skryta med. Fast Augusta bodde inte så länge hos Kristin, hon fick väl ett nytt fosterhem ganska snart. Hos en bonde i Sörmland. Var det inte så? Tänkte väl det. Och nu hade hon råkat i olycka? Jaja, i så fall var hon inte den första, Kristin kunde faktiskt berätta om både den ena och den andra och inte bara om pigor, jungfrur och fattighjon, utan också om gudsnådeliga sjuksköterskor och fisförnäma fruar, fariseiska lärarinnor och låtsasfina fröknar ...

Och nog hade hon berättat. I tre månader hade Augusta suttit vid hennes bord och sorterat lump medan Kristin berättade den ena hisnande historien efter den andra. Hade Augusta hört om pigan som kvävde ungen i en byrålåda och sedan försökte bränna den i spisen? Hon blev tokig efteråt och kom på hospital. Eller om sjuksköterskan som blev avslöjad av en enda droppe blod? Hon hycklade och grät, låtsades sörja sin lilla oäkting och klädde upp liket i spetskolt och hätta till begravningen. Ändå blev hon avslöjad som den mörderska hon var: när prästen tog en titt under alla spetsar och volanger såg han att den lille hade en bitteliten sårskorpa högst uppe på skulten. Och då begrep han: hon hade stuckit en nål rakt in i huvudet på ungen, en helt vanlig brodernål av den tunnaste sorten. Jodå. Så var det. Fast det var kanske ännu värre med den där pigan som födde sin unge på Brunnsvikens strand och genast slängde den i sjön. Ett riktigt nöt, den där. Hon gick hem alldeles efteråt, vinglade omkring i köket som en drucken och lämnade blodspår efter sig på golvet. Husbondefolket var ju inte dummare än att de begrep hur det var fatt, frun i huset hade ju förstått att pigan var med barn trots att hon hade nekat hela tiden. Men nu hjälpte det inte att neka längre, frun skickade efter barnmorskan och så blev det undersökning trots att pigan grät och skrek. Efterbörden var fortfarande kvar, så det var ju inte mycket att neka till, ändå fortsatte det dumma våpet att tjuta och påstå att det enda som hade kommit ut var några blodlevrar ... Pöh! Det höll en dag. Sedan flöt det lilla liket upp i Brunnsviken och så blev det rättegång. Hade den där dumma pigan haft något förstånd så hade hon naturligtvis låtit ungen leva och ammat in den på barnhuset. Vad var det för konstigt med det? Hade inte hundratals, kanske tusentals pigor gjort detsamma?

Och skammen? Var det något att bry sig om? Fattiga fruntimmer fick väl ändå alltid skämmas, en oäkting hit eller dit gjorde ingen större skillnad.

Augusta försökte hålla ansiktet slutet medan Kristin berättade. Hon böjde sig över lumpen på bordet och granskade plagg efter plagg, tygstycke efter tygstycke och placerade dem i lämpliga högar, utan att med en min avslöja att hennes rygg gång på gång drog sig samman i kramp. Det skulle inte vara någon mening att klaga, hon hade ju bara sig själv att skylla för att hon satt där hon satt. Hon hade gått till Kristin för sagornas skull, för att minnet av de där månaderna på Söder, när hon fortfarande var bedövad av sorgen efter sin första fostermor, alltid hade handlat om en röst som oavbrutet berättade om prinsar och prinsessor, mylingar och bortbytingar, älvor och troll. Men nu hade Kristin inte längre några sagor att berätta, bara dessa hisnande historier om blod och brända kroppar, brustna pärlemorhinnor och oskyddade barnahjässor.

Det föll aldrig Augusta in att hon skulle kunna be Kristin att sluta, ingenting i livet hade lärt henne be och begära, allt hon lärt sig var att tyst uthärda allt som hände, och sedan med samma tysta beslutsamhet skaffa sig det hon ville ha. Men tystnad kunde hon inte skaffa sig, inte hemma hos Kristin. Ute på gatan klappade hästarnas hovar mot stenläggningen, gälla pojkröster steg som fågelskrin mellan husens fasader och inne i källarrummet malde den gamla kvinnans röst oupphörligen på. Ibland tog sig Augusta åt ryggen, log blekt i riktning mot Kristin och låtsades som om det var barnets rörelser som drev henne att räta på sig. Men så var det inte. Barnet rörde sig mycket sällan, och när det någon gång hände var dess rörelser så lätta och fladdrande att Augusta inte insåg vad som hade hänt förrän en stund efteråt.

De sista veckorna gick hon inte ut, hon satt i Kristins källarrum hela tiden. När det kom kunder som skulle sälja lump eller köpa begagnade kläder drog hon sig bort från bordet och in i skuggorna vid spisen, vände ryggen till och låtsades vara sysselsatt med elden eller kaffet. Ändå gjorde hon rätt för sig och mer därtill, hon stack till Kristin den ena kronan efter den andra och protesterade inte när gumman kom hem med kaffe, vetebullar och brännvin. Kristin levde på kaffe med dopp, och som tillfällig inackordering fick Augusta vackert göra detsamma, trots att hennes kropp suktade efter fläsk och potatis. Mathållningen gjorde henne svag och yrslig; efter några veckor fick hon ta stöd mot väggen eller spisen eller bordet när hon skulle resa sig upp. Ändå tillät hon sig aldrig att ge efter för sin lust att sjunka ihop och låta sig förvandlas till en lumphög bland andra. Pengarna, tänkte hon, när golvet reste sig mot henne. Jag har i alla fall mina pengar!

Hon hade öppnat kuvertet redan i kökstrappan på väg från Vilhelms våning, hennes fingrar hade darrat när hon sprättade upp kuvertet och med rynkad panna började räkna sedlarna. Sexhundra kronor? Mer än en årslön. Nästan två. Hon stannade mitt i trappan och räknade sedlarna än en gång – jo, det stämde, fem hundralappar och tio tiokronorssedlar – bara för att omedelbart tvivla på sina fingertoppars vittnesbörd och börja räkna dem på nytt. Först när hon hörde en dörr öppnas högre upp i huset stoppade hon kuvertet i fickan och fortsatte nerför trappan. När hon kom ner till bottenvåningen öppnade hon källardörren och gled vidare ner i det mörka djupet. Augusta hade rört sig här nere nästan varje dag från sitt femtonde år till sitt artonde, hon visste var hon kunde hitta en ljusstump och en tändsticksask och i vilken vrå hon skulle kunna sitta på en gammal silltunna och än en gång räkna sin förmögenhet.

Hon hade inte räknat med att få några pengar, hon hade trott att hon skulle få nöja sig med sin vanliga veckolön och möjligen en tia som plåster på såren. Det hade aldrig fallit henne in att Vilhelm skulle köpa sig fri, eftersom det inte heller hade fallit henne in att han skulle kunna frukta henne. Men sedelbunten bar ett budskap: hon hade makt över honom, en makt som visserligen innebar en fara också för henne själv, men en makt som ändå fick Vilhelm att tigga om förskoning. För det var vad han gjorde när han gav henne kuvertet, han vädjade till henne att skona honom, att låta det stå fader okänd i kyrkboken. Och visst. För sexhundra kronor var Augusta beredd att skona vem som helst.

Det tog henne en evighet att gömma pengarna. Först stoppade hon en hundrakronorssedel i vardera kängan, därefter en i varje strumpa, bara för att omedelbart ändra sig och plocka upp sedlarna igen. De skulle ju bli skrynkliga om hon gick på dem! Minuten därpå stoppade hon dem ändå tillbaka, för pengarna låg ju ändå säkrare i strumporna och kängorna än någon annanstans på kroppen. Slutligen knäppte hon upp blusen och lirkade in den sista hundralappen under linne och snörliv, vek tre tiokronorssedlar till små fyrkanter och lät dem följa efter. De sju sista tiokronorssedlarna stoppade hon i börsen, lade sedan börsen i botten på kappsäcken, satte sig tillrätta och brast i gråt.

Det var en besynnerlig gråt, torr och krampaktig, en som hon skulle bära som en hemlighet resten av sitt liv och ofta grubbla över. Den tycktes inte stiga från en plats inom henne själv som barndomens gråt, den kom utifrån och tvingade sig in, det var som om främmande händer hade nupit tag i hennes läppar och dragit dem isär, vridit hela hennes ansikte till en fasansfull grimas. Ändå försökte hon bjuda motstånd: hon slöt sin strupe och stängde vägen för snyftningarna, förvandlade dem till grötiga stönanden som fick stearinljusets låga att fladdra, hon knöt nävarna och dunkade dem gång på gång mot låren.

När ljuset hade brunnit ner tystnade hon och stillnade, satt orörlig en stund och drog in källarens dofter genom näsborrarna. Jord och fjolårsäpplen. I mer än en timme satt hon sedan på silltunnan och stirrade in i mörkret, slöt bara ögonen ibland och betraktade färgerna som dansade under ögonlocken. I mörkret kunde hon se det hon varit blind för i ljuset. Hon hade berett sig på att dö. Hon hade inte vetat det själv, men så var det. Men nu var hon räddad. Hon skulle inte behöva gå i sjön, hon hade sexhundra kronor och en framtid som väntade.

Det gjorde henne inte glad. Bara lite lättad och ändå ganska trött.

Och nu har framtiden börjat, nu sitter Augusta på golvet i den öppna godstrallan med sin unge på armen och är på väg någonstans. Vart vet hon egentligen inte, hon har ingen bild i huvudet av hur en plats som heter Herräng skulle kunna se ut, vet bara att hon ska stiga av tåget i Häverödal, att hon ska bli hämtad där och skjutsad i häst och vagn i ytterligare någon mil. Herräng ligger där vägen tar slut. Vid världens ände.

Änklingen hon ska tjäna hos är stigare. Augusta vet inte vad en stigare egentligen är, men hon tycker om ordet, det får henne att tänka på modiga män som bryter sig fram i skogarna och banar nya stigar. Men Kristin, som bodde i Herräng som barn, hävdade att en stigare var något helt annat. Ett slags mellanting. En halvherre. Inte herrskap, trots att han stod alldeles under inspektorn i rang, men inte heller vanligt arbetsfolk, trots att han hissades ner i gruvan varje dag. Men vad han gjorde där nere, det visste Kristin inte och brydde sig inte heller om.

Det var Kristin som hade ordnat platsen, hon hade kommit hem en dag från en av sina lumpvandringar och berättat att hon hade träffat en gammal bekant från Herräng, en fiskarfru. Kristin hade inte varit i Herräng på den här sidan sekelskiftet, därför hade hon lyssnat till hembygdsskvallret med måttligt intresse. Faktum var att hon egentligen inte hade lyssnat alls förrän fiskarfrun började berätta om den sörjande stigaren, han som var änkling sedan flera år och verkligen behövde ett fruntimmer i huset ...

Sedan tycktes allt hända av sig själv, Augusta fattade aldrig riktigt hur det gick till. En dag kom det ett brev från inspektorn vid Herrängs gruva som kortfattat förklarade att Augusta från oktober månads början kunde betrakta sig som tjänarinna hos stigaren Arthur Svensson. Vad Arthur Svensson själv tyckte om saken framgick inte. Inte heller nämndes barnet som snart skulle spränga fram ur Augustas kropp.

Bara en gång nämnde Kristin barnhuset som en utväg. Hon tystnade omedelbart när hon mötte Augustas blick.

Augusta faller in i tågets rytm och låter sig vaggas till vila, trycker barnet en aning hårdare mot bröstet. Det börjar bli eftermiddag, skymningen ligger på lur ute i de kopparfärgade skogarna och ett regn, så fint att det nästan inte märks, hänger i luften. Augusta tycker om det, trots att hon kan känna hur det kyler över armarna när oktoberluften tränger genom kappan, men hon känner också hur kinderna mjuknar och håret glänser, hur det tunna regnet får henne att skimra. Hösten smeker hela världen till ro och Augusta är en del av världen.

Hon ser ner på byltet i sin famn. Kristin har snott in Olga i det ena lagret ylle efter det andra och offrat en fin liten filt från lumpsamlingen för att få ett prydligt omslag på paketet. Det är också hon som har gjort i ordning sudden. Hon doppade en sockerbit i brännvin, snodde sedan in den i gasväv och stoppade den i Olgas mun. Kristin gav Augusta ett triumferande ögonkast när flickan omedelbart började suga och minuten efteråt föll i sömn. Hon sover fortfarande, trots att Augusta har tagit sudden ur hennes mun för länge sedan och stoppat den i sin kappficka, hon har sovit ända sedan tidig morgon. Det lilla tvivel som hela dagen har legat dolt under tankens yta, sträcker plötsligt på sig och blir synligt. Brännvin? Till en nyfödd? Kan det verkligen vara bra? Augusta böjer sig över det lilla byltet och lyssnar spänt. Jo, nog andas hon. Hon har inte öppnat ögonen på hela dagen, men nog andas hon.

Augusta skjuter undan oron och ser upp mot himlen, försöker skilja ut lokets ångor från regnmolnen. Det går inte, allt flyter samman, allt utom en glödande gnista som för en sekund faller genom diset. Det ser ut som ett stjärnfall.

"Jag önskar", tänker Augusta. "Jag önskar att ..."

Längre kommer hon inte. Hon har glömt hur man gör när man önskar.

När tåget bromsar in vid Häverödals station har det redan blivit skymning. Kylan är inte behaglig längre, bara genomträngande och rå. Det bultar i Augustas brustna underliv, avslaget har trängt genom stoppduken och lämnat en fuktkall fläck bak på kjolen. Hennes hår glänser inte mera, det ligger vått och platt mot skulten. Mjölken spänner i brösten och hennes kropp har stelnat, hon grimaserar som en gammal kvinna när hon försöker resa sig. En av de unga arbetarna griper om hennes arm och stödjer henne. Han är tunt klädd, han har bara en urtvättad flanellskjorta under sin tunna kavaj, men hans keps har en stukning som signalerar munter uppkäftighet och hans ögon är mycket mörka. Augustas kind snuddar helt hastigt mot hans fuktiga kavaj, hon särar läpparna och andas in hans doft, känner den stryka mot tungan. Under ett andetag blir hon alldeles matt.

Jag längtar, tänker hon. Jag visste inte att jag längtar så.

"DET VAR DEN NATTEN DÅ ALLA SAGOR DOG", säger Augusta.

Alice svarar inte, vaggar bara genom det skumma rummet bort till Augustas sängbord och lägger hårnålarna i nipperskrinet. Utanför fönstret viner vinterns sista vind, väggarna knakar och kvider, februarikylan letar sig in i huset genom hemliga springor. Det är kallt också i Augustas sovrum, trots att Alice har hållit eld i kaminen hela eftermiddagen.

Men Augusta verkar inte frysa, där hon sitter på en pinnstol mitt på golvet med en schal över axlarna. Hon har nyss fyllt sextiotre, men hennes kropp är mycket äldre, lederna kärvar och musklerna vägrar att arbeta mer, hon har svällt till en oformlighet under de senaste åren. Därför måste Alice stödja sin farmor när det är dags att gå till sängs, trots att trappan är så smal att de egentligen inte får plats bredvid varandra. Dessutom måste hon följa med in i sovrummet och hjälpa Augusta av med klänningen. Nattsärken tar Augusta på sig själv medan Alice vänder ryggen till och så omständligt som möjligt plockar fram en galge, borstar av klänningen och hänger upp den. Hon lyssnar hela tiden efter de små grymtande ljud som beledsagar Augustas avklädning, men vänder sig inte om förrän hon är säker på att farmodern har lirkat av sig alla sina underkläder och kommit i särken. Alice har lite svårt för kroppar numera, både sin egen och andras. Först när Augusta har svept sin svarta ylleschal om axlarna och satt sig på pinnstolen förmår Alice närma sig på nytt, då plockar hon fram den fina sköldpaddskammen med beslag i nysilver, den som var hennes egen gåva till Augusta på sextioårsdagen, och gör sig redo att kamma och fläta sin farmors hår för natten.

Augusta tycker om att bli kammad. Hon höjer hakan redan på förhand och sluter ögonen, håller dem sedan slutna genom hela berättelsen.

"Jo", upprepar hon. "Det var den natten då alla sagor dog ..."

För ett ögonblick blir det tyst i rummet. Alice svarar fortfarande inte, men hon drar kammen en aning långsammare genom Augustas hår och hennes andhämtning avslöjar att hon lyssnar.

"Jag frös om fötterna där jag stod på Häverödals station. Och om händerna. Och om öronen. Men det värsta var ändå att jag var så trött. Särskilt i armen. Det värkte i den, det var som om Olga hade blivit en blydagg under resan ..."

Barn tynger, tänker Alice. Det vet jag redan.

"Och inte stod det någon hästskjuts där och väntade på mig, som de hade lovat. Först trodde jag att den bara var försenad och tänkte slå mig ner på en bänk utanför stationshuset, men regnet tog i så jag var tvungen att gå in i väntsalen. Den var så ny att den blänkte, ja först trodde jag att det inte var ett vanligt stationshus, utan en herrskapsvilla, det såg nästan så ut. Man hade ju till och med dragit in elektriskt ljus. Nuförtiden skulle man ha fnyst åt den där lampan, det var ju bara en fattig tjugofemwattare, det skulle inte ens ha gått att läsa en tidning i det ljuset, men på den tiden var det fortfarande märkvärdigt att det alls fanns elektricitet ..."

Hon stannade alldeles innanför dörren och såg sig om. Bänkar. Biljettlucka. En klocka som visade tjugo i sex. En kamin längst bort i hörnet. Luckan stod på glänt, det glödde svagt där inne.

Efteråt blev hon nästan rädd när hon tänkte på vad hon hade tagit sig till, men just då fanns det ingen tid till tvekan. Hon marscherade fram till kaminen och lade barnet på närmaste bänk, drog fram en hink som stod till hälften dold vid väggen och hivade in en skopa kol. Utan att fråga. Utan att be om lov. Man har inte tid att be om lov när man tror att man ska frysa ihjäl. Dessutom var det tomt i biljettluckan, det tycktes inte finnas en själ mer än Augusta och Olga på Häverödals station.

Hon satt länge på huk framför kaminen, betraktade glödens dans i kolstyckena och värmde sig bit för bit, först händerna och handlederna, sedan ansiktet och bröstet och till sist ryggen. Hon såg sig hastigt om innan hon vågade sig på att värma rumpan, men gav slutligen gud i hågen och hissade upp kjolen, stod med halvslutna ögon och kände värmen sprida sig i allt det sargade och brustna. Avslaget tycktes hejda sitt flöde, sipprade bara, och den virkade stoppduken som fuktigt iskall hade skavt mellan hennes lår blev långsamt varmare och mjukare. Augusta suckade av välbehag.

Efteråt slog hon sig ner på en bänk och öppnade sin kappsäck – blicken snuddade ängsligt vid den halvfulla brännvinsbuteljen – grävde en stund bland sina samlade ägodelar innan hon hittade mjölkflaskan och smörgåspaketet. Det fanns bara en enda smörgås kvar, men det var den bästa, hon hade smugit sig till att doppa dess smörsida i strösocker när Kristin höll på med sudden. Hon öppnade munnen och beredde sig att möta den ljuva brytningen mellan brödets sträva konsistens, smörets sälta och sockrets korniga sötma. Det var då hon hörde det. Ljudet. En suck. Eller kanske en snyftning.

"Åh", sa en späd röst. "Åh, vad det vore gott med en smörgås ..."

Augusta blinkade till och såg sig om, men kunde inte se någon. Men rösten fortsatte, brusten nu och klagande, som om den tillhörde någon som just skulle brista i gråt.

"Och en klunk mjölk! Ja, tänk vad det vore gott med en endaste liten klunk mjölk ..."

Augusta lade smörgåsen i sitt knä och grep om mjölkflaskan som för att skydda den.

"Är det någon där?" sa hon och ryckte till när hon hörde hur sträv hennes egen röst lät.

"Någon och någon", sa rösten ynkligt. "Inte skulle jag vilja påstå att jag är någon. Inte alls. Ack nej."

Men denna någon som inte var någon stod plötsligt framför henne: en grå liten gubbe, klädd i luva och stora träskor. Han räckte henne bara till knäna.

Alice gör en irriterad grimas och slutar kamma.

"Jag vill inte höra några sagor", säger hon. "Berätta hur det verkligen var. Jag är inget barn längre."

Augusta rör sig inte, öppnar bara ena ögat och kisar.

"Jag har förstått det. Det framgår vid blotta anblicken, om man säger så."

En snyftning darrar till i Alice, men hon släpper inte ut den. Hon har fått vänja sig vid Augustas verbala örfilar de senaste månaderna och har börjat lära sig att slå tillbaka.

"Du var väl inte så gammal själv. Ett år äldre. Eller två."
"Två. Det är inte så mycket. Men vad är det för mening med de gamlas erfarenheter om de unga är för dumma för att lära? Du vet hur det gick för mig. Och för Olga."

Alice blinkar till och ena ögat svämmar över, en enda tår rinner långsamt över hennes vänstra kind. Men hennes röst är stadig.

"Men för mig kommer det inte att bli så. Och inte för honom heller. Det vet du ju."

"Honom? Är du så säker på att det blir en pojke?"

Alice nickar stumt. Augusta tycks se det, trots att hon sitter med ryggen till.

"Och hur vet du det?"

Alice ler genom gråten, stryker hastigt med handen under näsan.

"För att han har sagt det ... Han talar till mig om nätterna."

"Där ser du. Du lever också i en saga."

Augusta ler, Alice snörvlar trotsigt och börjar kamma på nytt, trycker kammen hårt mot Augustas hårbotten.

"Men jag träffar aldrig några tomtar. Och om jag råkade göra det så skulle jag dra slutsatsen att det var en tomte från mitt eget loft och söka läkare ..."

"Dumheter", säger Augusta. "Det vore bättre att ge honom en smörgås."

Han satt bredvid henne på bänken och dinglade med benen, klappade sig på magen och försäkrade att det var den bästa smörgås han någonsin ätit. Förnämlig. Alldeles utsökt. Rent enastående. För att inte tala om sötmjölken. Nu skulle han stå sig i flera månader och det kunde behövas för han skulle resa långt.

"Vart ska du resa?" frågade Augusta.

Tomten suckade och drog av sig luvan, kliade sig i håret.

"Det vet jag inte så noga. Långt bort bara. Någon annanstans. Här kan man ju inte stanna."

"Varför inte?"

Tomten suckade igen.

"Bruksbygget. Man bygger ett bruk i Hallstavik och där det byggs bruk och fabriker finns ingen plats för oss."

"Oss?"

"Sagornas folk. Oväsen och elektriskt ljus gör oss svaga och ämliga. Vi blir liksom alldeles genomskinliga, som rök eller dimma, och om någon av de där fabriksmänniskorna ändå skulle råka skymta oss så skyndar de sig alltid att sparka oss ur vägen och låtsas som om vi inte finns. Och sedan går de runt och bröstar sig, hånskrattar och talar om oss som amsagor och kärringtjafs ... Det är faktiskt mycket sårande."

"Jag förstår det."

"I går", sa tomten och gav Augusta ett hastigt ögonkast, "blev jag dessutom överkörd av en lokomobil."

"Minsann", sa Augusta. "Och vad är en lokomobil?"

Tomten blev alldeles blank i ansiktet.

"Vet du inte det? Det är en stor maskin, som ett lokomotiv ungefär. Fast den går inte på spår. De har en på bruksbygget, den släpar tunga saker."

"Och den råkade du komma i vägen för?"

"Ja. Jag höll på att ordna med min flyttning. De bygger nämligen bruket precis på den plats där jag har haft mitt bo och därför hade jag tänkt flytta längre in i skogen. Jag var kanske inte fullt så uppmärksam som jag borde ha varit där jag gick med mitt knyte, jag lämnade ju trots allt den plats som varit mitt hem i mer än trehundra år ... Men jag grät inte, det vill jag påpeka, det är nämligen högst ovanligt att vi tomtar gråter. Vi hämnas ofta, men vi sörjer sällan. Problemet är bara att det är svårt att hämnas på ett helt bruk. Man vet inte riktigt var man ska börja, det blir liksom övermäktigt."

Tomten harklade sig, Augusta nickade stumt.

"Nåväl, rätt som jag gick där så kom den där lokomobilen och jag hann inte undan. Den körde rakt över mig. Jag blev alldeles platt."

"Aj", sa Augusta. "Gjorde det mycket ont?"

"Ont och ont", sa tomten. "Jag vet inte riktigt vad det betyder. Jag blev platt bara och låg där mitt på vägen utan att kunna resa mig upp ... Men efter en stund kom en bruksbuse vandrande. Han trodde att jag var en gammal tidning, och eftersom han letade efter gamla tidningar att stoppa i skorna, så tog han upp mig och skakade på mig och – vips! – var jag mig själv igen, återtog min form så att säga. Men när busen såg vad han höll i nyporna så tittade han på vitorna, släppte taget och sprang därifrån. Jag ropade efter honom att jag ville ge honom en gåva till tack, som tomtar har för sed, men han vägrade stanna, han rusade bara vägen fram med händerna för öronen och skrek att han skulle bli godtemplare ..."

Skrattet låg på lur i Augustas röst, men hon vågade inte släppa fram det, rädd som hon var för att reta upp tomten:

"Så du bestämde dig för att det inte räckte med att flytta längre ut i skogen. Att du måste ge dig ut på resa."

Tomten suckade.

"Nej", sa han. "Inte då. Det bestämde jag inte förrän jag kom ut i skogen och såg hur det stod till ..."

Han tystnade och stirrade tomt framför sig en stund, som om han hade glömt att Augusta satt intill. När han talade på nytt var hans röst djupare, nästan mänsklig.

"När människorna går in på fabrikerna måste de lämna sina drömmar i porten. Och då slutar de tänka de tankar som håller oss vid liv. Därför finns det ingen plats för oss längre."

Augusta klappade försiktigt hans lilla hand, den var bred och trubbig, naglarna glänste silvervita.

"Så därför måste ni fly?"

Tomten svarade bara med en inandning. *Jaaa*.

"Men varför är du ensam? Var är alla de andra?"

Tomten slog händerna för ansiktet och för första gången i hans tusenårsliv darrade något som liknade en snyftning i hans röst:

"För att de är döda", sa han. "För att alla de mina redan har dött ..."

Han gav henne en liten lykta till tack för smörgåsen, den skulle lysa hennes väg. Först tyckte hon inte att den var till mycket nytta, dess sken var blekt och flackande, ett ensamt litet silverljus som kändes lika kallt som mörkret utanför stationen. När hon gick genom stationssamhället syntes lågan knappt och för ett ögonblick önskade hon att tomten hade givit henne ett rum i stället, ett varmt litet rum att sova i, ett rum med kakelugn och en riktig fotogenlampa med gult ljus, en sådan som lyste i nästan varje hus och stuga som hon passerade, men mindes sedan att man inte ens i tanken fick vara otacksam för de gåvor man fått av en tomte.

När bebyggelsen upphörde blev vägen smal och slingrig, hon fick treva med fötterna, ta små och prövande steg för att inte snubbla på någon sten eller grop i mörkret. Lyktan kastade illavarslande skuggor in i skogen, det susade där inne och tisslade, det var som om träden och buskarna viskade och rörde sig, som om de skakade sina grenar och försökte dra sina rötter upp ur jorden. Augusta hejdade sig, stod för ett ögonblick alldeles orörlig och lyssnade, innan hon tryckte Olga hårdare mot bröstet och tog ut stegen. Det var långt att gå, det visste hon. Nästan två mil. Och på vägen skulle hon tvingas öppna och stänga sjutton grindar, det hade Kristin talat om. Det skulle ta hela natten.

Den första grinden gnisslade gällt, ljudet skar henne i öronen och skrämde henne. Hon stannade till mitt i rörelsen och höjde lyktan, lät den lysa över Olgas ansikte, för som alla andra mödrar trodde Augusta att det som skrämde henne var än mer fasansfullt för hennes barn. Men Olga sov lugnt i sin yllekokong, den kalla kvällsluften och det tunna regnet hade fått hennes kinder att rodna och den lilla nästippen att blänka. Hon såg inte längre ut som en blek liten olycka, hon såg frisk ut. Som ett starkt och lyckligt litet barn.

När Augusta såg upp igen märkte hon att lyktan hade börjat lysa med stadigare sken. Skuggorna flackade inte längre, vilade bara och väntade, träden försökte inte längre slita sina rötter upp ur jorden, buskarna hade sänkt sina grenar och kommit till ro. Det var alldeles tyst. Ingen vind susade. Inga nattfåglar skrek.

Det var då hon såg honom. Den förste. Den lille pojken.

Han låg i diket och kunde inte resa sig. Men han levde fortfarande, han blinkade mot lyktans silverljus och sträckte armarna mot Augusta. Hon drog efter andan och tog ett steg mot honom, hejdade sig sedan och tryckte Olga hårdare intill sig. Det där var ingen vanlig pojke. Vanliga pojkar har inte ludna fötter. Vanliga pojkar har inte svarta trampdynor. Och svans? Ingen vanlig pojke har svans. Aldrig någonsin.

"Ma", sa han. "Ma."

Olga fnös mot hennes bröst och försökte vrida på huvudet. Augusta hade tryckt henne så hårt intill sig att hon inte fick luft, och det var som om den lilla rörelsen var allt som behövdes för att Augusta skulle bli sig själv igen. Nu såg hon att den lilla varelsen i diket visserligen inte var någon vanlig pojke, men ändå alldeles otvivelaktigt en pojke. Hans händer var en pojkes händer, hans hår en pojkes hår, hans ögon en pojkes ögon. Han liknade alla de pojkar som hade gått från fosterhem till fosterhem i samma evighetsvandring som hon själv, alla de där barnhuspojkarna som hade arbetat för mycket och fått för lite att äta och som därför blivit magra och skrovliga, alla de där fattighuspojkarna med borstigt hår som aldrig hade doppats i badbaljans varma vatten en lördagskväll och kommit upp igen med hår som silke och kinder röda som vinteräpplen. Han var liten, smutsig och ful.

"Ma", sa han igen och famlade i luften efter henne. "Ma."

Augusta närmade sig andlöst med sin lykta och såg på honom. En pojke. Och ändå inte. Han hade svans. Otvivelaktigt. Han hade en smal svans med svart tofs, den låg mjukt s-formad bredvid hans högra ben där han låg med strupen blottad och ögonen slutna till hälften. Och plötsligt kunde hon inte hejda sig längre, hon ställde ifrån sig lyktan och drog av sig kappan, vek den hastigt till en liten bädd och lade Olga på den, kröp sedan på knä genom det fuktiga dikesgräset, tänkte för ett ögonblick att kjolen skulle bli förstörd, att hon skulle komma till Herräng och sitt nya liv med gyttjefläckar på kjolen och sköt i nästa stund undan tanken. Det var bråttom. Pojken hade slutit ögonen och andades i korta drag, som om han inte hade kraft nog att ens fylla sina lungor.

"Var inte rädd", viskade Augusta. "Jag är hos dig ..."

Han slog upp ögonen när hon grep om hans hand, den var så liten att den rymdes i hennes handflata. Huden var mycket sträv, naglarna svarta och vassa.

"Ma?"

Kanske var det bara en utandning. Ändå svarade Augusta.

"Ja", sa hon. "Jag är hos dig."

Då suckade han, lade hennes hand mot sin kind och drog ett rosslande andetag.

Hon satt länge så, med hans hand i sin och båda deras händer mot hans kind, så länge att regnet trängde genom både blus och snörliv. Hon frös. Ända in i märgen. Ändå ville hon inte släppa den lille, det skulle vara att överge, det skulle vara lika illa som att lämna bort

Olga och försöka glömma henne, lika illa som att lämna ett spädbarn på barnhusets trappa och gå därifrån för alltid.

Först när Olga nös borta på kappan insåg hon att hon inte kunde sitta kvar för alltid. Då böjde hon sig ner och lyfte upp pojken, höll honom tätt intill sitt bröst och såg honom förvandlas till en mossbelupen sten. Mycket försiktigt lade hon sin kind mot den kalla ytan och lyssnade till de sista hjärtslagen som pulserade där inne, lade sedan tillbaka stenen i diket och reste sig upp, tog ett steg bakåt för att betrakta honom, bara för att rycka till när klacken stötte emot något mjukt. Hon snodde runt och höjde lyktan, dess ljus föll över en stupad liten gubbe, en grå åldring i miniatyr vars fingrar hade klöst djupa sår i vägens grus. Han var redan död. Hon vred sig hastigt undan, lyktans ljus fladdrade till och föll över två genomskinliga kvinnogestalter som hade störtat mitt på vägen, de låg på rygg med vingarna utfläkta under sig och benen låsta i vassa vinklar, tunna och grå som jättelika döda mygg.

Hon gick närmare med lyktan höjd, såg på dem, en efter en, och visste med ens att det var hennes sak, en människas sak, att fästa dessa varelser vid jorden. Hon lyfte upp den uråldrige gubben, vaggade honom moderligt i sin famn och blåste lätt på hans ansikte medan hon såg honom skapas om till en bruten gren. Hon lade den försiktigt i dikesrenen, föll sedan på knä vid en av de genomskinliga kvinnogestalterna och sträckte ut sin hand, såg och kände hur den tunna kroppen genast pulvriserades av beröringen och förvandlades till damm.

Nu lyste lyktan starkare, där den stod på marken. Träden vid vägkanten, också de mörka granarna och de svarta tallarna, lät sina stammar reflektera ljuset, hela skogen skimrade. Vägen var plötsligt silvervit, gruset glittrade i mörkret, Augusta kunde se varje sten och hålighet. Men hon såg också att hennes arbete bara hade börjat. Längs hela vägen till Herräng låg sagans döda varelser och väntade på att bli ett med jorden.

Augusta drog på sig kappan och lyfte upp sitt barn på vänsterarmen, tog lyktan i sin högra hand och började gå. Hon stannade vid varje ny gestalt, smekte, blåste och vaggade alla de döda varelserna till ro, arbetade lugnt och målmedvetet och vilade inte förrän i gryningen när Olga vaknade till och började gny. Då slog hon sig ner på en sten vid vägkanten, knäppte upp sitt blusliv och lade den lilla till bröstet, satt sedan alldeles stilla och iakttog hur soluppgångens rosa ljus släckte nattens silver. Någonstans ringde en vällingklocka, ett ljud som snart följdes av smällande dörrar och avlägsna människoröster, hammarslag och kedjors rassel.

Augusta drog sitt barn tätare intill sig och lyssnade. Hon förstod att det hon hörde var ljuden från en alldeles ny värld, en värld där människorna skulle få leva utan sagor. Ännu visste hon ingenting om den, men hon hoppades att det var en värld där unga kvinnor som inte hade mer att komma med än ett barn, en kappsäck och en frusen kropp ändå skulle kunna reda sig.

Alla sagor var döda. Men Augusta var vid liv.

Alltså reste hon sig upp och knäppte blusen, strök med sin fria hand en hårslinga från pannan och beredde sig att göra sitt intåg i Herräng.

ALICE FÄSTER EN GUMMISNODD OM AUGUSTAS FLÄTA, sätter sedan handen bakom höften och sträcker på sig. Ryggen värker.

"Jag slår vad om att du aldrig har berättat den där historien för pappa", säger hon. "Det är ingen ingenjörshistoria, precis."

Augusta fnyser.

"Erland är en pjätt. Han är mycket duktig och skötsam och en gång i världen var han dessutom snäll, men han är ändå en pjätt. Det är mycket han inte begriper."

Alice tvekar ett ögonblick innan hon fortsätter:

"Han säger att du var madrassocialist …"

Augusta gör en grimas.

"Jaså, han kommer ihåg det. Jo. Det stämmer nog."

"Vad var det egentligen?"

"En som ville bränna upp gamla madrasser. För att bli kvitt vägglössen. För att göra rent en gång för alla. Så att moderniseringen och framåtskridandet kunde sätta igång."

"Jag tycker att det är konstigt …"

"Vadå?"

"Att du hela tiden pratar om hur bra det är med framsteg och modernisering. Och så bor du i en gammal stuga på landet och berättar sagor hela tiden … Det går inte ihop."

"Varför inte?"

"Om du verkligen var så modern av dig så borde du flytta till en lägenhet inne i Hallstavik. Som pappa och farbror Harald vill. Så att du äntligen fick vattenklosett och badrum."

Alice lägger sköldpaddskammen på byrån. Augusta söker med handen i nacken efter flätan, drar den över axeln och låter den rinna över bröst och mage. Den ringlar ihop sig som en liten orm i hennes knä.

"Jag bor bra här", säger hon sedan. "Det här handlar inte om mitt dass. Det handlar om mitt huvud."

Alice höjer ögonbrynen.

"Så du är modern i huvudet?"

Augusta blottar sina löständer och ler, rynkorna kring hennes ögon bildar ett litet spindelnät.

"Just det. Jag är modern i huvudet."

"Och sagorna? Vad gör dom i ditt moderna huvud?"

"Äsch. Sagorna. Dom bara kommer ... "

Alice drar överkastet från Augustas säng och skakar kudden, hon är trött och vill själv komma i säng. Men Augusta sitter envist kvar på stolen och fortsätter fundera.

"Fast nuförtiden tycks folk inte begripa hur viktigt det är med sagor. Eller berättelser. Eller vad man nu ska kalla det. Förr spelade vi ju teater i IOGT. Vi hade eget bibliotek också och massor med böcker. Men nuförtiden heter det att kommunen ska sköta biblioteket, det är inget för föreningarna. Och i logen är det bara ungarna som får spela teater. Men vad ska vi vuxna göra? Va? Ska vi bara gå omkring och vara nyktra?"

Alice gör en ironisk grimas.

"Ska du ha en sockerlåda?" säger hon.

För ett ögonblick glider minnet av Isaks vita leende genom rummet, hans skratt när Augusta blev röd om kinderna och började hetsa upp sig. *Augusta agiterar! Ge henne en sockerlåda att stå på!* Skämtet gick i arv till Erland och Harald och numera är det hela släktens egendom. *Ge Augusta en sockerlåda!*

Augusta flinar till, men släpper inte taget om sitt ämne.

"Jamen det här är viktigt", säger hon. "Folk är så tråkiga nuförtiden, dom tror på siffror som ärkebiskopen tror på Gud. Men siffror säger ju ingenting om hur det verkligen står till här i världen. Vi behöver historier! Den som kan berätta några riktigt bra historier kan förändra allt. Till och med i politiken. Den sida som har dom bästa berättelserna vinner. Så enkelt är det. Vi hade Ivar Lo och Moa på vår sida och därför har vi vunnit. Utan dom hade det aldrig gått."

Alice stryker med handen över pannan.

"Jag har huvudvärk", säger hon. "Jag vill gå och lägga mig. Dessutom avskyr jag Ivar Lo."

Augusta har just börjat resa sig från stolen, men nu sjunker hon ner igen och ser uppriktigt förvånad ut.
"Avskyr du Ivar Lo? Varför det?"
Men Alice vill inte svara:
"Snälla. Jag är trött, jag vill bara gå och lägga mig ..."
Augusta reser sig mödosamt från stolen och tar av sig schalen, betraktar Alice under rynkad panna medan hon går mot sängen.
"Känner du något?" säger hon.
Alice skakar på huvudet.
"Väck mig om det börjar", säger Augusta.
Sängen knarrar när hon sätter sig.

Alice huttrar till när hon korsar hallen och öppnar dörren in till snedgarderoben. Det finns bara två rum i Augustas hus, en sal på bottenvåningen och ett sovrum en trappa upp, alltså får Alice kampera i snedgarderoben. Det är inget hon sörjer, trots att det inte ens finns elektriskt ljus där inne, det trånga utrymmet känns ändå mer som hennes eget rum än det pyntade flickrummet hemma i Jönköping någonsin har gjort. Hon tycker om att det är trångt, hon tycker om att taket är så vinklat att det knappt går att stå rak, hon tycker om trädoften från brädväggarna och det gula ljuset från fotogenlampan på den där pallen som ibland är nattduksbord och ibland skrivbord.

Ändå är snedgarderoben en hemlighet, i breven hem till föräldrarna nämner hon den inte, hon låter dem tro att hon sover i kökssoffan. Ju mindre de vet om hur hon verkligen har det desto bättre är det, desto lättare är det för Alice att gömma sig för deras tankar, de som hela tiden söker henne, och desto lättare är det för föräldrarna att låtsas att det är sant, det som de hela tiden säger till vänner och bekanta, att stackars lilla Alice är allvarligt sjuk och måste stanna länge på sanatoriet. Tänka sig att hon skulle ha oturen att drabbas av tuberkulos nu när sjukdomen är nästan utrotad! Man kan verkligen fråga sig hur det står till med hygienen på läroverket. Vädras klassrummen tillräckligt ofta? Eller ska fler stackars flickor behöva drabbas? Men eftersom den medicinska vetenskapen har gjort så fantastiska framsteg sedan kriget så är det dessbättre ingen fara för hennes liv. Men minst ett år ska hon vara borta. Absolut. För Alice får inte åka hem till Jönköping ens när allt är över, hon måste stanna hos Augusta åtminstone tills skolan börjar nästa höst och helst ännu längre. Annars är det för genomskinligt. Annars kan vem som helst räkna på fingrarna och lägga ihop två och två.

När Alice flyttade in i snedgarderoben syntes tyngden inom henne ännu inte, hon rörde sig lika lätt som vilken sextonåring som helst. Det tog henne inte lång stund att tömma snedgarderoben på fyra årtiondens släkthistoria och packa ner den i två kartonger. Först Isaks svarta finkostym, den som han låtit sy till sitt bröllop med Augusta, därefter hans styva blåkläder från försteningens tid, sedan Olgas vita charmeuseblusar och hennes havsblå finklänning i slinkigt bennbergersiden, den som hon sånär hade tagit på sig den kväll hon försvann, sist Erlands skolmössor från läroverkstiden i Norrtälje och Haralds urvuxna konfirmationskostym med sina spruckna sömmar.

Augusta visade henne var tältsängen fanns, men tappade sedan intresset och lät Alice skaffa sig resten av inredningen bäst hon kunde. Det passade Alice fint, i flera dagar glömde hon nästan bort sig själv och det som växte i henne medan hon rotade runt efter användbarheter. Plötsligt var hon liten igen och lekte med dockskåp, varje föremål som kom i hennes väg kunde förändras och förvandlas. I brygghuset hittade hon en gammal spetsduk som var tillräckligt söndertvättad för att klippas sönder till gardin åt den lilla fönstergluggen, i uthuset en pall som kunde bli nattduksbord och i vedboden en spånkorg som kunde duga åt böckerna i brist på riktig bokhylla. Slutligen hittade hon en gammal skokartong som fick bli skrivbordslåda: i den lade hon sitt pennskrin och de fyra blekblå häften som skulle ha varit hennes skrivböcker om hon hade fått fortsätta i skolan. Slutligen placerade hon en gammal fotogenlampa på pallen som skulle föreställa ett nattduksbord och sedan var det färdigt.

Nu, ett halvår senare, är snedgarderoben så inbodd och välbekant, att hon tycker att hon kan se där inne även i mörker. När det ofödda barnets viskningar väcker henne om natten ligger hon alldeles stilla med händerna på magen och låter rummets dofter återskapa dagsljusets färger. Där är den svagt kemiska Vanolen-doften från den skotskrutiga klänningen som hänger på en krok vid dörren och väntar på att Alice ska bli skolflicka igen, där bryts den mot den dävna svettdoften från den laxrosa grossessgördeln som ligger vid sängens fotända med snörningen uppfläkt som ett glipande sår, där smyger ett beskt stråk av blått bläck från skrivböckerna, de som i brist på fakta och skolkunskaper långsamt håller på att fyllas med Alices tankar och Augustas sagor, där anar hon den grå dammdoften från de oöppnade skolböckerna i spånkorgen och där – svag, men ändå genomträngande – vaxduksdoften från den vinröda bok som ligger gömd under dem. Den bok Alice stal från biblioteket i Hallstavik en eftermiddag i oktober.

Aldrig förr har Alice stulit något, aldrig förr har hon ens tänkt tanken, ändå var det alldeles självklart att stjäla just den här boken. Det föll henne aldrig ens in att hon kunde bära bort den till utlåningsdisken och få den stämplad, i stället öppnade hon mycket försiktigt blixtlåset i sin bag och lät boken glida från hyllan direkt ner i väskan, gick sedan med rak rygg och självsäkra steg mot utgången. Utanför biblioteket sprang hon snubblande mot cykelstället och när hon svettig och andfådd kom hem till Augustas hus en halvtimma senare tog hon sig inte tid att luta cykeln mot staketet och låsa den som hon brukade, slängde den bara ifrån sig på grusgången och sprang upp till snedgarderoben. Hon slet upp boken ur väskan och tryckte den mot magen, blev sedan sittande, orörlig och flämtande av frusen gråt, ända tills Augusta dunkade sin käpp i golvet nere i köket och hojtande undrade vad som hade tagit åt henne. Då sansade hon sig, stoppade boken under kudden och gick ner för att koka eftermiddagskaffe.

Inte förrän det blev läggdags kom hon tillbaka till snedgarderoben och boken. Då hade hon lugnat sig, ändå darrade hennes händer när hon strök eld på en tändsticka för att tända fotogenlampan. Hon satte sig ordentligt tillrätta och slätade till kjolen innan hon lyfte på kudden och plockade fram boken, lade den i sitt knä och slog upp titelsidan.

Geniet. Av Ivar Lo-Johansson.

"Låna den", hade han sagt när han dök upp bakom hennes rygg på Stadsbiblioteket i Jönköping en eftermiddag i februari ett år tidigare. Hon stod med handen på bokens rygg, men hejdade sig när hon blev tilltalad och vände sig om. Pojken bakom henne grinade till, hans tänder blänkte vita.

"Låna den! Den handlar om mig."

Alice kände hur en liten ilning av förtjusning kröp uppför ryggraden och gratulerade sig själv i tysthet till den nya sotarmössan. Den klädde henne. Faktiskt.

"Jaså. Så du är ett geni?"

"Nej", sa han och drog boken ur hyllan. "Men huvudpersonen heter Kristian. Precis som jag."

Det visste hon redan, även om hon inte tänkte medge det. Hon visste också att han var förstaringare och gick på latinlinjen, men det tänkte hon inte heller medge. I stället fäste hon blicken vid handen som höll i boken. Stor. Hela han var stor, mycket större än de andra pojkarna i skolan.

"Och du då? Vad heter du?"

"Alice ..."

Han låtsades bli lättad, tog sig åt hjärtat och andades ut.

"Puuh! För en sekund trodde jag att du skulle säga Rosa. Eller Ebba. Som flickorna i boken."

Alice log.

"Rosa eller Ebba ... Gud bevare mig!"

Kristian lät ögonen glittra:

"Så talar en riktig Jönköpingsflicka. Gud bevare dig!"

Alice fnittrade till, bibliotekarien borta vid utlåningsdisken harklade sig och hyssjade. Kristian ställde sig framför Alice, som för att skydda henne från bibliotekariens blick, och satte tillbaka *Geniet* i hyllan.

"Jag bara skojade", sa han. "Det här är faktiskt inte en bok som lämpar sig för flickor. Den bör förbli en manlig hemlighet."

Han log snett och gav henne ett hastigt ögonkast, tystnade sedan ett ögonblick innan han stoppade händerna i byxfickorna och sträckte på sig.

"Men du, Alice", sa han och lät sitt leende bli bredare. "Du skulle kanske kunna visa mig vägen till underlandet."

En liten grushög, tänkte hon när hon senare den kvällen låg i sin säng och mindes honom. Kan man verkligen bli förälskad i en pojke som ser ut som en liten grushög?

För Kristian såg faktiskt ut som en liten grushög. Han hade tagit

115

henne till Östbergs konditori på Östra Storgatan och bjudit på kaffe, han hade skrattat, pratat och gestikulerat, och hela tiden hade bilden av en liten grushög legat på lur i hennes bakhuvud. Det betydde inte att Kristian var ful, tvärtom, men det hade något med hans färger att göra, med detta att hans kropp och kläder skiftade i samma nyanser som sand och sten. Kanske berodde det också på hans vinklar och ytor, på detta att hans käklinje var på en gång mjuk och nästan geometrisk, att håret var matt och snaggen tovig, att ingenting hos honom glänste mer än ögonen och tänderna och att de därför glänste desto mer. De glittrade som små stycken av bergkristall mitt i allt det färglösa och dammiga.

Några veckor senare skulle Kristian ställa den fråga som alla unga älskande någon gång ställer. När förstod du att jag var underbar? När började du älska mig?
"När jag kände dina händer", sa Alice. "När du lade dina händer om mina kinder och kysste mig, när jag insåg att dom var så stora att dom kunde rymma hela mitt huvud ... Och du?"
"När du sträckte dig efter den där boken."
"För att jag tittade på just den boken? Den som handlar om dig?"
"Nej. För att kappan gled upp och jag såg dina bröst."

Han kom egentligen från Stensjön och bodde inackorderad hos en moster i Jönköping under terminerna; en moster vars största ambition i livet var att se ut som Rita Hayworth. Det krävde sin tid, snäva kjolar skulle sys in för att bli ännu snävare, djärvt skurna blusar skulle stärkas och strykas, det långa håret skulle formas med papiljotter och vågklämmor, läpparna skulle målas varmt röda, ögonfransarna svärtas och kinderna pudras vita. Dessutom hade hon sitt pensionat att ta hand om, det lilla pensionat hon drev med åtta rum och öppen matsal. Jönköpings minst kyrksamma ungkarlar flockades hos henne, också de som inte bodde på pensionatet. För en billig penning kunde man köpa ett häfte med måltidsbiljetter som berättigade till tre lagade mål mat per dag. Plus en glimt av en ovanligt väl bibehållen Rita Hayworth-kopia i medelåldern.

Kristian bodde i ett litet vindsrum på pensionatet och behandlades som en gäst bland gäster, mostern lade sig aldrig i när han kom och gick, om han gjorde sina läxor eller borstade sina tänder. Däremot gällde samma regel för Kristian som för de andra gästerna: inga fruntimmer på rummet. Alltså fick Alice ta av sig skorna redan vid köksingången och springa i strumplästen uppför baktrappan till vinden. När hon kom in på Kristians rum vred han hastigt om nyckeln i dörren, öppnade sedan sin famn och slöt henne i den.

Hon kysste tyget på hans skjortbröst.

Han lossade sammetsbandet som höll samman hennes hästsvans.

Hon öppnade hans skjorta och kysste undertröjan.

Han trevade fumligt över blusens pärlemorknappar, stack till sist sin hand i ringningen och sökte hennes bröst.

Hon sjönk ner på knä. Han följde efter.

Hon fladdrade med lätta händer över hans kinder. Han kysste henne under örat. Hon smekte hans nacke. Han bet i hennes hals. Hon slickade hans läppar.

Han. Hon.

Hon. Han.

De var mycket tysta.

I skolan talade de sällan med varandra, nickade bara och vek undan med blicken när de stötte ihop på skolgården eller i någon korridor. Kristian tycktes bli en annan när han kom in i skolan, det var som om den stora byggnaden fick honom att krympa. Han blev en främling, en ganska ointressant främling, dessutom, en som bara var avlägset släkt med den där pojken Alice mötte om kvällarna. Därför berättade hon ingenting om honom för de andra flickorna, inte ens för Ulla som skulle gälla för att vara hennes bästa vän. Ulla satt hårt i sin mammas grepp och det som berättades för Ulla berättades också för hennes mamma. Och Ullas mamma skulle – förutsatt att hon bara fick veta delar av sanningen – förfalska Alices upplevelse och göra den sockersöt. Om hon å andra sidan fick veta hela sanningen skulle hon bli hysterisk och springa över gatan för att berätta alltihop för Alices mamma. Och då skulle Inga avge ett skri som skulle få hela Jönköping att förstenas.

Hemma var allt så som det alltid varit, var dag hade sin plåga, veckan sin mycket speciella rytm. Söndagsmorgonen började med att Inga serverade Erland kaffe på sängen och kröp ner bredvid honom med ett kuttrande som besvarades med välvilliga brummanden. I samma ögonblick stängde Alice dörren till sitt rum och såg på klockan. Hon hade två timmar på sig att komma i kläderna och försvinna ur huset, för längre än två timmar hade söndagsmorgonens vapenstillestånd aldrig varat. Om två och en halv timme skulle Ingas skratt vara skärande vasst och Erlands brummanden skulle ha djupnat till mörka morranden. Framåt eftermiddagen skulle deras röster – Ingas gällt vibrerande, Erlands dovt brölande – fylla hela det stora huset. Då fanns där ingen plats för Alice, inte i köket, inte i matsalen, inte i vardagsrummet, inte i övervåningens sovrum och flickrum, inte ens på vinden eller i källaren. Hela huset var föräldrarnas krigsskådeplats och Alice riskerade att fastna i en korseld av könsord och svordomar, hot och beskyllningar om hon stannade hemma. Förr, när hon var för liten för att ge sig ut på stan på egen hand, hade hon flaxat mellan rummen som en skadskjuten duva och försökt mäkla fred, bara för att bli fräst åt eller föst åt sidan eller – vilket var ännu värre – bli infångad i mammas famn och fått se sina tårar förvandlas till ett vapen bland andra. Alltså höll hon sig numera borta om söndagarna. Innan hon träffade Kristian drog hon först runt på stan och tittade i skyltfönster i några timmar, satt sedan i ett hörn på Bernards konditori med en läsk och en bunt veckotidningar i ytterligare några. Hela veckopengen gick åt, men det var det värt för när hon kom hem på kvällen var allt över. Inga låg och snyftade i sovrummet, Erland satt böjd över några ritningar i sitt arbetsrum, måndagens istystnad hade redan börjat sänka temperaturen i huset. Alice brukade först ta på sig en kofta och sedan göra var sin bricka med te och smörgåsar åt föräldrarna – marmelad till mamma, leverpastej med gurka till pappa – och belönades för det mesta med sorgsna små leenden från båda håll. Men det förutsatte att det inte hade varit riktigt illa. I så fall låg Inga i sovrummet med kalla handdukar över sina blåmärken, medan Erland satt vid skrivbordet med ansiktet begravt i händerna och vägrade att ens titta upp. Men oavsett om det hade varit illa eller riktigt illa skulle tystnaden pågå till onsdag kväll, då Erland skulle säga något vänligt om middagen eller om Ingas klänning eller kamning innan de försvann för att spela bridge med några goda vänner. På torsdagen skulle de därefter bete sig så som Alice föreställde sig att en vanlig familj betedde sig, vänligt och vardagligt. På fredagen skulle föräldrarna vara nyförälskade. På lördagen skulle luften omkring dem vibrera av erotiska förväntningar. På söndagen skulle allt börja på nytt.

Föräldrarna märkte aldrig att något hade hänt med Alice, noterade inte att hon inte längre gick omkring med en biblioteksbok i handen vadhelst hon företog sig, såg inte att hon i stället ständigt försjönk i begrundan över sin egen bild, att hon sökte denna bild inte bara i husets alla speglar utan att hon också blev stående framför svarta fönsterrutor om kvällen, att hon kunde hejda sig mitt i en måltid och spegla sig i skedens konkava yta, att hon sedan kunde höja guldmedaljongen som hon bar i en kedja om halsen och försöka fånga en skymt av sitt eget ansikte i den blanka ytan.

Detta ansikte ...

Det förbryllade henne, det var som om hon aldrig hade sett det förr, som om ingen enda människa, inte ens hon själv, någonsin hade lagt märke till att det faktiskt fanns ett ansikte på framsidan av Alices huvud.

Utom Augusta, förstås. Augusta hade alltid haft skarpa ögon, och när Alice och hennes föräldrar kom på påskvisit till Nordanäng tog hon Alice under hakan och granskade henne, rynkade sedan pannan och knep ihop läpparna.

"Du ska akta dig", sa hon med dämpad röst. "Du ska vara rädd om dig, Alice ..."

Men Alice log bara vagt och gjorde sig fri, sökte sig sedan ut i hallen och ställde sig framför den svartfläckiga spegeln, log mot sin spegelbild och såg med glädje och glitter på sig själv.

Hon hade fått Kristians ögon. Det var den största av alla hans gåvor.

Hans övriga gåvor var inte mycket mindre. Han gav Alice sitt skratt när de halvsprang genom vårregnet en kväll i mars, han gav henne en dikt i en duvblå skymning i april, han gav henne sina sorger en söndagseftermiddag i maj, sitt hopp och alla sina drömmar en lördagskväll i juni då de låg i det saftigt nygröna gräset uppe i stadsparken och såg ut över staden och Vättern.

Han älskade henne, sa han. Hon var hans räddare och befriare och därför fruktade han det långa sommarlovet då de skulle vara skilda från varandra. Hur skulle han kunna uthärda? Han längtade ju redan efter henne.

Två dagar innan skolavslutningen gav han henne så mycket av sin längtan att han inte hann dra sig undan i tid. En spermie borrade sig in i ett ägg och förvandlade det till en zygot. Några timmar senare inleddes celldelningen.

Världen skulle födas på nytt.

Inga skrek.

Det var ett annat skrik än det vanliga söndagsskriket, det var vassare, mer skarpslipat. Det drog som ett vilddjur genom huset, rispade långa ärr i matsalsbordets blanka yta, slet sönder det handvävda tyget på Carl Malmsten-soffan i vardagsrummet, krossade glasen från Orrefors och vardagsporslinet från Gustavsberg, vräkte flickrumsmöblerna åt sidan och bräckte toalettbordets spröda mahognyben.

Alice stod med händerna för öronen mitt i vardagsrummet medan huset skövlades av skriket. Erland stod framför henne, han skrek inte, brölade inte ens, han öppnade bara sina händer och slöt dem några gånger, innan han slutligen höjde dem och grep henne i håret. Han drog henne över golvet, sparkade undan hennes ben när hon följsamt försökte snubbla i den riktning han valt – hon skulle inte gå, den satans slynan, hon skulle släpas! – släppte henne sedan borta vid väggen. Inga slutade skrika, satt bara i soffan med öppen mun och såg Erland ställa sig bredbent över Alice, lyfta henne i öronen och hårt och rytmiskt börja dunka hennes huvud mot väggen.

Alices tänder skallrade. Det ekade i huvudet. Rummet dansade för ögonen. Ändå höll hon både ögon och öron öppna, lyssnade och iakttog. Hon såg hur Erlands saliv, som till en början föll som ett tunt vårregn över hennes ansikte, samlades till vitt skum i mungiporna, hur det sedan tjocknade och formade sig till sega slemsträngar mellan läpparna när han började bröla fram sin förtvivlans aria. Det var ju inte för detta han hade arbetat så hårt! Det var ju inte för detta som han mot alla odds hade skaffat sig studentmössa och civilingenjörsutbildning, inte för detta som han hade blivit disponent i ett stort byggföretag och inte en sketen pappersarbetare i Hallstavik, inte för detta som han byggt en villa i det finaste området i hela Jönköping och skaffat sig ett umgänge som motsvarade hans ställning, inte för detta som han under många långa år systematiskt byggt upp sitt anseende trots alla goddagspiltar som såg honom över axeln och kallade honom uppkomling! Och det var inte heller för detta som han fött henne och klätt henne, detta satans djävla lilla luder, denna lögnaktiga lilla hora, detta falska djävla stycke som hade gått här och spelat helig i alla år! Hon hade svikit honom, krossat honom och nu skulle han slå ihjäl henne!

Men han slog inte ihjäl henne. När Alice började kräkas reste sig Inga upp och slog armarna om Erland, han vände sig genast om och slog armarna om henne. De stod länge så, stumt försjunkna i varandra, medan Alice mycket försiktigt satte sig upp, blinkade och såg sig om.

Rummet darrade. Spyan luktade. Men möblerna var hela. Ingenting hade gått sönder. Egentligen ingenting.

Inga släppte taget om Erland och såg ner på sin dotter, petade på henne med skospetsen.

"Nu går du upp på ditt rum och stannar där", sa hon. "Vi ska ha gäster i kväll och då vill vi inte se dig ..."

Det var så hennes sjukdom började. Inom tre dagar visste hela gatan att tuberkelbakterier hade letat sig in i Alices kropp och i hennes föräldrars hus. Kanske var det värst med huset, Ingas och Erlands hus var ju minst lika ljust, modernt och välstädat som alla de andra husen på gatan. Här bodde den nya tidens mest upplysta människor, civilingenjörer och arkitekter, lärare och läkare, propra, skötsamma och välbärgade människor som visste allt om hälsa och hygien, ändå hade den gamla lungsoten lyckats leta sig in mitt ibland dem och slå rot. Det var en förolämpning, ett slag i ansiktet, ett historiens och fattigdomens överfall på välståndet och moderniteten. Smittskräcken ringlade som en orm från trädgård till trädgård och drev kvinnorna att slå upp fönstren på vid gavel, vräka ut sängkläderna på terrasserna och sedan kalla in städfruarna från östra sidan av staden, trots att det egentligen var alldeles för tidigt för höststädning.

Under dessa första dagar låg Alice i sin säng i flickrummet och hörde grannarnas mattpiskare smälla mot dynor och madrasser alltmedan hon håglöst önskade sig att det som letat sig in i hennes kropp verkligen hade varit en tuberkelbakterie. Hon var mycket trött, alldeles för trött för att ens gå upp ur sängen på egen hand, hon låg bara rak och orörlig tills Inga marscherade in frampå förmiddagen och med några korta handklappningar drev henne att stiga upp. Inte för att hon fick gå ut, utan för att man alltid, mitt i den värsta kris, måste tvätta sig och borsta sina tänder, äta sina tre lagade mål mat per dag och knäppa blusens knappar ända upp till kragen. Alice var en slyna, på den punkten höll Inga faktiskt med Erland, men hon var också Ingas dotter och som sådan skulle hon åtminstone vara en prydlig slyna. Om inte annat så länge hon var inom synhåll, när hon hamnade hos den där häxan i Roslagen så kunde hon se ut hur hon ville. Om det behagade Alice att bli lika fet, sjaskig och slafsig som sin farmor, så varsågod, ingen kunde bry sig mindre om det än Inga. För Inga var besviken, djupt sårad och besviken. Aldrig hade hon kunnat drömma om att hennes enda dotter skulle gå och bli med barn! Som en piga. Som en annan schana ...

Alice tvättade ansiktet, kammade håret och knäppte blusen ända upp till kragen, men svarade inte. Hon hade tystnat så fort hon hade bekänt. Tigande hade hon följt modern till en kvinnoläkare i Huskvarna – där risken för att de skulle bli igenkända var aningen mindre än hemma i Jönköping – och tigande hade hon hört läkaren meddela Inga att hennes dotter dessvärre verkligen var i grossess. De fick stanna kvar på mottagningen en stund efteråt så att Inga fick gråta färdigt. Alice själv satt torrögd och stum vid hennes sida, det fanns inte längre några ljud i hennes strupe. Det förvånade henne inte, tvärtom tycktes det alldeles självklart.

Trötheten var lite svårare att förstå, men hon trodde att den hade något att göra med de ovissa veckornas väntan, de där veckorna mitt i sommarlovet då Kristian hade åkt hem till Stensjön och hon själv hade följt med föräldrarna till Båstad. En dag kände hon att det ömmade när hon tog på sig baddräkten. Hon hejdade sig genast, stod orörlig och vaksam några sekunder, innan hon mycket försiktigt kupade sina händer om brösten. Jo. Båda ömmade. De ömmade mer nu än de någonsin hade ömmat när de sprängde fram ur hennes bröstkorg för några år sedan.

Det var ett meddelande. Det betydde något. Kunde det ... Nej. Något sådant kunde inte hända henne. Inte Alice.

Den natten låg hon vaken ända till gryningen och när hon till slut slumrade till var det bara för att vakna till en förvandlad värld. Just när hon slog upp ögonen kunde hon visserligen se att solen sken in genom en glipa i gardinen och att himlen stod hög och blå där utanför, men sekunden efteråt blev det mulet. En fråga vältrade sig i maggropen: skulle hon inte ha haft sin reglering redan för tre dagar sedan? Va? Skulle hon inte det? Varför hade den då inte kommit på dagen så som den brukade?

Hon sov inte mer än korta stunder under de veckor som följde, alltså bleknade hon och såg sina färger slockna. Hon kunde följa förvandlingen timme för timme, för det gick inte en timme utan att hon gick in på toaletten och såg sig i badrumsspegeln. Sedan bad hon en tyst bön till Gud, Jesus eller vem som helst innan hon drog ner underbyxorna, en bön om att den skulle finnas där, den där enda lilla droppen blod, den där rosen i underbyxans gren som skulle vara tecknet på att hon hade sluppit undan.

Kristian hade blivit overklig under de grå veckornas väntan, en drömgestalt, lika vag och genomskinlig som det där barnet hon kanske väntade. Hon kunde inte minnas hans ansikte, inte ens om hon slöt ögonen och försökte krysta fram bilden. Trots det hade hon en dag gått in på telefonstationen och tagit reda på numret till hans föräldrars gård, men modet hade svikit henne när hon väl hade kommit in i det lilla båset med sina perforerade masonitväggar. Hon stod med luren i handen utan att säga något medan en kvinnoröst långt borta ropade *Hallå! Hallå!* på bredaste småländska. När telefonisten till slut kom in på linjen och ropade sin bakvända fråga – *Samtal pågår? Samtal pågår?* – lade Alice på luren och gick.

Alltså fick Kristian inte veta något förrän Alice hade skickats till Augustas hus. Redan den första kvällen skrev hon ett kort brev till honom och tog sedan cykeln till Herräng för att posta det. Hon ångrade sig på hemvägen, önskade att hon hade skrivit något längre och vackrare, ömkade plötsligt Kristian och ville trösta honom för att hon hade glömt alla kärleksord och bara skrivit några torra fraser om grossess och föräldrars vrede, om deportation och adoption, men tröstade sig med att han säkert skulle förstå. Han var ju Kristian.

Fyra dagar senare fick hon hans svar. Hon stod på grusgången utanför Augustas hus och sprättade upp kuvertet, brydde sig inte om att lantbrevbäraren stod kvar och hängde på sin cykel medan han nyfiket iakttog henne, såg inte ens sin egen tumme riva sönder kuvertets vita yta och blotta dess blå silkespappersfoder, såg bara brevets svagt randade yta därunder. För ett ögonblick stod tiden stilla, höstens första vind lade sig till ro i äppelträdets krona, fåglarna tystnade och höll andan. Hela världen vilade och väntade, beredde sig andlöst på att brista ut i jubel, det jubel som skulle komma när Kristian förklarade att han var på väg, att han skulle komma inom bara några dagar, att han skulle rädda henne in i äktenskapet undan skam, ensamhet och föräldramakt. Kanske hade han redan skrivit till kungs.

Kristians handstil var ung och rund, den såg urvuxen ut, det var som om han försökte klä sina vuxna ord i ett barns kläder. Brevet var bara fem rader långt.

På första raden stod det att han verkligen beklagade.

På andra raden att adoption verkade vara den enda förståndiga utvägen.

På tredje raden att han/de (ordet *jag* var överstruket och ersatt med *vi*) måste tänka på framtiden.

På fjärde raden att han alls inte ville vara oförskämd, men att han faktiskt inte kunde veta om barnet verkligen var hans.

På femte raden stod det att hon inte borde ha släppt till. Bara detta: att hon faktiskt inte borde ha släppt till.

En fågel skrek. Vinden riste trädens kronor. Alice kramade brevet till en boll och stoppade det i sin klänningsficka.

"Vi måste släppa till flickorna", sa adjunkt Singel i *Geniet*.

Alice lutade sig närsynt över boken där hon satt i sin snedgarderob några månader senare och sjönk in i berättelsen; läste och vände blad i timme efter timme ända tills hon kastade en blick på sitt armbandsur och såg att klockan redan var halv fyra på morgonen.

Augusta snarkade inne i sitt sovrum, Alice blev sittande ett ögonblick och lyssnade till det morrande ljudet innan hon reste sig upp och släckte fotogenlampan.

Hon ville klä av sig i mörker. Dölja sig. Göra sig osynlig också för sig själv.

Morgonen därpå satt hon länge tyst vid frukostbordet och såg ut genom köksfönstret. Dis och dimma hade stigit upp ur jorden i gryningen. Nattfrosten hade svärtat de löv som ännu inte släppt taget om trädens grenar och ritat vita linjer om deras konturer.

Augusta satt kurande och morgondäven på andra sidan bordet och drack sitt kaffe. Hon hade inte satt in löständerna ännu, därför var hennes röst lite sluddrig när hon till slut sänkte sin kopp och sa:

"Vad tänker du på?"

Alice hann inte hejda sig innan svaret halkade över läpparna:

"Men jag då? Så tänker jag hela tiden. Men jag då?"

Augusta höjde ögonbrynen.

"Säg inget", suckade Alice och höjde handen i en avvärjande gest. "Jag vet att det är självviskt. Jag vet att man inte får tänka så ..."

Och ändå ville tanken inte lämna henne, den låg hela tiden på lur bakom alla andra tankar. Men jag då?

Jag tror verkligen att Kristians lust var en smärta, tänkte hon när hon gick mot Strömsviken sent om eftermiddagen. Jag förstår det inte, men jag är beredd att tro det. Men jag då? Var kommer jag in i berättelsen om hans lust?

Hon hade gått upp till sin snedgarderob så fort hon hade diskat efter frukosten och fortsatt läsa, hon hade suttit uppkrupen på sängens huvudända och vinklat boken så att fönstergluggens grå dagsljus föll över dess sidor. Vid tolvtiden hade hon gått ner och lagat fläsk med löksås åt Augusta, men hon hade inte ätit själv, hon hade bara mumlat en ursäkt och hastigt sprungit uppför trapporna igen för att läsa färdigt.

Hon läste fort, rusade genom berättelsen om statarpojken som fick gå i läroverk, om hans längtan efter den ouppnåeliga Rosa och hans förakt för den köttiga Ebba, om hans lystna fantasier och hans ångest. Redan klockan halv tre på eftermiddagen hade hon hunnit till slutet av boken. Andlöst hade hon följt Kristian Dahl när han smög ut i natten, hon hade stått vid hans sida när han lade sig på en bänk och ställde in saxen, hon hade dragit efter andan och slutit ögonen när han till slut slog hårt mot saxens trähandtag och kastrerade sig själv. Lätt illamående hade hon sedan snubblat bakom honom när han vacklade iväg och slängde sina testiklar åt hundarna.

Men när hon nu gick på grusvägen bort mot Strömsviken, var det inte Kristian Dahls testiklar hon tänkte på.

Men jag då, tänkte hon. Men jag? Och barnet inom mig?

Hon höjde händerna för att skydda sig mot de fuktiga grenar som ville snärta henne på kinderna när hon trängde sig ner genom skogen mot viken och höll dem fortfarande höjda när hon kom ut på klippan, sänkte dem inte förrän hon ovigt sjönk ner på hällen. Hon blev sittande med rak rygg en stund och lyssnade till sina egna andetag, iakttog och registrerade. I dag hade hösten till sist brunnit ut. Träden på andra sidan vattnet hade svept sig i nya nyanser. Brunt och svart. Det var vindstilla, himlen ruvade tung över vattnet och ute i viken gjorde den ensamma svanen höstens sista rundtur i sitt revir. Änklingen. Så kallade Augusta honom. Honan hade dött för många år sedan, ändå kom han varje år tillbaka till Strömsviken för att söka henne.

Du skulle inte ha gjort detsamma, tänkte Alice och började formulera ett brev till Kristian. Du skulle aldrig ha kommit tillbaka till samma vatten för att söka mig. Det om inte annat har jag lärt mig genom att läsa *Geniet*. För jag tror aldrig att jag var din Rosa, det finns ingenting hos mig att väva sådana drömmar av och ingenting heller som tyder på att du vävde dem. Jag är ingen dunkyckling som ungtupparna slåss om, jag är inte vacker och högmodig, jag är bara knubbig och oansenlig. De flesta pojkar ser mig inte ens och när de någon gång ändå ser mig så tror jag att de gör det med samma blandning av vämjelse och lust som Kristian i boken såg på Ebba Lantz.

Jag var din Ebba Lantz.

Tanken var så obehaglig att hon måste dra efter andan, ändå var hon nu så försjunken i brevet att hon måste skriva det genast. Hon ställde sig på knä, doppade en fingertopp i det kalla vattnet och försökte skriva med fingret på klippan. Det gick inte. Stenen var redan fuktig, bokstäverna syntes inte. Ändå fortsatte hon, drog pekfingret i en läroverksflickas sirliga handstil över den svarta ytan.

"Jag tror jag var din Ebba Lantz, Kristian", skrev hon. "Jag tror att det var så du såg mig. En klunsig varelse med gapande mun och fuktiga ögon, fullt kapabel att falla i erotisk trance över en glasbehållare med grodrom. Ett bylte. Ett stycke kött. En bild av din egen lust, den som du äcklas av och hatar, den som binder dig vid mig. För hud och hår, slemhinnor och hålrum var allt du ville ha av mig ..."

Svanen närmade sig med vingarna hotfullt höjda till hälften. Alice märkte honom inte, fortsatte bara att skriva sitt osynliga brev.

"Men kan jag förebrå dig för det? Kan jag förebrå dig för att du är den du är, känner det du känner, ser det du ser? Jag älskade dig. Jag hade samma lust till ditt skratt och dina lekar som du till mina bröst och slemhinnor. Kan jag då anklaga dig för att du är en gåta? Kan jag anklaga dig för att du är lika obegriplig för mig som jag är för dig? Nej. Jag släppte till. Så enkelt är det. Jag ville ha en stunds vila och värme, jag ville drömma att det gick att mötas, jag ville lura mig att tro att det omöjliga var möjligt. Det var dumt, jag borde ha förstått varför flickors längtan är förbjuden. Men det gjorde jag inte. Och därför får jag ta mig ensam genom det som ska komma. Det går. Det är svårt, men det går. Augusta har gjort det. Hon talar aldrig om det, men jag vet att hon har gjort det och därför vet jag också hur man ska göra. Man ska stänga sin dörr för alltid och aldrig mer lita på någon. Aldrig."

Svanen väste, han var alldeles vid strandkanten nu, stod och vaggade på småstenarna nedanför klippan och burrade upp sin fjäderdräkt. Alice reste sig klumpigt upp och drog sig bakåt. Det tycktes lugna honom. Han simmade tillbaka ut i viken, gjorde en vid cirkel i vattnet, sträckte sedan huvudet mot himlen och ropade. Alice stod orörlig. Honan kanske svarar, tänkte hon förvirrad. Hans hona kanske förstår att det är sista gången han ropar i höst, kanske hör hon honom äntligen och svarar ...

Det hade börjat mörkna, men svanen syntes fortfarande mycket tydligt, hans fjäderdräkt skimrade vit mot vattenytan där han satt orörlig mitt i viken med näbben höjd i en uppmärksam vinkel. De väntade länge, Alice med armarna om sig själv, svanen med halsen sträckt, båda alldeles orörliga ända tills svanen långsamt sänkte sitt huvud och såg ner i vattnet. Utan att tänka upprepade Alice rörelsen, hon böjde sin nacke och såg ner mot strandkanten. Den gick knappt att skönja i skymningen, grusets nyanser blandade sig med vattnets till en enda yta, en djupgrå yta där ingenting glittrade mer än några vita småstenar som låg som små stycken av bergkristall mitt i allt det kalla och färglösa.

Det var då hon såg honom.

Han låg på vikens botten och betraktade henne. Kroppen och kläderna skiftade i samma nyanser som sand och sten, käklinjen var på en gång mjuk och nästan geometrisk, håret var matt och snaggen tovig. Han log lite när han lyckades fånga hennes blick, särade sina läppar och log med vita småstenständer.

I samma ögonblick fällde svanen ut sina vingar och rörde dem prövande några gånger, sekunden därefter satte han vattnet i svallning och gav sig fart, smällde till med vingarna och lyfte. Alice höjde huvudet och följde honom med blicken, såg honom vända söderut och försvinna in i skymningen.

När hon sänkte blicken på nytt hade vattnet svartnat. Allt som doldes i det hade blivit osynligt.

Sedan dess har dag lagts till dag, vecka till vecka, månad till månad. Varje morgon har Alice vaknat lite tyngre i kroppen, lite långsammare i sina rörelser, lite trögare i både tanke och känsla. Därför ler hon bara när hon tänker på pojken som låg i Strömsvikens vatten en gång i höstas, ler som åt Augustas sagor och rycker på axlarna, medan hon sätter sig på tältsängens kant och famlar med handen över pallen som ska föreställa ett nattduksbord. Hon vet att hon har en nästan full ask tändstickor någonstans bredvid fotogenlampan, hon tog upp en ny ask i morse. Det är sådant hon tänker på numera, alltid på tändstickor, tvål och ved till köksspisen, aldrig på eld, väldoft och värme.

När hon har tänt lampan och skruvat ner lågan till nästan ingenting blir hon sittande på sängkanten och stirrar in i väggen framför sig, vickar lite på tändsticksasken och lyssnar till det svaga rasslet från stickorna. Trött. Ja. Hon är mycket trött. Kanske vågar hon säga det till provinsialläkaren när hon åker till Hallstavik på undersökning i morgon. Fast det är inte säkert, ibland går hon igenom hela undersökningen utan att säga ett ord. Provinsialläkaren säger inte heller mycket, drar bara ner glasögonen på nästippen och betraktar henne några sekunder innan han öppnar journalen och mumlar fram sina rutinfrågor. Om hon inte svarar, ger han henne bara ett ögonkast och går vidare till nästa fråga.

Sist skakade han på huvudet åt hennes svullnader och sa att hennes blodvärden var dåliga och hennes blodtryck för högt. Kanske är det därför hon är så trött. Om det nu inte är normalt, om det nu inte är precis så som det ska vara i slutet på ett havandeskap. Hon vet inte. Kanske är trötheten naturens sätt att dämpa kvinnornas oro. Inte för att Alice är särskilt orolig, det kan gå hela dagar utan att hon ens tänker på förlossningen, och när hon någon gång trots allt tänker på den så rycker hon genast på axlarna och skjuter alla blodiga bilder åt sidan. Det ska väl gå. Det också.

Hon tänker inte på barnet heller, åtminstone inte när hon är vaken och ensam med sig själv. Då är magen bara en mage. Det är bäst så, den rymmer ju ändå något som snart ska vara borta för alltid. Om en månad är livet annorlunda. Eller redan om en vecka. Eller om bara några dagar. Det är som det är, det också. Det får bli som det blir. Tider får rinna genom henne, solar får brinna i henne, världar får skapas och gå under i hennes kropp, det gör ändå detsamma. Hon tänker inte göra motstånd, men hon tänker inte heller medverka.

Tältsängen gnisslar när hon reser sig upp och börjar knäppa upp städrocken. Det är Augustas städrock, hon har fått låna den i dag. Sin enda mammaklänning har hon haft på vädring, den hängde ute på verandan och dansade i februarivinden medan Alice tvättade ärmlapparna och stärkte den vita kragen. Nu hänger den nyborstad och nypressad nere i köket och väntar på läkarbesöket i morgon, en blå ylleklänning i den dygdigaste av modeller och ändå ett sköketecken, som tvingar henne att sitta med sänkt blick i doktorns väntrum. Hon är för ung för att ha mammaklänning. För ung och för ringlös. De riktiga fruarna knäpper händerna om sina egna magar och fixerar henne med blicken. Alice tycker att hon kan höra hur deras tankar rasslar. Är inte den flickan släkt med Bok-Harald, han som är ordförande i ABF? Dotter till den där brodern, han som fick studera, vad han nu hette. Erland. Jo. Jovisst. Gifte sig visst fint, sägs det, någonstans neråt landet. Och här sitter nu dottern och är med barn, så läroverksflicka hon är. Jo. Jo. Så kan det gå ...

Alice får fumla en stund för att få upp grossessgördelns knut, när det till slut lyckas blir hon orimligt ivrig och drar med båda händerna för att få snörningen att öppna sig. Den är så äcklig, den där gördeln, hon vill bara bli kvitt den, vill slippa se den köttiga färgen och slippa känna den glatta satängen halka mellan fingertopparna. När gördeln har fallit till golvet bryr hon sig inte om att plocka upp den och lägga den på sängens fotända som hon brukar, hon sparkar den bara åt sidan, fumlar sedan otåligt efter behåns hake och hyska, lika angelägen om att göra sig fri från den som från gördeln, ålar sig till sist ur både underbyxor och strumpor i en enda rörelse, ser att benen har svällt under dagen, att de är lika tjocka och stabbiga som Augustas, att den vita huden vid vristerna är så spänd att det ser ut som om den skulle brista ...

I nästa ögonblick rinner all kraft ur henne, med ens är hon så yr och knäsvag att hon måste sätta sig, blunda och hämta andan.

"Jag är trött", säger hon högt till sig själv och tar stöd mot madrassen med knogarna. "Jag är så förfärligt trött ..."

Hon öppnar ögonen efter en stund och ser ner på sin nakna kropp, tänker slött att hon måste vara förståndig, förmanar sig att inte glömma hur kallt det är i Augustas snedgarderob, påminner sig att hon inte har ork nog att tända fotogenkaminen och att hon just därför måste samla kraft nog för att lyfta på kudden och ta fram sitt nattlinne, att hon måste dra det över huvudet och sticka händerna i ärmarna, att hon sedan måste lyfta på täcket och krypa ner i sängen, att hon dessutom måste orka sträcka ut handen och skruva ner veken i fotogenlampan innan hon kan tillåta sig att verkligen vara just så trött som hon är.

Allt det ska hon göra. Hon lovar sig det. Men först ska hon vila en liten stund. Vila och samla kraft.

Vinden har tagit i där ute, det knakar och kvider i Augustas hus, en liten driva med smältsnö har sökt skydd på gluggens fönsterbleck. Det gör detsamma. Det röda vaddtäcket känns kallt mot Alices nakna rygg när hon sjunker ner i sängen, men det gör också detsamma. Liksom att håret på hennes armar reser sig och att hon har svårt att få luft när hon ligger på rygg. Allt gör detsamma. Det enda hon önskar sig just nu är kraft nog att lyfta fötterna från golvet, det är obekvämt att halvligga så här.

"Jag ska göra det", säger hon till sig själv i saklig ton. "Snart. Om en liten stund."

Barnet rör sig i henne, sträcker sig i hela sin längd från bröst till sköte.

"Och sedan ska jag sova", säger Alice. "Snart får vi båda sova."

Hon lägger händerna över magen, smeker den som gömmer sig där inne, känner inte längre kölden mot sin nakna hud.

Jag längtar, tänker hon. Jag visste inte att jag längtar så.

"DITT MIFFO ..." SÄGER REBECKA. "Din sjuka typ. Ditt äckel."
Nyss var allt vardagligt och verkligt. Nästan bra. Nyss var det en solig tisdagseftermiddag och Angelica gick genom gymnasiets korridorer på väg mot bildsalen och höstterminens tredje lektion i kolteckning. Hon bar sitt nya skissblock under armen, det som hon har köpt för egna pengar i en riktig butik för konstnärsmaterial. Hon har inte ritat i det ännu, fram till denna stund har hon bara tillåtit sig att stryka med handen över de tjocka arken, men nu, om bara några minuter, ska hon gripa om ett stycke kol och låta det glida över papperet.

Angelica tycker om att teckna, hon är faktiskt ganska duktig, men mest av allt tycker hon om att vara En Som Har Valt Estetiska Programmet; hon tycker om själva rörelserna, detta att sträcka fram en blyertspenna för att måtta perspektiv och proportioner, att sticka ena handens tumme i en palett och greppa en pensel med den andra, att bära pannåer och stora ritblock under armen. Det är rörelser som gör henne till en annan. En som hon skulle vilja vara. En som hon en gång ska bli.

Rebecka står vid fönstret när Angelica kommer in i bildsalen, bakom henne håller sommaren på att födas på nytt. Salen ligger i skugga, men solljuset flödar ute på skolgården, och för ett ögonblick tycker Angelica att hon kan känna dess hjärtslag i sitt eget bröst. Sedan minns hon att Rebecka är En Som Har Valt Programmet för Blivande EU-karriärister. Alltså borde hon inte vara här, alltså borde hon inte stå borta vid fönstret med sin ryggsäck i famnen och stirra på Angelica. Hon borde rusa genom korridorerna mot sin egen sal.

Vet hon något? Men hur skulle hon kunna veta?

Rebecka är vit i ansiktet, så när som på en inflammerad finne på hakan. Den är mörkt röd.

"Ditt miffo ..." säger hon. "Din sjuka typ. Ditt äckel."
Sekunden efteråt är hon borta.

De tunna sprickorna har funnits där hela sommaren, men nu har de vidgats och öppnat sig. Någonting har gått sönder.
Kanske är det tiden.

Hur kan det annars komma sig att Angelica i nästa stund sitter på en liten mur och stirrar på ett kors? Det tar några sekunder innan hon förstår vad hon ser, innan hon minns att detta är minneslunden på kyrkogården i Häverödal och att Siris aska har grävts ner här i gräset någonstans.

Man får inte veta exakt var hon ligger. Det är en hemlighet. Det förklarade den där gubben när hon kom hit en dag i somras, han som nu krattar bort de första höstlöven borta vid kyrkogårdsgrinden. Det är det som är själva tanken med en minneslund, sa han och talade till henne som om hon var sex år och inte sexton. Det är inte meningen att man ska veta exakt var ens egen mormor finns, man måste tänka sig att hon finns i hela minneslunden. Om man ville ha en särskild plats att lägga blommor på så skulle man ha skaffat en riktig gravplats med sten och namn och allt. Angelica hade inte brytt sig om att förklara att Siri hade krafsat ner sin sista önskan på baksidan av ett kuvert och att denna sista önskan bara bestod av tre befallande ord: *Minneslund! Ingen annons.* Dessutom hade Angelica inte kommit för att lämna några blommor. Hon hade bara kommit. Precis som i dag. Och nu tänker hon gå.

Grusgången utanför minneslunden är alldeles nykrattad. Angelica drar fötterna efter sig för att förstöra den prydligt räfflade ytan och tvinga gubben att kratta på nytt. Men det straffar sig genast: hon får en sten i skon och måste sätta sig på en bänk för att tömma den. När hon rätar på ryggen får hon syn på en gammal gravsten på andra sidan gången. Hon känner genast igen den, till just den graven brukade Siri gå fyra gånger om året. Med blommor.

Hon reser sig upp och går fram till stenen, faller på knä och låter sitt pekfinger följa texten i den grå graniten. *Olga Andersson 1913–1932. Isak Johansson 1888–1935. Augusta Johansson f. Andersson 1895–1975.*

"Inte alltid så snäll", säger Siri i hennes minne. "Min mormor Augusta var väl inte alltid så där väldigt snäll ..."

Angelica rycker på axlarna. Hon är ju själv inte så där väldigt snäll.

Efteråt vet hon inte riktigt hur hon har kommit till Alaska. Plötsligt är hon bara där, plötsligt sitter hon bara på trappan utanför Siris hus och gnuggar sig om läpparna. Hon har en äcklig smak i munnen och den vill inte försvinna. Om Siri hade levat skulle hon ha kunnat gå in i köket och dricka ett stort glas saft för att skölja bort den. Rabarbersaft. Ingen kunde göra så god rabarbersaft som Siri, den var så god att tårarna stiger Angelica i ögonen bara hon tänker på den.

Fan. Hon snörvlar till och ser på klockan. Varför sitter hon här, egentligen? Det är ju sent och det börjar bli mörkt, klockan är över nio. Dessutom har hon reklam kvar att dela ut. Det var ovanligt mycket i dag, så mycket att Bergström på firman inte ville låta henne ta cykeln. Den skulle bli för tungt lastad, sa han, och han ville inte att hon skulle vingla omkull och dunka skallen i asfalten. Så Angelica fick packa buntarna i en gammal barnvagn i stället och gå till fots.

Nu står den halvtomma barnvagnen på Siris trädgårdsgång medan Angelica själv sitter på trappan och försöker få fatt i sina tankar. Hon vet mycket väl att hon tog bussen till gymnasiet i Uppsala i morse, att hon var på kyrkogården i Häverödal i eftermiddags och att hon har gått med den där barnvagnen genom halva Hallstavik under kvällen, hon kan bara inte komma ihåg det. Ändå är hon fullkomligt säker på att hon har stoppat reklam i alla brevlådor hon passerat, också i dem som står framför obebodda hus. Bergström skulle bli vansinnig om han fick veta det, han tycker att sånt är fusk och slöseri. I vanliga fall brukar Angelica följa hans regler. Men inte i dag. I dag följer hon sina egna regler.

Det är mest brukets gamla arbetarbostäder som står tomma. Ingen vill hyra dem nuförtiden utom några unga killar som nyss har börjat jobba på bruket. Sådana killar struntar i att rummen är trånga och att badrummet ligger i källaren, de vill ha ett eget hus för att kunna kräma på med stereon och en egen trädgård där de kan meka med bilen. Angelica tycker illa om de tomma husen, de ser så fattiga och övergivna ut att hon nästan inte står ut med att titta på dem, men de unga killarnas hus gör henne direkt förbannad. Hon avskyr dem: de slaka gardinerna, ogräset i rabatterna, de rostiga bilvraken som ligger som halvt styckade mordoffer på gräsmattorna. Det ser slubbigt ut. Fattigt. Hon skulle vilja sätta eld på hela skiten.

Det är värst i Alaska. Det har alltid varit värst i de kvarter som kallas Alaska. Siri kunde berätta oändliga historier om hur det var förr, om hur barnen – Carina till exempel – blev retade i skolan för att de bodde just där. Alaska var bara skit, sa man i hela Hallstavik, trots att husen i Alaska var precis likadana som arbetarbostäderna i de andra kvarteren. Kanske hade det att göra med att det inte var brukets förnämsta yrkesarbetare som bodde här, utan grovarbetarna och löshästarna, de som kom sist när bruket byggdes en gång i världen och som sedan fortsatte att vara de sista. Åtminstone fram till den stora omflyttningen på sextiotalet när yrkesarbetarna började bygga egna villor. Därmed blev det plats i de finare arbetarkvarteren för Alaskas tidigare inbyggare och under några år därefter hördes nästan bara finska röster på Alaskas gator. Men själv följde Siri inte mönstret. Hon och Sven – den morfar Angelica aldrig har mött – flyttade in i Alaska någon gång på femtiotalet och stannade kvar livet ut.

"Det dög ju åt oss", säger Siri i Angelicas minne.

Angelica suckar innan hon reser sig och vänder sig mot huset. Fönstren blänker svarta. Kåre och Marianne hjälpte Carina att tömma huset redan före midsommar. Sedan dess har Siris möbler stått löst utspridda i Carinas vardagsrum, för Carina har inte haft ork nog att möblera på riktigt, och Mariannes hjälpsamhet tog slut när det visade sig att Carina hade tänkt låta henne sköta flyttstädningen på egen hand ...

Angelica ryser till, kylan som har legat i bakhåll hela kvällen sträcker plötsligt ut sina fingrar och stryker henne över nacken. Om hon skyndar sig med resten av reklamen hinner hon kanske hem innan Mikael somnar. Annars kan hon – om inte annat – ligga i sin egen säng och lyssna till hans andetag.

Hon har alltid tyckt om att höra Mikael andas.

Hon har sovit i Mikaels rum sedan i våras. Ända sedan den dag då hon lämnade Kristoffer. Den dag någon vecka efter Siris begravning då hela livet vändes upp och ner. Den dag då hon såg Bacillen stiga ombord på bussen till Stockholm.

Hon fick syn på honom när hon satt inne i busstationens väntsal och väntade på Kristoffer, men kände först inte igen honom. Han var klädd i en påfallande käck sportjacka som hon aldrig hade sett förut och dess färger förvillade henne. Tomterött och marinblått. Ett litet stänk av gult. Inte de färger hon vanligtvis förknippade med Bacillen. Därför tog det några andetag innan hennes hjärna förstod vad hennes ögon såg, innan sinnena skärptes och hjärtat började rusa. Det var Bacillen. Definitivt. Och han stod vid Stockholmsbussens hållplats med en svart väska över axeln. Alltså skulle han resa. Alltså skulle han tillbaka till sitt jobb på behandlingshemmet. Alltså skulle han inte komma tillbaka till Hallstavik förrän om fem veckor.

En evighet. Nästan ett liv.

Lättnaden var en varm våg. Den spred sig från pannan över hjässan och ner i nacken, gled vidare över ryggen och omfamnade henne, vilade i maggropen en liten stund innan den lättjefullt sträckte sig ut över lår och armar. Angelica såg ner på sin handflata och tyckte sig se hur den rodnade. En blomma, tänkte hon. Jag ser en blomma slå ut i min hand ...

Tanken skrämde henne, den var för konstig för att vara riktigt normal. En miffo-tanke. Alltså reste hon sig upp och gick bort mot ett av flipperspelen, lutade sig över det som om hon tänkte stoppa i en femkrona och börja spela, även om hon aldrig skulle drömma om att kasta bort pengar på något så idiotiskt. En av småkillarna vid det andra spelet – en liten skatare med säckiga byxor – gav henne ett hastigt ögonkast och sa:

"Det där spelet är trasigt ..."

Hon höjde huvudet och såg på honom och plötsligt var det som om hon inte kunde värja sig för väntsalens alla ljus och ljud och dofter. Flipperspelens kulörta lampor blinkade, småkillarnas skor skrapade mot golvets grusiga linoleum, deras hesa röster ropade av triumf när spelet plingade till och lysande röda siffror markerade att en seger var nära. Från korvkiosken kom en tung dunst av pommes frites och blandade sig med dieselångorna från en buss som gick på tomgång utanför, Angelica fick ta stöd mot flipperspelet för att inte överväldigas av illamående. Ändå tänkte hon inte på allt detta mer än som hastigast, hela hennes uppmärksamhet var i stället riktad mot världen utanför. Hon tyckte att hon kunde höra hur Stockholmsbussen närmade sig, hur dess ljud trängde in i väntsalen och överröstade alla andra ljud. Ja. Där var den. Nu svängde den av från Skärstabron. Nu körde den in på stationen. Nu stannade den. Nu slog den upp sina dörrar.

Nu släpper den ut passagerarna, tänkte hon och lutade sig djupare över det trasiga flipperspelet. De flesta går av där bak, men inte alla. Det finns alltid någon som vill gå av vid dörren längst fram och det brukar vara gamla människor, sådana som tar god tid på sig. Därför har han inte gått in ännu. Kanske hjälper han någon, han brukar ju vilja att folk ska se honom när han hjälper gamla tanter med deras väskor eller tjejtanter med deras barnvagnar. Och sedan brukar han gå åt sidan och släppa fram folk som har stått bakom honom i kön, låta dem gå före. Nej förresten. Inte alltid. Bara om det är tjejer och gamla gubbar. Karlar i hans egen ålder får inte gå före, det är han djävligt noga med. Men vid det här laget borde det vara hans tur att gå ombord hur många tanter och barnvagnar det än finns på bussen ...

Hon vände sig om och såg ut genom fönstret. Hon hade haft rätt. Stockholmsbussen slöt just sina dörrar och blinkern började pulsera i rött. Hon kunde skymta de klara färgerna i Bacillens jacka där han vinglade fram i mittgången.

Han hade gett sig av.

Han hade inte sett henne.

Pojkarna jublade bakom hennes rygg. De hade slagit nytt rekord på flipperspelet.

Kristoffer ryckte på axlarna när hon förklarade att hon tänkte flytta hem ett tag, att hon bara skulle följa med ut till Nordanäng för att plocka ihop sina saker. Visst. Inte honom emot. Han hade prov i både NO och SO under veckan och skulle behöva plugga.

De satt tysta bredvid varandra på bussen ut till Nordanäng, gick sedan lika tysta från stora vägen till det vita huset. Kristoffer ordnade inget mellanmål, frågade inte ens om hon var hungrig, satte sig bara vid sitt skrivbord och slog på datorn. Han gav henne en pliktskyldig kyss när hon hade packat sin väska och dragit igen blixtlåset, men följde henne inte nerför trappan. När hon knöt sina skor nere i hallen kunde hon höra hur musiken började dåna ur hans cd-spelare.

Han är glad, tänkte hon. Kristoffer är glad över att äntligen bli av med mig.

Hans föräldrar var inte hemma.

Hur kom det sig att hon gick till Augustas hus den dagen?

Det vet hon inte. Det bara hände. Kroppen vände till vänster och fötterna började gå, hon hade inget annat val än att följa med, trots att hon egentligen hade tänkt sig att gå åt höger, bort mot stora vägen och busshållplatsen.

Men kroppens beslutsamhet varade bara några hundra meter. När hon kom fram till Augustas hus blev hon tveksamt stående med handen på grinden och vågade inte öppna.

Det är vårt hus också, tänkte hon och grep hårdare om grinden. Det är faktiskt inte bara Marianne och Kåre och Alice och alla de andra som har rätt att vara här. Det är vårt hus också. Mitt. Och Mikaels.

Sedan rätade hon på ryggen och öppnade.

Våren hade kommit längre i Augustas trädgård än utanför. Angelica blev stående på trädgårdsgången och betraktade den. Ett brunt fjolårsäpple rodnade i eftermiddagssolen där det hängde kvarglömt på en naken gren. Krokusen knoppades i rabatten. Snödropparna hade slagit ut. Men huset såg fortfarande ut att sova sin vintersömn, verandan lutade lite, fönstren såg ut att blunda.

Angelica gick långsamt ett varv runt huset, ringade in det med sina steg, strök med fingertopparna över det röda brädverket. Vid fönstret på baksidan ställde hon sig på tå och kikade in i köket. Det såg ut som hon mindes det, så som det alltid hade sett ut på somrarnas släktkalas. Vedspis och gammaldags diskho. En elektrisk kokplatta på spisen. Blommig vaxduk på köksbordet. Men ingen Marianne stod och diskade där inne, ingen Alice bryggde kaffe, ingen Siri stod i dörröppningen och ängslades. Huset var tomt.

Angelica sjönk ner på hela foten och lutade kinden mot väggen, den låg i skugga nu, ändå dröjde solvärmen kvar. Med ens ville ögonen bara sluta sig och hon mindes att hon inte hade sovit en hel natt på flera veckor. Faktiskt. Inte en enda hel natt sedan Siri dog. Hon kastade en hastig blick på sin klocka. Det var nästan fyrtio minuter tills nästa buss skulle gå. Hon behövde inte gå ut och ställa sig vid hållplatsen på stora vägen, hon skulle lika gärna kunna sitta på verandan och vänta. Fundera över vad hon skulle säga till Carina när hon kom hem. Bläddra i en läxbok. Vila sig från världen en stund.

Det fanns en bänk på verandan, ändå satte hon sig på golvet. Det var onödigt att någon såg henne, inte för att hon hade något att dölja – hon hade ju all rätt att vara där hon var! – men för att hon ville vara ensam. Osynlig. Gömd för alla blickar. Å andra sidan var det väl ingen större risk att någon skulle komma förbi. Hur många människor kunde tänkas passera Augustas hus en vanlig dag?

Två, kanske. Eller tre.

Och det var just därför hon ville vara där. I ensamhet. I solvärme. I tystnad.

Hon vaknade av att hans andedräkt strök henne över kinden. Den var mycket varm. Nästan het.

Så fort hon slog upp ögonen insåg hon att hon måste ha somnat och att hon måste ha sovit länge. Solen sken inte längre, vårhimlen stod dovt violblå bakom hans mörka silhuett, en stjärna glimmade ovanför hans huvud. Snart skulle det bli natt.

"Mår du bra?" sa han och lade sin hand på hennes kind. "Varför ligger du här?"

En krydda, tänkte hon sömnigt och sträckte på sig. Den här mannen doftar som en krydda. Men vilken?

Sekunden efteråt kände hon igen honom.

Hans doft stannade hos henne.

Hon hade den i näsborrarna när hon många timmar senare stack nyckeln i Carinas lås och klev in i hallen, när hon stod där som en främling med sitt utslagna hår och hörde sin mor resa sig ur sängen och tassa med nakna fötter över golvet.

Carina tände taklampan, drog lite i sin stora t-tröja och blinkade. Hon hade klippt sig. När Angelica såg henne sist hade hennes hår varit längre och fylligare, nu hade det stubbats i nacken och klippts mycket kort över öronen. Carina fick konstiga proportioner i den nya frisyren, halsen blev tjock och bred, huvudet alldeles för litet. Hon stod stilla och stirrade på Angelica med uppspärrade ögon innan hon långsamt förde ena handen mot sitt bröst.

"Åh Gud", sa hon i en lång utandning. "Åh, gode Gud vad du skrämde mig ..."

Hon sjönk ner på pallen under hallspegeln och blundade, forfarande med handen mot bröstet. Angelica lät ryggsäcken glida över axeln ner på golvet, men sa ingenting, väntade bara stumt på att Carina skulle öppna ögonen igen. Det dröjde nästan en minut, men då hade också hennes röst hunnit stadga sig.

"Du skrämde mig", sa hon i saklig ton och krafsade sig sömnigt på magen. "Var har du varit?"

Angelica rätade på ryggen:
"Ute."
"I nästan fyra veckor?"
"Mmm."
"Och du kunde inte ens masa dig iväg till begravningen?"
Angelica slöt ögonen, men svarade inte. Carina fnös.
"Fy fan. Jag säger bara det. Fy fan."

Det blev tyst en stund innan Angelica harklade sig och började dra ner blixtlåset på sin jacka.

"Är Mikael hemma?" sa hon.
Carina nickade.
"Men han ska till Herräng i morgon ..."
"Nu igen?"
Carinas röst blev full av klagan:
"Jag måste få vila! Jag har haft sån värk de sista dagarna, jag måste få vila!"

Angelica svarade inte, hängde bara upp jackan och rättade till tröjan innan hon vände sig om och såg på sin mor. De mätte varandra hastigt med blicken, innan Carina log ett halvt litet leende:

"Bacillen åkte tillbaka till behandlingshemmet i dag. Men det vet du kanske?"

Angelica svarade fortfarande inte, sparkade bara till sin ryggsäck, så att den for in bland skorna under hatthyllan.

"Jo", sa Carina eftertänksamt. "Det vet du nog. Och var tänkte du att du skulle sova?"

"I min säng, förstås."

Carina höjde ögonbrynen:

"Din säng? Jag trodde att din säng stod hemma hos Siri?"

Angelica hade börjat dra av sig skorna, men nu hejdade hon sig och fäste blicken på Carina.

"Jo. Men dit har jag ju ingen nyckel."

Carina gjorde en grimas.

"Siri var faktiskt min mamma. Ingen annans. Det är jag som ska ha nyckeln. Det är inget konstigt med det."

"Jag vet. Du har sagt det."

Det blev tyst igen. Carina satt kvar på pallen, det enda som hördes i hallen var hennes andhämtning. Angelica böjde sig ner och tog upp sin ryggsäck.

"Vad har hänt med min säng? Min gamla säng?"

Carina tittade upp, plötsligt såg hon trött ut.

"Den står i mitt rum. Bacillen har den när han är hemma."

"Hans säng då?"

"Den gick sönder. Vi fick slänga den."

"Var ska jag sova då?"

Carina ryckte på axlarna.

"Inte vet jag. Om du inte står ut med att sova i samma rum som mig – och det gör du väl inte, antar jag – så får du väl ta madrassen och lägga den på golvet inne hos Mikael. Och så får du bädda om. Om du inte vill sova i samma lakan som Bacillen, förstås."

Angelica slöt läpparna och drog ett djupt andetag för att försäkra sig om att den kryddiga doften fanns kvar i hennes näsa. När hon talade på nytt var rösten hes.

"Finns det några rena lakan?"

"Det vet väl inte jag", sa Carina. "Du får väl ta och titta efter."

Och ändå: det är lätt att leva när man har en kryddig doft i näsan.

Det är lätt att smyga in i sin lillebrors rum och släpa en madrass efter sig, lätt att räta på ryggen efteråt och tassa bort till skrivbordet, lätt att dra ut den översta lådan och plocka fram sitt kassaskrin, lätt att lossa nyckeln från kedjan på halsen, lätt att öppna skrinet och räkna sina pengar, lätt att somna efteråt när man har konstaterat att allt finns kvar. Det är lika lätt att vakna morgonen därpå, lätt att laga chokladmjölk till sin lillebror och lika lätt att tvätta av honom mustaschen efteråt. Det är lätt att ta honom i handen och springa genom en himmelsblå vårmorgon till hans dagis, lika lätt att sedan slänga ryggsäcken över axeln och springa vidare till skolan, lätt att dimpa ner på sin plats och göra sig beredd att ta itu med värmeläran och fysiken.

Men när Felix, den unge NO-läraren, väl har kommit, när han står framme vid tavlan och talar med entonig röst, då är det nästan omöjligt att hålla blicken och tanken fäst vid honom, då låter man blicken glida ut genom fönstret, stryker tungan över framtänderna och börjar fundera över doften.

Det är inte kanel. Inte ingefära. Inte timjan eller rosmarin. Och definitivt inte curry, italiensk salladskrydda eller tex-mex-blandning. Det är inte någon av de dofter man kan minnas från sin mormors kryddhylla.

Men när svaret till slut stiger ur hjärnans djupaste vindlingar framstår det ändå som alldeles självklart.

Kungsmynta. Naturligtvis.

När var det? För fem somrar sedan? Eller sex?

Det var på ett släktkalas i alla fall. Ett som Alice och den där Lars hade kallat till. Bacillen var fortfarande nästan nynykter på den tiden och oerhört angelägen om att framstå som präktig familjefar. Han hade tvingat Carina att tvinga på Angelica en klänning, en halvt urvuxen klänning i barnslig modell. Den såg för djävlig ut, det begrep alla utom Bacillen. Och inte blev det bättre av att Carina hade rafsat ihop hennes hår i en hafsig hästsvans uppe på skulten. Redan medan de satt på bussen började Angelica dra i striporna för att få ner dem och när de skulle stiga av granskade hon sitt eget ansikte i en backspegel medan Carina och Bacillen lyfte ut barnvagnen. Hon såg hemsk ut. Vit i ansiktet, grå under ögonen och med halva håret hängande i stripor runt ansiktet.

Hon kunde inte tänka på annat under hela kalaset. Hon brydde sig inte om maten, tittade inte ens åt de där köttbullarna som Alice hade lagt på hennes tallrik i stället för de vuxnas sill, satt bara ytterst på sin trädgårdsstol och iakttog de andra. Alice fjantade ut och in i huset med fat och karotter, Kåre vevade med armarna och pratade oavbrutet, Marianne satt bredvid och blängde, deras söner nickade och höll med samtidigt som de smekte sina fruar över ryggen, båda de unga svärdöttrarna log hemlighetsfullt till svar. På andra sidan bordet skrattade Carina högt och viftade med cigarretten, Bacillen tystade henne genom att lägga sin hand på hennes arm och brumma fram en invändning. Siri satt vid bordets kortända och höll hårt om sin handväska. Mikael sov i sin vagn borta vid den blommande syrenhäcken. Lars och Petter, Alices man och son, satt tysta och rakryggade och såg ut som om de hade råkat landa på fel planet, som om de inte hade något med denna grönskande trädgård och dessa besynnerliga varelser att göra. Ingen sa något om Angelicas urvuxna klänning och stripiga hår, men alla tänkte på det. Det var hon säker på.

Därför gled hon ner från sin trädgårdsstol när Alice och Marianne började duka av och låtsades som om hon behövde gå på toa. Men hon gick aldrig till utedasset, hon sökte sig bara till skuggan och osynligheten bakom Augustas hus, sjönk ner i gräset under det öppna köksfönstret. Det var en behaglig plats. Utom räckhåll. Dessutom var där svalt. I solgasset på framsidan var det varmt. Alldeles för varmt.

Hon drog av sig skorna och strök sina nakna fotsulor mot gräset, vickade lite med tårna. Det var skönt. Inne i köket spolade någon i kranen och någon annan skramlade med porslin, men ingen talade, ingen sa ett enda ord. Det var också skönt. Angelica lutade huvudet mot väggen och strök med handen över gräset. Alldeles intill stod ett litet stånd med blommor: små blekrosa blommor på halvhöga bladbevuxna stänglar.

"Till dig", sa Angelica en stund senare och räckte buketten till Siri.

Hon hade inte tänkt att de andra skulle märka det, hon var ju faktiskt för stor för att hålla på och plocka blommor åt folk. Det hade liksom bara hänt, hon hade bara plockat en bukett av de blekrosa blommorna och nu hade hon räckt den till Siri. Ingen skulle heller ha märkt något om inte Kåre hade dragit efter andan i just det ögonblicket och om inte en av hans svärdöttrar hade fyllt tystnaden med ett kvitter.

"Nämen, vad gulligt!" sa hon och lade huvudet på sned. "Titta! Angelica har plockat blommor åt sin mormor!"

Hon var den enda som tyckte det var gulligt. De andra reagerade var och en på sitt sätt: Carina gjorde en grimas, Marianne låtsades att hon inte hörde, Kåre ryckte på axlarna, Bacillen rynkade misstänksamt på ögonbrynen. Men Lars, den tigande utomjordingen, lutade sig över bordet och knipsade ett blad ur buketten, gnuggade det mellan fingrarna och förde det till näsan.

"Hmm", sa han och sträckte bladsmulorna mot sin son. "Det är en kryddväxt, eller hur?"

Och Petter, den andre utomjordingen, sniffade ett ögonblick innan han rättade till sina glasögon och sa:

"Jo. *Origanum vulgare*. Kungsmynta. Eller kungsmejram. Kallas också Konig."

Lars nickade och förde än en gång bladsmulorna mot näsan, innan han sträckte fram handen mot Angelica:

"Kungens mynta", sa han. "Den luktar gott. Känn!"

Kungsmynta. Kungsmejram. Konig.

Kanske var det namnen som fick henne att bli knäpp.

För det var så hon tänkte på det efteråt: att hon blev knäpp. Sjuk i huvudet. Galen.

Det besynnerliga var att hon var medveten om det redan från början, att hon satt där i sin bänk, med doften i sin näsa och med blicken fäst vid solens skuggspel på klassrummets vita väggar, och visste att alltihop var vanvett. Det var som det hade blivit en spricka i hennes huvud, i ena halvan fortsatte hon att vara den hon alltid varit – vaken, uppmärksam och misstrogen – i den andra blev hon ett miffo som inte längre hade makt att styra sina tankar. Förhäxad. Förtrollad. Besatt.

Den förnuftiga halvan visste att hon borde hejda sig, att hennes hunger efter kungsmyntamannen var farlig, att den skulle kunna spränga inte bara hennes huvud utan också hennes bröst. Men det hjälpte inte. Den andra delen av hennes jag hade redan lagt all försiktighet åt sidan och erkänt att namnet stämde, att hans doft var en konungs doft. Och därför, tänkte hon, var det också alldeles självklart att han hade fört henne till en sal, en kunglig sal med silverpelare och åskblått sammetstak ...

"Idiot!" sa den förståndiga halvan av hennes huvud. "Skärp dig, för fan! Ta det lugnt!"

Hon insåg inte att hon hade talat högt förrän hon såg Felix hejda sig och rynka pannan, där han stod framme vid tavlan.

"Angelica? Vad är det du säger?"

Angelica strök hastigt med handen över munnen.

"Ingenting", sa hon. "Förlåt. Jag tappade en grej ..."

Felix höjde ögonbrynen:

"En grej? Vilken grej?"

"Mitt sudd", sa Angelica. "Fast jag tappade det inte. Jag trodde bara att jag hade tappat det ..."

Fram till dess hade de andra eleverna suttit i sina bänkar så som de alltid brukade sitta, somliga håglöst utspillda, andra med uppmärksam hållning och anteckningsblocken i beredskap, ytterligare några med huvudet böjt över ett intensivt klottrande. Men nu höjde de blicken, en efter en, och vände sig mot henne. Tobias i bänken framför krökte läpparna, formade dem till ett stumt ord: *Pucko*!

Felix stod fortfarande med handen höjd, som om han skulle skriva något på tavlan:

"Låt mig se", sa han och höjde ögonbrynen. "Du svär för att du har tappat ditt sudd? Men egentligen har du inte tappat ditt sudd?"

Angelica försökte le. Ett litet fniss började susa bakom hennes rygg.

Felix svepte med blicken över salen, log lite:

"Har jag fattat rätt?"

Angelica svalde och rätade på ryggen.

"Ja."

"Så vi kan fortsätta med lektionen? Utan att riskera fler kötteder från din sida?"

"Ja."

"Kalla mig gärna gammaldags. Men jag tycker faktiskt att sånt stör. I synnerhet när folk svär över försvunna saker som inte är försvunna. Och när dom kallar sitt sudd för idiot ..."

Angelica sänkte blicken och såg ner i bänken, flickornas fniss bakom hennes rygg steg till ett skratt, några killar stämde in och började bröla: *Ööööh! Ööööh! Öh!* Felix viftade med armarna, plötsligt skrämd av den storm han själv släppt lös. Nu handlade allt om flickornas skratt, pojkarnas oväsen och Felix fruktan. Angelica var bortglömd.

Skitungar, tänkte hon mitt i larmet och drog ett djupt andetag, fyllde varje hålrum i sitt kranium med doften av kungsmynta. De är skitungar allihop. Bortskämda skitungar dessutom. Som Rebecka. Hon vet ingenting, fattar ingenting, har aldrig varit med om någonting. Inte på riktigt.

Men jag vet. Jag har varit med om någonting. På riktigt.

Ändå var gårdagskvällen så konstig i hennes minne, fullkomligt glasklar och ändå alldeles oklar. Hon mindes exakt hur det såg ut i hans silverfärgade bil, hur några siffror blänkte gröna på instrumentpanelen, hur en röd liten lampa vid förarplatsen först tändes och sedan släcktes, hur hans händer såg ut när de grep om ratten. Men hon hade inte riktigt förstått vart han förde henne. Det var först när de var på väg tillbaka till Hallstavik som hon hade insett att de kom norrifrån, att den där pelarsalen var en verklig plats och att den måste ligga någonstans längs vägen mot Östhammar.

Men hon visste att hon hade lämnat spår efter sig. Som en flicka i en saga. Och när skolan var slut för dagen gav hon sig av för att söka detta spår.

Hon hade aldrig förr cyklat så långt. Nästan två mil. Hon andades tungt när hon väl hittade den lilla avtagsvägen och hennes ansikte var fuktigt av svett. Hon fick hoppa av och leda cykeln de sista hundra meterna.

Ändå visste hon inte säkert om hon hade kommit rätt. Buskarna vid vägkanten såg ut som alla andra buskar, grusvägen som alla andra grusvägar. Grässträngen i vägens mitt hade just börjat grönska, blommorna i dikesrenen höll på att slå ut. Hon hejdade sig och blev stående när hon fick syn på de första blåsipporna.

När hon höjde blicken såg hon en hårsnodd i svart sammet uppträdd på en gren. Hon hade funnit sitt spår.

Angelica släppte cykeln på blåsipporna och steg in i pelarsalen.

Fast egentligen var det ingen sal. Hon visste ju det. Den förståndiga delen av hennes huvud hade hela tiden förstått att miffot i henne bara fantiserade. Den där mannen hade inte fört henne till någon silversal med höga pelare, han hade bara tagit henne ut i skogen. Ut i en alldeles vanlig tallskog med lingonris på marken, raka trädstammar och hög himmel.

Ändå var det faktiskt en vacker plats, det insåg också den förnuftiga delen av hennes huvud. Alltså tillät hon sig att sitta på en sten en stund och se sig om. Eftermiddagsljuset strök en rosa nyans över tallarnas brunröda stammar. Under dem spirade darrgräset, lika rödaktigt och dunigt som Mikaels hår när han var nyfödd. Ljusgrön mossa, fortfarande mjuk och vårfuktig, beredde sig att krypa över alla hårda ytor och dölja dem.

Angelica strök med pekfingret över sina läppar.

Det bultade i dem.

De ömmade.

Att äga en kropp ...

Hon hade aldrig haft någon kropp förut. Inte på det sättet. Det som hade funnits var bilder som skapats av andra människors blickar. Alltså hade hon haft många gestalter: hon hade varit docksöt i Siris ögon och ful i Carinas, hon hade varit fet i Rebeckas blick och sexig i Kristoffers, hon hade varit välkammad i Ann-Katrins ögon och rufsig i Mariannes. Men det var bara sken och yta, bilderna hade försvunnit när ögonen vändes i en annan riktning. För henne själv – för det inom henne som verkligen var Angelica – hade kroppen alltid varit utan betydelse. Munnen var bara en mun. Armarna bara ett par armar. Fötterna ett par fötter. Kroppen var bara ett redskap, ibland ett vapen och ibland en sköld, ett hölje vars verkan på pojkar och unga män under de senaste åren hade fyllt henne med tvivel och häpnad.

Ändå var hon naturligtvis tvungen att stämma in i de andra flickornas klagokör. Hon visste precis hur man gjorde när man stod i omklädningsrummet efter jympan och beklagade sig – *Mina bröst är bara myggbett! Min rumpa är för stor! Å Gud, vilken fläskfia jag har blivit!* – samtidigt som man granskade varje del av sig själv och fann att det mesta var gott. Det var en övning i hyckleri, i konsten att ljuga för sig själv och andra. De verkliga bristerna fick inte nämnas: den som hade små bröst borde klaga över sina breda höfter, den som var huvudet längre än alla killarna i klassen borde jämra sig över sin stora näsa, den som hade valkar runt magen borde beklaga sig över sina alltför stora bröst. Angelica brukade åstadkomma ett halvhjärtat gnäll över sin breda rumpa, för att inte skilja sig för mycket från de andra, men nämnde aldrig sina bröst.

Hon hade aldrig tyckt om sina bröst. Tvärtom undvek hon dem, aktade sig för att själv snudda vid dem, och hade bara motvilligt funnit sig i att Kristoffer hela tiden ville smeka dem. Hon tyckte inte om det. Han fick gärna klämma, som andra pojkar brukade göra, men hon tyckte inte om att han rörde vid dem med lätta händer. Hon hade överhuvudtaget aldrig varit särskilt förtjust i lätta händer. Inte ens i sina egna: om hon inte hade en tvättsvamp tillgänglig i duschen avstod hon helt enkelt från att tvåla in sig. Tanken på att smeka sig själv med löddriga händer som kvinnorna i TV-reklamen fick henne att kväljas.

Håret var det enda på hennes kropp som alltid hade fyllt henne med njutning. Hon hade alltid tyckt om sitt hår: att tvätta det och borsta det, att tvinna det till en stram hästsvans, att släppa ut det i hela sin väldighet och låta det svepa över ryggen, att dra det över ansiktet och gömma sig i det som i en grotta. Det var mycket långt numera, långt och tjockt och glänsande. Hon hade inte klippt sig på fyra år. Inte sedan hon var tolv år gammal och stod med rakat huvud på Siris förstubro ...

Hon drog fram sin hästsvans och strök den under näsan, tänkte för ett ögonblick på en kattunge som hon hade hållit i sin famn en gång, och lät en fingertopp glida över halsen, lade den till vila under strupen. Hon kunde känna sitt eget hjärtas slag: fingertoppens puls bultade mot halsgropens.

Jag har en kropp, tänkte hon. Jag är i en levande kropp.

Några kvällar senare ställde hon sig för första gången på vakt utanför hans hus.

Det var en sådan kväll då hon inte riktigt visste vart hon skulle ta vägen. Det fanns ingen reklam att dela ut och Siris hus var stängt och slutet. Att åka ut till Kristoffer i Nordanäng var omöjligt. Att gå hem likaså. Åtminstone före läggdags. Mikael var i Herräng och om hon tvingades vara ensam i lägenheten med Carina skulle tystnaden kväva dem båda.

Först satt hon på biblioteket en stund, satt alldeles tyst vid ett bord och lutade sig över en bok som om hon läste, men utan att egentligen låta en enda bokstav tränga genom hornhinnan, reste sig sedan och gick ut, stod några minuter mitt i Hallstaviks vita centrum och lyssnade till tystnaden. Hela samhället verkade övergivet. Inga bilar. Inga röster. Inte ens ett avlägset speedwaydån från Orionparken. Allt som hördes var brukets sång, en sång som denna kväll var så dov att den knappt gick att skilja från tystnaden.

Jag vill bara se honom, tänkte den förnuftiga delen av hennes huvud när fötterna började gå. Ingenting annat. Bara se honom. Bara få veta att han verkligen finns.

Hon hade upptäckt den lilla skogsdungen bredvid hans villa några dagar tidigare och ordlöst bestämt sig för att den tillhörde henne. Därifrån kunde man se både garageuppfarten, terrassen och trädgården utan att själv bli sedd. Några veckor tidigare skulle den inte ha bjudit något skydd, men nu var det försommar, träden och buskarna hade börjat slå ut, den späda grönskan var redan tillräckligt tät för att gömma henne.

Ändå var hon tacksam över att det hade börjat skymma när hon kröp in bland buskarna, de blå skuggorna skulle göra det ännu lättare att förbli osynlig. Hon satte sig på marken och lutade ryggen mot en björk, granskade det som fanns att granska. Huset såg tomt ut. Nästan övergivet. Alla fönster och dörrar var stängda, ingen silverfärgad bil stod parkerad på uppfarten, trädgårdsmöblerna på terrassen stod nakna, utan duk på bordet och kuddar på stolarna. Det enda liv som syntes var en ensam sädesärla som promenerade över gräsmattan med vippande stjärt.

Det var nästan midnatt när den silverfärgade bilen äntligen körde upp på garageinfarten. Han steg ur först, stod där knappt synlig i försommarnattens ljus och sträckte på sig, innan han lutade sig in i bilen och tog ut kavajen. I samma ögonblick öppnades dörrarna på bilens andra sida, hustrun och dottern steg ut. Hustrun sa något, lutade sig sedan in i bilen och lyfte ut en väska innan hon försvann utom synhåll. Dottern stod kvar ett ögonblick, som om hon tvekade, innan hon slog igen bildörren och följde sin mor. Mannen stod ensam kvar och upprepade den rörelse han just avslutat: sträckte först på kroppen och strök sig sedan över ryggen.

Han fanns. Han var verklig. Han hade hus och bil och grå kostym, ett jobb att gå till om morgnarna och en äktenskaplig säng som väntade på honom om kvällarna. Men han hade inget namn; det fanns inte plats för hans namn i Angelicas huvud. Där var han bara en andedräkt, en röst och en doft.

Men han fanns. Nu visste hon att han verkligen fanns.

Hur många gånger sedan dess har hon suttit i skogsdungen? Det vet hon inte. Många. Nästan varje kväll.

En gång fick hon för sig att han såg henne, att han stelnade till och hejdade sig innan han vände några köttstycken på grillen. Han och hans fru hade gäster den kvällen, några män i rutiga shorts och några kvinnor i pastellfärgade tenniströjor gick omkring i trädgården, han stod mitt ibland dem och låtsades likna dem när hans blick plötsligt gled över dungen och fastnade i hennes.

Ändå sa han ingenting när de träffades några kvällar senare och Angelica förde heller inte saken på tal. Hon aktade sig överhuvudtaget för att tala för mycket i hans sällskap. Han verkade inte tycka om prat. Och han verkade definitivt inte tycka om att hon då och då dök upp i utkanten av hans vardag, att hon skyndade över parkeringen i centrum just när han var på väg mot sin bil, att hon körde förbi macken på sin cykel just när han tankade, att hon råkade stoppa reklam i hans brevlåda just när han kom hem från jobbet. Inte för att han sa något, det behövdes inte, hans blick och hållning talade tydligt nog. Om han fick veta att hon dessutom satt och spanade på honom i skogsdungen skulle han bli rasande, kanske så iskallt rasande att han aldrig mer skulle plocka upp henne i sin bil.

Inte ens den förståndiga delen av hennes huvud trodde att hon skulle kunna bära det.

Han ville inte ha henne särskilt ofta, bara någon gång var eller varannan vecka. Det hände alltid mycket sent på kvällen, när hon var på väg hem efter ett reklampass och redan hade gett upp hoppet. Då dök hans bil upp bakom hennes cykel, han sänkte farten och körde långsamt om, innan han tryckte gasen i botten. Angelica brukade hoppa av cykeln när han hade passerat, stå alldeles stilla några sekunder och se efter honom, kontrollera att han verkligen vred ratten i riktning mot industriområdet i Skärsta, innan hon hoppade upp på cykeln igen och följde efter.

Han stannade alltid längst in i industriområdet, bakom en av de fönsterlösa fabriksladorna. Det var ett bra gömställe, oändligt mycket bättre än skogsdungen utanför hans hus, ändå tycktes han aldrig känna sig riktigt säker. Han lät motorn gå på tomgång och öppnade dörren vid passagerarsätet redan innan hon hade ställt ifrån sig cykeln, trampade sedan på gasen så att motorn morrade otåligt medan hon låste. Hon hann knappt sätta sig och stänga bildörren förrän han körde iväg. Säkerhetsbältet brydde hon sig aldrig om: hon var ju tvungen att glida ner på golvet framför passagerarsätet och lägga sig på knä så fort de närmade sig stora vägen. Så att hon inte skulle synas om de mötte en annan bil eller råkade passera en fotgängare.

Hon tyckte om att sitta så, att luta armarna mot sätet och huvudet i händerna och betrakta honom medan han körde mot sin pelarsal.

Det var det enda krav hon ställde på honom: att han skulle ta henne just dit. Men det var ingenting hon behövde säga, han tycktes förstå det ändå. Bara en enda gång stannade han bilen på en parkeringsficka ute på vägen och försökte närma sig henne, men när han kände hur hon stelnade och blev ovillig startade han omedelbart och körde vidare.

Det föll henne aldrig in att hon skulle kunna öppna dörren till Carinas lägenhet för honom, trots att hon var ensam hemma under några veckor mitt i sommaren. Själva tanken var absurd. Det var omöjligt att tänka sig att han skulle sänka sig över henne på skumgummimadrassen i Mikaels rum, det var ännu omöjligare att tänka sig att han skulle resa sig upp efteråt och gå genom Carinas hall mot Carinas badrum, att han skulle stå där inne och fumla med sin använda kondom bland Carinas pillerburkar och Bacillens nagelborstar. Det vore som att hitta en valross i Afrika, en elefant på Grönland eller en val vid Edebovikens strand. Otänkbart. Fullkomligt otänkbart.

Han var noga med kondomerna. Hur tungt han än andades i hennes öra, hur ivrigt hans hand än darrade när den sökte sig in under trosans gren, hur hungrigt han än bet i hennes hals så glömde han aldrig kondomen. Det störde henne. Även om den förståndiga sidan av hennes huvud begrep att det var bäst för dem båda, så gjorde miffot i henne sitt bästa för att fresta honom att låta bli. Hon ville ha honom skyddslös. Deras kvällar i pelarsalen skulle inte bli fullkomliga förrän hon hade slickat, sugit, kysst och smekt bort all hans försiktighet.

Men även om deras kvällar i pelarsalen ännu inte var fullkomliga, så var det nära nog. Det fanns ingenting i det hon gjorde med honom som liknade det hon hade gjort med Kristoffer eller med någon annan pojke. Allt var annorlunda. Tyngden. Dofterna. Hettan i hans hud. Detta att han närmade sig henne utan krav och otålighet, men med mycket beslutsamma händer. Detta att hon inte bara kunde stå ut med de lättaste smekningar över sina bröst utan också njuta av dem. Detta att hon kunde uthärda att hans tunga letade sig till platser som hittills ingen hade tillåtits närma sig. Men framför allt detta att hon kunde försvinna i hans famn, upphöra att existera som den Angelica hon alltid varit, att han lät henne smaka på möjligheten av att vara en annan.

Ändå liknade hennes lust inte alls hans. Hon andades aldrig tungt, hon gnydde aldrig som ett djur där hon låg på rygg i lingonriset, hon vände aldrig blicken inåt och blev blind. Tvärtom höll hon ögonen öppna, granskade hans ansikte när han höjde sig över henne och såg mot himlens sammetstak när han sänkte sig på nytt.

Ofta blev de liggande så när det var över: hon med vidöppna ögon mot himlen, han blundande med ansiktet mot jorden. Tysta. Tigande.

Tystnaden var nödvändig. Den fick inte brytas. Om de började prata skulle de förvandlas: han skulle bli ett vanligt äckel, en gubbsjuk typ med håriga händer och konsultkostym, hon skulle bli ett litet luder, ett socialfall i billiga postorderkläder och trosor som missfärgats i tvätten. Alltså hälsade de varandra med ögonen och tog farväl med en hastig smekning och bytte bara några dämpade repliker på väg mot pelarsalen. Det hände att hon räknade orden efteråt, där hon låg på sin madrass i Mikaels rum, fann att de blev färre och färre, att det blev allt mer självklart att helt sjunka in i tystnaden.

Egentligen förde de bara ett enda samtal under hela sommaren; det var en sen kväll i slutet av juli när nattmörkret just hade börjat smyga sig tillbaka. Efter deras famntag sjönk han ner på en sten och såg på henne medan hon drog linnet över huvudet.

"Detta är vansinne", sa han plötsligt. "Detta är tamejfan inte klokt."

Angelica vågade inte se på honom. Hon böjde sig ner och låtsades leta efter sin vänstersko, trots att hon mycket väl kunde se att den låg i lingonriset en bit bort. Därför hörde hon mer än såg hur han drog med handen över ansiktet.

"Vansinne!" sa han igen. "Jag begriper det inte ... Hur hamnade vi i det här?"

Angelica svarade fortfarande inte.

"Fan, det kan bara sluta med katastrof. Du går ju i samma skola som min dotter!"

Angelica harklade sig, rösten bar inte riktigt.

"Samma klass."

"Samma klass? Går ni i samma klass?"

"Ja. Åtminstone i nian. Jag vet inte hur det blir nu. I gymnasiet."

Han slog händerna för ansiktet.

"Herre djävlar ... Jag trodde att du var ett år äldre!"

"Jag har fyllt sexton", sa Angelica. "Jag fyllde sexton i januari."

Den gången dröjde det bara några dagar innan han dök upp igen, men det var dagar som hon aldrig vill ha tillbaka.

Hon var ensam i lägenheten sedan en vecka. Carina och Mikael hade åkt till Dalarna för att fira idealistsemester med Bacillen på behandlingshemmet. Ingen av dem hade glatt sig åt resan, Carina blev nervös bara av att tänka på alla tågtidtabeller och nya människor, och Mikael blev gnällig av att höra sin mamma bli gäll i rösten. Det var egentligen bara Angelica som var nöjd. Bacillens beslut hade räddat henne, i flera veckor hade tanken på hans semester fladdrat som en orolig insekt i hennes bakhuvud. Vart skulle hon ta vägen när han kom? Skulle hon kunna åka ut till Kristoffer i Nordanäng? Skulle han ens ta emot henne, nu när hon hade hållit sig undan så länge? Och skulle hon i så fall kunna betala för mat och husrum på samma sätt nu som före Siris begravning? Blotta tanken fick henne att dra upp axlarna och slå armarna om sig själv. Hon ville inte! Det var inget fel på Kristoffer, men hon ville inte! Hellre skulle hon sova utomhus!

Och så slapp hon. Allt ordnade sig. Bara så där. Utan att hon behövde göra ett dugg.

Till en början var ensamheten mycket vilsam. Ingen Mikael att passa. Ingen Carina att bevaka. Ingen reklam att dela ut, eftersom Bergström hade stängt firman och dragit sig tillbaka till sommarstugan. Inte ens en doftande man att möta om natten. Under de första dagarna av hennes ensamhet var han bortrest på solsemester med familjen.

Själv brydde sig Angelica inte om solen. Tvärtom. Hon drog ner persiennerna i lägenhetens alla fönster för att slippa det vassa ljuset, öppnade sedan balkongdörren på vid gavel och lät den stå öppen dygnet runt. När fåglarna började kvittra vid tretiden på natten slog hon upp ögonen, men blundade genast igen och vaknade inte på riktigt förrän morgonens första timmerbil dånade förbi ute på Uppsalavägen. När hon mindes att hon var ensam i lägenheten suckade hon av välbehag och sträckte på sig, häpnade en aning över sin stora tur, över detta att hon alldeles oförskyllt och alldeles överraskande hade fått några veckors smakprov på det liv som väntade efter hennes artonde födelsedag. Just så här skulle det bli: hon skulle vakna varje morgon till skuggor och tystnad, till ensamhet och svalka. Till ett liv utan tvång. Utan faror. Utan oro.

Därför var hon inte alls beredd den morgon då hon vaknade med ett koppel av ängslan stramande över strupen. Hon höjde huvudet från kudden och lyssnade: var det någon i lägenheten? Ljuset som sipprade genom persiennernas springor var lika grått som golvets linoleum. Mikaels röda nalle stirrade på henne från sin plats på hyllan. Men det var ingen där. Lägenheten var lika tom nu som när hon somnade. Ändå var det svårt att andas, hon fick sätta sig upp och dra några djupa andetag för att alls få luft. Det hjälpte inte, oron slöt sig än hårdare om strupen när hon mindes gårdagskvällen ...

Hans stönande när hon sa att hon hade fyllt sexton i januari.

Hans tystnad under hemvägen.

Hans blick när hon låste upp sin cykel.

Hon lade handen mot halsen och kved: han skulle lämna henne! Hon skulle aldrig mer få känna hans doft ...

Den dagen tvättade hon sig inte och borstade inte sina tänder. Hon klädde inte ens på sig, sköt bara sin madrass djupare in i hörnet, drog ner täcke och överkast från Mikaels säng och svepte dem över sig, dolde hela kroppen och stängde ute ljuset. Efter ett par timmar började hon vagga, gungade rytmiskt fram och tillbaka i sin kokong, medan hon nynnade en liten sång för sig själv.

Det var en av de där sångerna som bara hon kunde. En som hon hade hittat på när hon var liten. En fångsång. En tröstesång. En sång som hon trodde att hon hade glömt för länge sedan.

Efteråt kunde hon inte riktigt reda ut hur länge hon hade legat under täcket. Hon visste bara att hon hade gått upp fyra gånger och kokat makaroner som hon sedan hade ätit direkt ur kastrullen. När hon steg upp den femte gången upptäckte hon att makaronerna var slut, att allt som fanns kvar i speceriskåpet var några halvfulla påsar med mjöl och socker. Hon öppnade frysen och rotade runt, men hittade bara en gammal gädda som stirrade på henne med frusna silverögon. Angelica stirrade tillbaka en stund innan hon stuvade in den i frysen igen. Rörelsen fick en välbekant doft att kittla till i hennes näsa, hon lyfte sin t-tröja mot ansiktet och gjorde en grimas. Hon luktade som Carina. Alltså måste hon tvätta sig. Och sedan måste hon ut. Hon måste äntligen ta sig ut ur den här förbannade lägenheten.

Redan i trappan började hon räkna sina steg.

Det tog henne 3 546 steg att komma till Orion-parken. Kanske var det speedway i dag, för det dånade av motorcyklar där inne och det var tjockt med bilar på parkeringen. Men ingen av dem var silverfärgad, därför vände hon sig om och gick tillbaka mot centrum.

Hon hade just kommit till Skärstabrons krön och lyft foten för att ta sitt sjutusende steg när den silverfärgade bilen långsamt körde om henne. Hon sänkte foten och hejdade sig, stod orörlig och såg efter den. Föraren ökade farten, vred sedan på ratten och svängde in mot industriområdet. Angelica såg sig omkring, insåg plötsligt att det var kväll och ganska sent, men att hon inte visste om det var tisdag eller torsdag eller rent av fredag. Hon hade tappat greppet om tiden.

Men det gjorde detsamma, orons koppel hade släppt sitt grepp om hennes strupe. Hon fyllde sina lungor med sommarkvällens dofter och började springa.

Resten av sommarlovet hade varit bra. Så bra som det alls kunde bli.

Carina och Mikael hade kommit hem från Dalarna utan Bacillen, Bergström hade stängt sommarstugan och öppnat firman, Angelica hade fått veta att hon hade kommit in på Estetiska programmet på gymnasiet i Uppsala.

Mannen som doftade av kungsmynta log när hon berättade det, strök henne över håret och beströdde henne med ovanligt många ord.

"Där ser du", sa han. "Det kommer att bli bra. Allt kommer att bli bra ..."

Men nu är det september och ingenting har blivit bra.

Angelica tar bussen till gymnasiet i Uppsala varje morgon, hon ligger i samma rum som Mikael varje natt och hör honom andas, hon räknar dagarna och vet att det bara återstår femhundratrettiosju till hennes artonde födelsedag, ändå är ingenting bra.

Någonting har brustit. Gått sönder. Tiden har fått svarta hål, och än en gång sluter sig ett koppel runt Angelicas strupe, ett koppel som blir stramare och stramare för varje dag, ett koppel som skär djupt in i halsens hud och gör det tungt att andas. Och detta koppel har ett namn. En förklaring. En orsak.

Behandlingshemmet har gått i konkurs. Bacillen är på väg hem. Om trettio dagar ska han stå i Carinas hall med alla sina saker, om trettio dagar ska hans röst fylla hela lägenheten, om trettio dagar ska han lägga sina röda händer på köksbordet och vända sina ögon mot Angelica ...

Hon har inte sovit en hel natt sedan hon fick veta det. Inte läst en rad. Inte fullföljt en tanke. Hon har inte kunnat glömma det ens när den doftande mannen har sänkt sig över henne. Och han har märkt det. För tre kvällar sedan rullade han av henne omedelbart efter orgasmen, lade sig på rygg i lingonriset, precis som hon, och såg upp mot himlen.

"Var är du?" sa han till slut. "Angelica? Var är du?"

Hon svarade inte, sökte bara hans hand och strök den över sina läppar. Den luktade tvål, älskog och gummi. Kryddlöst. Hon släppte taget och satte sig upp, slog armarna om sig själv. Han kan inte skydda mig, tänkte hon. Han vill inte ens.

"Jag fryser", sa hon högt.

Han satte sig upp bredvid henne, suckade:

"Ja", sa han. "Snart är det höst ..."

Sedan talade de inte mera.

Ändå fladdrar hennes tankar runt honom som insekter runt ljuset när hon går med sin barnvagn genom Hallstaviks mörka gator och öppnar och stänger brevlåda efter brevlåda. Gatlyktorna leker med hennes skugga: låter den växa till en jättes, för att sedan krympa och förminskas, förvandlas till ingenting.

Hon har sparat hans gata till sist. Nu går hon längs de prydliga staketen och ser in i husen. Människorna har tänt sina lampor, men så länge har det varit sommar att de har glömt att lamporna blottar dem, att vem som helst som står i mörkret utanför kan se in i deras rum och följa deras rörelser.

De som bor i dessa hus vet ingenting om Angelica och hennes verklighet, de vet inte ens att en sådan verklighet existerar, och detta är något som Angelica i sin tur accepterar som en självklarhet, det har aldrig fallit henne in att det skulle kunna vara annorlunda. Å andra sidan är det lika självklart att hon vet allt om dem och deras liv. För på den här gatan är allt som det ska vara, här lever man som människor ska leva, här ser allting ut precis som på TV. I det första huset sitter en familj runt köksbordet och äter en sen måltid. De har tänt ett levande ljus, trots att det bara är en vanlig torsdag. Modern ler när hon sträcker ett fat mot en av sönerna, han slänger till med luggen och ler tillbaka. I huset intill står en annan kvinna i sitt pyntade vardagsrum och talar i telefon. Hennes man går förbi och säger något, hon vänder sig om och följer honom med blicken, nickar. På andra sidan gatan står en liten flicka mitt i ett upplyst mahognykök med en katt i famnen, hon sänker långsamt sitt ansikte och begraver det i den svarta pälsen.

Och där, i det sista huset på gatan, det som också är det största, det som ligger strax intill en liten skogsdunge och där det står en silverfärgad bil på garageuppfarten, där sitter en tonårsflicka i en soffa framför TVn. Hennes far kommer in i det svagt upplysta vardagsrummet, hans läppar rör sig, han säger något. Dottern lutar huvudet bakåt, ler mot honom och svarar. Kanske säger hon något lustigt: han skrattar till och stryker henne hastigt över håret.

Angelica samlar ihop de sista reklambladen från barnvagnens botten och trycker ner dem i brevlådan utan att släppa mannen och flickan med blicken. Sedan höjer hon händerna och stryker sig själv över håret.

Jag längtar, tänker hon. Jag visste inte att jag längtar så.

IV.

TRETTIO DAGAR ÄR INGEN LÅNG TID.
Man blinkar till och – vips – är fem dagar borta.
Man böjer sig ner för att knyta sina skor och när man tittar upp igen har ytterligare sju försvunnit.
Man skrattar till när en kille i klassen skämtar med en annan och när man blir allvarlig igen har tolv dagar gått.
Ryggen raknar. Synfältet smalnar. Sinnena skärps.

När två dagar återstår får Carina ont. Riktigt ont. För första gången på länge syns smärtan i hennes ansikte, hon blir grå under ögonen och svettas på överläppen. Angelica inser att hon inte kan lämnas ensam med Mikael, därför lägger hon an sin allvarligaste vuxenröst när hon ringer till stödfamiljen i Herräng och frågar om Mikael kan få komma, trots att de dagar socialen ska betala redan är förbrukade. Hon hinner inte ens tala till punkt innan stödmammans glada röst avbryter: självklart. När kommer han? Angelica blir lättad, stödmammans iver sveper undan den skugga av skuld som har legat över hennes panna ända sedan gryningen. Hon överger ju inte Mikael. Tvärtom. Hon tar honom till en plats där han är efterlängtad.

Ändå får hon hjärtklappning av ängslan när hon lägger på luren, plötsligt är det som om Mikael vore utsatt för en stor och obegriplig fara och hon måste skynda sig in i vardagsrummet, där Siris möbler fortfarande står som vilsna gäster mitt på golvet, för att se att ingenting har hänt honom. Och naturligtvis har inget hänt, Mikael sitter framför TVn och ser på tecknad film, alldeles oskadd och obekymrad. Angelica borrar näsan i hans hår, suger i sig hans doft för att själv bli lugn. Han luktar lavendel. Solvarmt damm och lavendel.

"Han kommer och hämtar dig om några dagar", säger hon med dämpad röst, nästan viskande. Mikael vänder sitt runda ansikte mot henne, kisar:
"Vem då?"
"Bacillen. Din pappa."
Mikael nickar, men säger inget mer.

När Angelica har packat väskorna skjuter hon upp dörren till sovrummet. Det är skymning där inne, de slutna persiennerna stänger ute höstsolen. Carina sover djupt under ett blommigt påslakan, hennes hår är rufsigt och pannan fuktig av svett, högerarmen dinglar slappt över sängkanten. Hon har glömt att skruva på locket på två av sina tablettburkar, men i övrigt är allt som det ska. Vattenglas och mediciner står på en stol bredvid sängen, telefonen finns inom räckhåll på golvet nedanför. Angelica skjuter fram en bunt veckotidningar med foten, blir sedan stående med blicken låst vid Carinas hand: de vita fingrarna är lätt krökta, knogarna snuddar nästan vid golvet.

Oron rör sig i Angelicas mage, hon lägger handen mot mellangärdet medan hon stänger dörren. Hon ser sig om i hallens dunkel, nu är hon färdig. Redo att ge sig av.

I samma ögonblick ger Alice upp. Med krökt överläpp stirrar hon på texten i sin dator. Värdelös. Fullkomligt värdelös.

Stolen skrapar mot golvet när hon reser sig. Hon måste ha en kopp kaffe. Eller en kopp te. Eller något. Det är ingen mening med att sitta kvar och försöka krysta fram fler ord. Det blir inte bra. Hur hon än försöker.

Hon har suttit i Augustas hus i tre dagar nu och försökt få ordning på sina tankar. Officiellt har det gällt att åstadkomma en projektbeskrivning, en detaljerad redogörelse för hur en utställning med arbetsnamnet *Fabriksarvet* skulle kunna se ut. Inofficiellt har det gällt något annat. Att hålla rättegång, kanske. Att en gång för alla låta jagets högsta instans utfärda sin dom, ett definitivt och odiskutabelt svar på frågan om vad som är sanning och vad som är lögn i Alices liv. Men det har inte gått. Hon har varit för feg, hon har smitit till och med från sina egna tankar.

Nu lägger hon sig på Augustas hårda tjugotalssoffa och stirrar i taket. Suckar. Projektbeskrivningen ska presenteras på torsdag och hon är inte ens klar med hälften. Alltså kommer hon att bli tvungen att sitta uppe en natt eller två för att få den färdig i tid. Alltså kommer Lars att bli sur. Alltså kommer hon själv att känna sig skyldig. Alltså kommer hon att bli ännu mer splittrad och okoncentrerad.

Så har det varit i fyra månader nu. Ända sedan vykortet kom. Hela den heta sommaren har varit en gröt av osorterade känslor, otänkta tankar och oöverlagda handlingar. Gång på gång har hon kommit på sig själv med att göra de besynnerligaste saker. En gång hittade hon sig själv fastfrusen utanför en biljardhall på Kammakargatan och insåg att hon faktiskt hade stått där en lång stund, en så pass lång stund att männen i den mörka källarlokalen började göra sig ärenden fram till ytterdörren för att titta på henne. En annan gång gick hon på sammanträde iförd sin mest korrekta linnedräkt, men med en vit sandal på ena foten och en svart tygsko på den andra. En tredje gång glömde hon att hämta Lars på Arlanda och stannade kvar på sitt kontor till sent om kvällen. När hon kom hem till lägenheten låg hans gapande resväska på golvet i hallen och såg ut som om den tänkte bita henne. Lars själv hade varit blek av irritation och talat i lågmält stackato. Han ville gärna påminna henne om att almanackan var uppfunnen. Sedan länge. Dessutom hade han blivit en aning överraskad över det skick deras hem befann sig i. Kläder överallt. Obäddad säng. Disk i travar. Brukade Alice alltid regrediera till student när han var utom synhåll?

Alice gjorde inga invändningar, log bara ett vagt litet leende medan hon stuvade in tallrikarna och glasen i diskmaskinen, angelägen om att han inte skulle titta alltför noga på dem. Inte för att Lars brukade rikta sin forskarblick mot kladdiga tallrikar och urdruckna glas, men risken fanns, och hon ville inte att han skulle få skäl att höja ögonbrynen ytterligare någon millimeter. Fem vinglas? Hade hon druckit vin varenda kväll när han var borta? Borde hon inte ta det lite försiktigt?

Den kvällen kunde hon inte förmå sig till att möta sin egen blick i badrumsspegeln, därför hade hon borstat tänderna med lampan släckt. Efteråt hade hon tassat ut i hallen och öppnat det lilla blixtlåsfacket i sin väska, låtit fingertopparna glida över vykortet bara för att försäkra sig om att det låg kvar, att Lars inte hade upptäckt det.

Vid det laget hade hon för länge sedan insett att hon betedde sig irrationellt, att Lars knappast skulle ha reagerat om hon hade sansat sig den där dagen i våras och lagt vykortet på hallbordet tillsammans med resten av posten. Möjligen skulle han ha höjt på ögonbrynen inför motivet: en halvnaken flicka som kammar sitt hår. Kommersialiserad impressionism. Alice skulle ha kunnat ansluta sig till hans förakt genom att påpeka att det dessutom var ett feltryck: på baksidan av vykortet påstods det att bilden var en reproduktion av Renoir, men i själva verket var det Degas, en ganska berömd pastell av Degas dessutom. Efter den distanseringen skulle hon mycket väl ha kunnat låta Lars läsa de få raderna på baksidan. De var formulerade med omsorgsfull likgiltighet, bara ett par hastigt nedkastade rader från en gammal skolkamrat till en annan. Den där skolkamraten hade råkat stöta på hennes namn i en utställningskatalog och eftersom han numera själv var sysselsatt med ett historiskt projekt hoppades han att hon skulle kunna bidra med lite information. Skulle hon vilja vara vänlig att ringa?

Hon hade själv förvandlat vykortet till ett skuldebrev genom att gömma det och nu låg det i handväskan som en ordlös måttangivelse över avstånden i hennes äktenskap. Ändå var det kanske just så hon ville ha det. För ville hon verkligen att Lars skulle se vykortet? Ville hon ta på sig sitt slätaste ansikte och diskutera det med honom? Var det inte snarare så att vykortet hade givit henne det hon mest behövde: en påminnelse om att hon hade ett rum i sitt liv dit Lars aldrig skulle få tillträde. Ett eget rum.

Att det fanns en njutning i att ha hemligheter visste hon sedan gammalt, men aldrig förr hade hon förstått hur mycket den njutningen handlade om makt. Nu förstod hon. Visst såg det ut som om hon kurade mer underdånigt än vanligt under Lars sarkasmer denna sommar, men det var bara sken. Hon gav igen på sitt sätt, hämnades genom att vika undan med blicken när han såg på henne, genom att ta ett steg åt sidan när han sträckte armarna mot henne, genom att försjunka i egna tankar när han talade till henne. Båda visste att något pågick under ytan, men det var bara Alice som visste vad. Lars fick hantera sina tvivel på egen hand, sin egen oklara känsla av att det skett allvarliga förskjutningar i maktbalansen mellan dem.

Jag bara konstaterar att, tänkte Alice ibland och log för sig själv. Jag bara konstaterar att du är förvånad och förvirrad och sur och att jag fullkomligt skiter i vilket ...

Ändå var det inte hela sanningen. I vissa stunder brände det i hennes hud av ömhet och hon längtade efter att lägga händerna om Lars huvud och kyssa hans ögonlock. Det var ju inte han som hade byggt murarna mellan dem. Det var hon; det var ju hon som var så störd och förstörd att hon var oförmögen att släppa en enda människa inpå livet, inte ens den hon levt med i mer än ett kvarts sekel. I sådana stunder blev hon knäsvag av skam och sökte tillgift med en smekning eller en vänlighet. Men ju längre sommaren gick, desto oftare svarade Lars med hennes egna vapen, han vek undan för hennes händer och vände bort blicken. Efteråt kunde det bli tyst i timmar.

Allt har hänt den här sommaren, tänker Alice där hon ligger på Augustas soffa. Allt har hänt. Trots att ingenting har hänt.

För så är det ju. Ingenting har hänt. Inte egentligen.

Hon hade lärt sig telefonnumrets nio siffror utantill i samma ögonblick som hon såg dem och en vecka efter Siris begravning hade hon slagit dem för första gången. Signal efter signal gick fram utan att någon svarade, och när hon hörde det lilla klicket som förebådade en telefonsvarare lade hon hastigt på luren. Hon ville inte lämna några spår efter sig, inte ens ett andetag. Efteråt försökte hon sudda ut telefonnumret ur minnet, blinkade till så fort de nio siffrorna kilade genom medvetandet och tänkte beslutsamt på annat. På jobbet. På Petter. På den där middagen som hon och Lars skulle ordna på lördag. Men när hon öppnade ögonen på nytt låg siffrorna kvar: det var som om de tatuerats in i hennes hjärnbark.

Därför förvånade det henne att hon kunde hålla sig så sval och distanserad när hon till slut äntligen ringde en andra gång och fick svar, att rösten inte darrade det minsta, trots att hon kunde se att handen som låg på det röda skrivbordsunderlägget faktiskt gjorde det.

"Ja hej", sa hon med den formella vänlighet som hon vanligtvis brukade bestå yrkesbekanta. "Jag heter Alice Bernhardsson. Du har skickat ett vykort till mig."

Han svarade inte först, under tjugo sekunder ekade tystnaden mellan dem. Detta var inte det tonfall han väntade sig, tänkte Alice. Han hade hoppats på tårar.

"Alice?" sa han sedan.

"Ja."

Han harklade sig:

"Jag hoppas att jag har fått tag på rätt person. Kommer du från Jönköping? Gick du i läroverket där på 50-talet?"

"Jo."

"Och du hette Johansson? Alice Johansson?"

"Jo."

"Jag heter Kristian."

"Mm."

"Kristian Dahlberg."

"Ja."

"Minns du mig?"

"Jo."

Det blev tyst igen. Alice knöt handen och tvingade sig att andas lugnt.

"Jag skulle vilja träffa dig", sa Kristian. "Det är så mycket jag skulle vilja fråga ..."

Alice öppnade sin hand och betraktade den. Mina händer åldras inte, tänkte hon. Augustas händer åldrades i takt med resten av kroppen, men mina är fortfarande en flickas. Någonstans långt borta hörde hon sin egen röst. Saklig. Vänlig. Obekymrad.

"Visst", sa den. "Har du någon lämplig tid att föreslå?"

Tre gånger har de bestämt att mötas sedan dess. Tre gånger har de fått förhinder.

Den första gången var det Alices fel. Hon backade ur helt enkelt. Fick kalla fötter. Det var ingenting hon hade planerat. Tvärtom. Hon hade haft gott om tid att förbereda sig: Kristian kunde inte komma till Stockholm förrän tre veckor efter deras första samtal. Under den tiden hann hon köpa nya kläder i två omgångar och sedan förkasta dem, skaffa sig ett läppstift i en milt brunrosa nyans och ägna timmar åt att söka efter honom på Internet. Det fanns inte mycket, hon fick bara ett par träffar som gav en ganska diffus bild av en informationskonsult i Jönköping. Det fick henne att höja ögonbrynen. Informationskonsult? Det kunde betyda vad som helst, från förmögen flummare till bortrationaliserad kommunbyråkrat eller reklamman på dekis. Hon kunde tänka sig Kristian i alla tre rollerna.

Det var hon som hade föreslagit att de skulle ses vid Metros informationsdisk i Gallerian, men det var inte förrän efteråt som hon förstod att hon hade valt platsen med avsikt. Det var den enda plats i Stockholm där hon skulle kunna se honom utan att själv bli sedd, den enda plats där det också fanns flera utgångar.

Hon var ute i god tid, tog rulltrappan upp till caféet på övervåningen och satte sig med en cappuccino vid ett bord där hon hade utsikt över nästan hela bottenvåningen.

"Jag bedrar", tänkte hon och blåste en liten dalgång genom mjölkskummets vita alper. "Just nu bedrar jag både Lars och Kristian. Det finns bara en jag är trogen mot ..."

I samma ögonblick fick hon syn på honom. Han stod framför informationsdisken och såg sig om, en stor man med stora händer klädd i beige byxor och en kavaj i grovt linne. Hans kropp och kläder skiftade i samma nyanser som sand och sten och hans käklinje var på en gång mjuk och nästan geometrisk, hans hår – eller det som fanns kvar av det – var matt och frisyren tovig. Ingenting hos honom glänste mer än ögonen och tänderna, men redan så här på avstånd kunde hon se att de därför glänste desto mer. Han såg ut som en grushög. En väl bibehållen liten grushög med några små stycken av bergkristall som glittrade i allt det färglösa och dammiga.

Alice tömde sin kopp och reste sig, gick med sänkt huvud och raska steg mot utgången till Brunkebergstorg.

Dagen därpå ringde hon och bad om ursäkt: hon hade blivit fördröjd hos en uppdragsgivare. Tyvärr, tyvärr. Kristian försäkrade att det inte gjorde något och föreslog samma plats och samma tid tre veckor senare. Den gången var det Alice som fick stå vid Metros informationsdisk och vänta. Kristian ringde dagen därpå och beklagade: han hade felbedömt storstadstrafiken och fastnat i en bilkö. De enades om att göra ett nytt försök i början av september. Den gången fick Alice ett verkligt förhinder: ett sammanträde om *Fabriksarvet* på Historiska museet. Viktigt. Gick inte att ändra. Kristian var torr i rösten när han förklarade att han inte skulle komma till Stockholm igen förrän i mitten av oktober. Alice slog upp sin almanacka och gjorde en anteckning.

"Vi ses", sa hon sedan och lade på luren.

Och nu är frågan om de verkligen ska ses, om hon verkligen ska gå till Gallerian i morgon, om hon ska stå utanför Metros informationsdisk klockan tolv, lugn, ärlig och frimodig, utan att gömma sig eller smita.

Hon vet inte. Hon har inte kunnat bestämma sig. Faktum är att hon redan vet att hon inte kommer att bestämma sig förrän klockan halv tolv i morgon. Fram till dess kommer hon att vara just så splittrad och okoncentrerad som hon har varit de senaste dagarna. Alla försök att resonera sig fram till ett sakligt beslut kommer att hejdas av sekundsnabba minnesbilder, alla logiska tankekedjor kommer att brytas av korta stunder av häftigt hat, alla försök att tukta sig själv till likgiltighet kommer att krossas av de där svindlande ögonblicken då hon minns hans läppar mot sin hals.

Fan! Hon slår näven i Augustas vägg och sätter sig upp. Hon har inte råd att gå vilse i det förflutna. Hon har ett annat förflutet att tänka på: den där utställningen som hon ska göra, den där utställningen som hon helt enkelt måste göra för att hennes ekonomi inte ska risa ihop och hon ska bli tvungen att gå som en tiggare i sitt eget hem. *Snälla professorn ge professorskan en slant! Hon är gammal och förbrukad och hennes yrkesliv är över!*

Om hon bara kunde begripa varför det är så svårt att få en idé om hur just den här utställningen ska se ut, varför det är så orimligt svårt att sluta ögonen och se den så som hon brukar kunna sluta ögonen och se sina andra utställningar. Det är ju inte det att hon saknar kunskap, hon vet mer om industrialismen än om medeltiden, alltså borde den här utställningen bli ännu bättre än den om svenskt klosterliv som hon gjorde förra året. Och den blev ju en framgång, nästan en succé. Hon hade känt sig lite illa till mods efteråt, halvt skamsen, och tyckt att hon hade ansträngt sig för lite för att förtjäna så mycket beröm. Det borde vara ännu enklare med *Fabriksarvet*. Men det är det inte. I stället har hon drabbats av ett slags motvilja. Eller rädsla.

Alice sjunker tillbaka ner i soffan och sluter ögonen. Vad är det egentligen hon är rädd för? Att misslyckas? Det har hon alltid skäl att frukta, men det brukar inte störa henne. Det måste vara något annat ...

Inte förrän hon är halvvägs in i sömnen stiger svaret mot medvetandets yta. Alice är rädd för fabriken. För bruket. För draken som sover vid Edebovikens strand, han som en gång dödade alla sagor.

Länge var bruket bara en skugga. En kontur. Ett dimmigt bergslandskap mitt i Roslagens grönska; stängt för obehöriga, slutet för utomstående, en hemlighet som vaktades av Hallstaviks män.

När hon var ung tyckte hon att de var som kajor; blå kajor som kröp ur sina bon när ett skiftbyte närmade sig och bildade en flock, en stum cykelflock som svepte genom samhället i en enda rörelse. De ställde sina cyklar på raka led utanför det höga stängslet, strök sedan sina kepsar från huvudet och torkade sina pannor innan de lossade var sin unicabox från var sin pakethållare och började gå mot grindarna.

På den tiden fick bara några enstaka kvinnor komma in på området. Sådana som Siri och Marianne. Städerskor. Hylsrullerskor. Packerskor. Ändå trampade Alice fortare än vanligt när hon cyklade förbi, det var som om hon fruktade att ett troll ur någon av Augustas sagor skulle glida ur brukets skuggor och sträcka sin hand efter henne. Kom in i min sal, lilla docka! Kom och titta på mitt guld! Se hur det glimmar, trots mörkret!

Hon kom inte in på bruksområdet förrän på sjuttiotalet. Det var Kåre som tog henne dit. Då hade hon varit ensam med Petter i Augustas hus några veckor; de hade förvisats från lägenheten i stan så att Lars i lugn och ro skulle få lägga sista handen vid sin avhandling. Hon hade ingen bil och gick sällan, alltså handlade Marianne mjölk och färskvaror åt henne, varor som Kåre kom körande med om kvällen.

Den första kvällen var de lite blyga, det var som om de inte vågade käfta som de brukade när de var ensamma. Kåre skakade på huvudet när Alice bjöd honom in i huset, han blev stående på verandan och sträckte fram konsumkassen. Kanske var det lika gott: en liten ring av spänning hade slutit sig runt Alices hals när hon såg honom stiga ur sin Amazon och hon visste inte riktigt vad det betydde, visste bara att hon alldeles oförmodat hade kommit att tänka på den där dagen på femtiotalet då hon hade simmat i Strömsvikens vatten och plötsligt känt ett finger lirkas in under baddräktskanten ... Kanske hade också Kåre tänkt på den stunden, kanske var det därför han inte ville se henne i ögonen.

Några kvällar senare slog han sig ändå ner på verandan och satt kvar i flera timmar. Till en början gick deras samtal trögt, Kåre satt tyst långa stunder och stirrade mot björkarna i hagen på andra sidan vägen. Det blev inte liv i honom förrän Alice sa att hon aldrig hade varit inne på bruket. Det kunde han ordna! Redan i morgon om det så var. Han satt ju i klubbstyrelsen nu och hade ett och annat att säga till om.

Hans iver fick henne att tveka, så angelägen var hon faktiskt inte. Ändå strök hon en bomullsklänning och stod på trappan och väntade när han några dagar senare kom för att hämta henne. Han var fortfarande lika ivrig. Petter skulle få vara hos Marianne, sa han. Och efteråt skulle de äta potatissallad och grillade revbensspjäll på altanen hemma hos Kåre och Marianne.

Efteråt försökte hon förstå vad det var som hade hänt under rundvandringen, vad det var som hade fått ivern i hans ögon att falna och ersättas av en vass glimt. Alice hade kränkt honom, det var uppenbart, men hon förstod inte själv på vilket sätt. Den där rörelsen, kanske, när han öppnade dörren till barkhuset och hon ryggade tillbaka? Grimasen inför bullret i maskinhallen? Hennes tvekan när hon satte foten på en rankig metalltrappa? Eller var det helt enkelt detta att hon teg, detta att hon så uppenbart bet ihop om sina frågor? Men hon kunde ju inte ställa dem: de var för naiva och dumma. Varför det måste vara så fult? Det var vad hon undrade. Varför måste det vara så mörkt? Varför måste det bullra så? Och varför vägrar de se på mig, de där människorna vid maskinerna? Varför vrider de på huvudet och tittar bort när jag nickar och hälsar?

"Mariannes kusin", sa Kåre förklarande till några kvinnor som stod böjda över en rulle i packsalen. "Från Stockholm. Hon ville komma hit och se hur vi har det."

En av kvinnorna rätade på ryggen och flinade till medan hon rättade till sin tröja. Den var sladdrig i halsringningen.

"Ja, herre jösses", sa hon. "Visst är det synd om oss ..."
"Mmm", sa en annan och gned sig i korsryggen. "Tur att man inte är en riktig människa. Finfröken eller så. Då skulle man aldrig ha stått ut."

Det råder söndagsstiltje i Herräng, det är som om inte ens vinden eller fåglarna vill bryta tystnaden. Mikaels skratt klingar som en ensam silverflöjt när han och Angelica går under ekarna.

Stödmamman står vid grinden och väntar, bakom henne rodnar en gammal trädgård i eftermiddagssolen. Hon är en av dessa kvinnor som bär sin skönhet som en hemlighet, en av dem som man måste betrakta en stund för att se att de grå ögonen är glasklara, att det askblonda håret glänser, att kinderna är honungsfärgade och persikomjuka. Angelica har aldrig förmått se det förr, men nu ser hon.

Stödmamman sträcker armarna mot Mikael:

"Ser du?" säger hon och lyfter honom, lägger för ett andlöst ögonblick sin kind mot hans. "Ser du så mycket äpplen? Vi har fått sätta stöttor under grenarna ..."

"Wow", säger Mikael. "Får jag plocka?"

"Såklart", säger stödmamman och sätter ner honom. "Så mycket du vill ..."

Angelica stannar vid grinden och sträcker fram Mikaels väska, stödmamman sveper med blicken över henne. Ögonen är vänligare än vanligt. Utan förakt.

"Vill du ha några äpplen?"

Angelica är så van vid att tacka nej till alla gåvor att hon måste hejda sig. Från och med nu måste hon ju själv betala allt hon ska äta. Gratis äpplen vore bra. Därför knixar hon till.

"Ja tack."

Stödmamman ler.

"Bra. Vi har mer än vad vi kan göra av med. Vänta så ska jag hämta en påse ..."

Det är en hel ICA-kasse full.

Angelica vet först inte riktigt hur hon ska bära den. Den är för tung för att hålla i handen. Det är för obekvämt att hänga den på armen. Först när hon har gått en bit kommer hon på att hon kan sticka en pinne genom handtagen och hänga den över axeln. Hon ler åt sin egen skugga: den ser ut som en silhuett i en gammal sagobok. En luffare. Eller en liten pojke som ska ge sig ut på vandring.

Världen är som förvandlad. Solen skiner, himlen står hög, luften är lätt att andas. Vägen är alldeles nyasfalterad, det märkte hon inte när hon satt på bussen med Mikael. Hon tycker om det, hon har alltid tyckt om den rena svärtan och den jämna ytan på nyasfalterade vägar. De är löftesrika. Precis som träden längs vägkanten. Lönnarna har börjat rodna, björkarnas gula blad glimmar som guldmynt, asparna darrar när hon går förbi och viskar efter henne om det trygga mörker som snart ska komma.

Hösten är Angelicas tid. Snart ska den gömma henne.

Lösningen kom till henne i morse. I gryningen.

Hon hade legat halvvaken på sin madrass och för tusende gången prövat alla utvägar.

Egen lägenhet?

Omöjligt. Hon skulle inte ha råd. Inte ens om hon skaffade sig ett jobb till. Dessutom skulle hon inte få skriva på något kontrakt. För ung. Och Carina skulle garanterat vägra.

Kristoffer?

Nej. Han vek undan med blicken när de möttes numera, ville inte se på henne. Och egentligen ville ju inte hon heller.

Någon annan kille?

Då skulle hon bli definitivt stämplad som luder. Åtminstone om hon flyttade in hos honom. Och vad skulle det annars vara för mening?

Kungsmyntamannen?

Tjänsteresa. Eller något. Han hade inte synts till på femton dagar. Och hur skulle han kunna hjälpa utan att hela Hallstavik fick veta det?

Kåre och Marianne?

Jo tack. De längtade säkert efter att ställa upp.

Socialen?

Aldrig! Det skulle vara att döma sig själv till samma liv som Carina ...

Augustas hus?

Hon öppnade ögonen och blinkade. Augustas hus?
Det är vårt hus också, tänkte hon. Mitt. Och Mikaels.

Och nu går hon med lätta steg på den nyasfalterade vägen med ryggsäcken över ena axeln och en påse äpplen över den andra. Det är nästan en mil till Augustas hus från Herräng, ändå ville hon inte ta bussen. Alltid skulle någon av de andra passagerarna känna igen henne, någon som lade märke till att hon inte följde med hela vägen till Hallstavik, någon som noterade att hon tryckte på stoppknappen efter halva vägen och steg av. Och denna någon skulle säkert berätta det för någon annan och efter några dagar skulle hela Hallstavik veta att Angelica hade flyttat till Nordanäng igen. Kristoffer och hans föräldrar skulle försäkra att hon minsann inte bodde hos dem och när den upplysningen väl hade nått Marianne så skulle hon ringa till Carina. Och sedan skulle Carina och Bacillen dra sina slutsatser och ge sig iväg till Augustas hus ...

Det får bara inte hända.

Därför måste Angelica ge sig in i ett intrikat dubbelspel: folk i Hallstavik ska luras att tro att hon bor kvar hemma hos Carina, men själva ska Carina och Bacillen luras att tro att hon har flyttat tillbaka till Kristoffer. Det är en nödvändig säkerhetsåtgärd, för hem till honom och hans föräldrar vågar de sig aldrig. De törs inte ens ringa: bakom all sin kaxighet är båda två skiträdda för folk med hus och pengar. Och det är bra. Det kommer att skydda henne.

Angelica tänker alltså försvinna utan att försvinna. Omärkligt. Hon ska svepa vardagen om sig som en osynlighetsmantel, allt hos henne ska vara så trist och vanligt att det inte finns skäl att tänka på henne och långt mindre ställa några frågor. Hon ska dyka upp vid busstationen om morgnarna och ta bussen till skolan i Uppsala, precis som vanligt, och hon ska cykla runt med sin reklam inne i Hallstavik om eftermiddagarna, hon ska fylla det utrymme i utkanten av andra människors synfält som hon alltid fyllt. I övrigt ska hon vara fullkomligt osynlig. Och därmed också fullkomligt trygg.

Syrenhäcken utanför Augustas hus har växt sig hög och tät under sommaren, därför ser hon först inte bilen som står parkerad på trädgårdsgången. När hon väl får syn på den hejdar hon sig och står

173

orörlig medan insikten tränger in: huset är inte tomt. Någon är där. Någon annan.

Besvikelsen gör henne först alldeles knäsvag, hon låter ryggsäcken och äppelpåsen glida till marken, och tvingas ta stöd mot grinden för att inte själv sjunka ihop. I nästa ögonblick inser hon att hon känner igen bilen. Att det är en bil som hon själv har åkt i en gång. Alices bil.

Alltså måste Alice vara här.

Alltså måste huset vara öppet.

Alltså kan Angelica bara knacka på dörren och gå in. Som vem som helst.

Alltså behöver hon bara vara lite smart när hon väl är inne, ställa ett fönster på glänt eller så ...

Alltså slipper hon att krossa köksfönstret.

Alltså minskar risken för avslöjande och upptäckt.

Alltså kommer hon att vara nästan obegripligt trygg när Alice väl har gett sig av.

En liten guldfisk av glädje spritter till i hennes mage. Hon böjer sig ner och trycker in ryggsäcken och äppelpåsen i syrenhäcken, gömmer dem mycket noga, innan hon rätar på ryggen och rättar till sin jacka.

Ändå blir hennes knackning bara ett ängsligt litet skrapande mot dörren, hon står orörlig en stund och väntar innan det går upp för henne att hon måste knacka hårdare och mer bestämt. Hon har just höjt handen när hon hör fotsteg inne i huset, hon tar ett hastigt steg bakåt för att inte stå i vägen när dörren öppnas.

"Är det du?" säger Alice.

Hon verkar yrvaken, stryker luggen ur ögonen och blinkar mot ljuset. Men hon är fullt påklädd, hon har till och med skor på sig.

"Jag såg bilen", säger Angelica och hör samtidigt att rösten är hes och raspig. Hon harklar sig och försöker igen:

"Jag gick förbi och såg bilen ... Din bil. Tänkte bara att jag skulle hälsa."

Alice slår upp dörren på vid gavel. Ler.

"Så du är ute på långpromenad? Vad klokt av dig. Det är ju en underbar dag ..."

Ute på långpromenad? En underbar dag?

Orden är både lockande och löjliga. Hon tänker på dem medan hon sitter vid det stora bordet inne i rummet och väntar på att Alice ska duka fram kaffet. Finns verkligen den värld som Alice har skissat med sina ord? En värld där unga flickor tittar ut genom fönstret en söndag och finner att vädret är så *underbart* att de *ger sig ut på långpromenad*. En värld där man går en halvmil bara för nöjes skull, utan att vara på flykt? Jo. Kanske. Rebecka bor ju i den världen. Och Alice har väl också bott i den en gång. Hon bor kanske rentav kvar: rummet är fullt av tecken som tyder på det. Det står en liten bärbar dator på chiffonjén. En trave böcker ligger bredvid. Några guldsmycken blänker i en glasskål. En morgonrock i tjock frotté ligger slängd över gungstolens karm. Gul. Lyxig. Och själv hastar Alice mellan köket och rummet med skor på fötterna. Rebecka brukade också ha skor på sig inomhus, hon sa alltid att det var tarvligt att gå omkring i strumpläsken. Alice är alltså inte tarvlig. Till skillnad från Angelica som sitter med vita strumpfötter mot golvet.

Alice är klädd i ljusa långbyxor och en skjorta i mjukaste mocka, en kanelbrun skjorta som formligen skriker pengar. Det skulle ha varit snyggt om inte Alice varit så gammal. Men det är hon. Faktiskt ser hon ännu äldre ut nu än i våras. Gråare. Kanske beror det på att hon är alldeles omålad. Men det är något annat också, ett besviket drag som lägger sig över munnen när hon granskar dukningen. Inte för att det är mycket att granska: bara två koppar och en assiett med Mariekex.

Till en början dricker de sitt kaffe under tystnad. Angelica sitter på spänn, plötsligt rädd för att Alice ska säga något om det som hände hemma hos Marianne på begravningsdagen. Hon vet inte riktigt hur hon ska få Alice att förstå att hon inte har något att säga om den dagen, att hon knappt ens minns den, att hon varken kan förklara eller beskriva det som hände när hon släppte de svarta kläderna på Mariannes parkett och sprang sin väg. Men hon oroar sig i onödan. Alice knaprar på ett kex och tänker på annat, det verkar nästan som om hon har glömt att Angelica är där.

"Så du har gått hela vägen från Hallstavik", säger hon till slut och höjer sin kopp. "Det var spänstigt."

Angelica skyggar med blicken och svarar inte, doppar i stället ett

Mariekex i koppen och håller det i kaffet ett ögonblick för länge. Det slokar i hennes hand när hon lyfter upp det, hon måste böja sig fram och hastigt suga in det i munnen. Kontrasten mellan kexets sötma och det beska kaffet är en överraskning. Det är ju gott. Smakar nästan som barnmat. Alice tycks inte märka att Angelica slabbar, hon märker inte ens att hon inte svarar på tilltal, tar bara en klunk av sitt eget kaffe och vänder blicken inåt. Minns.

"Jag har aldrig gått ända till Hallstavik. Men jag brukade cykla. Åtminstone till en början ..."

Angelica vänder blicken mot henne.

"När då?"

"När jag var ung. När jag bodde här. Hos Augusta ..."

Angelica blir så förvånad att hon glömmer att hålla distansen:

"Bodde du här när du var ung? Varför det?"

Alice drar med handen över ansiktet, suckar:

"Äh, det är en lång historia ..."

Det blir tyst igen, båda ser ut genom fönstret. Trädgårdens färger har dämpats, solen tycks ha gått i moln. Angelica vänder blicken in mot rummet, låter den svepa över väggar och tak. Det ser ut som det alltid har gjort. Allt är brunt. Bruna möbler. Brun korkmatta. Ljusbruna tapeter. Bara gardinerna och duken är vita. Plötsligt slår det henne att Alice inte har bjudit på någon middag i år: hela sommaren har gått utan att släkten har samlats i Augustas trädgård. Tanken gör henne oförklarligt skuldmedveten, som om det var hennes fel, hon driver undan den och letar i hjärnans alla vindlingar efter ett neutralt samtalsämne.

"Var den där Augusta din mormor?" säger hon till sist.

"Nej. Min farmor. Hon var Siris mormor."

"Jag vet ..."

Alice höjer sin kopp på nytt, tiden har ristat en brun spricka i den gulnande glasyren. Hon ser på Angelica över kanten.

"Du sörjer Siri."

Det är inte en fråga, inte ens en replik som kräver ett svar. Angelica suckar ofrivilligt, ler sedan ett halvt litet leende:

"Hon sa alltid att Augusta inte var så snäll. *'Hon var inte alltid så snäll, min mormor Augusta.'* Jämt sa hon så. Men hon sa aldrig vad den där kä... tanten egentligen hade gjort."

Alice ler:

"Äh. Hon var nog bara allmänt skrämmande. Stor och tjock. Ganska sträng. Men hon var aldrig riktigt elak, åtminstone inte mot mig. Men det var kanske annorlunda för Siri, Augusta fick ju ta över ansvaret för henne när hennes mamma hade försvunnit och då var hon inte så gammal. Tre år, tror jag. Jag var ju tonåring när jag kom hit."

"Vet du vad som hände med Siris mamma?"

"Nej. Det vet ingen. Hon bara försvann."

Det blir tyst igen, Angelica lyfter sig kopp medan hon suger i sig rummets doft. Den är både främmande och välbekant, den påminner om doften i Siris hus. *Hemma*, tänker hon, men skjuter undan ordet innan det har fått fäste, som om Alice annars skulle kunna läsa det i hennes ögon.

"Har du varit hos Kristoffer?" säger Alice. "Var det därför du råkade gå förbi?"

Angelica skakar på huvudet:

"Nej. Jag var bara ute och gick ... Jag visste inte att det var någon här. Har du semester?"

"Nej. Inte egentligen. Jag är väl på rymmen, skulle man kunna säga ..."

Angelicas röst darrar till:

"På rymmen?"

Alice ler och reser sig, skjuter in stolen under bordet:

"Ta det inte så allvarligt. Det är bara ett jobb som har tjorvat ihop sig. En utställning jag ska göra. Jag tänkte att jag kunde få lite ordning på tankarna om jag satt här ute i tystnaden några dagar. Lars var bortrest förra veckan. Men nu är han på väg hem, jag ska hämta honom på Arlanda i eftermiddag ..."

Hon kastar en blick på sin klocka:

"Oh, herregud! Han kommer om två timmar."

Angelica ler ett alldeles äkta leende. Plötsligt vet hon precis hur hon ska göra.

"Jag kan diska", säger hon. "Medan du packar."

Tjugo minuter senare står de mitt emot varandra på Augustas trädgårdsgång, bakom dem blundar huset med nerdragna rullgardiner.

Stängt för vintern. Alice öppnar en liten blixtlåsficka i sin handväska och stoppar ner husnyckeln, innan hon öppnar bildörren.

"Är det säkert att du inte vill ha skjuts in till Hallstavik?"

Angelica skakar på huvudet:

"Nej", säger hon. "Jag ska gå ner till Strömsviken först. Titta på havet."

Alice sätter sig till rätta bakom ratten.

"Tack för hjälpen med disken då. Och ha det så bra!"

Hon sträcker ut armen för att dra igen bildörren, upptäcker inte förrän mitt i rörelsen att Angelica håller emot, att hon griper så hårt om dörrens överkant att hennes knogar vitnar. För ett ögonblick ser de varandra rakt i ögonen, viker sedan undan och ser åt var sitt håll.

"Oroa dig inte", säger Alice med dämpad röst. "Jag ska inte tala om för någon att du har varit här."

Angelica släpper taget och Alice stänger dörren.

Efteråt är allt mycket enkelt. När Alice har backat ut på vägen står Angelica orörlig ett ögonblick och ser bilen försvinna innan hon böjer sig ner och drar fram ryggsäcken och äppelpåsen ur syrenhäcken. Hon öppnar grinden och glider in, stänger ljudlöst efter sig.

Trädgården är perfekt. Fullkomligt perfekt. Häcken är hög och tät: ingen som inte står alldeles vid grinden kan se in. Krusbärsbuskarna är fortfarande fulla av bär, hon behöver bara se på dem för att känna deras smak och konsistens mot gommen. Söta och syrliga, så övermogna att de kommer att brista så fort man har lagt dem på tungan. Äppelträdet dignar av äpplen, svällande och tunga av mognad och saft. Angelica ler medan hon går mot baksidan av huset: hon kommer att ha äpplen i många månader framöver. Mitt i leendet märker hon att gruset knastrar under skorna, hon räddar sig hastigt över till gräsmattan och småspringer sedan bort mot vedboden.

Huggkubben är tung, men när hon väl lyckas välta omkull den är den lätt att rulla mot köksfönstret. Det är svårare att resa den igen, men det är värt besväret. Den är precis lagom hög, när hon ställer sig på den har hon fönsterkarmen vid midjan. Hon tar fram bordskniven som hon gömde i jeansens bakficka när hon diskade, hisnar för ett ögonblick när hon får för sig att hon glömde lossa hasparna, att hon tänkte så intensivt på att göra det så att hon glömde att utföra själva handlingen, men blir omedelbart lugn igen när hon märker att hon bara behöver sticka in kniven i springan och vicka lite för att fönstret långsamt ska börja skilja sig från karmen. Det går trögt, men till slut händer det: köksfönstret glider upp och öppnar sig.

Angelica lägger knäet över fönsterbrädan och kravlar in.

Efteråt får hon hjärtklappning. Hon står i köket och hör sitt eget blod rusa, hör hur det väller från hjärtat mot huvudet, hur det susar och sjunger, känner samtidigt hur nackens muskler mjuknar, hur orons koppel släpper sitt grepp om strupen och hur lätt det plötsligt är att andas.

Ändå är hon oändligt försiktig. Hon stänger köksfönstret med mycket små rörelser, tar sedan av sig sina skor och smyger ut med dem i hallen. Hon tänker inte ge ett ljud ifrån sig, hon tänker inte låta någon ens ana att hon är här. Hon tänker aldrig dra upp rullgardinerna inne i stora rummet, dem som Alice drog ner för en stund sedan, hon tänker inte tända några taklampor, oavsett hur mörkt det blir och hon tänker aldrig ens närma sig den gammaldags telefonen som står på ett litet bord bredvid gungstolen. Men i övrigt tänker hon göra huset helt och hållet till sitt.

Först kartlägger hon köket, öppnar alla skåp och undersöker vad som finns i dem. Blommiga tallrikar i gulnat porslin. Kaffekopparna som hon själv diskade för en stund sedan. Ett speceriskåp som är rena skattkammaren: det rymmer både vetemjöl och spaghetti, corn flakes och socker, kaffe och tepåsar, kex och knäckebröd, en konservburk med köttsoppa, bakpulver, salt, peppar, och – bäst av allt – en oöppnad burk russin. Hon kan inte bärga sig, hon griper genast efter burken och sliter av det röda locket, sticker ner fingrarna i det klibbigt söta och stoppar en hel näve russin i munnen.

Hon tar burken med sig när hon går vidare. Inne i rummet öppnar hon ett stort skåp, men stänger det omedelbart när hon har konstaterat att det bara innehåller dukar och handdukar, går sedan vidare och stryker med handen över möblerna, låter handflatan bekräfta några vaga barndomsminnen. Sofftyget är vasst, trots att det ser ut som sammet. Gungstolens svarta lack är skavd på armstöden. Stolarna vid matbordet har äpplen snidade på ryggen.

På väg genom hallen skymtar hon ett ansikte i utkanten av synfältet, hon drar efter andan och sätter handen för munnen, men inser mitt i rörelsen att hon har skrämt sig själv. Det står en flicka i den svartfläckiga spegeln och ser på henne, en flicka som rycker på axlarna åt sin egen rädsla i samma sekund som Angelica. De sträcker fram sina händer och låter fingertopparna mötas på var sin sida om glaset, vänder sig sedan om och går mot var sin trappa. Först på det femte trappsteget minns Angelica att hon faktiskt inte varit på övervåningen sedan hon var liten, det får henne att gripa hårdare om ledstången, innan hon tar de sista trappstegen i ett par stora kliv.

Egentligen är det konstigt att hon har varit så lite i Augustas hus, att hon ännu inte har sovit här en enda natt. I alla år har hon hört Carina hålla långa monologer om äganderätten, om detta att varenda en av Augustas ättlingar hade samma rätt till hennes hus, att det faktiskt inte bara var Marianne och den där Alice och alla de andra som skulle kunna ha huset som sommarstuga, att den rätten i minst lika hög grad tillföll Siri och henne själv, ändå kunde Angelica inte minnas att Carina självmant hade utnyttjat huset en enda gång. Inte ens under de soligaste sommardagar. Det var inte mycket bättre med Siri: hon hade tagit Angelica och Mikael på utflykt till Augustas hus några gånger, men hon höll sig alltid i trädgården och gick inte gärna in i huset. När solen gick ner tryckte hon korken i termosen, packade ner de överblivna bullarna och åkte tillbaka till Hallstavik. Det var skönast att sova i sin egen säng, sa hon i förtrolig ton till Angelica. Och så var det så äckligt med utedass.

Den övre hallen är liten och fönsterlös, bara en liten solfjäder av ljus har letat sig genom en halvöppen dörr och lagt sig till ro på trasmattan. Angelica ställer sig mitt i ljuset och ser in i sovrummet. Det gör skäl för sitt namn, det är ett rum som ser ut att ha gått till vila. Angelica tycker om det milda ljuset där inne, detta att solen silas genom en sandfärgad rullgardin som ger det vita sängöverkastet en ton av pastell, ändå vågar hon inte stiga över tröskeln. Rummet är så välstädat och ordnat, så prydligt och symmetriskt, så skört i sin rena enkelhet att hon har en känsla av att hon skulle förstöra något om hon tog steget in. Alltså blir hon stående på tröskeln och ser sig om, registrerar och lägger på minnet. En säng. Ett litet skåp bredvid. En stol. Ett brunt klädskåp och en byrå med vit duk. Några mörka föremål på duken. Hon får ställa sig på tå och sträcka på nacken för att se vad det är: en handspegel och en kam med silverkanter. Utan att tänka lägger hon handen i nacken, drar hästsvansen över axeln, tänker att den håller på att bli så lång att hon snart måste börja fläta den. Tanken skyggar till och hon börjar automatiskt räkna för att komma undan fortsättningen. Det är fyra år och fem månader sedan hon flyttade till Siri, det gör femtiotre månader. Om håret växer en centimeter i månaden, som det stod i Vecko-Revyn, så måste hennes hår numera vara mer än en halvmeter långt. När hon fyller arton kommer hon kanske att kunna sitta på det, precis som när hon var liten ...

Hon slänger tillbaka hästsvansen över axeln och skakar på huvudet, vänder sig om och ser att det finns ytterligare en dörr i hallen. En smal dörr utan handtag, men med gammaldags knopp och nyckel i låset.

Angelica vrider om nyckeln och öppnar.

Efteråt tycker hon att det är som en saga; att det är som om någon – en hemlig gudmor eller en vänlig fe – har förstått att Angelica tänkte flytta in i Augustas hus och därför ställt i ordning ett rum åt henne. Fast egentligen är det väl inte ett riktigt rum, snarare en klädkammare eller en stor garderob. Ändå är det omedelbart hennes rum, hon äger det redan innan hon ens har tagit steget över tröskeln. Den gammaldags tältsängen med sin smala madrass är hennes. Den lilla fönstergluggen med sin vita spetsgardin. Den lilla pallen bredvid. Liksom fotogenlampan som står ovanpå. Allt tillhör Angelica: någon har till och med broderat hennes initialer på lakanet. AJ. Angelica Johansson.

Och på det vita örngottet har denna någon dessutom sytt en snirklig välkomsthälsning med rosa kedjestygn. Sov gott, står det. *Sov gott!*

När hon vaknar är det eftermiddag. Hon slår upp ögonen och vet i samma stund exakt var hon befinner sig, vet också att bara några få timmar har gått sedan hon gick in i klädkammaren. Hon hade tvekat ett ögonblick, hejdat sig och skyggat för att skrynkla de hårdmanglade lakanen genom att lägga sig på dem, men sedan skjutit tanken åt sidan och sjunkit ner i sängen. Hon kan inte ha hunnit mer än lägga huvudet mot kudden förrän hon föll i sömn.

Men nu är hon vaken. Alldeles glasklart vaken och utvilad. Lite hungrig dessutom. Ändå ligger hon kvar och ser sig om, tar rummet i besittning med sin blick. Snedtak. Eftermiddagsljus. Ohyvlade gamla brädväggar som slipats mjuka av tiden. Några krokar på väggen och på en av krokarna en klänning på en galge, skotskrutig med vit krage och vid kjol. Gammaldags.

Hon snurrar runt och lägger sig på mage, låter handen stryka över den mjuka trasmattan på golvet. Det luktar gott här inne. Rent och gott. För en sekund är hon frestad att falla i sömn igen, sedan blinkar hon till och reser sig upp på armbågarna. Hon måste hitta ett ställe där hon kan ha sina grejer, ett litet skåp kanske eller en låda.

Det står en spånkorg halvt inskjuten under den där pallen som ska föreställa ett nattduksbord, hon sträcker ut handen och drar den åt sig. Den är tyngre än hon väntat sig, hon får sätta sig upp och ta i med båda händerna för att lyckas. Någon har lagt en gammal handduk över innehållet till skydd mot damm, en handduk som precis som lakanet bär Angelicas initialer. Någonstans längst bak i huvudet vet hon att det också är den där Augustas initialer, men det är en tanke som hon motar bort medan hon viker ihop handduken. AJ betyder Angelica Johansson. Åtminstone nuförtiden.

Överst i korgen ligger ett gammalt pennfodral i rött läder. Blixtlåset är trögt, hon får vicka och vrida och dra för att det till slut ska öppna sig. Ändå rymmer det inga hemligheter, bara några trubbiga blyertspennor och en gammaldags reservoarpenna. En blå bläckplump har fått en liten bit av fodret att stelna, i övrigt är den skotskrutiga bomullsflanellen mjuk som silke. Angelica drar omsorgsfullt igen blixtlåset och rotar vidare i korgen, plockar upp den ena boken efter den andra. *Engelsk grammatik. Rättskrivningslära för realskolan. Nordisk skolatlas*, läroverksupplagan. Det måste vara Alices gamla skolböcker, alla bär hennes sirliga namnteckning på pärmens insida. Angelica staplar dem i en trave på golvet och gräver vidare. Längst ner i korgen griper fingrarna om en bok med tjock rygg och lite skrovliga pärmar. Hon drar upp den och stryker med handen över den vinröda ytan, ser att det är en gammal biblioteksbok. Alldeles avsiktslöst slår hon upp det gulnade försättsbladet och läser titeln: *Geniet* av Ivar Lo-Johansson. Hon känner igen det där namnet, Siri hade flera av den gubbens böcker i sin hylla. Blicken glider längre ner på sidan och fastnar på ett av de inledande citaten:

> *"Vi måste släppa till flickorna."*
> Karl Singel

Vreden överraskar henne, den skjuter som en röd pelare genom kroppen och får hennes ögon att tåras. Utan att tänka höjer hon boken och kastar den i väggen framför sig, smällen är så hård att hela huset tycks skaka till. Bokens bindning fläks upp och brister, några blad lossnar och singlar mot golvet, resten spricker i två delar och hålls bara samman av pärmarna. För en sekund bubblar triumfen upp i henne: *Där fick du! Gubbdjävel!*

Efteråt blir hon rädd. Vad har hon gjort? Boken är gammal, kanske var den värdefull. Hon lägger sig på knä och börjar samla ihop de lösa sidorna. Det är svårt att få dem på plats igen, några av dem vill hela tiden sticka ut och avslöja att boken är sladdrig och sönderslagen. Oron fladdrar i henne när hon böjer sig över korgen med händerna i ett fast grepp om den trasiga boken, hon måste gömma den så att ingen ska upptäcka den och anklaga henne ...

Hon trodde att korgen var tom, men nu märker hon att det inte är så. Det ligger fyra gamla skrivböcker på botten, blå med vita etiketter. Alice har skrivit sitt namn på dem med blått bläck, förmodligen samma blå bläck som har fläckat ner pennfodralet. Men det är inte det som får Angelica att släppa taget om den sönderslagna boken, det är den prydligt textade titeln där under: *Berättelser från Augustas hus.*

Mycket långsamt lyfter hon upp de fyra skrivböckerna och lägger dem i sitt knä, stryker med handen över dem. Utanför huset har det blivit skymning. Fåglarna har gått till vila; ingen kråka kraxar längre i Augustas äppelträd, ingen duva kuttrar i skogen utanför, ingen gök höjer sin röst långt borta i öster. Världen är alldeles tyst. Ändå höjer Angelica sitt huvud och lyssnar. Hon hör något.

Huset viskar. Ja. Hon kan faktiskt höra att Augustas hus har börjat viska.

MITT I NATTEN, NÄR APRILMÅNEN just har börjat skissa spetsgardinens rosenmönster på brädväggen längst in i snedgarderoben, lyfter Alice för första gången på två veckor huvudet från kudden. Rörelsen är dröjande, det är som om hon tvekar innan hon griper om tältsängens kant och tar stöd för att sätta sig upp. Hon är rädd att det ska göra ont, att nya smärtor ska riva genom kroppen.

Men det gör inte ont. Inte alls. Hon blir bara lite darrig av den ovana ansträngningen, men det är inte värre än att hon förmår vrida på kroppen och sänka fötterna mot trasmattan. Nu är hon uppe. Nästan.

På andra sidan hallen mullrar Augustas snarkningar. Alice sitter orörlig en stund och lyssnar innan hon böjer sig fram och drar åt sig spånkorgen. Hon får rota runt en stund innan hon finner vad hon söker, fingertopparna snuddar först vid kartbokens röda bindning och sedan vid en biblioteksboks vaxdukspärm – handen släpper omedelbart taget – innan hon finner sitt pennfodral och det blå skrivhäftet.

Hon har inte kraft nog att tända fotogenlampan, men det gör inte så mycket. Månen lyser. Hon blir sittande en stund och stirrar slött framför sig innan hon slår upp skrivhäftet och skriver en enda rad:

"Augusta säger att jag måste gå upp. Men hon säger inte varför."

Nästa morgon vaknar hon av att Augusta flåsande tar sig uppför trappan. När hon stannar för att hämta andan kan Alice höra hur regnet viskar mot taket. I nästa ögonblick börjar Augusta gå igen. Hennes flämtande andhämtning dränker alla andra ljud. Alice vänder ryggen mot dörren och sluter ögonen.

Dagen därpå drar distriktsköterskan av henne täcket och tvingar henne att sätta sig på en pinnstol i hallen. Det är en fyrkantig liten kvinna med metallgrå lockar, det ser ut som om hon går omkring med en bucklig hjälm på huvudet. Hon skakar på lockarna medan hon river lakanen ur sängen. Herregud! Det här skulle ha gjorts för minst en vecka sedan! Eller tio dagar.

När sängen är bäddad tar hon Alice under armen, leder henne nerför trappan och ut genom trädgården mot utedasset. Hon talar hela tiden. Om Augustas dåliga knän. Om att Alice inte kan ligga kvar i sängen i all evighet. Om att ingenting går att ändra. Om att allt ändå är som det är.

Alice svarar inte, men när de är på väg tillbaka mot huset stannar hon till och ser sig om. Trädgården är mycket vacker: snön har just smält och fjolårsgräset är så blekt att det lyser.

När det blir natt märker hon att det inte längre finns någon potta under sängen. Hon rycker på axlarna. Det gör detsamma. Det var ändå rätt äckligt att ha den i snedgarderoben. Augusta tömde den bara en gång om dagen.

Hon glömmer att ta på sig skorna och går barfota genom trädgården till dasset. Vårens sista frost täcker gräset och får fötterna att domna. Det är skönt på något oklart vis.

"Vem är du som läser?" skriver Alice i sitt häfte. "Är vi bara två främlingar vars tankar snuddar vid varandra? Eller känner vi varandra, du och jag? Är du flickan bakom spegeln, den andra, den enda, hon som vet och förstår?

Augusta låtsas inte att hon vet och förstår. Hon står i min dörröppning ibland och ser på mig, men hon kommer inte in. Dörren är för smal och hon är för tjock, hon skulle vara tvungen att ställa sig på sidan och pressa sig genom öppningen och det vill hon inte. Det är henne icke värdigt.

Ändå är det just vad hon måste ha gjort när jag kom tillbaka från Uppsala, hon måste ha pressat in sig själv och knuffat eller släpat mig. Och efteråt måste hon ha trängt sig in flera gånger om dagen. Hur skulle jag annars ha hamnat i den här sängen? Hur skulle hon annars ha fått mig att äta och dricka? Men hur det gick till, det vet jag inte. Det har jag glömt. Bland mycket annat.

Numera ställer hon brickan på golvet innanför tröskeln och skjuter den med foten i riktning mot min säng. Ibland sträcker jag mig fram och drar den åt mig, ibland vänder jag bara ryggen till och blundar. Inte ens två sekunder på förhand vet jag vilket jag kommer att välja. Kroppen fattar alla beslut, själv är jag inte inblandad.

Men min kropp är vänlig mot mig i dag, vänligare än på mycket länge. Nyss fattade den högra handen om den vänstra och gav den en tröstande tryckning, nyss slöt sig ögonen och lät mig betrakta de röda och gula landskapen på ögonlockens insida, nyss dunkade mitt hjärta så mäktigt att inga andra ljud förmådde tränga in. Då vilade jag."

När det blir kväll sätter sig Augusta på en pinnstol utanför snedgarderoben, löser sitt hår och kammar det. Alice ser henne inte, hör bara hennes röst, och minns plötsligt att detta har hänt förut: när hon var som sjukast fick hon för sig att det var huset självt som viskade. Nu förstår hon att det inte är så, om inte annat så för att hon ibland skymtar Augustas vita hand.

Den är i ständig rörelse, den stiger och sjunker, öppnar sig och sluts, den fladdrar som en fjäril genom hallens mörker.

NÄR ALICE VAR LITEN HADE HENNES PAPPA ett mörkrum i källaren. Hon tyckte om att vara där, att stå på en pall bredvid honom och lyssna till hans andning medan han sysslade med sin framkallning. Det var ett äventyr att se skuggestalterna ta form, att möta en levande blick där det nyss bara fanns ett vitt papper, att se ett leende födas i botten på framkallningstråget.

På samma sätt kom Isak till hennes snedgarderob den kväll då Augusta berättade om deras första möte. Som en skuggestalt. En levande blick. Ett leende där det nyss bara fanns ett tomrum.

När Augusta beskrev honom höjdes hennes hand i en predikogest, ändå var hennes röst mycket dämpad. Det tog ett ögonblick innan Alice uppfattade vad hon sagt: att Isak var klädd i järnets och silvrets färger den där morgonen. Mörkt grå kavaj i skrynkligt ylle. Ljusgrå skjorta i mjuktvättad bomull. Svarta byxor som var så tunnslitna över knäna att den vita huden skymtade därunder.

Hennes röst blev hög och klagande när hon beskrev sig själv: hon såg bedrövlig ut! Inte för att Alice trodde henne. Hon hade sett fotografier av Augusta som ung och om hennes hud verkligen var så slät och sammetsmjuk som den såg ut att vara, och om hennes hår verkligen var så svallande tjockt, så måste hon ha varit vacker trots att kjolen var lerig, blusen fläckad av bröstmjölk och att kappan var för trång för att knäppa.

Först fick hon för sig att det var en sagogestalt som kom gående i morgonsolen, Näcken kanske, eller en vitterpojke som hade räddat sig in i människornas värld, men sekunden efteråt erinrade hon sig att alla sagor var döda och att det nu var morgon i förnuftets tid. Ändå förlät hon sig själv. Det var inte konstigt om hon var lite virrig: hon hade varken ätit eller druckit på nitton timmar, hon hade gått genom kyla och duggregn hela natten, hon var nyförlöst och sårig. Vänsterarmen hade stelnat som i kramp, hon kunde inte längre känna sina egna fingrar där de formade sig till stöd under Olgas gump. Kanske var det lika bra, hon anade att både lindor och filt var iskalla och genomblöta, att det var därför Olga skrek så uppgivet vid hennes bröst.

Mannen var fortfarande en bit bort, men han hörde det också.

"Barnet gråter", ropade han.

Augusta snörpte på överläppen. Jahapp. Det var alltså byidioten som var ute på morgonpromenad.

"Gråt inte, barnet!" ropade han och vevade med armarna. "Vaggan är nära!"

Heltossig, tänkte Augusta. Och ju tokigare dom är desto starkare är dom ... Men om han försöker göra något så dänger jag till honom med väskan!

Hon var nästan inne i samhället nu, hade redan passerat de fallfärdiga stugorna i Herrängs utkant och närmade sig några arbetarbostäder som var så nybyggda att de ännu inte fått färg på panelen. De låg utströdda som på måfå över en yta som måste ha varit en skog för inte så länge sedan; träden var borta men starrgräset och lingonriset var kvar. En kvinna med en hink i handen var på väg ur ett av husen, ur ett annat rusade en pojke medan han drog blåblusen över sitt snaggade huvud. Det fanns folk i närheten. Om byidioten försökte göra Augusta illa skulle de komma till undsättning ...

"Stå stilla", ropade han. "Rör dig inte ur fläcken!"

Nu var han bara två meter ifrån henne, han stod bredbent och svajande mitt på vägen och sträckte ut armarna som en korsfäst. Augusta knyckte på nacken och lyfte foten för att fortsätta att gå. Hon fick inte visa sig rädd, det visste hon sedan gammalt. Man får aldrig visa sig rädd inför karlar, hundar och galningar. Då hugger de.

"Hör du inte vad jag säger!" röt mannen. "Stå still!"

Inte för en sekund hade hon för avsikt att lyda, ändå blev hon stående med lyftad fot och stirrade på honom. Också Olga stillnade där hon låg på Augustas arm: gråten tystnade och hon slog upp sina blå ögon, formade sin rosenmun till en liten cirkel. Det såg ut som om hon lyssnade. Men just nu fanns det ingenting i Herräng att lyssna till, ingenting mer än några morgondävna hammarslag från järnbruket och ljudet av kedjors rassel när arbetarna sänktes ner i gruvhålen. Men det hördes inga röster: inga barn ropade till varandra på väg till skolan, inga kvinnor grälade på de eftersläntrare som fortfarande satt med skeden i frukostvällingen, inga män skrattade i lågmält samförstånd medan de gick mot hyttan. Kanske lystrade hela Herräng och väntade på vad han skulle säga, den där gråklädde mannen som stod med utsträckta armar framför den förstenade Augusta.

Först sa han ingenting alls, sänkte bara armarna och började gå i en vid cirkel runt henne, betraktade henne med öppen mun. Framifrån. Från sidan. Bakifrån. Snett bakifrån. När han kom tillbaka till utgångspunkten hade en liten rännil av saliv börjat rinna ur hans högra mungipa. Han strök bort den med handryggen, fortfarande med blicken fäst vid Augusta, och mumlade:

"Det var som fan! Det var sannerligen som fan!"

Sedan gungade han till och stöp framlänges. Hans näsa plöjde en liten fåra i gruset.

Tre dagar senare stod han framför henne igen och tummade skuldmedvetet på kepsen. Augusta släppte taget om skurborsten, reste sig upp och torkade händerna på förklädet. Visst var det väl den där karlen? Jo. Han hade samma kläder som sist, samma skrynkliga kavaj och trådslitna byxor, och på hans näsrygg vittnade några smala sårskorpor om det som hade hänt häromdagen. Fast han såg större ut nu än då, större och mer färgstark. Eftermiddagssolen fick de blonda stråna på hans röda handrygg att lysa. De hade en annan färg än håret på hans huvud, de var vitare, inte så gyllene ...

Augusta rynkade pannan åt sig själv: hon hade minsann varken tid eller råd med något fjams! Den här karlen såg ut som folk gör mest, varken mer eller mindre. Alltså satte hon händerna i sidan och tog till sin kärvaste röst:

"Ja? Vad gäller det?"

Vid det här laget visste hon vem han var. Inte byidioten, men ändå en man som fick folk att le och skaka på huvudet. Kvinnan som hade kommit rusande från de nybyggda arbetarbostäderna när Isak föll och Augusta ropade till, hade hunnit berätta en hel del under de få minuter det tog dem att släpa bort honom från landsvägen och lägga honom till ro under en rönn. Där kunde han ligga tills kopparslagarna väckte honom! Det där var nämligen den supigaste nykteristen i Herräng, en godtemplare som inte kunde hålla sig från flaskan, en stolle som hade uteslutits ur logen Godt Hem tretton gånger och tolv gånger svurits in på nytt. Men den här gången skulle han få vänta ett tag, sa ryktet. Styrelsen ville hålla honom på halster tills han insåg allvaret i sina avvikelser.

Och nog såg han ut som en som hölls på halster där han stod vid köksdörren med kepsen i näven. De breda axlarna sluttade, blicken flackade och ögonbrynen hade dragits samman i en vädjande vinkel. Ändå var han alldeles uppenbart nykter, det märktes om inte annat på undertonen av undfallenhet i hans bas när han harklade sig och sa:

"Stigaren sa att jag skulle gå hit ..."

Augusta släppte ut en darrande suck. Javisst ja. Hon hade nästan glömt att hon hade låtit munnen gå medan hon serverade stigarens frukost, att hon hade sagt att hon tänkte städa förmaket under dagen, och att det skulle vara bra om hon kunde få hjälp med att bära ut soffan i trädgården så att hon kunde komma åt att piska den. Stigaren hade inte svarat, bara grymtat något ohörbart och gått sin väg. Augusta hade trott att han inte hade hört vad hon sagt och uppgivet ryckt på axlarna efter honom.

Men nu visade det sig alltså att han trots allt hade hört och att han dessutom hade talat. Det var ju storartat. Till henne hade han knappt sagt ett enda ord, även om hon räknade med att han skulle ha ett och annat att säga när han kom hem i kväll och såg vad hon hade ställt till med.

Han hade suttit och snörat sina kängor när hon steg in i köket den där morgonen för tre dagar sedan. Det var en uppgift som av allt att döma krävde hans odelade uppmärksamhet. Han hade knappt tittat upp när Augusta öppnade dörren och tvekande tog det första steget in, långt mindre talat till henne. Han svarade bara med några brummande läten när hon neg och sa sitt namn, nickade sedan i riktning mot spisen innan han hasade mot dörren och försvann mot Eknäsgruvan.

Resten av livet skulle hennes röst stocka sig varje gång hon mindes den där stunden, men eftersom hon var lika rädd för tårar som stigaren Arthur Svensson var rädd för ord, så mindes hon bara sin vrede. *Drummel! Träskalle! Ärkenöt!* Vad är det som får en del karlar att bete sig som om någon hade sytt igen truten på dem? Som om svenska språket inte var uppfunnet? Som om det vore så oerhört fruntimmersaktigt och simpelt att säga goddag och adjö och rentav kläcka ur sig vad man menar?

Hon skulle ha gått direkt om hon inte hade varit så trött och frusen och hungrig. Hon skulle ha knyckt på nacken och vänt på klacken, kanske skulle hon rentav ha sparkat igen både köksdörren och trädgårdsgrinden bakom sig.

Men nu var hon trött. Mycket trött och mycket hungrig. Och Olga – lindebarnet – var så frusen och blöt att hon inte skulle ha överlevt en timme till i den kyliga oktoberluften. Alltså sjönk Augusta ner på en pinnstol i stigarens kök så fort hon blev ensam, slöt ögonen och betraktade de bilder av nattens döda sagogestalter som flimrade på ögonlockens insida innan hon väcktes till ansvar av ett litet kvidande i sitt knä. Olga var på väg att sjunka in i tystnaden, hon orkade inte skrika mer.

Det var rena turen att det fanns lite vatten kvar i varmvattenberedaren bredvid spisen. Det var inte mycket och det var inte särskilt varmt – elden som hade värmt stigarens morgonkaffe hade brunnit ut för länge sedan – men det var tillräckligt för att Augusta skulle kunna lossa de blöta lindorna från den lilla kroppen och tvätta den.

Alice slog händerna för öronen när Augusta berättade om blöjbytet. Allt det andra kunde hon föreställa sig, varenda detalj i stigarens smutsiga kök, men det där ville hon inte tänka på. Inte den bukiga spädbarnsmagen, inte bindan över navelstumpen, inte Olgas fäktande händer, små och genomskinliga som snäckskal …

Men det andra kunde hon se, det som också Augusta såg när hon hade svept en urtvättad gammal flanellskjorta om Olga och slagit sig ner vid köksbordet för att amma. Där fanns små men otvetydiga tecken på välstånd, mitt i förfallet. Svartnade kopparkärl på järnspisen. Granna porslinskrukor åt pelargoner som hade dött för flera vintrar sedan. Minnet av vitskurade golv under de svarta spåren efter stigarens kängor.

Den sörjande stigaren ... Var det inte vad Kristin hade kallat honom? Hade inte den där fiskarfrun berättat att Arthur Svenssons hustru hade dött för flera år sedan och att han hade sörjt henne med en sådan våldsamhet att man hade fruktat för hans förstånd? Var det inte rentav så att han först hade vägrat att begrava henne, ja, att han inte ens ville låta henne lämna huset för att stå lik i vedbon som brukligt var, att man fick kalla på hjälp för att hålla fast honom medan kroppen bars ut? Augusta hade trott att det där var detaljer som Kristin själv hade lagt till, några av de extra garnityr med vilka hon brukade pynta alla sina historier. Men när hon satt i stigarens kök den första morgonen insåg hon att just så måste det verkligen ha varit. Stigarens smutsiga kök speglade en stor sorg, en mans omöjliga längtan efter en kvinna som aldrig skulle komma tillbaka.

När Olga hade somnat gick Augusta på upptäcktsfärd genom huset. Det var som att träda in i ett orört landskap; stigaren måste ha hållit till i köket ända sedan hustrun dog, ingen hade satt sin fot i rummen på många år. Golven var så grå av damm att det blev spår och stigar där Augustas kjol svepte fram. Möblerna var lika grå: dammet låg tjockt på chiffonjé och matsalsbord, på gungstol och förmakssoffa. Utanför huset sken solen, men ljuset förmådde knappt tränga in; här hade ingen putsat fönstren på många år och ingen hade heller tagit ner gardinerna för att tvätta dem. Ändå var det ett vackert hus, inte tungt och överdådigt som Vilhelms herrskapsvåning i stan, utan präglat av måtta och vänlighet: mitt i förfallet kunde Augusta ana ett leende. En gång hade någon njutit av att göra fint i de här rummen ... Och nu skulle det snart bli fint igen.

Redan den första dagen hann hon damma alla möbler på övervåningen och skura alla golv där uppe, dagen därpå putsade hon fyra fönster. Efteråt bar hon ut mattor och sängkläder i trädgården och piskade dem, stod i ett moln av damm och hörde rappen eka över hela Herräng. Andra kvinnor började göra sig ärende förbi stigarens trädgård, några iakttog henne avvaktande, andra nickade och log. Augusta anade vad som viskades bakom hennes rygg: visst verkade den där människan både arbetsam och duglig, men det gick ju inte att bortse ifrån att hon hade kommit till Herräng med en unge på armen ... Augusta fnös och tog i lite extra med käppen. Pöh!

Som om Olga skulle vara den första oäktingen på jorden! Eller i Herräng.

Den tredje dagen började med en chock. Tidigt om morgonen hade hon gjort i ordning en balja med hett såpvatten och ställt den i gräset bredvid pumpen, nu tog hon ner förmakets spetsgardiner och bar ut dem. De var grå av smuts, men mönstret var sirligt och vackert med stora rosor på slingrande stjälkar. Efter tvätten skulle hon hänga dem till tork på en tvättlina bakom huset och redan nu gladde hon sig åt hur vackert det skulle bli när den vita spetsen dansade i vinden.

Och så försvann den i stället. Smälte. Förvandlades till ingenting.

Först förstod hon inte vad som hade hänt, hon stack handen i baljan och famlade runt men fick inte tag i något annat än ett par lösa bomullstrådar, de hängde som vita maskar över hennes fingrar när hon drog upp händerna ur vattnet. Hon stirrade på dem ett ögonblick innan hon doppade händerna på nytt och vispade runt. Trassel och trådar. Hon kunde känna ganska många lösa trådar. Men inga gardiner. Det fanns helt enkelt inte längre några spetsgardiner kvar i baljan. De hade smält. Upplösts. Förvandlats till ingenting.

Förskräckelsen tog andan ur henne och hon ryggade tillbaka med båda händerna över munnen. Gode Gud! Hon hade förstört stigarens förmaksgardiner! Nu hade han skäl att släppa loss sitt raseri, den stumma vrede som hon hela tiden anat under hans blängande tystnad. Han skulle köra henne på porten och vart skulle hon då ta vägen? Och Olga? Hur skulle hon kunna hitta en ny plats där hon kunde ha med sig Olga?

Resten av dagen fladdrade hennes tankar från den ena omöjliga utvägen till den andra. Kanske kunde hon få stanna om hon köpte nya spetsgardiner? Men nej, det gick inte. Då skulle folk i Herräng få klart för sig att hon hade pengar och det fick de inte veta. Vem vet vad folk kan ta sig till med en ensam kvinna och hennes unge om de tror att de kan tjäna på affären? Kanske kunde hon åka tillbaka till Stockholm och slå sig på lump och begagnade kläder precis som Kristin? Men nej, det var omöjligt. Hon hade inga krämartalanger, blotta tanken på att tala för en vara fick henne att blygas. Kanske kunde hon åka till Hallstavik i stället och försöka få ett arbete vid bruksbygget? Som kokerska kanske. Fast vem skulle vilja anställa henne som kokerska, hon som inte ens var tjugo år fyllda och bara hade varit piga i herrskapshus? Vem som helst skulle kunna räkna ut att hon inte visste någonting om konsten att koka palt åt hundratals karlar. Och var skulle hon göra av Olga medan hon kokade palt? Och var skulle de bo? Fanns det överhuvudtaget någon plats i världen där en ensam kvinna skulle kunna bo med sin unge? Skulle hon trots allt bli tvungen att lämna Olga på barnhuset?

Hon började skura köksgolvet i ren förtvivlan, trots att hon egentligen hade tänkt att först städa färdigt i förmaket. Men det gick inte, blotta tanken på att stirra på de nakna fönstren där inne fick henne att kväljas. Hon gnuggade kökets ingrodda golvplank i stum hopplöshet; en tårögd hopplöshet som stängde hela världen ute och gjorde henne oförmögen att se och höra. Därför märkte hon först inte att den supigaste nykteristen i Herräng stod vid köksdörren, han fick harkla sig flera gånger innan Augusta släppte taget om skurborsten, reste sig och såg på honom. Hennes blick fick honom att böja nacken och tumma på sin keps medan han upprepade:

"Jo. Stigaren sa att jag skulle gå hit ... Det var visst en soffa som skulle bäras ut."

Här tystnade hon och föll i tankar, lät Alice själv skapa sina bilder. Och kanske var det lika gott: Alice skulle nog bara ha blivit generad om Augusta försökt beskriva det som hände mellan dem. För vissa stunder finns det inga ord. Åtminstone inte för gamla kvinnor.

Men det var i just den stunden som Isak tog gestalt i Alices snedgarderob. Plötsligt kunde hon se honom längst bort i hörnet, vag och konturlös som på ett fotografi under framkallning och ändå alldeles tydlig. En stor man med stora händer och ett vitt leende. Och framför honom stod en ung Augusta med rynkad panna och händerna gömda under skurförklädet. Plötsligt började de röra sig på Alices vägg, men inte som riktiga människor, utan hastigt och knyckigt som i en gammal stumfilm. Isak skakade avvärjande på huvudet åt Augustas utsträckta händer och lyfte ensam den tunga förmakssoffan, höll den med krökta armar över hjässan, hon struttade efter honom ut i trädgården med piskkäppen i handen. En stund senare struttade de tillbaka in i förmaket. Isak satte soffan på plats, vände sig om och såg på Augusta som än en gång gömde sina händer under skurförklädet. Hon rörde på läpparna, men ingenting hördes. Alice fick själv föreställa sig att hon frågade om han ville ha en kopp kaffe som tack för hjälpen. Men hon såg hans svar: Isak nickade och lät sitt vita leende lysa över Augusta.

Och han hade skäl att le. Det kunde hon se. För nu såg Augusta för första gången på honom utan förakt.

Aldrig skulle Augusta lära sig att se sitt eget förakt, aldrig skulle hon förstå vilken börda det var. Föraktet var ju hennes rustning och enda värn, en ringbrynja som hon smitt sig under åratals vandring från fosterhem till fosterhem. Under de första åren med Isak måste hon ha sluppit bära den, men när Isak först förstenades och sedan dog växte den fast på hennes kropp. Efteråt kunde hon aldrig ta den av sig, inte ens när hon såg på sig själv: hon vände bort blicken när hon passerade en spegel. Därför krökte hon också överläppen när hon senare i livet tittade på Ingas pumps och pärlor, därför höjde hon ögonbrynen och hånlog åt Mariannes fumliga försök att vara till lags, därför fnös hon och tittade bort när Siri viskade och fnissade. *Överklasshoppa! Klumpeduns! Mjäkiga smilfink!* Männen slapp inte undan, inte ens hennes egna söner: Erland var en pjätt, Harald mjuk i ryggen och karlar i allmänhet var farliga, opålitliga och ansvarslösa. De tänkte bara på en sak och när de inte tänkte på det, så tänkte de på sig själva. Alla karlar i hela världen. Alla som någonsin funnits.

Alla utom en enda.
Den ende.
Isak.

Ändå var Augusta noga med att berätta för Alice om hur hårt hon smällde i skåpen när hon dukade fram kaffe åt Isak den där första dagen, hur högljutt hon slamrade med porslinet och hur ilsket hon morrade åt honom att hålla sig undan den nyskurade delen av köksgolvet. Och kanske var det verkligen så, även om det också måste ha varit helt annorlunda. Samtidigt. För hur skulle det som sedan hände ha kunna hända om inte Augustas kinder hade rodnat, om hon inte hade burit ett litet skratt i ögonvrån, om hon inte alldeles omedvetet hade fuktat sina läppar med tungan? Men när hon hade fyllt Isaks kopp och puffat fatet med skorpor i hans riktning måste någonting ha hänt med henne, något som fick henne att tystna och själv sjunka ner vid köksbordet. Kanske orkade hon inte stå rak utan sin brynja. Kanske kom hela det gångna årets oro över henne. Kanske hade hon längtat så hett efter en annan människa att all styrka rann av henne när en annan människa plötsligt satt intill henne.

Och plötsligt kunde hon inte hejda sig längre, plötsligt började tårarna rinna och hon hörde sig själv berätta om spetsgardinerna. De hade smält i hennes balja! Upplösts! Förvandlats till ingenting! Och nu var allt förlorat. Allt! Bara Gud visste vad som skulle hända med henne och hennes barn ...

Var för sig måste Augusta och Isak ha varit ett par ganska ömkliga figurer, båda lika övergivna och vilsekomna, hon med alla sina sorger gömda och han med all sin villrådighet blottad. Ändå måste det ha hänt något i den stunden, något som fick dem båda att förvandlas. Kanske skedde en legering: kanske flöt de in i varandra och lånade varandras egenskaper, ökade sin styrka och sin svikt, skaffade sig en högre gemensam smältpunkt än de någonsin haft var för sig.

Jo. Så måste det ha varit. Och kanske började den sammansmältningen i det ögonblick då Isak lugnt doppade en skorpa i sitt kaffe och sa:

"Jaha. Då var det väl lorten som höll ihop dom ... Gardinerna alltså."

Sedan höjde han sin hand och strök den helt hastigt över Augustas kind, drev henne att sluta ögonen. När hon öppnade dem på nytt hade världen läkt. Ingenting var längre fult och farligt. Inte ens hon själv.

"Ja", sa hon och suckade djupt. "Du har rätt. Det var inte mitt fel. Det var bara lorten som höll ihop dom."

Det var också vad hon sa till stigaren när han kom hem från gruvan: det var bara lorten som hade hållit ihop hans förmaksgardiner! Det var inte hennes fel!

Hon stod rakryggad och stridsberedd mitt på köksgolvet med

sina knutna händer gömda under förklädet. Han fick ju inte märka att hon egentligen var alldeles darrig och andlös. För det var ju inte hennes fel! Gardinerna hade varit för gamla! För tunnslitna! För lortiga!

Stigaren hejdade sig innanför köksdörren och svajade till inför detta oväntade vattenfall av ord. En liten vokal försökte ta sig ur hans strupe, men den fick inte plats: köket var redan överfullt av Augustas ljud och bokstäver.

"Det var inte mitt fel", sa Augusta igen. "Gardinerna var så smutsiga att jag aldrig har sett på maken. Fy, säger jag. Fy! Och nu får han minsann se till att vi får tyg till nya gardiner, jag ska skriva upp måtten så kan han själv lämna in beställningen i handelsboden om han inte betror mig."

Stigaren damp ner i kökssoffan och snappade efter luft. Augusta stod kvar mitt på golvet men höjde hakan och satte händerna i sidan. Orden fortsatte att välla ur henne, det var som om hon fruktade tystnaden mer än stigarens vrede.

"Men om det är så att han inte vill ha någon piga i huset, om han vill fortsätta att leva i snusk och oreda så varsågod, då är det bara att klämma fram med det, så – vips! – är jag utanför dörren. Jag klarar mig nog! Men annars får han faktiskt se till att jag får gå till handelsboden och fylla på förråden. För nu är det tomt i skafferiet ska jag tala om, allt vi har är tre fattiga ägg i kruset. Men mer mjölk än det han har i glaset har vi inte och inget mjöl och ingen jäst och inget smör, inte ens en gnutta margarin ..."

Arthur Svensson flackade med blicken och snappade på nytt efter luft, men Augusta lät sig inte hejdas, hon var fången i sin egen flod av anklagelser. Och nu var hon så uppjagad att hon slutligen släppte taget om de sista resterna av eftertanke och förnuft:

"Dessutom kan man ju fråga sig när han badade sist? Va? För ett år sedan eller två? Och han ska vara nästan herrskap? Själv är jag både barnhusbarn och oäkting och har en egen oäkting därtill – som han kanske har märkt – ändå är jag inte sämre än att jag förstår att hålla mig ren. Jag tvättar hela kroppen en gång i månaden och håret lika ofta! Han skulle kanske försöka med det i stället för att gå omkring och lukta som en gammal kogubbe!"

Hon hade just dragit efter andan för att avfyra en ny harang när stigaren Arthur Svensson slog båda knytnävarna i bordet. Augusta ryckte till och tystnade, stod med gapande mun och vidöppna ögon och såg honom häva sig upp ur kökssoffan och ta stöd med knogarna mot bordet. Blicken hade slutat flacka: nu naglade den fast henne.

Gode Gud, tänkte hon. Vad har jag sagt? Och vad kommer han att säga?

Men han sa ingenting. Han grep bara om köksbordets kant och vräkte det i golvet. Hans middagstallrik höll. Men glaset gick sönder och den sista skvätten mjölk som fanns i huset rann långsamt ut på det nyskurade golvet.

EN MORGON I SLUTET AV APRIL kommer Augusta inte längre med frukost till snedgarderoben, hon ställer sig bara längst ner i trappan och gläfser att kaffet är klart. Alice kan komma om hon behagar. Eller strunta i det.

Det är en krigsförklaring. Och vem orkar kriga mot Augusta? Alltså stiger Alice upp ur sängen och sträcker sig efter den skotskrutiga skolklänningen som har hängt på garderobsväggen sedan i oktober. Hon håller andan när hon drar den över huvudet. Kommer den att passa? Eller har hon blivit för grov om midjan? Men det rutiga ylletyget sluter sig precis lagom tätt om livet och hon kan dra åt skärpet i samma hål som förr. Som om ingenting hade hänt.

Först när hon är på väg nerför trappan inser hon att hon har glömt att tvätta sig. Hon har inte ens tagit på sig strumpor och underkläder.

Augusta skrattar när hon dyker upp i köksdörren: Alice ser ut som sju sorger och åtta bedrövelser.

Hon skrattar på eftermiddagen också, trots att Alice har skrubbat varje centimeter av sin hud och dessutom tvättat håret. Nu står hon med sluttande axlar framför Augusta och förstår inte riktigt:

"Vad är det?"

"Se dig i spegeln!"

Flickan i den fläckiga spegeln ser ut som en lolla. Hon har dragit en smutsig vindtygsjacka över den skotskrutiga klänningen och stoppat fötterna i ett par gamla gummistövlar. Alice skrattar till:

"Mamma skulle dö om hon såg mig ..."

Då skrattar Augusta ännu högre. Kraxar som en kråka.

Ett fint regn hänger i luften och molnen ligger så lågt att det ser ut som det redan var skymning. Ändå tar Alice en lång promenad, hon går ända ner till Strömsviken. Fuktiga grenar snärtar hennes kinder när hon tränger genom snåren och hon låter det hända, hon höjer inte händerna till skydd.

Viken är sig lik: vattnet är grått som tackjärn, träden på den andra stranden sträcker fortfarande sina svarta grenar mot en himmel av cement. Inte ens om hon kisar kan hon inbilla sig att hon ser den violetta skugga som brukar förebåda lövsprickningen. Hon sjunker ner på en häll nere vid stranden, sätter sig med skrevande ben på den kalla klippan. Tanken på blåskatarr fladdrar till, men hon föser den genast åt sidan. Yllebyxor? Jo tack. I ett annat liv, kanske. Inte i det här.

Det är mycket tyst vid viken i dag. Ingen vind. Inga fåglar. Inget skepp som dunkar på avstånd. Hon kan inte ens höra brukets svaga puls långt borta. Det är som om världen hade stannat, som om den hade blivit en bild av sig själv, ett svartvitt fotografi av en tid utanför tiden.

Alice sitter en stund och ser ut mot vattnet innan hon plötsligt vänder blicken inåt och ler ett snett leende åt det hon ser. Vilken idiot hon är! Hon har försökt ha hemligheter för sig själv. Men nu har hon genomskådat sig, nu vet hon varför hon sitter med nästan bar rumpa på en iskall klipphäll. Änklingen. Den ensamma svanen. Det var för hans skull hon gick hit, för att se om han hade kommit tillbaka. I något skrymsle av sitt huvud har hon inbillat sig att det skulle vara ett tecken, att allt skulle bli bra på något vis om han låg i viken och väntade på henne.

Men han är inte här. Och hur skulle något kunna bli bra? Det som en gång har hänt, har hänt för alltid.

Kölden petar med vassa naglar i hennes underliv, hon vet att den snart kommer att klösa i de nyss läkta såren. Trots det reser hon sig inte upp och går, hon sitter kvar på klippan i mer än en halvtimme och stirrar slött över vattnet.

Några dagar senare hejdar hon sig mitt i ett steg och stirrar: ett glipande sår har öppnat sig i Augustas trädgårdsgång. Hon vänder hastigt bort blicken och tvingar sig att se mot himlen. Det hjälper inte: genomskinliga spädbarn gungar hjälplöst i de nakna björkarna på andra sidan vägen.

För en minut finns möjligheten alldeles nära. Hon skulle kunna ge efter. Släppa taget. Bli galen.

Men hon blir inte galen. Än kan hon skilja på det som händer inom henne och det som händer utanför. Det finns inga sår i Augustas trädgårdsgång. Det hänger inga barn i träden. Hon vet det.

Hon drar koftan hårdare om kroppen och skyndar mot brygghuset. I morgon ska hon tvätta, hon har redan lagt husets alla lakan i blöt.

Hennes egna var fläckiga av blod.

När det blir natt ligger hon vaken och tänker för första gången på länge på sina föräldrar. Hon har inte sett dem på fyra månader: de tittade förbi som hastigast strax efter jul. De kunde inte stanna länge, bara några timmar, för Inga uthärdade inte att se på Alice. Och undra på det. Detta var ju inte den dotter hon drömt om, det fanns inte ens en avlägsen likhet mellan den flicka som borde vara Ingas dotter och den där tjockmagade flickan med flottigt hår och ett ansikte som redan hade börjat svullna ...

Vid det laget visste ingen vad den tilltagande plufsigheten berodde på, varken provinsialläkaren eller distriktssköterskan eller Alice själv. Numera vet de. Numera rullar de det oformliga ordet över tungan som om det vore vilket ord som helst. *Graviditetstoxikos.* Havandeskapsförgiftning. Det är ingen klädsam sjukdom, i det måste Alice dessvärre ge sin mor rätt. Om en ung flicka nödvändigtvis måste låta sig drabbas av en dödlig sjukdom bör hon välja något annat, något som understryker det väna och veka i hennes karaktär, något som får henne att långsamt tyna bort snarare än att svälla upp till ett vattensjukt monster. En sådan syn kan få vilken mor som helst att vända sig i vämjelse från sin gravida dotter. Och varför inte? Detta är ju inte bara ett oattraktivt tillstånd, det är också omoraliskt. Den unga modern förgiftar ju sitt eget barn och låter dessutom barnet förgifta henne. Och ändå är sjukdomen helig, den bär ett budskap från Gud eller Naturen eller Slumpen, ett budskap som säger att ingen av dessa två, varken fostret eller den unga modern, bör få finnas i världen ...

När någon av dem räddas är det alltså ett brott mot Gud, tänker Alice och stirrar ut i snedgarderobens mörker. Eller mot Naturen. Eller mot Slumpen. Eller mot morföräldrarna in spe.

När det blir morgon sätter sig Augusta i sin korgstol utanför brygghuset och gör sig redo att leda arbetet, en tvättgeneral i svart hatt och kappa. Hon viftar otåligt med käppen: Alice måste ju lära sig att tvätta på rätt sätt. Efter några timmar börjar hon frysa, Alice får kila in i huset, hämta schalen och lägga den över kappan. Men det hjälper inte, efter ytterligare en timme blir Augusta tvungen att resa sig och hasa in i huset.

Alice fryser inte på nästan hela dagen. Vattenångorna värmer henne, hon tar av sig koftan medan hon rör i tvättgrytan. Kölden kommer inte åt henne förrän hon hänger det sista lakanet på strecket. Då styvnar fingrarna och tvingar henne att gömma händerna i armhålorna när hon halvspringer mot huset.

Augusta sitter vid köksbordet och balanserar ett handfat mellan sina skrevande ben medan hon skalar potatis. Hon är på gott humör, dagen har väckt en bit av det förflutna till liv, påmint henne om den tid då hon var marskalk och fältherre över andra människors tvätt. Därför sjunger hon en gammal godtemplarsång medan den ena bruna potatisen efter den andra vitnar i hennes hand:

> *"Ej dödens dryck mer är vårt val,*
> *vi bjuda den ej mer*
> *Den huvud, hjärta bringar kval*
> *Vår dryck ej döden ger ..."*

Hon tystnar och rynkar pannan när Alice dyker upp i köksdörren.

"Är du trött?"

Alice har inte märkt det förut, men nu drar hon handen över pannan och känner efter. Jo. Hon är trött. Men det är inte hennes rygg som värker mest utan huvudet. Hon längtar efter att få vara ifred. Slippa prata. Slippa lyssna. Ändå kan hon inte hålla sig, Augustas uppenbara belåtenhet tvingar henne att spotta ut ett litet stycke irritation:

"Om du flyttade till en lägenhet i Hallstavik skulle du få tvättmaskin i källaren", säger hon. "Det finns tvättmaskiner i alla moderna hus."

Augusta ger henne en värderande blick och låter en nyskalad potatis plumsa ner i handfatet innan hon harklar sig:

"Tvätten blir inte ren i tvättmaskin ..."
"Det blir den visst. Hemma hos oss tvättar mamma nästan allt i tvättmaskinen ..."
Augusta fnyser.
"Din mamma, ja. Men en tvättmaskin värmer ju bara upp tvätten, den *kokar* ju inte. Dessutom förstör dom linnet. Sliter ut det på ingen tid alls ..."
"Än sen då. Du har väl råd att köpa nya lakan om det händelsevis skulle gå hål på dom gamla."

Augusta låter ännu en skalad potatis plumsa ner i handfatet, den sjunker omedelbart och blir osynlig i den bruna sörjan av vatten och potatisskal. Men den här gången ser hon inte på Alice, hon höjer bara på ögonbrynen och gör en liten grimas:

"Du pratar som du har förstånd till. Lilla fröken nippertippa!"

Alice vänder ryggen till och bryr sig inte om att svara.

Senare på kvällen får hon kamma Augusta.

På ytan är det nästan som förr mellan dem. Innan barnbördshus och mödrahem. Men under ytan är det annorlunda. Det har med stumheten att göra, tror Alice, med detta att det känns som om de tiger trots att de talar hela tiden. Under allt gnabb, allt vardagligt småprat och alla Augustas berättelser, är det nämligen mycket tyst mellan dem.

Det är Augusta som har bestämt att det ska vara så, med några korta meningar och ögonkast har hon gjort klart att det inte är tillåtet att tala om vad som helst. Alice har inte gjort några invändningar, för ännu vet hon inte vad hon skulle säga om hon hade tillåtelse att tala, men det händer att hon önskar att det fanns en rörelse – en gest med handen, en bugning eller ett danssteg – som kunde berätta om det outsägliga. Samtidigt skäms hon; hon vet ju att det är en löjlig tanke. Som om Augusta skulle kunna förstå en rörelse. Som om någon skulle kunna förstå en rörelse.

Augustas tystnad är å andra sidan mycket vältalig: hon fyller den med ord och med berättelser om ord.

"Du skulle bara ha hört godtemplarna när jag kom dit första gången", säger hon när Alice lossar den första hårnålen. "Maken till pratmakare!"

Det var Isak som tog henne till dem. Han hade dröjt sig kvar i höstmörkret utanför staketet i flera timmar, han hade stått där och väntat som om han hade kunnat förutse vad som skulle hända i stigarens hus. När Augusta kom snubblande genom grinden utan hatt och kappa, men med Olga hårt tryckt mot bröstet, slog han ut med armarna och fångade henne i sin famn, höll henne hårt tills hon hade slutat hicka och snörvla. Då plockade han upp schaggväskan som stigaren hade slängt efter henne, tog sedan av sig kavajen och lade den över hennes axlar, lade sedan sin egen arm över kavajen och förde henne genom Herräng till logen Godt Hems ordenshus.

Logen hade möte den kvällen och alla de femtioåtta medlemmarna var på plats. Augusta tyckte att det var som att hamna hos ett återuppståndet sagofolk: de vimlade omkring henne som knytt och vättar, de talade med småfolkets klingande röster, ändå var det omöjligt att höra vad de egentligen sa eftersom de hela tiden talade i munnen på varandra.

Och småfolk var de ju inte. De var normalstora. Såg ut som folk gör mest.

Ändå skulle Augusta snart lära sig att de inte alls var som folk är mest. De hade enkla kläder, men stora pretentioner. De höll sig med ritualer och sidenfanor och drog sig inte ens för att deklamera vers. Vuxna människor! Augusta blev uppriktigt chockerad över denna förmätenhet och visste inte riktigt var hon skulle fästa blicken när hon för första gången fick se en gruvarbetare äntra scenen, lägga sina grova händer mot hjärtat och ta till sin djupaste bas:

> *"Jag på fabriken haft min ögonfröjd*
> *att se porslinsarbetarn strävsamt böjd*
> *att svarva utan rast det mjuka ler*
> *tills än en kanna, än ett fat sig ter ..."*

Det handlade om tallrikar. Hon var nästan säker på det. Den där karlen stod faktiskt framme på scenen och läste en dikt om tallrikar ... Men kunde man skriva vers om tallrikar? På allvar?

Vid det laget hade hon redan bott i ordenshuset i fyra dagar. För trots att godtemplarna inte lät henne och Isak komma längre än till förrummet den där första kvällen – de var ju inte insvurna och kunde därför inte släppas in i själva logerummet – så hade de öppnat sitt hus för henne. Det fanns en liten kammare på vinden, en liten kammare med kamin till och med, byggd för den händelse logen skulle få råd med en vaktmästare någon gång i framtiden. När Isak med stor inlevelse och kepsen i hand hade berättat den sorgliga historien om stigarens gardiner spred sig ett inkännande sus bland godtemplarna: precis vad man kunde vänta sig av den där arbetarplågaren! Inte nog med att han var en känd suput och orimligt hård mot gruvarbetarna, hårdare till och med än disponenten själv, han drog sig alltså inte ens för att kasta ut en ung mor i oktoberkylan! Hade de inte en bok i logens bibliotek som handlade om just en sådan ärkeskurk? Va! Och trots att alla godtemplare var anständigt folk och inte på något vis sympatiserade med ett lössläppt leverne, så var det ändå ett faktum att alla unga flickor som råkade i olycka inte nödvändigtvis var slarvor. En del var helt enkelt oskyldiga offer för överklassfyllerister. Var det kanske så med henne? Här snörvlade Augusta till och brast i häftig gråt, Isak slöt henne i sina armar och brummade några ord till tröst. Olga klämdes av omfamningen och gav till ett gällt skri. Godtemplarna rördes av alla dessa känslor och gick ordlöst till beslut: Augusta skulle få bo i vindskammaren tills allt hade ordnat sig för henne.

Dagarna därefter hade varit de bästa i Augustas liv. Hon hade haft gott om kol i kaminen, gott om mat och gott om trevligt sällskap. Redan den första morgonen hade Theresia Andersson kommit förbi med ett par smörgåsar och hett kaffe i en flaska, några timmar senare hade Fina Lundin tittat in med lite stekt strömming, framåt eftermiddagen hade Isak stått och trampat i dörröppningen och småleende sträckt fram ett skrynkligt paket. Augusta hade skrattat högt när hon öppnade det: han hade hämtat hennes hatt och kappa från stigarens hus!

Och nu satt de alltså bredvid varandra i logerummet och lyssnade till en gruvarbetare som läste en vers om tallrikar. Augusta vred på huvudet och såg på Isak, men han tittade inte tillbaka, han stirrade mot scenen med hängande haka och tårfylld blick. Snart skulle hon lära sig att Isak alltid fick tårar i ögonen när det deklamerades vers och inse att han dessutom var lite extra lättrörd den här dagen, eftersom han hade tagits till nåder av logen och svurits in på nytt.

För trettonde gången. Han blev alltid lite gråtmild när han blev förlåten.

Augusta hade också svurits in. För första och sista gången. Hon hade fått stå ute i förrummet bredvid Isak och vänta en lång stund innan en kortväxt karl hade öppnat dörren och ställt de ritualenliga frågorna. Ville Augusta ställa sig logens lagar och föreskrifter till efterrättelse förutsatt att de inte stred mot hennes plikter som medborgare eller kristen? Ville hon giva ett allvarligt löfte att för livstiden avstå från att nyttja eller giva åt andra rusdrycker av vad slag som helst? Trodde hon på en allsmäktig Gud som styr och reglerar allting?

Hon hade svarat ett kortfattat ja på varje fråga precis som man skulle.

"Fast egentligen trodde jag ju inte på Gud", säger hon till Alice fyrtiofem år senare. "Inte ett dugg. Som barnhusunge insåg man ju snart att man hade lika lite att hämta i himmelriket som på jorden. Och jag lyckades ju aldrig begripa varför den där figuren där oppe väntade sig att jag skulle vara så oerhört tacksam över att jag hade fått komma till världen. Allt jag fick var ju barnhus och snåla bönder som skulle ha mig till att plocka rovor från bittida till sent. Så den bekantskapen sa jag upp så fort jag blev konfirmerad."

Alice samlar några hårnålar i handflatan och går bort till byrån:

"Men ändå sa du till godtemplarna att du trodde ..."

Augusta rycker på axlarna:

"Ja, vad skulle jag göra? På den tiden kunde man ju inte gå omkring och säga att man inte trodde på Gud. I synnerhet inte om man var en utkörd piga med en oäkting på armen. Herre-min-da, jag skulle ha svurit på att skogen var gredelin om godtemplarna hade bett mig! Dom var ju snälla. Det var dom bästa människor jag någonsin hade mött! Jag fick bo i kammaren i logehuset i flera veckor innan jag fick arbete på ångköket i Hallstavik. Och när det var dags att flytta dit så såg dom till att jag fick hyra in mig i kökssoffan hos Häggarna som var nyktert och ordentligt folk. Selma – ja, fru Hägg alltså – åtog sig till och med att titta till Olga om dagarna. Ja, jag fick ju betala förstås, men ändå ... Rent och snyggt var det, ingen blängde och ingen tjatade om oäktingar och barnhusungar. Det var nytt det, vill jag lova. Så det gudliga, det stod jag lätt ut med, det gjorde ju ingen skada. Och förresten var det ingen som tog särskilt allvarligt på det, det var ju det där andra som verkligen var viktigt ..."

Hon tystnar på det där betydelsedigra sättet som innebär att hon vill ha en fråga. Alltså ställer Alice en fråga:

"Vilket då? Nykterheten?"

Augusta fnyser:

"Nykterheten? Den var ju inte viktig, den var ju bara självklar. Jag hade ju aldrig rört en droppe sprit i hela mitt liv och jag hade inga planer på att börja. Herre jösses! När skulle jag ha spritat? Och varför?"

Förväntansfull tystnad igen. Alice stoppar kammen i sin klänningsficka och tiger medan hon börjar fläta. Plötsligt finns det en isglimt i hennes ögon. För hur var det egentligen? Berättade Augusta någonsin för godtemplarna att hon hade en liten brännvinsflaska i sin väska och att hon brukade ge sitt barn en sudd doppad i detta brännvin långt efter det att hon hade svurit in sig i logen? Eller anade hon redan då att skammen över detta skulle följa henne livet ut, att den skulle sitta som en tagg i hennes kött långt in på femtiotalet? Och erkände hon någonsin för någon broder eller syster i logen – eller ens för sig själv – att skulden blev så tung när Olga försvann att hon knappt förmådde stå upprätt? Inser hon ens att det var skuld det handlade om? Bara skuld. Aldrig saknad.

Men naturligtvis ställer Alice inte de där frågorna. Vem är hon att bita den hand som föder henne? När sommaren är över kan hon bita vilken hand som helst för då ska hon ge sig av till Stockholm och leva sitt eget liv – om hon nu finner det värt att leva – men fram till dess är Augustas hus det minst motbjudande av de alternativ som står till buds. Alltså fogar hon sig och ställer äntligen den fråga Augusta vill att hon ska ställa:

"Jaha. Vad var det då som var viktigare än nykterheten?"

"Medborgarskapet. Det där att dom talade om *mina plikter som medborgare*. Jag tyckte om det. Jag begrep det inte, men jag tyckte om det ..."

"Jaha. Och vilka var dina plikter som medborgare?"

"Ja det var just det jag inte riktigt kunde räkna ut ... Som fruntimmer kunde jag ju inte tas ut i krig och någon skatt hade jag ju aldrig betalat, jag visste inte ens hur man skulle göra. Och att en sån som jag skulle kunna få rösträtt det var en tanke som aldrig hade fallit mig in. Och ändå ... Jag tyckte om ordet. Jag tyckte om att tänka på mig själv som medborgare. Det var faktiskt den finaste titel en sån som jag kunde få, det begrep jag ju redan på den tiden."

Hon gör en liten konstpaus för att invänta ännu en lämplig fråga, men Alice tiger och skyndar sig med flätan. Hon känner igen ouvertyren: får Augusta minsta uppmuntran kommer hon att börja med sitt politiska tjat och det ids Alice inte höra. Hon tycker sig ha hört tillräckligt om Augustas alla strider, den ärofulla för rösträtten och den hjältemodiga mot tuberkulosen, om alla hennes segrar över vägglöss och borgaredjävlar. Hon vet att allt detta var nödvändigt och hedervärt och att det rentav finns skäl att vara tacksam, men hon vill inte höra det igen.

Det är kanske ärftligt, tänker hon och böjer sig djupare över flätan. Pappa blir ju också alldeles skrynklig i ansiktet när Augusta sätter igång med politiken. Han tror ju att han måste rösta på folkpartiet, när han nu har blivit både civilingenjör och disponent. Mamma röstar på högern och har inte ens vett att skämmas, men pappa skäms, han vrider sig som en mask varje gång Augusta börjar vittna om det förflutna ...

Augusta har just harklat sig uppfordrande när Alice råkar snudda vid hennes nacke. Den är fuktig av svett, trots att det är svalt i rummet. Alice drar hastigt åt sig handen, lite överraskad av sitt eget äckel, men Augusta tycks inte märka något; hon sitter orörlig med höjd haka och slutna ögon. Herregud, tänker Alice och torkar handen mot sin kjol. Hon är fullkomligt innesluten i sin egen förträfflighet, man skulle kunna täcka henne med brons och sätta upp henne på vilket torg som helst. Som ett monument över det förflutnas högmod, över de gamlas förakt för de unga, över deras vägran att erkänna att historien inte bara handlar om det som hände med dem en gång utan lika mycket om det som händer med oss just nu ...

Augusta ger ifrån sig ännu en menande harkling, men Alice låtsas inte förstå, hon böjer sig bara djupare och tvingar in de sista stråna i flätan innan hon snor gummibandet några varv kring tofsen och rätar på ryggen.

"Så", säger hon och spottar ut en hårnål i handflatan. "Nu är jag trött. Nu vill jag gå och lägga mig ..."

Det är öppet uppror och som sådant måste det naturligtvis bestraffas. Augusta suger på löständerna ett ögonblick innan hon slänger en hastig blick på Alice:

"Och överkastet då?"

För en sekund överväger Alice att påpeka att Augusta i två månaders tid inte bara har klarat av att ta bort överkastet från sin säng utan också att städa huset, laga mat och kamma sitt eget hår, men inser sedan att en sådan replik skulle ge Augusta det övertag hon längtar efter. Alltså tar hon några raska steg bort mot sängen och drar av överkastet, viker ihop det och hänger det över sänggaveln. Augusta sitter orörlig och iakttar henne, men när Alice gör sig beredd att gå höjer hon ena handen till ett litet stopptecken.

"Kudden", säger hon.

Alice blir stram på rösten.

"Vadå kudden?"

"Du ska skaka kudden ..."

Alice skakar kudden, sträcker sedan på ryggen och ser på Augusta. Hon har lindat flätan runt ena handen och iakttar den, det ser ut som om hon tänker sitta kvar på pallen i all evighet.

"Täcket", säger hon utan att höja blicken.

Alice böjer sig över sängen och viker upp täckets ena hörn till en prydlig liten trekant, vänder sig sedan än en gång mot Augusta.

"Käppen", säger Augusta.

Alice hämtar käppen som står lutad mot väggen och räcker fram den. Augusta griper om den, men reser sig inte.

"Jag måste få stödja mig på din arm", säger hon.

För mindre än en timme sedan gick hon omkring i köket utan vare sig käpp eller stödjande arm. Ändå sträcker Alice fram armen och låter Augusta gripa om den. En sur liten dunst stöts ut från Augustas kropp medan hon hasar mot sängen, den ligger kvar i luften och darrar när hon lirkar ut löständerna och låter dem plumsa ner i vattenglaset.

"Vad är det?" säger hon och ler ett svart litet leende mot Alice. "Du ser blek ut. Mår du inte bra?"

HALVVÄGS TILL ARLANDA GÖR ALICE en hastig inbromsning och dunkar till sig själv i pannan. *Åh nej! Det är inte möjligt!*

Men visst är det möjligt, hon behöver bara sticka handen i handväskan för att inse det. Den gamla nyckeln är mycket distinkt i formen, den vilar tung och sval i hennes hand. Hon kör ut på vägrenen, parkerar med ena hjulparet tätt intill dikesrenen och drar fram mobiltelefonen. Tre signaler går fram innan någon svarar. Det är Kåre, en Kåre som talar med grumlig och dämpad röst.

"Väckte jag dig?" säger Alice.

Hon hör hur han rör sig, kanske sätter han sig upp i sängen.

"Nädå. Jag sov inte. Jag låg bara och tog igen mig en stund ..."

"Har du Marianne där?"

Kåre gäspar:

"Nej, hon är på jobbet ..."

En fråga stryker hastigt över Alices panna. På jobbet? Mitt på söndagen? Sedan minns hon. Bruket bryr sig inte om söndagar.

"Aj då ..."

Kåre harklar sig.

"Var det något särskilt?"

Alice gör en liten grimas:

"Jag upptäckte just att jag glömde lämna in nyckeln till Augustas hus ... Jag har den i handväskan. Men jag hinner inte köra tillbaka till Hallstavik i dag, jag är redan halvvägs till Stockholm och jag ska hämta Lars på Arlanda om en halvtimme."

"Jaha", säger Kåre. "Ja, det är väl inte mycket att göra åt."

"Kan du inte hälsa Marianne att jag skickar nyckeln i nästa vecka. Eller kommer ut med den. Och att hon inte behöver oroa sig för huset, jag har gjort allt man ska göra inför vintern. Dragit ner rullgardinerna och så."

"Och vattnet", säger Kåre. "Stängde du av det också?"
Alice gör ännu en liten grimas och sluter ögonen:
"Visst", säger hon. "Allt är fixat. Alltihop."

Varför ljög hon? Varför var det nödvändigt att ljuga? Hon biter sig i läppen när hon kör ut på vägen igen. Ibland undrar hon om hon håller på att bli dement i förtid. Hon glömmer ju så mycket. Nycklar och vattenledningar. När Lars ska komma hem och när han ska resa igen. Sina plikter i hemmet. Lars hade varit sur när han reste till sin kongress: han hade själv fått tvätta upp några skjortor i sista minuten för Alice hade glömt att titta i tvättkorgen dagarna dessförinnan. Inte för att han sa något, han skulle aldrig drömma om att *begära* att Alice skulle tvätta hans skjortor – han är ju ingen neandertalare – men hans läppar hade varit hårt slutna och hans rörelser ryckiga när han rotade i kökslådan efter en plastpåse. Skjortorna var fortfarande fuktiga, han skulle bli tvungen att hänga dem till tork på ett hotellrum i Chicago.

Fast det där med nyckeln och vattenledningen är värre. Hon glömde inte bara. Hon ljög. Och det var idiotiskt; fullkomligt meningslöst och fullkomligt idiotiskt.

Det skulle inte ha hänt om inte Angelica hade dykt upp så plötsligt. Det finns något mycket oroande med den där flickan, något som driver Alice att vilja försvara sig. Ja, vill hon säga, jag ser att du skulle behöva lite omtanke och beskydd, men kom inte till mig, för jag vet inte vad man ska göra för att hjälpa ...

Äsch. Hon trycker gasen i botten och driver motorn till en missnöjd morrning. Det är väl inte flickans fel att hon själv glömmer, ljuger och sviker! Så vem ska hon skylla på? Kristian? Visst. För all del. Om inte hans vykort hade ställt till med storm i hennes huvud skulle hon kanske ha kunnat bete sig som en ansvarskännande vuxen mot Angelica. Hon kunde ha ringt någon. Socialen. Eller skolan. Eller så.

Det svider till i henne av vrede. Visst är det Kristians fel! Detta och allt annat. Alla sår var nästan läkta när hans vykort rev upp dem på nytt. Hon hade nästan glömt, men han tvingade henne att minnas.

Ja. Så är det. Om inte Kristians vykort hade kommit skulle hon och Lars ha kunnat leva vidare i ett gammalt äktenskaps behagligt tempererade klimat. Inte alltför kallt. Inte alltför varmt. Inte ens alltför ljummet: en isvind av vrede skulle ha svalkat dem ibland, ett glödgat stråk av lust skulle då och då ha svept genom deras nätter.

Numera är dagarna fulla av isvindar, men ingen glöd sveper genom deras nätter. Aldrig någonsin. Deras sängkammare har blivit en salong, där två främlingar möts och utbyter artigheter medan de klär av sig. De talar hela tiden, men säger inte ett ord om det som upptar deras tankar. Det är ett samtalsämne som de överlåter till sina ryggar, nackar, ögon och händer.

En skygg blick: Vill du?

En hand hejdar sig mitt i en rörelse: Tja. Visst. Om du vill så ...

En naken rygg täcks hastigt av en pyjamasjacka: Föralldel. Det är inte så viktigt. Inte för min del.

En behå öppnas och blottar ett par bröst: Men det var ju så länge sedan ...

En hand griper om väckarklockan: Jo. Men ändå. Om du inte vill så.

En knut lossas, ett halvmeterlångt hår rinner över ett par skuldror: Det har jag inte sagt.

En stel rygg: Nähä. Och vad har du sagt?

När Alice kryper ner i sängen har Lars redan slutit ögonen.

"Är du trött?" säger hon och försöker skyla sin ängslan bakom läsglasögonen.

"Ja", säger Lars. "Mycket."

"Då kanske du inte vill att jag läser en stund?"

"Det gör detsamma."

"Fast jag tror att jag tar och släcker", säger Alice och lägger ifrån sig boken. "Jo, jag gör nog det."

"Mmm."

"Är du arg?"

"Arg? Varför skulle jag vara arg?"

"Äh, jag tänkte bara ... God natt då."

"God natt."

Vi kan inte ha det så här, tänker Alice medan hon ökar farten och slänger en blick på klockan. Jag måste göra något. Men vad?

För ett ögonblick ser hon sig själv dra en plastpåse över huvudet på Kristian och surra fast den med brun tejp om halsen. Hon gör en grimas åt sig själv: en lysande idé. Verkligen konstruktiv. Att ha ihjäl Kristian skulle naturligtvis lösa alla hennes problem. I synnerhet de äktenskapliga.

Hon suckar och söker med handen på det tomma passagerarsätet bredvid sig. Var är det där äpplet som hon plockade i Augustas trädgård? Där. Hon griper efter det med giriga fingrar, vet utan att släppa vägen med blicken att det är så ljust att det nästan är genomskinligt. *Transparent Blanche.* Mjukt och motståndslöst mot tänderna, syrligt och saftigt mot gommen. En känslig sort som måste ätas så fort den plockas, omöjlig att lägga i skål eller på fat, eftersom stora bruna fläckar slår ut på den bleka ytan efter bara några timmar. Frökenäpplen, muttrade Augusta på sin tid. Om Isak hade tänkt längre än näsan räckte när han planterade det där trädet så skulle han ha sett till att få en sort som höll sig.

Fast hur skulle Isak ha kunnat förstå det, tänker Alice. Det fanns ju inga äppelträd i den värld han kom från, bara kobbar och klippor och skär. Han måste ha stigit ur havets djup ungefär samtidigt som Augusta kravlade upp ur potatisåkern. Fosterbarn, han också. Men han slapp barnhuset: han gick från fiskarfamilj till fiskarfamilj ute i yttersta havsbandet, ända tills den vår då han fyllde tretton och hade börjat äta något rent för djävligt. Då sattes han i land i Herräng och fick klara sig själv. Det gick. Även om han blev så mager att det skramlade om honom när han gick mot gruvan.

Det är något med detta att bli övergiven, tänker Alice och sätter tänderna i äpplet. Något som äter en. Något som suger märgen ur ens ben ...

Augusta lät det aldrig synas, hon gömde sig bakom sin rättfärdighets väldiga bröst och sin förträfflighets fettvalkar. Men på Isak syntes det, trots att han var en stor karl som åt rejält så fort det fanns mat i huset. Harald sa en gång att det alltid såg ut som om Augusta åt upp maten för Isak, men att det var orättvist. Hon hade alltid sett till att Isak fick mycket att äta. Under förstenings tid matade hon honom tre gånger om dagen med läckerheter som hon egentligen inte hade råd med: risgrynsgröt och gräddmjölk, fläskkorv och sirapssmörgåsar, vetebullar och änglamat. Isak öppnade lydigt munnen när hon kom med skeden, han tuggade och svalde, ändå blev han mer utmärglad för varje vecka. Ögonen sjönk allt djupare in i kraniet. Tinningarna blev små gropar. Tänderna sköt fram. Till slut var han ett benrangel. Ett mycket prydligt benrangel som satt orörlig vid köksbordet, klädd i ett blåställ från Fristads, som ännu efter flera år var lika styvt som när det var nytt.

Vägen är smal och slingrig, ändå ökar Alice farten ytterligare. Snart är hon i Gottröra, redan så här på avstånd kan hon se hur ett plan sänker sin silverkropp över skogen och går in för landning. Det skulle kunna vara det plan Lars kommer med. I så fall kommer han att få vänta i nästan en kvart innan Alice dyker upp. Och då kommer han att vara riktigt sur.

Tanken får porerna på näsryggen att öppna sig och släppa ifrån sig var sin mikroskopisk droppe. Alice stryker med pekfingret över näsan, och en fråga fladdrar så hastigt genom huvudet att hon knappt märker den: Varför är jag så rädd för honom? Varför är jag alltid så rädd för dem som borde stå mig närmast?

Och Lars är inte alls sur, där han står utanför utrikeshallen och väntar. Tvärtom, Alice kan se att han skrattar och pratar. Det står en späd kvinna vid hans sida, hon slänger med sitt guldbruna hår och ett litet skratt glittrar i hennes hasselnötsögon. Alice kupar handen över den hoprafsade knuten i nacken när hon stiger ur bilen. Har hon kommit ihåg att måla sig i dag? Hon minns inte.

Lars ler och kysser henne hastigt på kinden:

"This is Alice. My wife", säger han. *"And this is Corrinne, a friend and colleague from Chicago."*

Corrinne fyrar av ett leende:

"Nice to meet you Alice. Lars has told me all about you."

Det hade varit enklare om det hade gått att förakta henne. Men det går inte. Corrinne liknar inte vulgärbilden av en amerikansk kvinna, hon ger inte ifrån sig överentusiastiska små läten när Lars erbjuder henne skjuts till hotellet, hon kvittrar inte ens som en kanariefågel. Tvärtom sitter hon tyst i baksätet och när hon äntligen talar är det med en lätt beslöjad alt, som möjligen – men bara möjligen – tyder på att hon röker. Å andra sidan verkar det inte särskilt sannolikt: allt i hennes yttre tyder på att detta är en person som behandlar sig själv med omsorg. Hon är slank men inte mager. Välkammad men inte friserad. Naglarna är omsorgsfullt filade och polerade, men helt omålade. Hon har inte gjort några försök att dölja sin ålder: åren har fått rista några tunna linjer på hennes hals, men huden i ansiktet är ändå slät och sammetsmjuk. En benvit halsduk ligger som en självklarhet över axeln på den olivgröna jackan. Det är cashmere. Alice är beredd att svära på det.

A friend and colleague ... Alltså är hon matematiker. Möjligen också en framstående matematiker: Lars talar till henne med det lätt dämpade tonfall som han alltid använder mot kollegor som förtjänar respekt. Kanske är det också därför han sitter halvt bakåtvänd under hela resan. Han och Alice har bara hunnit byta ett par hastiga leenden.

Corrinne ska bo på ett litet hotell vid Tegnérlunden. Hon ger Alice ett vitt leende och ett hastigt handslag som tack för skjutsen medan Lars bär in hennes väskor. Alice sitter kvar vid ratten och låter motorn gå på tomgång, genom glasdörren kan hon se hur Lars och Corrinne fortsätter sitt samtal inne i lobbyn. Och plötsligt ser hon också hur Lars lägger sina händer om Corrinnes vita högerhand, hur han formar dem till ett musselskal som innesluter hennes.

Alice vänder hastigt bort blicken. Hur ser hon egentligen ut? Borde hon kamma sig? Sätta på lite läppstift? Hon vrider på backspegeln och stirrar på sin egen spegelbild. Ögonen som ser tillbaka på henne tillhör en sextonåring. Men en sextonåring med hängande ögonlock.

När de kommer hem blir allt som vanligt. De talar lågmält med varandra medan Alice fyller tvättmaskinen och Lars går igenom veckans post. Inte för att de har mycket att säga: veckan som gått har ju mest bestått av arbete. Fraktaler är en gåta för Alice, och industrisamhällets kulturarv är en meningslöshet för Lars. Men Petter har lämnat ett meddelande på telefonsvararen och det kan de tala om. Nu ska han ge sig av till Paris. Mitt i terminen. Tänker han någonsin bli vuxen?

Efteråt äter de en hastig soppmiddag. Lars lägger några papper bredvid sin tallrik, Alice betraktar de uppochnervända ekvationerna en stund, men vänder sedan blicken mot köksfönstret. En liten rörelse av rent silver skymtar under gatlyktan utanför. Det har börjat regna. Hon tar en tugga av sin ostsmörgås och kastar en blick på klockan. Den är redan sju. Sjutton timmar kvar. Om sexton och en halv måste hon ha fattat sitt beslut. Det definitiva.

"Hur har du det i veckan som kommer?" säger hon med fast röst.
"Några resor?"

Lars tittar överraskat upp, för ett ögonblick ser det ut som om han inte känner igen henne.

"Nej", säger han sedan och skakar på huvudet. "Inga resor. Men det kan nog bli några sena kvällar ... Mycket att ta igen, du vet. Och så har vi ett stort seminarium i morgon."

Alice reser sig upp och börjar duka av:
"Med Corrinne?"

Lars nickar, för en sekund fladdrar en tvekan över hans ansikte, sedan dyker han ner i sina papper igen. Alice ler ett snett leende:
"Och det blir middag efteråt, förmodar jag."

Naturlagarna tycks vila sig en stund, för det dröjer en halv minut innan ljudvågorna når fram till Lars. Och då är de tydligen kraftigt försvagade, för han kan inte tolka vad hon sagt, han tittar upp igen och ser förvirrad ut:
"Va? Vad sa du?"

Alice drar med disktrasan över diskbänken, handen stannar vid en liten fläck och gnuggar. Plötsligt känner hon sig utled på sig själv. Ironi är den feges utväg. Och vad har hon för rätt att vara hånfull? Hon suckar och hänger disktrasan över kranen. Låt det vara. Låt det hända som ändå måste hända mellan honom och Corrinne.

"Jag har också mycket den här veckan", säger hon. "Åtminstone till på torsdag. Och på fredag måste jag nog åka till Hallstavik igen. Jag glömde att lämna ifrån mig nyckeln till Augustas hus. Och att stänga av vattnet."

Lars hummar till svar redan innan hon har talat färdigt, sätter sedan armbågarna på bordet och lägger händerna för öronen. Han ser ut som en pojke. En extremt närsynt pojke.

"Och i morgon har jag en lunch", säger Alice. "En mycket viktig lunch."

"Mmm", säger Lars utan att titta upp. "Det var ju bra ..."

Nästa morgon vaknar hon av att hon gråter. Det har aldrig hänt förut.
Det måste vara tänt i rummet, världen bakom ögonlocken är varmt röd. Hon ligger med slutna ögon och hör hur Lars plockar med något borta vid garderoberna. Kanske har han hört. Kanske vet han äntligen. Hon hör hur han går över sovrumsgolvet och stannar vid hennes säng.
"Alice", säger han med dämpad röst. "Jag går nu."
Men nej. Han har inte märkt något. Han kan inte veta. I så fall skulle han inte böja sig över henne och låta läpparna snudda vid hennes kind. Hon gör en halvsovande liten rörelse med handen till svar, men öppnar inte ögonen.
När han har gått kommer drömmen tillbaka. Snedgarderoben i Augustas hus. En barnvagn. Ett barn. Han har långa ögonfransar, mörka och mjukt bågformade, de vilar som en skugga över kinden. Han är mycket trött, ändå slår han upp ögonen när hon böjer sig över vagnen. Ögonvitan är inte dimmigt porslinsblå som hos andra spädbarn, den är gnistrande vit och alldeles klar.
"Är du min pojke?" viskar hon. "Är du pojken jag inte fick behålla?"
Hon kan känna hur han sjunker än djupare i sin trötthet. Han orkar inte svara, men skakar på huvudet. Nej. Han är inte hennes pojke. Ändå lägger hon sin hand om hans bakhuvud och lyfter upp honom, stryker med läpparna över hans hjässa, tänker på fågelägg och fågeldun. Han söker med munnen efter hennes bröst, finner det och börjar suga. Mjölken gör honom tung. Orimligt tung. Så tung att hon knappt orkar bära honom.
Det är då hon ser att det är en sten hon håller mot sitt bröst.
Men den här gången slår hon upp ögonen i stället för att börja gråta.
Hon har gråtit färdigt.

I går kunde man fortfarande låtsas att det var sensommar, i dag måste man medge att det är höst. Angelica kan inte värja sig mot kylan där hon springer från utedasset i den blå gryningen, den tränger in i henne vid varje andetag, sprider sig från lungblåsornas druvklasar till blodkärlens finaste deltan, sträcker och stramar åt allt i hennes kropp som har blivit mjukt och motståndslöst under natten.

Hon huttrar lite när hon har kravlat in genom köksfönstret och stängt efter sig, står med gungande knän och armarna om sig själv och försöker få upp värmen. För ett ögonblick är hon frestad att tända i järnspisen: hon vet ju hur man gör, Siri hade en gammaldags järnspis ända tills för något år sedan. Men det vore att ta en för stor risk, röken kommer att synas och borta vid det vita huset kommer man dessutom att känna lukten. Hon vet det. Med bestämdhet. När hon bodde hos Kristoffer klagade hans mamma hela tiden över att några grannar längst bort i byn eldade hela dagarna. Hon tyckte att det luktade illa. Alltså får Angelica försöka värma sig på annat sätt. Kanske kan hon sätta fötterna i ett hett fotbad. Siri brukade göra så.

När husets största kastrull står på kokplattan går hon upp på övervåningen och bäddar. Hon vill att klädkammaren ska vara lika inbjudande när hon kommer hem i kväll som den var igår. Därför sträcker hon lakanen riktigt hårt och skakar kudden, stoppar sedan – utan att själv riktigt förstå varför – en av de blå skrivböckerna i örngottet. Hon måste ha somnat på den i natt, den låg under hennes kind när hon vaknade i morse ...

Den skotskrutiga klänningen ser vissen ut, där den hänger på sin krok, det är som om de sista resterna av stadga och appretur har avdunstat under natten. Den rynkade kjolen slokar, en knapp dinglar håglöst i en ensam tråd, tråcklingen som ska hålla den vita kragen på plats har börjat släppa. Angelica lyfter ner den och håller den framför sig, stryker med handen över livet och funderar ett ögonblick över hur det kunde kännas att vara läroverksflicka på femtiotalet, en flicka som fann det fullständigt naturligt att bära en klänning som denna. Skulle det göra henne lika stram i rörelserna som Alice? Skulle det lära henne att le med sluten mun och tiga för evigt om sina hemligheter? Jo. Det skulle det. Tiga kan hon ju redan.

Tyget är mycket mjukt, så mjukt att hon måste lyfta den ena ärmen och stryka den under näsan. En svag parfymdoft väcker liv i de frågor som dök upp när hon bläddrade i de blå böckerna i natt. Varför gjorde inte Alice abort den där gången? Varför fick hon inte gå i skolan? Och vad hände egentligen med hennes unge? Och vad skulle hända med Angelica själv om hon blev med barn? En svag doft av kungsmynta glider över näsans slemhinnor. Angelica drar upp axlarna och släpper taget om klänningsärmen.

Fantasier! Hon hade ju mens i förra veckan.

En stund senare sitter hon vid köksbordet med sin frukost bredvid sig – en kopp te och ett äpple – och med fötterna nertryckta i den stora kastrullen. Hon har inte hittat något handfat till fotbadet. Vattnet är så hett att det ångar och värmen sprider sig långsamt genom kroppen.

I dag har hon fyra timmar Bild. Tanken får henne att le medan hon tar en stor tugga av äpplet. Fyra timmar! Hon känner inte de andra esteterna än, hon är lite rädd för deras svarta kläder och vita skratt och ännu räddare för Ilona, bildläraren, som lär vara riktig konstnär på sommarlovet, ändå njuter hon av varje ögonblick i bildsalen. Av tystnaden. Allvaret. Intensiteten. Förra måndagen arbetade hon så intensivt med en skiss av sin egen knutna vänsterhand att hon inte märkte att lektionen tog slut och att de andra esteterna samlade ihop sina pennor och stängde sina block. Först när Ilona lade sin hand på hennes axel, tittade Angelica upp och såg sig förvirrat omkring.

"Detta kallas koncentration", sa Ilona på sitt lite högtidliga sätt. "Och det är en gåva ..."

Först då upptäckte Angelica att hon fortfarande höll vänsterhanden knuten framför ansiktet, hon sänkte den och gnuggade handflatan mot sitt lår, medan hon sökte i de andra esteternas ansikten efter hånleenden och höjda ögonbryn. Men, nej, ingen grinade föraktfullt mot henne, ingen slöt läpparna om spydigheter som skulle spottas ut på rasten, alla verkade tycka att det som hänt var alldeles i sin ordning.

Efteråt hade hon känt sig utvilad. Som om hon sovit en hel natt i en mjuk säng och drömt om en helt annan Angelica. Känslan höll i sig ända tills hon satte sig på bussen: då brast den som en såpbubbla och lämnade inget spår.

Men i dag ska den komma tillbaka. I dag ska den flyta in i henne och stanna där. Det är hon säker på. För nu bor hon för sig själv i Augustas hus.

Jag är fri, tänker hon och vickar lite med tårna i det varma vattnet. Så här känns det att vara fullkomligt fri.

Men just därför måste hon också vara mycket försiktig. Det vita huset är ett problem: hon kan inte passera Kristoffers föräldrahem varje gång hon kommer eller går, förr eller senare kommer Ann-Katrin att se henne och lägga sin långsmala näsa i blöt. Alltså måste Angelica hitta en omväg, kanske får hon helt enkelt trampa upp en egen stig i skogen bakom husen.

I övrigt har hon alla sina planer klara. Hon ska ta en tidig buss till Hallstavik varje morgon, långt innan de andra gymnasisterna har vaknat. När hon har kommit fram ska hon gå ner till industriområdet i Skärsta och sätta sig på en trappa någonstans. Bläddra i sina skolböcker en stund. Eller skissa. Och när det blir dags att gå till bussen ska hon komma släntrande in på terminalen från just det håll som hon skulle ha kommit från om hon hade bott kvar hemma hos Carina.

Det är perfekt. Idiotsäkert. Kan inte misslyckas.

Det är fortfarande lite kallt när hon kryper ut genom köksfönstret. Kylan stryker hastigt över hennes rygg när hon välter huggkubben och rullar undan den. Det är onödigt att den står alldeles under köksfönstret: någon skulle ju kunna se den och få idéer. Inte för att det är särskilt troligt, köksfönstret ligger ju på baksidan och syns inte från vägen ... Men det är ändå säkrast att ta det säkra för det osäkra.

Skogen bakom huset är vresig och torr, granarna risiga och marken stenig. Ingen människa tycks ha gått här på många år, knappt ens några djur. Det är svårt att ta sig fram, Angelicas skor halkar över bruna fjolårsbarr och glider ner i överraskande håligheter, vassa grenar rispar hennes kinder medan hon snubblar fram över stenar och halvt förmultnade rishögar. När hon stannar för att hämta andan kan hon skymta en röd vägg bortom skogsbrynet. Det är stallet, baksidan på Kristoffers pappas stall. Hon slänger en hastig blick på klockan. Gubben borde vara uppe nu. Redo för sin morgonritt. Fast det är ingen risk att han kommer åt det här hållet: Kristoffers pappa är mycket rädd om sina fullblod och det syns lång väg att detta är en skog som kan rispa djupa sår i deras känsliga länder.

Plötsligt får hon syn på honom, han kommer ut genom gaveldörren med det svarta stoet. Regina. Det betyder drottning. Ett mycket passande namn för just den hästen, sa Ann-Katrin en gång med det där milda småleendet som Angelica aldrig hade trott på. Och den gången var hon inte misstänksam i överkant: några dagar senare hade hon stått utanför köksdörren och hört Ann-Katrin fräsa något om att Bertil lika gärna kunde flytta ihop med den där hispiga hästen. När Angelica kom in i köket hade Ann-Katrin blivit mild och förstående igen, men Kristoffers pappa hade vägrat spela med, han hade rest sig så häftigt att stolen föll i golvet och gått sin väg.

Regina är nyryktad och blank, men den bruna sadeln är ännu inte fastspänd, Angelica kan se hur remmarna dinglar under buken. Kristoffers pappa hukar för att få grepp om dem, men det vill sig inte, Regina är i ständig rörelse, hon trampar runt och slänger med huvudet, tvingar honom att famla i tomma luften. Han håller i betslet med ena handen och följer hennes rörelser, det ser ut som om mannen och hästen dansar i det grå morgonljuset. Men plötsligt övergår dansen i något annat. Kristoffers pappa rätar på ryggen, slår båda armarna om Reginas hals och lutar sin kind mot manen. Hon stillnar i samma ögonblick och sänker huvudet, med ens alldeles lugn. Mannen och hästen blir stående orörliga en lång stund, så tätt intill varandra att de ser ut som en enda varelse.

Angelica vågar först inte röra sig, hon vet att om hon råkar trampa på en torr kvist eller en död gren så kommer knakandet att höras över hela Nordanäng. Ljudet kommer att göra henne synlig, det kommer att ge henne färger och konturer, det kommer att blotta henne för Kristoffers pappas blick. Och hon vill inte att han ska se henne, men inte för att det skulle avslöja henne utan för att det skulle avslöja honom. Han borde få ha detta i fred, han borde få vara just så ensam som han tror sig vara där han står med kinden mot det svarta stoets man ...

En kråka räddar henne. Den lyfter från en trädtopp och väcker världen med sitt skratt. Kristoffers pappa rätar på ryggen och ser sig om, böjer sig sedan ner och fäster sadelns rem. Regina slänger med huvudet, men låter det ske. Och ute i skogen rättar Angelica till sin ryggsäck och fortsätter mot stora vägen.

En timme senare sitter hon med slutna ögon och låter kroppen följa bussens rörelser. Egentligen borde hon vara nöjd. Hon har lyckats med det hon föresatt sig: hela morgonen har hon varit en spökgestalt, på en gång synlig och osynlig.

Ändå är hon inte nöjd. Inte alls. Det kliar under huden och en nyfödd liten huvudvärk ligger som en blyklump i nacken. Kanske är hon hungrig, helt enkelt. Hon fryser också, trots att hon kan känna att det är varmt i bussen. Men det är som om kroppen inte vill låta henne glömma hur kallt det var när hon gick omkring nere i industriområdet och letade efter ett undanskymt ställe att sitta på. Inte för att hon hittade något: det var för mycket folk i rörelse, hon hade inte vetat att firmorna öppnade så tidigt ... I morgon måste hon hitta ett annat ställe. Något säkrare. För i dag kommer Bacillen med bussen från Stockholm. Klockan halv tre.

Hon suckar och byter ställning, men öppnar inte ögonen. Det är viktigt att det ser ut som om hon slumrar. Hon är ju inte ensam på sätet, en blek liten tjej har satt sig bredvid henne. Marion heter hon. Eller något sådant. Alban. Eller bosnier. Eller något sådant. Angelica tycker inte om henne, hon tycker överhuvudtaget inte om folk som tränger sig på. Och Marion tränger sig på: hon sätter sig bredvid Angelica varje morgon och varje eftermiddag, trots att ingen har bett henne. Men nu har hon i alla fall slutat prata. I förra veckan gjorde hon ideliga försök, viskade fram den ena frågan efter den andra med sina tjocka sche-ljud och fyrkantiga vokaler. Vem var den bä*sch*ta läraren i fran*sch*ka? Vi*sch*t var det bättre att gå i *sch*kolan i Upp*sch*ala än i Norrtälje? Men var *Sch*am verkligen rätt linje för den *sch*om ville bli advokat? För Marion tänkte bli advokat, pre*sch*is som sin pappa. Vad gjorde Angelicas pappa? Vi*sch*te Angelica att Marion för*sch*t hade trott att hon också var *flukting*? Hon vi*sch*te inte riktigt varför. Det var kan*sch*e håret, detta att Angelica inte var lika blond som alla andra sven*sch*kar. Om det nu inte var kläderna. Eller något annat.

Marions pappa följer henne till bussen varje morgon och hämtar henne varje eftermiddag. Han är alltid klädd i kavaj och slips, trots att han inte längre har någon advokatbyrå att gå till utan bara en halvnaken trerummare i det hål i världens utkant som heter Hallstavik. I dag hade han dessutom en gammal täckjacka ovanpå kavajen. Mintgrön. Typiskt 80-tal. Rebeckas kompisar hade tittat på honom och fnissat: UFF, UFF, UFF! Marion hade bytt ställning, där hon satt bredvid Angelica, men hon hade inte sagt något. Angelica hade inte heller sagt något, för just i den stunden hade en silverfärgad bil stannat till en bit bort och dörren till passagerarsätet hade slagits upp. Det var då Angelica slöt ögonen. Hon har inte öppnat dem sedan dess.

Bussen svänger, Angelica måste ta stöd mot sätet framför sig för att inte glida mot Marion. I dag har jag fyra timmar Bild, tänker hon. Jag måste komma ihåg det. Jag bor i Augustas hus och i dag har jag fyra timmar Bild …

I samma ögonblick sparkar Alice en hög kläder över ett sovrumsgolv på Kungsholmen. Ingenting duger. Den grå dräkten är för trist. Den gröna för tantig. Den benvita för anspråksfull.

Hur klär man sig när man ska möta det förflutna?

Hur kammar man sitt hår?

Hon drar handen genom luggen och stirrar skoningslöst på sin spegelbild, tvingar sig att se och räkna alla sina tillkortakommanden. Rynkorna runt överläppen. Den begynnande dubbelhakan. Skuggorna på underarmarna, de som avslöjar att ådrorna är på väg att krypa upp ur muskulaturens djup för att lägga sig alldeles under huden.

Hon sätter sig på sängkanten och korsar armarna över mellangärdet, försöker pressa undan oron som rör sig där inne. Hon måste ta det lugnt. Hon måste vara förnuftig. Hon får inte låta sig styras av sina känslor i dag.

Alltså. Hur klär sig en kvinna på nästan sextio år när hon ska möta den man som en gång svek henne? Var finns smyckena som glittrar så intensivt att hennes underläge inte syns? Hur ska hon kamma sitt hår för att dölja sin sorg och täcka sin hopplöshet? Var finns plaggen som kan värma henne nu när hon har förlorat inte bara sin egen hetta utan också hoppet om hans?

Nej. Hon tänker inte göra sig till. Hon tänker inte göra sig löjlig genom att klä ut sig till överårig sexbomb. Inga höga klackar. Ingen kort kjol. Ingen inbjudande urringning. Hon är inte ute efter att förföra. Hon ute efter ett svar. Hon vill veta hur han fungerar. Hur han ser ut i huvudet.

Fingrarna är stela när hon drar på sig långbyxor och mockakavaj.

När det blir lunchrast står Angelica blek av besvikelse i matkön och låter sig knuffas fram och tillbaka. Hon har hamnat på efterkälken: de andra esteterna sitter redan och äter. De har trängt ihop sig, alla tolv har lyckats klämma in sig runt ett enda bord. Det finns inte en centimeter över för den trettonde.

Inte för att det gör något. Att sitta med de andra esteterna skulle inte hjälpa. Tvärtom skulle deras närvaro bara påminna henne om att ingenting hände på Bilden. Att hon inte försvann från sig själv. Att koncentrationen vägrade infinna sig och handen vägrade lyda. Att Ilona skakade på huvudet när hon granskade Angelicas teckning. Det var en liten rörelse, nästan omärklig, men inte mer omärklig än att Angelica hann registrera den. Och plötsligt kunde hon själv se vad hon hade åstadkommit. En Barbie. En uselt tecknad Barbie som inte hade något samband med någonting ...

"Rör på dig för fan", säger någon bakom henne. En kille.

"Ska du ha nån mat eller ...?" En tjej.

"Inte för att du behöver nån ... Fetto!" En annan tjej.

Angelica kastar en hastig blick över axeln. Fetto? Den där tjejen är minst en storlek större än Angelica. På alla håll. Hemma i Hallstavik skulle hon ha bett henne fara åt helvete, nu ger hon henne bara en blick och tar några steg, fyller tomrummet som har uppstått när kön har rört sig framåt. Matlukten är kväljande, ändå vet hon att hon måste äta. Det är ju gratis. Och hon har inte ätit lagad mat sedan i fredags.

Det är inget större fel på falukorven. Hon kan se det. Den är lite vattnig kanske, men senapspaneringen är gyllengul och innanmätet rött och ångande. Moset ser ut som potatismos brukar se ut, åtminstone om man petar undan de där små klumparna av olöst pulver. De rårivna morötterna är ett fyrverkeri av optimism. Ändå måste hon svälja tre gånger innan hon förmår skära en bit av korven och föra den första tuggan mot munnen. Men det går inte. Hon kan inte svälja ... Hon lutar sig över tallriken och spottar försiktigt ut den halvtuggade korvbiten på gaffeln, stirrar på den och snörvlar till. *Fan!* Det får bara inte bli så här! Hon är ju skithungrig, hon vet ju det, hon är bara så djävla knäpp att hon inte kan känna det ...

"Ditt miffo", viskar någon bakom hennes rygg. "Din sjuka typ. Ditt äckel ..."

Angelica behöver inte vända sig om. Hon känner igen rösten. Ändå rätar hon på ryggen och sänker gaffeln mot tallriken, sitter med rak rygg och klipper med ögonlocken tills diset framför ögonen har lättat och hon kan se klart igen. Fyra frågande flickansikten vänds mot henne, och för ett ögonblick får hon för sig att hon är tillbaka på högstadiet. Sedan inser hon att hon har satt sig vid ett bord där det redan satt fyra andra flickor från Hallstavik. Och de har suttit kvar hela tiden, ingen av dem har rest sig upp för att stryka bakom Angelicas rygg och viska.

"Vad är det med dig?" säger Rebecka och stirrar med höjda ögonbryn på den halvtuggade korvbiten. "Tänker du bli bulimiker?"

I samma stund sätter en kypare en tallrik framför Alice. Det är en gungande rörelse, om man såg den på avstånd skulle man kunna tro att han var dansör. Men Alice ser den inte, hon stirrar bara på sin pasta och sväljer lite saliv. Hon är inte säker på att hon kommer att kunna äta.

"Det ser gott ut", säger Kristian och sträcker sin hand över bordet, griper efter vinflaskan. Han har tömt sitt glas i väntan på maten. Alices glas är fortfarande halvfullt, ändå nickar hon när han gör en liten gest med flaskan i hennes riktning. Kristian fyller det till brädden innan han höjer sitt eget glas:

"Skål då. För vår heta ungdoms skull."

Alice ser sin hand gripa om glaset och höja det. Kroppen fattar alla beslut, själv är hon inte inblandad. Läpparna säras. Tungan gör sig beredd att registrera smaken på ännu en klunk vin.

"Fyrtiotvå år", säger Kristian dämpat och skakar på huvudet. "Herregud."

Alice trycker gaffeln i en bit penne och tittar på den innan hon låter den sjunka tillbaka ner på tallriken.

"Ja", säger hon och ler lite. "Det är lång tid."

Varför spelar hon med? Varför sitter hon som en idiot och *konverserar*? Varför kör hon inte gaffeln i hans hand? Spetsar honom. Sticker hål på honom?

Han har tagit henne till en restaurang på Fredsgatan. I Konstakademins hus. Strängt minimalistisk och mycket dyr. Det var nästan fullt när de kom, de fick sitta i baren en stund medan deras bord gjordes i ordning. Kristian såg ut som om han hade valt sina kläder för just den stunden, han blev ett porträtt av sig själv. Svartklädd man i röd fåtölj. Han gör sig inte sämre nu: han är ett påstående i en matsal där alla andra män är frågor. Men nu är dessa män på väg att bryta upp, vid bord efter bord viks servetterna ihop och placeras bredvid tömda kaffekoppar.

Kristian släpper inte Alice med blicken. Ögonen glittrar. Han ler och tuggar, tuggar och ler.

"Gott", säger han. "Fast det blir förstås aldrig som i Italien."

Alice rör runt på tallriken.

"Du har varit mycket i Italien?"

"Mmm. Jag hade hus i Toscana ett par år. Tillsammans med min förra flickvän."

Flickvän? Har han flickvänner? Vid nästan sextio års ålder? Alice ler vagt över sitt vinglas, men säger ingenting. Kristian kör sina bestick i pastan och fortsätter:

"Hon fick behålla det när vi delade på oss. Det var lika bra. Jag har inte tid att sköta allt. Företaget. Sommarstugan i Falkenberg. Och så var jag ju tvungen att ta över gården när morsan och farsan dog ..."

Mossan å fassaan. Hans småländska är hårt tuktad, det är bara när han talar om sina föräldrar som han avslutar med en liten gir på vokalerna. Alice sätter ifrån sig glaset, det lilla leendet tycks ha vuxit fast på hennes läppar.

"Så du har tagit över gården?"

"Mmm", säger Kristian. "Jag var tvungen. Den har ju gått i familjen i hundrasjuttio år. Och det fanns ingen annan. Brorsan har fyra ungar, men inga pengar. Själv har jag ju pengar, men inga ..."

Fel replik. Det tycks också Kristian inse, han hejdar sig och flackar till med blicken. Alice vrider på huvudet och ser ut genom fönstret. En svart limousine stannar just utanför Rosenbad, en mager kvinna kliver ut på den ena sidan, en tjock man på den andra. Mannen stannar till ett ögonblick och rättar till kavajen. Kristian följer hennes blick.

"Göran Persson", säger han konstaterande.

"Mmm", säger Alice.

"En djävla typ", säger Kristian och griper än en gång efter vinflaskan, häller den sista skvätten i sitt glas. "Om du frågar mig, alltså."

"Jag tror inte att jag gjorde det", säger Alice.

Efteråt blir det tyst en stund, de tuggar sin penne utan att se på varandra. Kristian beställer in ännu en flaska vin, men Alice lägger handen på sitt glas och skakar på huvudet när han vill hälla upp åt henne.

När måltiden är över lutar han sig tillbaka och tänder en cigarrett. Alice knäpper händerna i knäet och ser på honom. Väntar. Hans ansiktsfärg har stigit och läpparna ser svullna ut. Ändå liknar han äntligen sig själv. En grushög. En lätt berusad liten grushög. Kanske rentav en liten grushög med alkoholproblem ...

Kristian drar ett djupt bloss och tar ännu en klunk av vinet. Alice höjer handen och stryker sig långsamt över munnen. Kan Kristian se det hon såg i spegeln i morse? Att hon har tre ansikten, det ena över det andra? Ett som tillhör en flicka, ett annat som tillhör en kvinna, ett tredje som tillhör en gumma? Förstår han att alla tre är lika verkliga?

"Alice", säger Kristian. Hans röst är sjutton år.

Hon vänder bort blicken och låter den svepa över restaurangens vita väggar, letar efter någonting att fästa den vid. Men det finns ingenting, restaurangen är så sträng i sin enkla elegans att den knappt ens rymmer några skuggor. Dessutom börjar den bli tom. Större delen av lunchgästerna har dragit sig tillbaka till sina bankpalats och departement. Det är bara två kvinnor kvar. Medelålders. En rödhårig. En mörk. Deras skratt stiger som en stålspiral mot taket.

"Alice", säger Kristian igen.

Hans röst. Hennes namn. Det faller genom henne som en droppe blod i ett vattenglas. Hon kan se hur det bildar ett rött litet cirrusmoln innan det upplöses och försvinner. Först nu märker hon att han har lagt sin hand på hennes. Den ser ut som ett djur. Ett varmt litet djur med gles borst, ett djur som vilar tungt över ett annat. Hennes egen hand är iskall, därför låter hon den ligga kvar en stund. Sedan gör hon sig fri, lägger sin egen hand på Kristians och lyfter

den mot sin kind, lägger sitt huvuds hela tyngd i hans handflata. Vilar.
"Alice", säger Kristian än en gång.
"Ja", säger Alice och fuktar sin underläpp. "Ja."

V.

GLÄDJEN ÄR SORGENS LIVMODER. Kärleken är hatets.
Djupt i den rena sanningen kurar de smutsigaste lögnerna.
Allt rymmer sin motsats.

Du öppnar en grind och tror dig äntligen ha triumferat över Gud eller ödet eller världens villkor. Där ligger huset: ett snötäckt litet ruckel som ingen annan gruvarbetare vill ha. Det ligger alldeles på mittpunkten mellan Herräng och Hallstavik, alldeles för långt från det ena samhället och lika långt från det andra. Ändå kramar du lyckligt din brudbukett, den som både prästen och fotografen har tittat på med ett så roat ansiktsuttryck att du har förstått att den är löjeväckande, att man egentligen inte kan ha hyacinter i brudbuketten. Men låt dem gärna stå där och flina. Fint folk kan ju åka till någon handelsträdgård och köpa rosor och anemoner mitt i vintern, men fattigt folk får själva driva upp sina blommor. Och det tänker du fortsätta med trots att du aldrig mer kommer att bli så fattig som du har varit: nu står du ju med en ring i äkta guld på fingret och ser hur en blå vinterskymning letar sig in i en trädgård som du kan kalla din egen. En gnistrande vinterträdgård, full av stjärnfall. De glödande flagorna är godtemplarnas gåva till brudparet: de har tätat den spruckna skorstenen och låtit en brasa brinna nästan hela dagen för att det ska vara riktigt varmt i huset.

Vi har fått ett hem, vill du säga till mannen vid din sida. Ett eget hem. Men du tror att sådana ord är farliga. Därför lyfter du dina kjolar och pulsar tigande genom snön mot framtiden och de förluster som väntar.

Allt rymmer sin motsats.
Du tar ett steg över tröskeln och stiger in i rum 412 på Sheraton

Hotel. Utanför fönstret kråmar sig Stockholm i den tidiga eftermiddagens gyllene ljus: Riddarfjärden glittrar, Stadshuset rodnar, söders ockrafärgade fasader får ett stänk av terrakotta. Men allt detta ser du bara som hastigast, sedan tvingas du sluta ögonen därför att någon kysser dig på halsen, någon som minns det där stället under örat där all lust börjar och allt motstånd tar slut. Och just för att han minns glömmer du allt du någonsin har lovat dig själv. Du älskar ju och är själv älskad. Därför ler du åt den lilla rysning som kilar genom kroppen när du lägger din kind mot hans, därför fuktar du dina läppar och särar dem, därför blir du tårögd av skratt eller gråt när du känner hur han fumlar med behåns knäppning på samma sätt som förr.

Men när du har legat i sängen en stund inser du att ingenting av detta är sant: kärleken är torr och smakar papper. I samma ögonblick ger mannen ifrån sig ett litet stön och rycker till. Det är en håglös ejakulation, ändå bränner den och svider. Kroppen har inte glömt. Slidans slemhinnor bleknar av motvilja, livmodern drar sig samman i förfäran, äggledarnas vissnande slöjor vajar som i storm för att driva undan dessa alldeles för välbekanta celler. Det skulle ju inte få hända igen! Aldrig. Du svor ju på det, en gång för länge sedan ...

Mannen sätter sig upp och vänder ryggen till, skakar en cigarrett ur paketet. Själv ligger du orörlig och kramar kudden, kikar genom halvslutna ögonlock på hans bild i spegeln på andra sidan rummet. Ansiktet är slappt. Han ser äcklad ut.

"Varför?" säger du till slut. "Varför ville du träffa mig?"

Mannen drar handflatan över ansiktet, hans röst är hes.

"Ja, inte fan var det för det här ..."

Han drar ett djupt bloss och när han talar på nytt sipprar röken ur hans näsborrar.

"Men vi har ju en unge ihop. Eller hur?"

Du svarar inte. Men du tvingar dig att se på honom. Det är straffet. Det är vad du förtjänar när du har svikit dig själv.

"Jag vill träffa honom. Eller henne", säger han. "För gårdens skull. Och du är väl den enda som vet var jag ska börja leta ..."

Allt rymmer sin motsats.

Du tror dig fri när du leder din reklamtyngda cykel mot Skärstabrons krön och plötsligt får syn på en välbekant gestalt. En gestalt som du inte hade väntat dig att se. Bussen från Stockholm skulle ju ha kommit redan för två timmar sedan, han borde ha hunnit hem för länge sedan. Men där går han alltså. En fyrkantig man klädd i en vindtygsjacka i de klaraste färger: tomterött och marinblått, ett litet stänk av gult. Han bär en svart nylonväska över axeln. Den tycks vara mycket hårt packad, hela den massiva kroppen lutar för att parera tyngden.

Allt detta hinner du se och tänka på mindre än tre sekunder. Sedan slår rädslan ut, fladdrar med svarta vingar genom kroppen. En enda tanke återstår, den slår mot kraniet som en blind fågel: det finns ingenstans att fly. Du går på en bro och det finns ingenstans att fly.

Nu får han syn på dig. Tvekar. Ni har inte setts på mer än ett år, kanske känner han först inte igen dig.

"Hej", säger han sedan. "Är Carina hemma?"

Du nickar stumt, men fortsätter att gå. Han höjer handen i en ordlös befallning. Du stannar.

"Och Mikael?"

Du skakar på huvudet.

"Jaha. Är han i Herräng?"

Du nickar igen. Är han inte klok? Varför pratar han så där? Som om det vore vilken plastpappa som helst som mötte sin styvdotter.

"Ska du dela ut reklam?"

Du nickar än en gång. Mannen flyttar den tunga väskan från högra axeln till den vänstra. Ler lite.

"Jag flyttar hem nu", säger han. "Det vet du, va ..."

Du sänker blicken och ser ner i asfalten.

"Så nu blir det en annan ordning. Bara så du vet. Från och med nu bor du hemma. Inte hos några släktingar. Inte hos några killar. Och i kväll ska du vara hemma klockan sju. På minuten."

Du gör en liten rörelse med huvudet. Den kan betyda både ja och nej. Mannen sänker rösten ytterligare och flinar till.

"För du är väl rädd om svansen. Va? Du är väl fortfarande rädd om den lilla svansen?"

TREDJE ADVENT. ÄNNU DRÖJER SNÖN.

Ljuset i Augustas sovrum är gulaktigt, en skugga rör sig över tapeten. En skugga med vippande kjol. Alice har köpt ny klänning. Röd. Med persiskt mönster.

"Vinterbomull", säger hon och rättar till skärpet. "Från Martinette."

"Vinterbomull?" säger Augusta och skakar på den blanka kastanjeyta som Alice strax ska kamma. "Herrejösses. Det är så fint att man inte ens begriper det ..."

De anstränger sig. Båda två. Hösten ligger bakom dem.

Befrielsen kom i ett brunt kuvert en dag i augusti. Televerkets personalavdelning meddelade att Alice Johansson hade antagits till telefonistutbildning i Stockholm. Två veckor senare somnade hon för första gången i ett hyresrum på Dalagatan och ytterligare en vecka senare kopplade hon sitt första rikssamtal: från Stockholm till Landskrona, personligt till Edna Danielsson. Det var ett dödsbud, men ett dödsbud som Edna tog med fattning. Hon hade inte träffat sin faster på tjugo år, fastslog hon på sin breda skånska, och hade inte haft några planer på att göra det under de närmaste tjugo åren heller ... Det var allt Alice hann höra innan hon fick syn på vaktföreståndarens rynkade ögonbryn och hastigt släckte den lilla lampa som avslöjade att hon tjuvlyssnade.

Sedan dess har hon suttit några veckor på Nummerbyrån och några veckor på Telefonvakten. Numera sitter hon på Norden. Det är en karriär. Det är bara de duktigaste flickorna i varje kull som får gå till Norden. Om hon fortsätter att vara duktig kommer hon kanske att hamna på England. Det är vad hon hoppas: när hennes egna lampor inte blinkar brukar hon iaktta Englands-telefonisterna en bit bort. De har jumperset och pärlhalsband och bruna handväskor som står på golvet och ser betydelsefulla ut. Dessutom talar de engelska. *"Hello"*, ropar de i sina lurar. *"This is Stockholm calling ..."* Alice skulle gärna vilja tala engelska på jobbet. Hon tror att det skulle vara som att leva i en film.

Men också de svenska yrkesfraserna har sina möjligheter. *Klart Stockholm – Oslo! Stockholm söker Mette Nielsen! Var god dröj!* Hon bär dem som en mask, gömmer sig bakom dem, leker att hon verkligen är vuxen och yrkeskvinna. Ändå är hon fortfarande så mycket flicka att hon studsar av iver när NUR signalerar att hon vill gå på *ögonblick* med AJO. NUR är en skrattlysten blondin från Gotland. Ett *ögonblick* är en kort paus, precis lagom lång för att man ska hinna ut på toaletten och sätta lite puder på näsan medan man diskuterar vad man ska ta sig för efter jobbet. AJO är Alice själv. Televerket har tagit hennes namn i beslag och skänkt henne en förkortning i utbyte. Mycket få telefonister vet varandras namn, de känner bara till de tre bokstäver verket har försett dem med. Ibland undrar Alice vad NUR och ELG och de andra egentligen heter, men det har aldrig fallit henne in att fråga.

Hon tycker om sitt nya liv. Hon tycker om Stockholms tvetydighet, detta att den himmel som kupar sig över staden alltid är en smula obestämd i färgen, isblå i ena stunden, ljusgrön i den andra. Hon tycker om att solen glittrar i moderna glasfasader, men att det ändå luktar utedass på sina håll. Hon tycker om sina oregelbundna arbetstider, detta att hon får gå ensam längs Sveavägen tidigt om morgonen den ena dagen och trängas i lunchrusningen den andra. Hon tycker om sina arbetskamrater, dessa ständigt skrattande flickor från Gotland och Örebro, Malmö och Vilhelmina som drar runt i varuhusen när arbetet är slut för dagen och tittar på kläder. De vet allt om varandras garderober och ingenting om varandras tankar. När de hejdar sig någon gång och sätter sig på ett café någonstans kan det bli alldeles tyst vid bordet, de sitter stumma och rör i sina koppar, var och en försjunken i sin egen gåta ända tills NUR ruskar på huvudet och säger att det är dags att bestämma vad man ska göra på lördag. Som om det inte vore självklart. På lördagarna går man på Nalen. Om man nu inte måste jobba.

Alice tycker mer om att förbereda sig för att gå på Nalen än att verkligen gå dit. Redan tidigt på eftermiddagen lägger hon behån, trosorna, strumpebandshållaren och de styvstärkta underkjolarna i en vit liten rad på sängen, baxar sedan in hyresvärdinnans tvättbalja på rummet, sätter sig på huk i det varma vattnet och gnuggar varje centimeter av sin kropp med tvättlappen. Efteråt talkar hon sig med ett syrendoftande puder och formar håret med en klick vaniljdoftande *Suave*. När hon är klar sätter hon sig på sängkanten och väntar. Det är den bästa stunden på hela veckan: en halvtimme som känns lika ren och nystruken som hennes underkjolar. Ändå ler hon för sig själv när hon hör tramp i trappan och ett dämpat fnitter. Nu kommer dom. ELG och NUR. Hennes namnlösa vänner.

När de rusar nerför trappan igen har de blivit systrar: de bär alla samma ansikte. Det är ELGs förtjänst. Hon har placerat först NUR och sedan Alice på en pinnstol och försett dem med fylliga ögonfransar, svarta ögonbryn och läppar med samma djärva krökning som Ava Gardners.

NUR är inte den sötaste flickan på Nalen, ändå är det hon som får dansa mest. Kanske beror det på att hon är så mjuk och följsam: det verkar som om hon bara behöver lägga sin hand i en pojkes för att hennes nervsystem ska bli en förlängning av hans. Hon ler och skakar sina blonda lockar, en knubbig älva i rosa angorajumper som känner hans rytm och rörelser redan innan de har hunnit ut på dansgolvet, en älva som kryper tätt intill när det är foxtrot och knycker fräckt på höften när det är bugg. När hon snurrar som värst kan hela Nalen se hennes strumpeband. Inte för att det är mycket att se, påpekar ELG torrt. NURs strumpeband ser ut som alla andra strumpeband. Men ändå.

ELG har för sin del inga planer på att blotta strumpebanden. Hon spanar efter Lars-Åke eller Häradsbetäckaren, som hon kallar honom på sin gnälliga örebrodialekt, den som motsäger allt hon är och allt hon ser ut att vara. ELG är en mycket vacker, mycket lång och mycket rödhårig flicka vars minspel sätter skräck i det motsatta könet. De få unga män som trots allt vågar sig fram för att bjuda upp får ofelbart handsvett när hon reser sig upp och suckar. Ingen kan undgå att förstå vad hon menar: *Herregud ... Måste jag verkligen?*

Men det måste hon. Alla tjejer måste dansa med alla killar som bjuder upp. Åtminstone så länge killen är nykter. Alltså måste ELG låta sig släpas över dansgolvet då och då av andra än Häradsbetäckaren, hon får inte utsätta sig för risken att stämplas som nobbarbrud. Då kommer ingen att bjuda upp henne. I synnerhet inte Häradsbetäckaren: som veteran på Nalen ankommer det på honom att se till att de outtalade reglerna efterföljs. Och att nobbarbrudar ska hållas kort är den viktigaste regeln av alla.

Häradsbetäckaren är grävmaskinist och minst fem år äldre än ELG. Kanske mer. Redan första kvällen berättade han att de flesta av hans gamla kompisar hade fallit ifrån. Blivit tvungna att gifta sig. Nu bor de med fruar och ungar i kökssofforna hemma hos föräldrar och svärföräldrar, för en egen lägenhet är det ju omöjligt att få. Själv tänker Häradsbetäckaren aldrig fastna i den fällan. Hellre äter han kola med papper på tills den dag han dör. Han är ju inte dum. Han föredrar nämligen att byta smak då och då. Bara för att man gillar Dixie-kola behöver man ju inte tacka nej till Rival. Eller hur?

"Och jag då?" säger ELG och låter som av en händelse sitt lår glida in mellan hans när han för henne över dansgolvet till ett stycke musik som ingen av dem hör, men som mycket väl skulle kunna vara *Chattanooga Choo-Choo*. "Vad är det för smak på mig?"

"Aaah!" säger Häradsbetäckaren och trycker sitt underliv mot hennes, gnuggar lite. "Gräddkola. Definitivt gräddkola ..."

Häradsbetäckaren har svårt att stå ut med sin egen längtan efter ELG. Om han har följt henne hem två lördagar i rad så ignorerar han henne den tredje, hälsar knappt och bjuder inte upp. I stället är han noga med att låta henne se hur han hämtar en annan flickas kappa i garderoben och lägger den över hennes axlar. ELG knycker på nacken och ser högdragen ut, men inne på damtoaletten faller hon i Alices armar och brister i gråt. *Den jäveln! Hoppas han får syfilis och dör!* Men sorgestunderna varar aldrig särskilt länge. Efter fem minuter sköljer hon ansiktet med kallt vatten och svär på att hämnas. Hon vet precis hur hon ska göra: hon ska köpa ett par jättestora laxrosa underbyxor och stoppa dem i handskfacket på hans bil. För det är nämligen inte hans alldeles egna bil, han delar den med sin pappa. Och om söndagarna brukar pappan och mamman alltid åka en tur. Ha! Det skulle vara kul att höra vad de säger när de hittar ett par riktiga kärringkalsonger i handskfacket ...

Alice följer maktspelet mellan ELG och Häradsbetäckaren med tveksam förtjusning, precis som hon följer många andra små dramer på dansgolvet. Själv får hon inte dansa särskilt ofta. Två gånger per kväll, kanske. Eller tre. I övrigt sitter hon ensam vid det lilla cafébordet, vaktar de andra flickornas handväskor och snurrar på ett glas Pommac. ELG och NUR tycker synd om henne, men det är bara för att de inte förstår. Alice vet mycket väl vad hon gör när hon knäpper blusen ända upp till kragen och aktar sig för att se för glad ut. Det är ett medvetet val. Ett beslut. Hon vill inte vara med. Hon vill bara titta på.

Ändå är det viktigt att gå på Nalen. Om inte annat så för att det retar Inga och Erland. I början av hösten ringde Alice hem till Jönköping en gång i veckan – det finns gratistelefoner i telefonisternas kapprum – och hon försummade aldrig tillfället att nämna att hon hade varit på Nalen. Effekten var omedelbar: Inga blev gäll på rösten och lämnade över luren till Erland. Och Erland hummade och harklade sig en stund innan han arbetade upp sig till ett rytande. Hon gjorde faktiskt sin mamma alldeles olycklig! Begrep hon det? Varför i Herrans namn kunde hon inte ta sitt förnuft till fånga och komma hem till Jönköping nu när allt det tråkiga var över? Återuppta sina studier. Leva ett vanligt familjeliv. Uppföra sig som en flicka med hennes bakgrund bör uppföra sig.

"Hon måste", kved Inga i bakgrunden. "Hon måste! Folk undrar ju ..."

Skit på dig, tänkte Alice och häpnade i samma stund över sig själv. Hon hade ingen aning om att hon kunde vara så vulgär. Och att det kunde vara så skönt. *Skit på dig! Skit på dig! Skit på dig!* Hon fick bita sig i läppen för att inte skratta högt.

"Jag börjar jobba om två minuter", hojtade hon i luren. "Vi hörs!"

Hon har inte varit hemma i Jönköping på mer än ett år. Sexton månader. Ibland längtar hon, men bara för ett ögonblick, sedan skjuter hon undan tanken. Numera ringer hon inte ens. Inte efter Erlands besök.

En kväll i slutet av november knackade hyresvärdinnan på hennes dörr och förklarade att någon sökte henne. Alice satte sig hastigt upp: hon hade slumrat till medan hon låg på sängen och läste Vecko-Revyn. Hon slätade till håret i samma ögonblick som Erland trädde över tröskeln.

"Pappa", sa hon yrvaket. "Kommer du?"

För en sekund var hon nära gråten, sedan svalde hon och satte fötterna på den kalla korkmattan. Erland hade knäppt upp överrocken och höll sin hatt i handen, svepte med den i luften medan han förklarade. Han var på tjänsteresa och hade fått några timmar över. Ville bara se hur hon hade det. Hyresvärdinnan var ett enda leende i bakgrunden.

"Vill fröken Johansson bjuda sin far på en kopp te? I så fall går det bra att använda köket ..."

Alice neg rutinmässigt.

"Tack, men jag har inget te ..."

"Det går bra att låna ..."

"Vill du ha en kopp te, pappa?"

Erland log vagt och tummade på hatten:

"Mycket gärna."

Utanför fönstret virvlade vinterns första snö.

De drack sitt te under tystnad, Alice satt på sängkanten med sin kopp på nattduksbordet, Erland satt i den vita karmstolen med koppen på skrivbordet.

"Trevligt rum", sa Erland till slut och trevade i innerfickan efter cigarretterna.

"Mmm", sa Alice.

"Lite kallt, kanske."

"Jo. Ibland så ..."

"Påminner om ett rum jag hyrde när jag gick på Chalmers. Iskallt. Men det stod man ju ut med. För man visste ju att man var på väg mot något bättre."

Alice tog en klunk te och hummade obestämt. Detta var ett preludium. Något skulle följa. Något obehagligt.

"Vart är du på väg, Alice?"

Där kom det. Erland tände sin cigarrett, för ett ögonblick svepte en svag doft av tändarbensin genom rummet. Alice harklade sig, ändå fick hon inte riktigt tag på sin röst.

"Hur menar du?"

Erland ryckte på axlarna.

"Är det så här du vill leva? Bo i ett sjaskigt litet hyresrum? Jobba som telefonist? Gå på Nalen och hålla på med pojkar?"

Alice svalde och tittade ner i sin tekopp. Några bruna flagor cirklade mot botten. Erland drog ett djupt bloss:

"Är det en sådan flicka du är? Egentligen?"

Röken från hans cigarrett bildade ett litet cumulusmoln. Alice stirrade på det, men svarade inte. Erland höjde ögonbrynen.

"Men det blir kanske så när man får allt serverat. Eget rum från den dag man föds. Leksaker. Fina kläder. Den bästa utbildning som går att få ... Somliga förstår inte att värdesätta det. De dras till det simpla. Det billiga."

Ett ögonblicks tystnad. Erland askade.

"Om det nu inte är så att somliga föds sådana. Billiga. Och att det är omöjligt att göra något åt. Din mor tror det. Själv är jag inte lika säker."

Alice satt orörlig och kände tårarna stiga. Något rörde sig i maggropen. Inte den välbekanta sorgen. Något annat. Något nytt och ovant. Hon harklade sig, ändå var rösten hes när hon äntligen talade.

"Jag fick en liten pojke", sa hon och såg ner i sin kopp. "Vet du det? Och vet du vad som hände med honom?"

Erland satt orörlig ett ögonblick innan han reste sig upp och dödade sin cigarrett mot tefatet.

"Dig går det ju inte att tala med", sa han och drog på sig rocken.

Dagen därpå var hon ledig från jobbet.

Egentligen borde hon ha stannat hemma och skött det hon brukade sköta på sina lediga dagar. Tvättat håret. Torkat golvet. Tvättat strumpor och underkläder och hängt dem till tork framför kakelugnen.

Nu gjorde hon ingenting av allt detta. I stället tog hon på sig sin kappa så fort hon hade bäddat sängen och gick ut. Gårdagskvällens snö hade börjat smälta, solen sken och himlen var utan ett moln, ändå frös hon. Kanske berodde det på ljuset: solskenet hade en ton av metall som hon aldrig hade lagt märke till förut.

Hon höll ihop kragen på sin kappa med ena handen och räknade några småmynt i fickan med den andra. En femöring, tre tjugofemöringar och två femtioöringar. Det skulle räcka. Dessutom hade hon en hel femtiolapp i sin plånbok: hon hade ju fått lön för mindre än tre dagar sedan.

Kanske var hon den första gästen på Vete-Katten den där morgonen. Det verkade så. Det var alldeles tomt bland borden och vid disken låg bullar och kakor i symmetriska och ännu orörda travar. Hon mumlade fram sin beställning: en kopp kaffe och en napoleonbakelse, satte sig sedan vid ett bord och började peta med tårtgaffeln i bakelsen utan att ens knäppa upp kappan. Hon ville ta av locket för att kunna spara det till sist. Så hade hon alltid ätit sina napoleonbakelser under de år då hon flydde från grälen där hemma: innanmätet först med sin milda vispgrädde och sitt syrliga äppelmos, locket sist med sin söta sylt och sin ännu sötare glasyr. När hon kom till locket var hon så ivrig att hon darrade. Hon hann inte mer än svälja den sista tuggan förrän hon reste sig upp och beställde ytterligare en bakelse. När den var slut upptäckte hon att hon inte hade tagit en enda klunk av kaffet. Hon tömde koppen i ett enda drag, innan hon torkade munnen med handens baksida och drog på sig vantarna. Hon hade bråttom. Det fanns ju andra konditorier att besöka ...

När det blev eftermiddag låg hon orörlig på sin säng med en kudde i famnen. Hon mådde illa. Borta på skrivbordet stod en tom tårtkartong, den som hade innehållit de fyra sista napoleonbakelserna. Hon hade ätit dem direkt ur kartongen, utan vare sig gaffel eller sked, bara tryckt in dem i munnen och svalt dem nästan utan att tugga. Efteråt hade hon slickat sina fingrar och slött försökt räkna ut hur många bakelser hon hade tryckt i sig sedan i morse. Sexton? Eller bara femton?

Och nu låg hon på sängen med en kudde i famnen.

"Gråt inte", sa hon och smekte dess yllefrans. "Gråt inte. Allt blir snart bra igen ..."

Sedan dess har hon varit noga med disciplinen. Hon har ätit tre mål mat om dagen, varken mer eller mindre, torkat golvet i sitt rum två gånger i veckan, tvättat håret varannan dag (trots att ELG säger att det är direkt skadligt att tvätta håret så ofta) och lämnat in fyra par trasiga nylonstrumpor på uppmaskning. Dessutom har hon skaffat sig bankbok. Där samlar hon alla pengar hon tjänar på att jobba extra. De äldre telefonisterna vill gärna slippa sina värsta skift, de överlåter lördagskvällarna och söndagarna på de yngre med en suck av lättnad. De behöver ju inte bry sig om pengar. De är ju gifta.

Men Alice bryr sig om pengar. Mer nu än någonsin förr. Hon har redan fått ihop över åttio kronor på sin postsparbanksbok och snart ska hon få ihop lika mycket till och mer. Hon ska jobba hela julen: hon har åtagit sig dubbla skift både på julafton, juldagen och annandagen. Dubbla skift med nästan dubbel lön.

Det är därför hon är hos Augusta över tredje advent: det är ett slags ursäkt för att hon inte kommer till jul. Och för att hon har varit så dålig på att hålla kontakten under hösten. Hon har skickat ett par vykort. Det är allt. Augusta har svarat med ett litet brevkort med några korta fraser: Jag mår bra. Vintern dröjer. Kåre och Marianne har tagit ut lysning.

Men nu drar Alice kammen genom sin farmors hår och vill att allt ska vara som förr mellan dem. Innan barnbördshus och mödrahem. Innan den stora tystnaden.

"Berätta nu", säger hon. "Berätta om Isak. Berätta hur det verkligen var."

"Nej", säger Augusta.

Alice går ner på knä bakom hennes rygg, drar kammen nästan ända ner till golvet.

"Varför inte?"

"För att jag inte vet hur det verkligen var."

"Men du var ju där. Du såg det hända."

"Pöh", säger Augusta. "Som om det skulle betyda något."

DE FÖRSTA ÅREN VAR ALLDELES OBEGRIPLIGA. Violblå sommarnätter. Höstdagar som skimrade av guld. Vintermorgnar framför en sprakande brasa. Ett regn av äppelblom under våren.

Ibland hejdade sig Augusta mitt i en rörelse, insåg hur mycket hon hade att förlora och frös fast av fruktan. Det kunde inte vara meningen att man skulle få ha det så bra.

Det måste straffa sig.

Bara en mil bort var allt annorlunda. I norr sträckte hungern redan sina långa fingrar efter gruvarbetarnas barn, den hunger som snart skulle klösa i fattigungar över hela landet. I söder trängde sig ett pappersbruk genom den trånga gång som skiljer det som existerar från det som inte existerar. Vardagarna var lera och kaos, värkande kroppar och lortiga baracker, helgerna var fylla och spyor, hånflabb och slagsmål. Och i tidningen Social-Demokraten kunde man läsa om hur det stod till ännu längre bort: ute i Europa hade unga män just börjat gräva de första skyttegravarna och kanonerna hade fått erektion.

Snart skulle hela världen vara full av smärta.

Hela världen utom Nordanäng.

Hela världen utom Augustas hus.

Det var ett ruckel. Inte tu tal om saken.

Alltså var det stor tur att Isak var så fenomenal på att hitta saker. Hela hans väg från Nordanäng till gruvan i Herräng tycktes beströdd med skatter. Krokig spik. En hink med halvt intorkad rödfärg som lät sig spädas ut och väckas till liv. En bräda här. En planka där. En hel gran som råkat blåsa omkull på svårtillgänglig bolagsmark och som ingen skulle sakna om någon tog sig för att släpa hem den en natt med hjälp av en trolös ardenner som för några sockerbitars skull lät sig ledas ut ur hagen.

Det var lika stor tur att Augusta hade tjänat både i herrskapshus och i ångkök och således visste hur det skulle gå till här i världen. Ryktet om hennes färdigheter spred sig snabbt. När doktorn i Häverödal skulle ha kalas fick hon laga kalvsteken och när den äldsta kockan på Ångköket hade hostat sig in på sanatoriet fick hon rycka in några veckor och koka palt åt de sista byggnadsarbetarna och de första pappersarbetarna. Hon tvättade linnedukar och lakan (men aldrig spetsgardiner) åt kyrkoherden i Häverödal och vände slitna kavajer ut och in åt de mest renläriga av Herrängs godtemplare, de som inte ville ta den supige skräddarens tjänster i bruk.

De arbetade hårt, även när de behövde vila. Isak byggde om huset, planka för planka, Augusta satte potatis och plockade lingon. Ändå kändes det som om det var söndag nästan jämt. När det blev sommar satt de på sin nybyggda veranda om kvällarna och häpnade över sin stora tur. Augusta tänkte på brödet och sillen och den goda gröten som stod på bordet vareviga dag, Isak på veden och värmen och den äkta sängen vars lakan doftade av vind och såpa. Och Erland och Harald, som låg tätt sammanslingrade i Augustas livmoder, log belåtet åt fosterlivets drömmar om den värld som väntade.

Allt var så bra. Nästan fulländat. Om det nu inte hade varit för det där med Olga.

"Hon är ju så liten", sa Isak.
"Hon är två år", sa Augusta. "Stor nog att hålla sig torr."
"Herrejösses", sa Isak. "Jag pissade i sängen till jag var tolv ..."
"Så fick du mycket stryk också."
"Ja. Och inte fan hjälpte det."

"Hon är ju så liten", sa Isak.
"Hon är två och ett halvt", sa Augusta. "Stor nog att vara tyst när man säger åt henne att vara tyst."
"Hon är väl mörkrädd, det blir kanske ensamt för henne inne i kammaren."
"Det finns inget att vara rädd för inne i kammaren."

"Men i alla fall ... Ska vi inte låta henne sova i kökssoffan hos oss?"

"Var ska vi då lägga småpojkarna? Och hon borde vara glad över att hon har en egen säng. Det är mer än vad jag hade."

"Hon är ju så liten", sa Isak.

"Hon är tre år", sa Augusta. "Stor nog att lyda. Har jag sagt att hon ska komma fram så ska hon komma fram. Hon kan inte sitta under köksbordet i all evighet."

"Jamen hon är kanske rädd ..."

"Rädd? Vad har hon att vara rädd för? Sin egen mor kanske?"

"Men du blir ju så förbannat arg, Augusta ... Kan du inte försöka ta det lite nätt?"

"Sköt det du då, om du vet så väl hur det ska göras. Jag måste ta hand om pojkarna ..."

Det fanns dagar då Olga satt under köksbordet från det att Isak gick till gruvan om morgonen till det han kom hem på kvällen. Augusta vädjade under förmiddagen och grälade under eftermiddagen, lockade med smörgås och hotade med stryk, utan att det hjälpte det minsta. Olga satt där hon satt och om Augusta försökte krypa in under bordet och släpa fram henne skrek hon så gällt att tvillingarna vaknade och katten sköt rygg. Men när Isak klev över tröskeln i kvällningen kröp hon ut på köksgolvet och rusade emot honom, slog armarna om hans hals och lät sig lyftas. Isak skrattade och strök henne över håret; detta märkvärdiga vuxenhår i mörk mahogny som hängde i en tjock fläta över en mycket tunn rygg.

"Min prinsessa", sa han och lade försiktigt sin skäggstubb mot hennes mjuka kind. "Mitt lilla änglabarn ..."

Borta vid spisen stod Augusta och såg på honom med ett ansikte där dagens nederlag hade ristat svarta linjer. Men Isak såg bara det han ville se.

"Du är tamejfan vackrare än själva skogsrået ..." sa han och lät sitt vita leende blixtra genom köket. Augusta försökte hejda sitt leende, men misslyckades och torkade i stället händerna på förklädet:

"Din stolle! Ta med dig ungen ut en stund, så ropar jag när maten är färdig ..."

Han tröstade dem båda. Om söndagsmorgnarna tog han sitt metspö i den ena handen och Olga i den andra och gick med henne genom skogen ner mot Strömsviken, satt sedan i en timme eller mer och tittade på det guppande flötet medan Olga lekte med pinnar och småsten vid strandkanten. Och när det blev kväll lade han armarna om Augusta och vaggade henne, lät henne ligga tyst i sin famn och sörja allt det där obegripliga som hon tycktes vara född att sörja.

Han var den ende som såg hennes sorg. Den ende som tilläts se.

För människorna i världen utanför såg det ut som om det var Augusta som bar Isak, som om det var hennes vresiga beslutsamhet, hennes handlingskraft och ordningssinne som på bara några år förde honom från skammens gränsland till ett liv i värdighet. Numera flinade herrängsborna inte längre bakom hans rygg, de log bara lite snett. Isak var inte längre den supigaste godtemplaren i Herräng, han var en gruvarbetare bland andra och det faktum att han var illa sedd av stigaren – som fortfarande saknade både piga och gardiner i sitt förmak – lände honom snarast till heder. Om han ändå betraktades med ett visst överseende så berodde det på att han tänkte för mycket. När logen ordnade diskussionsaftnar om stora ting som livets mening och den fattiges dygder stod han alltid först på talarlistan. Han kunde vara mycket övertygande, alltså var det huvudsakligen hans förtjänst att logen Godt Hem genom handuppräckning kom att fatta beslut om att livet verkligen har en mening (trettionio röster mot tolv) och att broderskap är den fattiges viktigaste dygd (fyrtiotvå röster mot sju). Men när mer jordnära frågor var på tapeten, som detta att bönderna hade höjt mjölkpriset från sexton öre litern till tjugoåtta på mindre än ett år, satt han tyst i sin bänk och lät Augusta föra familjens talan. Det gjorde hon med sådant besked att Isak efteråt påstod att det skulle ha blivit revolution i Sverige redan den andra krigsvintern om inte Erland och Harald hade råkat få vattkoppor. Å andra sidan blev det pinsamt tyst den gången då hon äntrade talarstolen och manade till kamp mot könslagarna. Logetemplaren dunkade klubban i bordet när hon började gå in på de franska säkerhetsartiklarnas förträfflighet å ena sidan och fosterfördrivningens fasor å den andra. Det fanns faktiskt ungdom i lokalen! Ungdom som inte skulle kunna sätta saker och ting i sitt rätta sammanhang ...

Isak och Augusta var alltså lite egna, men deras barn var som ungar är mest, bara aningen mer renskrubbade. Det fanns aldrig en fläck på tvillingarnas koltar och aldrig en skrynkla på Olgas förkläde. Ingen i logen tycktes heller lägga märke till att Olga alltid sökte sig till Isak, och om någon trots allt lade märke till det så framstod det som alldeles naturligt. Augusta hade ju fullt upp med Erland och Harald, de rödkindade tvillingarna. De klängde ständigt på henne, slog sina knubbiga armar om henne och sökte med hungriga munnar över hennes hals och kinder efter bröstvårtor, skrek förorättat varje gång hon gjorde sig fri. Inte för att det hände särskilt ofta: Augusta tyckte om att ha sina pojkar tätt intill sig, helst en på vardera armen, så att hon bara behövde sänka sitt huvud en aning för att låta läpparna stryka över ett dunigt huvud eller en varm kind. Om hon hade haft ytterligare ett par armar skulle hon ha burit dem dygnet runt, nu var hon tvungen att lägga dem ifrån sig ibland så att hon kunde sköta allt som måste skötas.

Isak betraktade sina söner med förskräckelse och förtjusning, det var som om han inte riktigt kunde tro att de verkligen var hans. Skulle han kunna vara upphov till så mycket vilja och envishet? Till så många ilskna skrik och en så glupande hunger? Skulle han kunna ha något att göra med det mannamod och den svettiga beslutsamhet, som drev dem båda att resa sig upp och tulta vidare över köksgolvet, trots att de hade fallit och slagit sig alldeles nyss?

"Pappa upp i dagen", sa tanterna i logen och nöp först Erland och sedan Harald i kinden. Pojkarna solade sig i uppmärksamheten och log med vita risgrynständer, men Isak rynkade pannan. Drev de med honom? Visst kunde han se att han var både längre och bredare än de flesta av karlarna i logen, men att han skulle ha någon likhet med de där blivande jättarna det kunde han inte begripa. Hans axlar sluttade ju på ett sätt som tvillingarnas axlar aldrig skulle komma att slutta och hans dasslockshänder dinglade av tafatthet. Han hade aldrig varit tillräckligt säker på någonting för att kräva och begära, på det sätt som tvillingarna hade krävt och begärt sedan den stund de föddes.

Konstigt nog kände han sig mer besläktad med Olga. Han kände igen sig själv i hennes hastiga sidoblickar innan hon fattade ett beslut, i hennes sätt att kura med ryggen när hon utförde sina arbetsuppgifter – småsaker till en början som att sopa golvet i köket och lägga tvillingarnas blöjor i blöt, större saker längre fram som att laga gröt och knåda deg – och i hennes sätt att låta ett vädjande leende fladdra över ansiktet innan hon vågade framföra ett påstående.

Å andra sidan fanns det nästan ingen likhet alls mellan Olga och Augusta, ingenting mer än håret och den njutning de båda tycktes finna i att syssla med sitt hår. Augusta hade redan börjat bli ganska bred om rumpan, men hon var stark och smidig och alltid säker på handen. Olga var liten och späd, men överraskande klumpig. Om vintrarna halkade hon på verandatrappans is och damp på ändan, om somrarna snubblade hon på sina egna fötter och skrapade knäna. Augusta suckade och himlade sig när hon såg sårskorporna. Tänk om hon hade snubblat fram genom tillvaron på det viset när hon var barn? Herrejösses! Hon skulle ha fått stryk tills hon lärde att se sig för. Men Olga fick sitta i Isaks knä när hon hade gjort sig illa, han blåste på såren också när de var flera timmar gamla och matade henne med sockerbitar så fort Augusta vände ryggen till. Dessutom var Olga trög och långsam i både tal och arbete. Hon kunde sitta med ett par strumpor i en timme eller mer utan att åstadkomma annat än en gles och knölig stoppning. Augusta fnös åt henne och klippte upp: det skulle ju göras ordentligt. Platt och prydligt och tätt!

Själv var Augusta verksam från morgon till kväll, ständigt sysselsatt med två eller tre eller fyra saker samtidigt. Hon bakade bröd samtidigt som hon tätade draghålen i kammarväggen med trasor. Skurade golv samtidigt som hon syltade lingon. Saltade in fläsk samtidigt som hon vitmenade skorstensstocken. Läste Social-Demokraten samtidigt som hon stickade sockor. Dessutom talade hon oavbrutet. Om kriget och den skamliga livsmedelsexporten, om hungersnöden i städerna och om överklassens svinaktiga frosseri, om spanska sjukans härjningar och om hur bra det ändå skulle bli nu när Branting äntligen hade blivit statsminister ...

Men när det blev kväll blev hon stum av sorg och kröp in i Isaks famn för att låta sig vaggas.

Hon skämdes lite över det där och ville inte tala om det, knappt ens tänka på det. Vad hade hon att sörja över? Allt var ju bra!

De hade ju klarat sig bättre än de flesta under hungeråren i slutet av kriget. Nöden strök förbi, men stannade inte: det fanns fortfarande gröt och sill och lingonsylt i huset även när det var som värst. Det var på samma sätt med spanska sjukan: den strök förbi, men stannade inte. Och när barnförlamningen tog struptag på några pojkar inne i Herräng, kvävde den ene och lämnade de andra tre som krymplingar, sprang Harald och Erland fortfarande omkring på starka ben. Barnen fick vara friska. Timme efter timme. Dag efter dag. Månad efter månad. Dessutom var Isak nykter och skötsam och hade aldrig lyft sin hand mot vare sig henne eller barnen. Om han hade några fel så var det möjligen att han var så evinnerligt snäll att hon själv kände sig elak. Hon hade ju lyft sin hand mot barnen. Men inte särskilt ofta och aldrig mer än vad som var nödvändigt för att fostra dem till hederligt folk och skötsamma arbetare.

Vad hade hon alltså att sörja över? Ingenting.

Allt var ju bra. Så bra som det bara kunde bli för en gruvarbetare och hans hustru.

Jo. Det var ju det där med Olga.

Hon hade till slut blivit tvungen att erkänna det för sig själv. Det där onaturliga.

Insikten kom en sommarmorgon då hon tassade från dasset i den dimmiga gryningen, fortfarande så nyvaken att nattens drömmar blandade sig med dagens tankar. Hon klippte med ögonen när en vit oval skymtade till i kammarens fönster. Den förbjudna tanken gled genom huvudet i samma ögonblick, den som så länge legat på lur bakom vardagens gnat, den som hon vaktat och bevakat så noga att hon inte ens anat att den fanns. Men nu såg hon den. Nu gjorde den sig synlig.

Avskyr dig! tänkte hon innan hon hann hejda sig. *Jag avskyr dig!*
Sekunden efteråt gick det upp för henne att det var Olga hon hade sett.
En flicka på bara nio år.
Hennes egen dotter. Och Vilhelms.

Efteråt blev det värre. Det var som om det hade blivit en spricka i hennes huvud och ur denna spricka sipprade en galla av avsmak och irritation. Ingenting hjälpte. Om Olga grep efter hinken och sprang ut till pumpen innan Augusta hade hunnit säga till blev Augusta äcklad av hennes inställsamhet, men om hon lät hinken stå och väntade på befallningen blev Augusta lika äcklad av hennes blinda självsikhet. Hon fnös när Olga lekte med tvillingarna och fräste när hon drog sig undan. Och när Olga lade huvudet på sned och kröp upp i Isaks knä drog Augusta upp axlarna och rös. Så liten och redan så falsk!

Hon kunde inte begripa att Isak inte såg hur Olga gjorde sig till. Jämt. Att hon bara var lat när hon påstod att hon var trött. Att hon bara fjäskade när hon försökte vara snäll. Att hon bara ville ha medömkan när hon grät. Att hon bara försökte göra sig märkvärdig när hon kom hem med guldstjärnor från skolan.

Till slut kunde de knappt titta på varandra. Olga strök omkring i utkanten av Augustas synfält, Augusta skymtade som en svart skugga i utkanten av Olgas. När Augusta satt i kyrkbänken vid Olgas konfirmation gick det upp för henne att hon faktiskt inte riktigt visste hur hennes egen dotter såg ut: hon hade inte tittat på henne på många år, trots att de hade suttit vid samma matbord och trängts i samma kök hela tiden och trots att Augusta faktiskt hade sytt vartenda plagg ungen hade haft på kroppen. Vartenda plagg utom konfirmationsklänningen. Den hade Olga sytt själv. Hette det. Hos en skolkamrat inne i Herräng som hade symaskin. Men i själva verket var det naturligtvis skolkamraten som hade sytt. Eller hennes mamma. Augusta var säker på det. Vad Olga än påstod.

Ändå var det faktiskt en vacker klänning. Augusta var tvungen att medge det. Vit förstås, som det brukades nuförtiden, med långt liv och kort kjol. I georgette. Isak hade betalat det dyra tyget, trots att gruvan hade stått still i mer än sex månader och att de fattiga korvören han tjänade på nödhjälpsarbete knappt räckte till att hålla maten på bordet. Han hade till och med öppnat börsen när klänningen var färdig och låtit Olga köpa gelatin så att hon skulle kunna göra en prydnadsblomma av det tyg som blev över. Som om inte vanligt potatismjöl skulle duga som stärkelse. Augusta tyckte att det var skandal.

Ibland undrade hon om Isak inte begrep att de faktiskt behövde vartenda öre till mat. Ändå hade han precis som alla andra gruvarbetare i Herräng varit tvungen att gå till Folkets hus för bara två månader sedan för att hämta ett matpaket som delades ut av Svenska Gruvarbetareförbundet. Det kom i sista minuten: Augusta hade bara haft en burk lingonsylt och ett par fattiga potatisar i skafferiet den dagen. Trots det skulle hon ha hindrat Isak om det inte hade varit så att pengarna till matpaketen kom från ryska gruvarbetare. Det var ju solidaritet. Hade det varit välgörenhet – som när kyrkoherdefrun i Häverödal hade försökt sticka till Augusta en gammal klänning att sy om – skulle hon ha låtit hela familjen suga på ramarna ett tag till. Det var bättre för Harald och Erland att gå hungriga några veckor än att lära dem stå med mössan i hand inför överheten.

Och ändå. Nog skulle hon ha behövt en ny klänning. Inte tu tal om saken. Nu satt hon i kyrkbänken i sin gamla brudklänning, uppsprättad och omsydd för tredje gången. Det svarta yllet började bli så tunnslitet att hon kunde ana sina egna knän under tyget, hon strök med handen över det gång på gång, plockade och arrangerade så att strumpornas kaffefärg inte skulle synas genom trådarna i väven. Den gamla taftunderklänningen hade spruckit i sömmarna för länge sedan och hon hade aldrig haft tid att laga den eller pengar nog att skaffa sig en ny. Inte för att det skulle ha gjort henne särskilt mycket elegantare, hon visste med sig själv att hon redan började se ut som en kärring. Tre tänder var borta, en i överkäken och två i underkäken, och under hakan hade en liten kudde av fett lagt sig till ro och börjat svälla. Dessutom var händerna röda och nariga av allt vispande i disk- och tvättvatten. Det sved i en nästan osynlig liten spricka i tumvecket, där hon satt i kyrkbänken. Hon tvingade sig att bortse från smärtan – frökentrams! – och höjde blicken.

"Vi tro på Gud Fader Allsmäktig", sa konfirmanderna med en enda röst. "Himmelens och jordens skapare ..."

Olgas tjocka fläta ringlade som en orm över ryggstödet när hon rörde sig i kyrkbänken.

Det var ute på kyrkbacken som Augusta första gången såg hur männen betraktade Olga och hur Olga betraktade dem. Mycket medvetet. Med en besynnerlig exakthet som Augusta först inte riktigt förstod. Hon såg bara hur Olga böjde sin vita hals och lät läpparna snudda vid blåsipporna som hon fått av Harald och Erland, samtidigt som hon lät en sned blick glida först över kyrkoherden, vidare över provinsialläkaren och den unge pappersarbetaren Elof Karlsson från Hallstavik för att slutligen stanna vid den något äldre gruvarbetaren Albin Lindblad från Herräng, han som spelade kornett i Herrängs Hornmusikkår. Hon fångade dem alla fyra. Kyrkoherden flackade till med blicken innan han log och nickade. Provinsialläkaren höjde ögonbrynen, svepte sedan av sig hatten och gjorde en ironisk bugning. Elof Karlsson rodnade och vände sig bort. Men Albin Lindblad stod orörlig och stirrade långt efter det att Olga hade vänt bort blicken. Han rörde sig inte förrän hans fru gav honom en ilsken knuff i sidan och tvingade honom att vända sig mot sin lillebror, han som var Olgas konfirmationskamrat.

Pojken följde Albins blick och stirrade på Olga, sänkte sedan psalmboken för att dölja det som plötsligt putade under gylfen.

Hon var vacker. Vackrare än Augusta någonsin varit.

Vit i hyn, mörk i ögonen och så smal att Isaks händer snuddade vid varandra när han grep henne om midjan.

Olgas skratt hördes plötsligt över hela Nordanäng. Hon som aldrig hade skrattat förr. Och hela världen skrattade med henne: Isak, där han satt på verandan och gladde sig åt att gruvan hade öppnat igen, att det var slut på arbetslöshet och hunger för den här gången, Erland och Harald som sprang barfota över gräset, fulla av förväntan inför det sommarlov som snart skulle komma, skatan som satt i äppelträdet och gråsparven som pickade i hästlorten ute på vägen.

Men Augusta skrattade inte där hon stod inne i köket med middagsdisken, hon grimaserade. Det sved som eld i hennes spruckna händer när hon sänkte dem i vattnet.

"Jag avskyr dig", tänkte hon. "Jag. Avskyr. Dig."

"öh!" ropar han. "angelica!"

Foten trampar bakåt och bromsar, bakhjulet slirar till.

Varför stannar hon? Hon minns ju inte ens vad den där killen heter, han som står utanför Blå Krogen med ett gäng andra killar. Hon känner igen dem allihop, men minns inte några namn. Kanske har de inga namn.

Hon stiger inte av cykeln, blir bara stående med ena foten på marken och den andra på pedalen. Plötsligt mår hon illa igen och blir tvungen att svälja. Men hon är inte rädd, det finns ju inget att vara rädd för. Hon befinner sig ju inte i ödemarken, precis, utan mitt inne i Hallstavik, bara några hundra meter från brukets port. Och killarna är gamla skolkamrater, jämnåriga eller ett par år äldre än hon själv. Dessutom är det fortfarande ganska ljust. Klockan är inte ens sju. Än har Bacillen inte satt sig tillrätta vid köksbordets domarsäte och börjat vänta, än vet han inte att Angelica har försvunnit utan att försvinna.

"Ja?" säger hon. En dunst stekos från grillen glider förbi.

"Läget?" säger han som ropade hennes namn. Matti. Ja, nu minns hon. Matti heter han.

"Bra" säger hon. "Själv då?"

I samma ögonblick minns hon mer och knäna vill vika sig under henne. Vilken idiot hon är. Varför stannade hon? Hon strulade ju med Matti en gång i sjuan, han stack in tre fingrar i henne och fick henne att blöda. Efteråt kunde hon inte räkna ut om det var en seger eller ett nederlag, kanske var det därför hon glömde både honom och hans namn. Men Matti har inte glömt, det kan hon se i hans ögon.

"Går du i Uppsala i år?" säger han.

Hon nickar och tvingar sig att möta hans blick.

"Vilket program då?"

"Estetiskt."

En av killarna i bakgrunden äter korv, tuggar med öppen mun och släpper henne inte med blicken. En liten klick ketchup har fastnat i hans vänstra mungipa.

"Vad blir man på det?" säger Matti och tar ett par steg närmare medan han knycklar till Cola-burken som han håller i handen. Angelica drar upp axlarna.

"Vet inte. Teckningslärare, kanske ... Eller konstnär."

Matti trutar ironiskt med läpparna och vickar till med höften:

"Oooooh! Schysst ..."

Han lägger handen på hennes cykelstyre och kisar mot henne, de fyra pojkarna bakom honom bildar en liten halvcirkel. Två av dem är hårdrockare: de har långt hår och smala ögon. Angelica rätar på ryggen och ignorerar dem, ser i stället på Matti.

"Och vad gör du själv då?"

Hans handflator dunkar ett litet trumsolo mot cykelstyret:

"Individuella programmet."

"Här i Hallstavik?"

"Mmm. Här i Hallstavik ..."

Han ler med sluten mun och står plötsligt grensle över cykelns framhjul.

Långt bakom honom, på andra sidan parkeringen, kommer någon ut ur Blå Krogen. Det skulle kunna vara Kristoffer, jackan har samma färg som Kristoffers jacka, ändå är hon inte riktigt säker. Det är disigt framför ögonen. Svårt att se. Hon blinkar till: jo, det är Kristoffer. Han har en hamburgare i handen och sneddar över parkeringen med undvikande hållning. Angelica öppnar munnen för att ropa efter honom, men stänger den genast igen. Varför skulle Kristoffer vilja hjälpa henne? Och varför skulle hon ens behöva hjälp? Hon står ju bara och snackar med några killar. Kompisar. Eller så.

Matti har fattat med båda händerna om hennes styre, men säger inget mer. De andra killarna har låtit hästskoformationen glida bakom hennes rygg. Hon ser dem inte. Känner bara deras närvaro. Cykeln gungar till. Någon har satt sig på pakethållaren.

"Vad är klockan?" säger Angelica. Hon förstår egentligen inte varför: hon har ju en egen klocka på armen, hon behöver bara lyfta den för att få veta vad klockan är. Men något måste hon ju säga. Hon kan inte stå stum och bara vänta på att något ska hända.

"Är det någon som vet vad klockan är?" säger hon igen. Rösten är ljusare nu, nästan gäll. Matti höjer ögonbrynen, men svarar inte. Ingen svarar. Men den som sitter på pakethållaren låter sina händer leta sig in under Angelicas tröja och stryker henne sakta över magen. Hon kränger till med överkroppen för att komma undan, men det hjälper inte. Killen på pakethållaren låser fast henne med sin vänstra arm medan hans högerhand glider allt högre upp. Angelica släpper taget om cykelstyret och försöker knuffa undan honom:

"Vad fan gör du? Släpp!"

Matti håller fortfarande båda händerna på cykelstyret.

"Vad spattig du är i dag, Angelica", säger han och skakar på huvudet. "Det är inte likt dig."

Någon skrattar. Den främmande handen kupar sig över behån. Angelicas röst blir gäll:

"Släpp mig!"

Matti skakar på huvudet:

"Fan, Angelica, bli inte hysterisk nu ... Du är ju van."

Handen letar sig in under behåns resår, ett pekfinger stryker över bröstvårtan; beröringen driver illamåendet högre upp i Angelicas strupe. I ögonvrån kan hon se hur hårdrockaren till höger lägger handen över gylfen och juckar till. Plötsligt minns hon hans namn. Danne. Han kysste henne en gång i åttan och ville sticka handen i hennes byxor, men hon hade mens den gången och vägrade ... Och hårdrockaren till vänster, han som har stuckit ut sin tunga och sveper den över hakan som en riktig Gene Simmons, tog hennes hand en lördagskväll förra året och lade den över sin gylf ... Ja, nu minns hon! Nu minns hon att han heter Niklas och att hon inte bara lät sin hand ligga kvar, utan att hon faktiskt öppnade hans gylf i skydd av pizzerians mörker och smekte honom tills han stönade och ryckte till.

Kanske har hon strulat med alla fem. Hon vet inte. Minns inte.

"Släpp mig!"

Hon menar att ropa högt, men det blir bara ett kraxande. Cykeln vinglar till under henne när hon försöker vrida sig loss, men den faller inte. Matti håller fortfarande om styret. Nu ler han och lutar sig fram:

"Fan, vad du var sniken i dag, Angelica ... Inte likt dig. Du som brukar vara så generös."

Handen under tröjan har gripit om hennes vänstra bröstvårta, den knådar och formar med pekfinger och tumme. En besynnerlig gråt, torr och utan tårar blandar sig med illamåendet, men den stannar i strupen och blir bara till ett löjligt litet ljud. *Schläpp*! Hon fäktar med händerna, försöker förgäves få grepp om den främmande handen under tröjan, märker samtidigt att andra händer plötsligt lirkar med knappen i byxlinningen, att någon har lagt handen över sin gylf, att ytterligare någon stryker henne över låret. Ändå är den förståndiga delen av hennes huvud alldeles oberörd. Jag borde inte fäkta med händerna, tänker den. Det ser så löjligt ut. Tjejigt.

Matti lutar sig framåt, hans andedräkt stryker över hennes läppar.

"Vi vet vad du håller på med", säger han med dämpad röst. "Du knullar en gubbe."

Han släpper taget om styret, cykeln vinglar till under henne. Handen över hennes bröst har stillnat.

"Fan, killar", säger Matti. "Släpp ludret ..."

Någon reser sig från pakethållaren. Cykeln faller i marken med en skräll.

Framhjulet snurrar.

"Hon är ju skitäcklig", säger Matti och stoppar händerna i fickorna. "Det luktar fisk om hennes fitta ... Fan, jag stank i nästan en vecka när jag hade varit där."

Efteråt är det alldeles fladdrigt i huvudet. Hon kan inte tänka ordentligt.

Det är inte det att hon inte försöker. Tvärtom. Hon gör sitt bästa. När hon cyklar mot Nordanäng – hon har inte tålamod att vänta på bussen i kväll – försöker hon hela tiden tänka snälla och lugnande tankar. Skymningen är ju så vacker, skogen står svart mot en duvblå himmel och det är alldeles tyst i världen. Kanske har alla andra människor dött, kanske är hon ensam kvar på jordens yta. Nej, förresten, inte alla. Mikael har inte dött, han sover bara, i morgon ska hon åka till Herräng och väcka honom. Men innan dess ska hon ha en lugn och skön och ensam kväll i Augustas hus. Hon ska duka fint på köksbordet, tända ett litet ljus och sedan sitta alldeles stilla i det djupnande mörkret och läsa sina läxor ...

Hon börjar duka så fort hon har krupit in genom köksfönstret, hon tar inte ens av sig jackan. En djup tallrik. En sked. Ett glas. Det har blivit så mörkt att hon får tända en tändsticka och ställa sig på en stol för att hitta burken med köttsoppa. Efteråt märker hon att hon glömde ta av sig skorna. Hon gnider skuldmedvetet en kökshandduk över stolens sits, gnuggar, gnuggar och gnuggar bort den osynliga smutsen innan hon öppnar burken, häller soppan i en kastrull och ställer den på plattan.

Det är mörkt i huset i kväll, mycket mörkare än i går, hon får treva sig genom stora rummet för att hitta ut till hallen. Det är skönt. Angelica har aldrig förstått varför somliga människor är rädda för mörkret. Det är ju löjligt: man är ju aldrig så trygg som när man inte syns ...

Hon har just böjt sig fram för att ta av sig vänsterskon när hon hör en röst:

"Hora", säger den. "Fitta. Luder. Äckel. Djävla miffo."

Det tar flera sekunder innan hon inser vem det var som talade.

Hon måste äta. Hon har inte ätit lagad mat sedan i fredags. Och det luktar köttsoppa i hela huset.

Angelica tycker om köttsoppa. Siris köttsoppa var den godaste i världen. Kanske berodde det på att den kryddades med förväntan: när Siri serverade köttsoppa bjöd hon alltid på äppelpaj med vaniljsås till efterrätt. Själv tog hon bara en liten klick av vaniljsåsen, men Angelica fick alltid äta hur mycket hon ville.

Men nu står det ingen kaneldoftande äppelpaj i ugnen och ingen gräddig vaniljsås väntar i kylskåpet. Kanske är det därför Angelica inte förmår sätta sig ner vid köksbordet. Hon drar inte ens ut stolen, lutar sig bara över stolsryggen och trevar med skeden över tallriken, för den långsamt mot munnen och häller soppan över tungan.

Den smakar vedervärdigt. Flottigt. Salt. Unket.

Hon släpper taget om skeden och låter den falla till golvet.

Hon får sträcka ut händerna och treva med dem i mörkret när hon går tillbaka till stora rummet. Det får henne att minnas Blinda leken, den som hon brukade leka när det var som värst. På den tiden då Bacillen just hade blivit nynykter.

Det var mycket enklare när han söp och knarkade. Då brydde han sig inte: det verkade som om han knappt märkte att Angelica fanns till och om han någon gång märkte det så var det lätt att hinna undan när han måttade en spark eller slog ut med näven. Men för det mesta iddes han inte ens slå efter henne, han sluddrade bara till när han fick syn henne – *Djävla unge* – innan han glömde henne och började sluddra om annat. Det var värre för Carina. Hon hann aldrig undan för hans knytnävar, och när han hade slutat slå måste hon först lägga honom i framstupa sidoläge på vardagsrumsgolvet så att han inte skulle kvävas av sina egna spyor innan hon kunde ge sig iväg till vårdcentralen för att få en mitella. Angelica har en känsla av att Carina alltid gick med mitella på den tiden och att hon dessutom var stolt över den.

Inte för att Angelica funderade så mycket över det där. Hon hade just börjat skolan och hade nog med att sköta sitt. Varje morgon steg hon upp ur sängen när telefonen ringde, stod en stund i hallen och blinkade sömnigt medan hon räknade signalerna. En. Två. Tre. Fyra. Det stämde. Då var det Siri som ringde och dagen hade börjat.

Det var Siri själv som hade sagt att hon inte skulle lyfta på luren och svara. Det skulle kosta pengar och det var onödigt, då skulle kanske Siri inte ha råd att ringa och väcka henne varje morgon. Ändå skulle Siri naturligtvis börja ängslas om hon inte visste att Angelica verkligen hade vaknat: därför ringde Angelica genast tillbaka till Siri. Hon lät också fyra signaler gå fram, stod med slutna ögon och föreställde sig hur Siri tassade mot köket i sin grå morgonrock medan hon räknade dem. Angelica visste att hon inte skulle svara: då skulle ju Carina ha drabbats av en alldeles onödig utgift och det ville Siri sannerligen inte ta på sitt ansvar ...

Ändå kändes det som om Siri var med Angelica varenda morgon, som om hon satt på toalettstolen och såg på när Angelica skvätte lite vatten i ansiktet och sköljde munnen, som om hon höll i stolen när Angelica en stund senare klättrade upp på köksbänken och hämtade paketet med O'boy och som om hon sedan hjälpte Angelica att skjuta undan glas och flaskor från köksbordet så att hon kunde sitta ner och dricka sin chokladmjölk.

I mörkret utanför glimmade några gatlyktor, morgonens första timmerbil dundrade över Skärstabron. Bacillen snarkade på vardagsrumsgolvet. Carina vände sig i sin säng inne i sovrummet och gnydde lite: hon hade väl ont någonstans. Angelica strök med tungan över sina ludna framtänder och suckade av välbehag. Det var gott med O'boy. Och det var skönt att få vara ifred.

Allt blev annorlunda när Bacillen blev nykter.

Angelica vet inte riktigt hur hans omvändelse gick till, hon minns inte ens att han försvann en dag och var borta många månader. Däremot minns hon exakt vad som hände när han kom tillbaka.

Hon hade varit hos Siri efter skolan. Som vanligt.

Regnet hängde i luften när hon gick hem, men det gjorde inget, det var tvärtom ganska bra. Nu kunde ingen göra sig löjlig över att hon hade regnrock på sig: det är ju alldeles i sin ordning att gå klädd i regnrock när det är regn i luften. Det visar att man är förutseende. Beredd.

Men det var ju inte för regnets skull som Angelica var klädd i regnrock den dagen. Det var för att den var rosa. Helt igenom rosa. Det var Siri som hade köpt den åt Angelica. På postorder. De hade gått till posten tillsammans några timmar tidigare och hämtat paketet. Siri hade bett postkassörskan om ursäkt för att hon inte hade jämna pengar och skyndat sig att förklara att det inte var någon onödig dyrbarhet hon hade köpt. Bara en regnrock åt flickan. Till halva priset.

Men Angelica brydde sig inte om priset. Hon brydde sig inte ens om att det var en regnrock. Hon brydde sig bara om att den var rosa. Carina köpte alltid grå eller mörkblå kläder till henne. De stod sig bättre mot smutsen. Angelica hade inte gnällt om det där på länge: om hon klagade skulle Carina bara ha sagt att hon var bortskämd och odräglig och när hon sa sådana saker började alltid en massa myror marschera under Angelicas hud och det tyckte hon inte om. Alltså hade hon glömt att rosa var en färg hon tyckte om, hon hade inte kommit ihåg det förrän Siri hade öppnat det där paketet och en silverpelare av ren glädje sköt genom kroppen.

Och nu var hon på väg hem till Carina klädd i en alldeles ny rosa regnrock. Hon sköt upp glasdörren och gick in i trapphuset, men redan innan hon hade tänt lampan kunde hon känna att något var annorlunda. Det låg något nytt i luften: en metallisk doft som aldrig hade funnits där förut.

Hon lade handen på ledstången och började gå uppför trappan.

Jo. Doften kom från tredje våningen. Från Carinas lägenhet.

Hon var säker på det.

"Var fan har du varit?"

Det var bländande ljust i lägenheten, varenda lampa var tänd. Angelica drog efter andan: den nya lukten fyllde lungorna. Nu kände hon vad det var. Frisk luft och rengöringsmedel. Ett fönster stod öppet någonstans. Eller flera: en liten vind drog långsamt från vardagsrummet mot hennes eget rum. Carina stod bredbent inne i hallen och strök sig över pannan, hon hade en skurtrasa i handen. Angelica släppte ryggsäcken i golvet och såg sig om. Golvet var vått. Det stod en hink på golvet. Röd. Alldeles ny.

"Och vad är det du har på dig?"

Angelica öppnade munnen men sa inget, hon visste inte riktigt vad hon skulle säga.

"Har du snott den där?" sa Carina. "Va? Har du snott den där regnjackan?"

"Snott?" sa en mörk röst. "Vad är det hon har snott?"

En fyrkantig liten man stod i köksdörren. Det tog ett par sekunder innan Angelica kände igen honom.

I åtta månader hade Bacillen blivit uppfostrad.

Nu längtade han efter att själv få uppfostra.

Angelica leddes in i köket och ställdes till svars vid köksbordet.

Först skulle hon svara ärligt på de frågor hon fick. Sedan skulle hon torka bort den där sura minen ur nyllet: hon hade minsann ingen anledning att se sur ut. Va? Sa hon emot? Och vad hade hon för rätt att käfta emot vuxna människor? Hon som aldrig hade tjänat ihop till ett enda mål mat i hela sitt liv? Va? Hon som hade stulit redan när hon gick på dagis? Hon som dessutom hade fått både kuratorn och skolpsykologen på sig redan i första klass?

"Siri?" sa Carina bakom hennes rygg. "Försöker du inbilla mig att den snålaste kärringen i hela Hallstavik skulle ha köpt den där rosa saken till dig? Hur dumma tror du att vi är? Va?"

Bacillen tog henne i nacken och klämde åt. Det var nya tider nu. Kunde han meddela. Alltså skulle Angelica först tala sanning, sedan skulle Bacillen och hon ta en promenad och återbörda regnrocken till dess rättmätiga ägare. Nu gällde det bara att hosta upp namnet.

"Rebecka!" skrek Angelica till slut. "Det är Rebeckas rock ..."

Hon förstod inte varför. Aldrig skulle hon förstå varför.

Rebeckas mamma hade en rynka mellan ögonbrynen. Den djupnade när Bacillen stod på trappan och sträckte fram den rosa rocken. Nej. Det där var inte Rebeckas regnrock. Sannerligen inte.

"Din lögnaktiga lilla skit", sa Bacillen när de kom ut på trottoaren. Hans grepp om hennes nacke hårdnade.

En lampa tändes i Rebeckas vardagsrum, en man skymtade där inne. Angelica såg på honom och undrade hastigt hur någon som var så nära kunde vara så långt borta. Sedan glömde hon bort honom.

Morgonen därpå var Rebecka omsluten av en liten cirkel av flickor, de tystnade och tittade bort när Angelica kom in på skolgården. Hon höll händerna djupt nerkörda i fickorna på sin blå täckjacka och låtsades inte se dem, gick i stället hastigt mot cykelstället, som om hon var på väg till ett utomordentligt viktigt möte. Några ord fladdrade efter henne – *Mamma var alldeles chockad!* – men hon motade bort dem och tvingade sig att genast glömma dem. Hon satte sig på huk och petade lite i asfalten, låtsades leta efter något. Stora Linda – hon som aldrig fick vara med de andra flickorna i fyran och som därför ständigt sökte sig till Angelica och de andra småflickorna – cirklade omkring henne. Till slut kunde hon inte bärga sig, hon stannade till och lade huvudet på sned.

"Är det sant att din farsa slår dig?" sa hon.

Men det var inte sant. Bacillen slog henne inte.

Aldrig någonsin.

Han satte bara gränser. Det var viktigt att sätta gränser för barn. I synnerhet när det gällde det där med renligheten. Nu var det slut med att blaska lite vatten i ansiktet om morgnarna och skölja munnen med vatten. Angelicas tänder var de äckligaste Bacillen hade sett: de var ju helt täckta av ett gult ludd och – här höjde han rösten – om hon inte såg till att borsta bort det illa kvickt så skulle hon minsann få hjälp. Ändå var han tvungen att skicka henne från matbordet en stund senare: hennes nerbitna naglar var så äckliga att han tappade aptiten. Hennes flottiga hår likaså. Om hon inte hade vett att tvätta det där långa håret så skulle hon – här dunsade näven i köksbordet så att tallrikarna skallrade – klippas illa kvickt. För nu skulle det – djävlar i hans lilla låda – bli ordning på torpet.

Han röst dundrade allt tyngre, ju senare kvällen blev.

Men han slog henne inte. Aldrig någonsin.

Han låste bara in henne i badrummet.

I början skrek hon. Åtminstone tror hon det. Hon minns inte riktigt, vet bara att det fanns ett skrik inom henne även när hon hade blivit van och visste att det i vissa lägen var bättre att vara inlåst i badrummet än att vara ute i lägenheten. Dessutom var det inte lönt att skrika. Det kunde rentav vara farligt. Det var därför hon lärde sig blinda leken. För att hjälpa sig själv att hålla tyst.

Det var en bra lek. Den förvandlade henne till en prinsessa som hade fått sina ögon borttrollade och ersatta med diamanter, en prinsessa som fick treva sig genom en mörk skog med många faror, men som ändå hade kraft nog att hjälpa alla djur som hade råkat illa ut. Hon spjälade en ekorre som hade brutit benet. Hon klättrade upp i ett träd med en liten fågel som hade trillat ur boet. Hon räddade en räv som hade fastnat med tassen i en björnsax. Och på slutet fick hon sin belöning: en god fe – kutryggig och ganska ängslig – dök upp och gav henne nya ögon. Ibland var hon tvungen att sova en stund innan de nya ögonen fungerade, men det gjorde ingenting. Fen brukade ge henne en god tvål att lukta på medan hon somnade ...

När hon blev äldre blev blinda leken annorlunda. Mer matematisk. Ibland var hon en blind flicka, vars fingertoppar var så känsliga att hela världen häpnade: hon kunde räkna ut hur många strån det fanns på en tandborste bara genom att känna på den. Det var en uppgift som krävde övning och koncentration. När rösterna ute i lägenheten hade tystnat, satt hon med ryggen mot badkaret och räknade först hur många strån det fanns i varje borstknippe och sedan hur många knippen det fanns på hela tandborsten, multiplicerade slutligen antalet strån med antalet knippen och fick svaret. Det var ett pyssel: stråna var tunna och svåra att räkna, alltså var hon tvungen att upprepa proceduren åtminstone fem gånger och sedan räkna ut ett genomsnitt för att vara riktigt säker. Hon brukade hamna någonstans mellan trehundrasextio och trehundraåttiofem strån per tandborste.

Men hon borde inte leka blinda leken nu. Hon borde inte glida runt väggarna i Augustas stora rum med händerna utsträckta framför sig. Det är ju idiotiskt. Hon borde göra sina läxor i stället: hon har läxa i både svenska och SO, böckerna ligger och väntar på henne i ryggsäcken, hon borde hämta dem och sätta i gång ...

Ändå fortsätter hon. Ändå är hon tvungen att låta händerna stryka över möbel efter möbel, föremål efter föremål. Där är linneskåpet. Där är chiffonjén. Där är den lilla glasskålen som Alice lade sina smycken i. Och där är telefonen. Ja. Där är telefonen.

"Idiot", säger den förståndiga delen av hennes huvud. "Din förbannade dumma djävla idiot!"

Men det hjälper inte.

Telefonnumret har hon haft i huvudet ända sedan i somras. Inte för att han gav det till henne. Inte för att han bad henne ringa. Tvärtom rynkade han pannan när han såg henne plocka upp det smutsiga visitkortet som låg på golvet i bilen, tog det ur hennes hand och rev sönder det. Men då var det redan för sent. Numret till hans mobiltelefon hade etsat sig in i hennes hjärna.

Telefonen är svart och gammaldags. Med nummerskiva. Angelica är en blind flicka som inte kan se siffrorna, alltså får hon låta sitt pekfinger räkna hålen innan hon börjar slå numret.

Kanske kommer det inte att fungera, tänker hon när hon slår den första siffran.

Kanske kommer signalerna inte att gå fram, tänker hon när hon slår den andra.

Kanske kommer jag till fel nummer, tänker hon när hon slår den tredje.

Men det fungerar. Signalerna går fram. Till rätt nummer.
Han är i bilen, hon känner igen det svaga suset från motorn. Och radion är på: hon kan höra musik i bakgrunden.
"Ja?" säger han.
En svag doft av kungsmynta glider över näsans slemhinnor när hon hör hans röst.
"Hej", säger hon. "Det är jag."
"Hej gumman", säger han. "Varför låter du så dyster?"
Det tar ett par sekunder innan hon inser att han tror att hon är någon annan. Hon harklar sig.
"Det är jag", säger hon igen. "Inte Rebecka. Jag."
Det blir tyst. Angelica biter sig i läppen. Hon sitter på golvet nu, med rak rygg och benen korsade. Hennes röst har blivit hes:
"Kan du prata? Är du ensam?"
Han harklar sig.
"Ja."
Angelica sluter ögonen:
"Var är du? Kan vi träffas?"
Musiken i bakgrunden upphör. Han har stängt av radion, men svarar inte.
"Snälla!" säger Angelica.
Tystnad igen. Bara tystnad och motorns sus.
"Du", säger Angelica. "Jag längtar så. Vi kan väl träffas ... "
Han harklar sig igen.
"Nej."
Hennes röst blir gnällig, hon hör det men kan inte göra något åt det:
"Snälla! Bara en gång till. Jag har hittat ett hus där vi kan vara ..."
"Ett hus?"
"Ja. Du vet det där huset där du hittade mig första gången ... Jag bor här nu."
"Bor du där? I det där huset i Nordanäng?"
"Ja. Och jag väntar på dig ... Snälla kom!"
Nu låter han otålig. Arg och otålig.

"Snälla Angelica, för det första är jag inte ens hemma. Jag sitter i bilen på väg mot Malmö och har just passerat Jönköping. För det andra kom vi ju överens om att hela den här historien var ett misstag."

Angelica snörvlar till.

"Gjorde vi?"

"Det gjorde vi, Angelica. Det måste du komma ihåg. Du var ju inte särskilt angelägen på slutet. Därför bestämde vi att vi inte skulle träffas mer, att alltihop var ett misstag."

Något rinner ur hennes mungipa. Hon dreglar. Hon sitter faktiskt och dreglar ... Så djävla äcklig!

"Angelica!"

Han har svårt att stå ut med hennes tystnad, hon kan höra det, ändå får hon inte fatt i några ord. Men hon ger ifrån sig ett litet läte för att trösta honom.

"Det var ett misstag, Angelica. Det vet du ju. Vi borde ha låtit bli. *Jag* borde ha låtit bli. Men jag blev frestad."

Nu har han ett leende i rösten:

"Du är ju så fin, Angelica. Läcker. Det är svårt att hålla fingrarna från dig ..."

Snoret har också börjat rinna. Det hettar under ögonlocken. Men hon gråter inte.

"Är du ledsen?" säger han. Rösten har blivit allvarlig igen. "Var inte det, lilla gumman. Det är bäst så här, det förstår du väl. Du kommer snart att träffa någon kille i din egen ålder och då kommer du att vara glad över att det här tog slut. Och nu när ni har flyttat så har du väl en del annat att tänka på, du måste väl inreda ditt rum och så. Köpa möbler. Hjälpa mamma att sätta upp gardiner."

Snoret slutar rinna. Hon stelnar, sitter med rak rygg och stirrar in i mörkret. När hon talar är rösten misstrogen:

"Vad sa du?"

Hon kan höra hur han tänder en cigarrett, han hostar lite när han blåser ut röken:

"Det kvittar. Jag vill bara att du ska veta att jag vill dig väl. Och att jag tror att det är bäst för dig att leva ett vanligt tonårsliv. Att vara lite rädd om dig själv ..."

"Rädd om mig? Hur då?"

Han suckar:

"Inte vet jag. Du borde kanske bara ta det lite lugnt."

Hon kan känna hur ansiktet har låst sig i en grimas: rynkad panna, blottade tänder. Men hon vet inte var orden kommer från, de där orden som rinner över hennes läppar sekunden efteråt, hon har ingen aning om hur de har hittat in i hennes huvud och hur de hittar ut igen.

"Du är ju fan inte klok", säger hon. "Hur skulle jag kunna ta det lugnt? Du har ju gjort mig med barn!"

Sedan slänger hon på luren.

Efteråt är hon alldeles lätt. Flyger nästan där hon virvlar fram i det mörka rummet. Föremålen sätts i rörelse när hon trevar över dem: en tavla råkar i gungning där den hänger på sin spik, en duk halkar på sned, en stol faller i golvet med ett brak. Men vad gör det? Vad har det för betydelse i detta triumfens ögonblick? I denna stund då man vet att det sitter en man i en silverbil någonstans och är rädd. Skräckslagen. Fullkomligt förlamad av fruktan.

Yes! Hon kan se honom framför sig, hon kan se hur han kör in på en parkeringsficka någonstans och stannar bilen, hur några röda små lampor blinkar på instrumentbrädan när han blir sittande med händerna på ratten och stirrar tomt framför sig, hur hans ansikte långsamt vissnar medan det går upp för honom att han snart ska förlora allt. Sitt fina hus. Sin fina fru. Sin finfina lilla dotter.

Rummet är i uppror omkring henne, gungstolen gungar, golvet häver sig, väggarna svajar. Han kommer naturligtvis att söka upp henne. Självklart! Så fort den första förlamningen har släppt kommer han att söka upp henne. Han kommer att tala till henne med gråt och kärlek i rösten, han kommer att tigga henne om förskoning, han kommer att vädja och be, han kommer att lova henne all tröst i världen om hon bara går med på att göra abort! Men den blinda flickan – prinsessan och räknesnillet – kommer att vägra, hennes diamantögon kommer att glittra i mörkret när hon säger att det är omöjligt, att det inte går, att han inte han begära av henne att hon ska offra deras barns liv ... Och han kommer att gå på det! Den dumme djäveln kommer att gå på det, han kan ju inte veta att hon hade mens i förra veckan ...

Hon skrattar högt och snurrar runt, ser inte den omkullslagna stolen som ligger på lur i mörkret.

Det gör ont i benet. Det bultar och är ömt. Ändå är det skönt på något sätt.

Det är alltid skönt att ligga på golvet i ett mörkt rum i ett mörkt hus med en trasmatta över sig. Att vara i säkerhet. Att inte synas. Att inte finnas.

Kanske upphör hon verkligen att existera. Kanske somnar hon bara. Hon vet inte, vet bara att det blivit mycket kallt i Augustas hus när hon får liv igen. Regnet knackar mot rutan. En vind viner.

"Hora", säger den. "Fitta. Luder. Äckel. Djävla lögnarmiffo."

HUSET VISKAR.

Angelica har haltat upp till snedgarderoben, nu ligger hon med öppna ögon och lyssnar till ett samtal från en annan tid.

"Berätta", säger Alice.

"Jag vill inte", säger Augusta.

"Jo", säger Alice. "Det vill du."

"I Herräng säger dom att Isaks hår blev vitt på en enda timme", säger Augusta och ser ner på sina händer. "Men det är inte sant. Det tog flera veckor ..."

Hon tystnar när hon hör sin egen röst svaja till. Det är snart trettio år sedan någon tilläts se hennes sorg och hon har inte för avsikt att visa den igen. Alice håller andan, drar försiktigt kammen genom redan kammat hår, för att driva henne vidare.

Augusta harklar sig, söker i sitt minne efter något handfast och pålitligt att hålla sig i medan hon närmar sig den där dagen för länge sedan.

"Det var en måndag ..."

September. Sol.

En doft av rök i luften.

Isak sitter på verandatrappan och drar på sig sina träskostövlar, fumlar lite när han försöker lirka det styva lädret över raggsockorna. Han vrider på vänsterfoten och granskar träsulan. Stövlarna är slitna, han måste få nya bottnar innan det blir vinter, annars kommer han att halka omkring som en kalv i gruvgångarna. Men det får vänta ett tag, han har ju skaffat nya blåkläder alldeles nyss. De är fortfarande så styva att han känner ett litet motstånd i varje rörelse. Han tycker om det. Det känns rejält på något sätt, som en vänskaplig påminnelse om att det har gått honom väl i livet, att han är en skötsam gruvarbetare och inte någon trashank.

Inne i köket slamrar Augusta med ringarna på spisen. Snart ska hon väcka pojkarna, driva dem ur sömnen med hojtanden och raska handklappningar. Hon ska låtsas vara barsk när hon kontrollerar att de tvättar sig ordentligt, men låta sitt skratt sippra fram när hon slevar upp gröten och ger dem en hiskelig historia som tilltugg. En spökhistoria, förmodligen. Något om döingar och gastar som får Erland och Harald av hisna av förskräckelse och förtjusning.

Vi har ett hem, tänker Isak och räknar för tusende gången sina välsignelser. Ett hem med mat på bordet. Ett hem utan vägglöss och tuberkelbakterier. Ett hem med gungstol och chiffonjé. Men också ett hem utan styvbarn ...

Han suckar och reser sig upp, greppar sitt mat- och dynamitknyte och börjar gå mot Herräng.

Olga har flyttat till Hallstavik. Sedan tre veckor bor hon i en vindskammare i en av brukets baracker tillsammans med Iris, en gruvarbetardotter från Herräng. Iris föräldrar är skötsamma människor och goda godtemplare, annars skulle Augusta aldrig ha tillåtit det. Å andra sidan skulle väl Olga ha gjort som hon ville också i detta: när hon hade sagt upp sin pigplats och fått arbete som baderska på brukets badhus hånlog hon bara åt Augustas vredesutbrott och lät sig inte rubbas. Vadå? Augusta brukade ju tala om hur viktigt det var att vara renlig. Då borde hon väl vara glad åt att hennes dotter hade fått det renligaste arbete man bara kunde tänka sig ...

"Hon ger igen", sa Augusta vanmäktigt när de stod på verandan och såg Olga gå sin väg. "Hon hämnas."

"Äh!" sa Isak och lade armen över hennes axlar. "Du överdriver ..."

"Jo", sa Augusta och skakade på huvudet. "Hon hämnas för att jag satte stopp för den där platsen på caféet i Herräng."

"Inte då ..."

"Men jag kunde väl inte låta min egen dotter bli servitris! Va! Var skulle det ha slutat? Med sprit och öl och allt möjligt. Jag minns väl vad det var för sorts flickor som arbetade på café när jag bodde i Stockholm ..."

"Tänk inte på det nu. Det är ingen fara med Olga."
"Ingen fara? Va? Hon ska ju jobba som baderska!"
"Ja", sa Isak och drog åt sig armen. "Det är väl ett arbete, det också."

De har inte talat om saken sedan dess. Inte nämnt det där skamliga med ett ord. Detta att Olga faktiskt arbetar med nakna män. Att hon tvålar in deras skuldror och skrubbar deras ryggar, att hon drar med mjuka händer genom deras hår, att hon översköljer dem med vatten ...

Inte för att vare sig Augusta eller Isak vet vad en baderska egentligen gör, ingen av dem har ju satt sin fot på pappersbrukets badhus och ingen av dem har för avsikt att göra det. Visserligen hålls badet öppet för utomstående några timmar i veckan, men alla vet att folk från Herräng inte är särskilt välkomna. Den gamla fiendskapen mellan Herräng och Hallstavik lever vidare. Hallstaviks pappersarbetare fnyser åt Herrängs gruvarbetare och kallar dem avselade bonddrängar. Alltså fnyser Herrängsborna åt både pappersarbetarna och badet. Vad är det för sillmjölkar som måste bada varmbad en gång i veckan? Va? De skulle kanske ta sig en dag i Eknäsgruvan för att se hur riktigt arbete går till? Eller ge sig ut på Ålands hav med Herrängs fiskare en stormnatt i november? Eller försöka uthärda helveteshettan och iskylan i järnbrukets hytta en vinterdag?

Isak kan alltså inte besöka badhuset i Hallstavik. Det vore okamratligt.

Dessutom skyggar han vid blotta tanken på att Olga skulle kunna få se hans nakna kropp. Därför har han i all hemlighet byggt ett eget badhus i sitt huvud. Det är en märklig plats med ljusblå väggar och svarta bykkar, det liknar ingenting han har sett utanför sina drömmar. Ibland skymtar han Olga där inne: hon är klädd i något vitt och håret i hennes panna lockar sig av fukten ...

I sådana ögonblick lättar han lite på kepsen, drar vänsterhanden genom håret och försöker tänka på annat.

Isaks hjärta ska slå i ytterligare fyra år.

Varje soluppgång ska förgylla honom, varje skymning ska bestryka honom med silver, där han sitter vid köksbordet och stirrar på ingenting. Han ska öppna munnen varje gång Augusta kommer med en sked eller en kopp. Han ska plocka med fingrarna på duken. Ändå ska man alltid tala om denna morgon som hans sista.

Han har fyrtiosju minuter kvar när han kommer ut på landsvägen.
Vad tänker han på?
Kanske på Olga och hennes nya liv. Kanske på Augusta och hennes hemliga sorg. Kanske på sin egen hemlighet, den som han gömt så länge bakom ett vitt leende. Den som han inte kan tala om. Den som han inte ens själv förstår.

Isak är en man som gör vad han kan. Sitt allra bästa. Han arbetar och sköter sig. Gör det han ska i gruvan och lite till. Går på logen Godt Hems alla möten. Är uppbördsman i fackföreningen. Hjälper sina grannar. Skämmer bort katten med nyfiskad mört. Skrattar med Augusta, skojar med pojkarna och är snäll mot Olga.

Men det hjälper inte. Ingenting hjälper. Det klöser ändå i hans bröst.

Trettioåtta minuter.

Landsvägens grus rasslar under hans träskostövlar, dammet virvlar. Något snurrar till under sulan, han hejdar sig och tar ett steg tillbaka, petar med stövelspetsen i gruset. Det tar ett ögonblick innan han förstår vad han ser: en huggorm utan huvud. Halvvägs uppäten. Marken gungar till under Isak och hjärtat börjar rusa, innan han minns att han är en vuxen man och vad som därför förväntas av honom. Han gör en grimas och sparkar lite grus över ormen innan han fortsätter.

Förr trodde han att det var skam, det där som rev i bröstet. Skammen över att en gång ha varit den supigaste godtemplaren i Herräng, en hållningslös skit och en ynkedom till karl. Numera vet han att det inte är så. Han behöver inte längre skämmas över sig själv, han har äntligen lärt sig den manliga värdighetens viktigaste regel: att tiga mer än att tala. Folk flinar inte åt en man som tiger. Tvärtom. Ju mer han tiger desto mer högaktningsfullt blir han bemött.

Men vad hjälper det? Det river lik förbannat i bröstet.

Trettioen minuter kvar.

Isak sparkar en liten sten framför sig. Länge trodde han att

Augusta skulle kunna hjälpa. Eller åtminstone hennes sorg. Han blev ju så stark när hon behövde bäras, så glad när hon behövde tröstas, så modig när hon blev rädd. Då släppte det för en stund, då rev det inte alls i bröstet, då blev han hel och oförvägen ...

Han böjer sig ner och tar upp stenen, väger den i handen innan han slänger in den i skogen. Augustas sorg räcker inte längre, den ger varken bot eller lindring. Allt oftare blir han liggande vaken när han har vaggat henne till sömns, lyssnar till hennes lugna andetag och känner hur det onda väcks till liv. För några veckor sedan blev det så illa att han fick sätta sig upp och lägga handen mot hjärtat. Men när Augusta vaknade och frågade hur det var fatt kunde han inte svara, han skakade bara på huvudet och mumlade något om en mardröm.

Vad skulle han ha sagt? Vad finns det för ord för detta?

Tjugosju minuter.

Det var lättare förr. På den tiden när man fortfarande läste dikt i logen och talade om livets mening. Det gör man inte längre. Åtminstone inte så ofta. Och Isak har lärt sig att hålla munnen stängd och ögonen torra när det händer. Han vill inte sticka ut mera. Han är färdighånad.

Augusta har inte märkt att han tiger. Och vem kan förebrå henne för det? Det låter ju som om han pratar och skrattar när han är hemma. Han vet det. Men det är inte sant. Han tiger. Han går omkring med ett riv i bröstet medan han pratar och skrattar och tiger.

Tjugotvå minuter.

Det är enklare att tiga i gruvan och på fackföreningsmötena. Där gäller det bara att hålla truten stängd och se allvarlig ut. Det har lyckats ganska bra på sistone. Kanske var det därför som han blev vald till uppbördsman vid förra årsmötet ...

Visst ja. Det är avlöningsdag i dag. Han stannar till och klappar lätt på bröstfickan på sin nya bussarong. Jo. Uppbördsboken ligger där den ska. Efter arbetets slut ska han gå runt i husen och ta upp kontingenten.

Arton minuter.

Augusta blev röd om kinderna av förtjusning när han kom hem och berättade att han blivit vald till uppbördsman. Kanske såg hon det som en revansch. En indirekt upprättelse efter hennes eget fiasko som madrassocialist förra sommaren.

Det var mer spänt än vanligt mellan Olga och Augusta den sommaren. Olga var nykonfirmerad och hade varken skola eller arbete att gå till om morgnarna. Hennes vardagar tillhörde Augusta, men om lördagarna klädde hon sig i sin vita klänning och gav sig av till Herräng för att dansa. När Isak hade vaggat Augusta till sömns satte han sig på verandan och väntade på att hon skulle komma tillbaka. En natt måste han ha slumrat till: han vaknade med ett ryck och tyckte sig se Olga springa genom trädgården. Det tog en stund innan han förstod att det var ett rådjur. Olga skrattade lyckligt när hon fick höra det, hon ville gärna vara lik ett rådjur. Men Augusta fnös och vände ryggen till.

Det pågick en kamp mellan dem, en kamp om Olgas framtid. När hon hade skaffat sig arbete på Herrängs enda café, gick Augusta dit och meddelade att hon inte skulle börja. Det var nämligen bara dåliga flickor som var servitriser och Augusta tänkte inte finna sig i att Olga blev sämre än hon redan var. Därför ordnade hon en annan plats åt Olga: som piga hos konsumföreståndaren och hans fru. Det var ett nyktert och modärnt hem, där Olga skulle kunna lära sig ett och annat om matlagning och hygien.

Efter det vägrade Olga le i Augustas närhet. Inte för att Augusta lade märke till det. Vid det laget var hon fullt upptagen med sina madrasser.

Tretton minuter kvar.

Det började med en artikel i en tidning, som Augusta hade fått som omslag när hon köpte torsk inne i Herräng. Hon visste inte vad det var för tidning, bladen var sönderrivna och allt hon kunde läsa medan hon rensade torsken var delar av en artikel som i ganska hånfulla ordalag beskrev en ny politisk företeelse: madrassocialismen. Några kvinnor i Malmö – en redaktör, en husmor och en fabriksarbeterska från Danmark – hade tagit sig för att gå runt i arbetarhemmen och granska beståndet av sängkläder. Polisen hade gripit dem när de hade

gjort ett bål av de snuskigaste madrasserna och satt eld på dem ...
"Hm!" sa Augusta och skar huvudet av torsken.

Elva minuter.
Två veckor senare hade Socialdemokratiska Kvinnoklubben fått en madrasskommitté. Den bestod av två personer: Augusta och Signe, den nye skollärarens fru, hon som bara delvis hade korsat klassgränserna. Kanske var det för hennes skull som de möttes med nigningar och bleka leenden varhelst de knackade på.

De började hos några av kvinnoklubbens egna medlemmar. De var förvarnade och följaktligen fanns det inte mycket att invända mot tillståndet i deras sängar. De smutsiga gamla madrasser som man inte hade haft råd att göra sig av med i en hast hade piskats och vädrats och täckts med rena lakan. Signe log när hon dikterade protokollet och tackade ja till en kopp kaffe efteråt.

Tio minuter kvar.
Det var värre i de andra husen. I de hus där man aldrig hade hört talas om madrassocialister och inventeringar. Där slogs dörrarna upp av bleka kvinnor, kvinnor som blev ännu blekare när deras sängkläder revs upp och Signe med mycket pregnant röst började diktera inspektionsprotokollet:

"Smutsigt vaddtäcke. Inget överlakan. Sjaskigt underlakan. Halvrutten halmmadrass. Kudde utan örngott med spår av gula upphostningar, kan möjligen rymma tuberkelsmitta. I bädden intill en möjlig tagelmadrass, av lukten att döma ständigt fuktad med urin ..."

Någon vände ryggen till och vägrade se och höra. En annan bet sig så hårt i läppen att det började blöda. En tredje fick tårar i ögonen och försökte förklara: pengarna räckte aldrig, husen var så dåliga och det var så långt till pumpen ... En fjärde slog förklädet för ansiktet och vägrade låta sig tröstas, trots att Signe och Augusta talade i mun på varandra om den framtid som väntade. Nu skulle det ju bli ändring! Konsumföreningen skulle få ta hem tagelmadrasser till rimliga priser och gruvbolaget skulle förmås att subventionera. Nya madrassvar skulle sys åt dem som inte hade råd med tagel och nyslaget hö skulle hämtas hos bönderna. Även i de fattigaste hemmen skulle det lukta friskt och gott nästa vinter!

Nio minuter kvar.

Kvinnoklubbens medlemmar sydde randiga madrassvar i tre veckors tid. Augusta bar några av dem över armen den morgon då hon lämnade huset i Nordanäng för att gå runt i husen en andra gång och samla in den gamla tidens sängkläder. När det blev kväll skulle de lortigaste exemplaren samlas till ett bål i utkanten av Herräng, begjutas med fotogen och tändas på ...

Isak har aldrig fått veta vad som egentligen hände den dagen. Han vet bara att det för första gången på alla år inte stod någon mat på spisen när han kom hem från gruvan. Augusta satt på verandatrappan med ansiktet gömt i händerna.

"Jag förstod inte", sa hon med tjock röst när han sjönk ner bredvid henne. "Jag menade inget illa, jag förstod bara inte ..."

Åtta minuter.

Han är inne i Herräng nu. Röklukten har blivit starkare: i hundra hus har hundra eldar tänts och hundra kaffepannor har satts på hundra spisar.

Sängarna står ännu obäddade. Med stinkande madrasser.

Augusta kan inte ha fått mer än en enda madrass till sitt bål. Åtminstone tror Isak att det är så. Han vet inte med bestämdhet: Augusta vägrade att berätta, och själv möttes han med bortvända ryggar i gruvan veckorna efteråt. Ingen ville tala öppet med honom, han fick dra sina slutsatser av det han råkade snappa upp av antydningar och hastigt avbrutna samtal. Tydligen hade flera kvinnor gråtit när de berättade om madrassinventeringen för sina män. Tydligen hade dessa män knutit nävarna och vänt skammen ut och in, förvandlat den till vrede. Och tydligen hade vreden spridit sig från hus till hus, från lägenhet till lägenhet och på bara några dagar vuxit till hat.

När Signe och Augusta knackade på för andra gången hade folk vägrat öppna och de som ändå öppnade hade genast stängt igen. Bara i ett enda hus blev de insläppta och begåvade med en smutsig madrass. När de hade burit ut den på förstutrappan fick Augusta en spark i ändan så att hon stöp framlänges mot gårdens grus. Kjolen for upp och blottade hennes grådaskiga underbyxor och blåstrimmiga lår.

Fyra karlar stod på gården och skrattade. Signe vände sig om och sprang.

Fyra minuter.

En krokig gubbe vaggar framför Isak på väg mot laven. Det är Bly-Johansson. Han var en av de bästa när Isak var ung och just hade börjat i gruvan. Kunnig och modig. Stark och rak. Ständigt försedd med en liten bit dynamit i kepsens svettrem för att slippa gruvarbetarnas eviga söndagsplåga, den där huvudvärken som kommer smygande när man har varit borta från gruvan mer än en natt.

Nu får Bly-Johansson inte gå ner i gruvan längre. Gruvfukten har vridit sönder hans rygg och reumatismen har vikt honom dubbel. Nu sköter han spelet i stället, ser till att tunnorna glider upp och ner längs bergväggen. Lönen han får räcker knappt till maten.

Snart är det jag, tänker Isak. Snart är jag också en krokig gubbe.

Två minuter.

Det är trångt vid tunnorna och spelet. De arbetare som redan är på plats vill fort ner i gruvan. De hälsar på varandra med korta nickningar.

Där är Isak. Hej. Hej.

Kedjorna rasslar. Hisstunnan är på väg upp.

Det river i mitt bröst, tänker Isak.

En minut återstår.

Egentligen får bara tre karlar plats i varje tunna, men den fjärde och femte och sjätte kan stå på kanten och hålla sig i kedjorna. Det är inte farligt. Åtminstone inte så farligt att det finns skäl att låta bli.

Isak har stått på tunnans kant minst hundra gånger. Han är stark och frisk och rak i ryggen. Han vet allt om gruvan.

Därför blir han den sjätte.

Trettio sekunder.

Dagbrottet är en gapande käft. Åttio meter djupt.

På trettio meters djup sitter en rostig krok inkörd i berget. Ingen vet vad den fyller för funktion. Ingen har ens lagt märke till den.

Det är på den Isak ska fastna.

DET TAR ETT PAR SEKUNDER innan han förstår.
Kedjan glider undan. Handen tvingas ur sitt grepp. Tunnan försvinner under fötterna.
Han rör på benen. Det är tomt under honom. Han sträcker på armarna. Det är tomt över honom. En klarblå himmel kupar sig över avgrunden.
Trycket över magen säger allt. Han hänger i livremmen. Dinglar över ett grått svalg. Hänger och dinglar på trettio meters djup, femtio meter över den säkra döden.
Paniken spräcker de andra männens röster. Gör dem gälla.
"Isak!" ropar de ur djupet. "Isak!"
Men Isak svarar inte.

ALICE HÖJER KAMMEN.
"Talade han aldrig mer?"
Augusta skakar på huvudet:
"Nej. Inte ett enda ord."
"Hur länge fick han hänga där?"
"Vet inte. Tio minuter kanske. Eller en kvart. Det gick inte att vända spelet: man var tvungen att låta tunnan gå ända ner till gruvans botten innan man kunde dra upp den igen ..."

Det blir tyst, Alices röda klänningsfåll snuddar vid golvet när hon hukande drar kammen genom Augustas hår.

"De trodde att han var död när de fick upp honom", säger Augusta efter en stund. "Han såg död ut. Han *kändes* död. Huden var kall. Benen som stockar."

För en sekund står Alice vid Eknäsgruvans kant. Hon ser hur man lyfter Isak ur tunnan och lägger honom till vila på markens stenflis och splitter. Hans ansikte är mycket vitt. Tänderna är blottade. Ögonen vidöppna och stela.

"De lastade honom i en kärra", säger Augusta.

En brun ardenner. En grå kärra. En man som ser mot himlen utan att se. Kusken går bredvid och håller i tömmarna, vet inte själv varför han inte vill sitta på kuskbocken.

Bakom kärran går två män i blåkläder och träskostövlar. De är barhuvade, men tummar på sina kepsar, snurrar dem runt och runt och runt igen, hela vägen till Nordanäng.

Augusta kokar äppelmos, den söta doften ligger tung över trädgården och driver sommarens sista humla till en rusig dans utanför

köksfönstret. Granveden knastrar i järnspisen. En kråka kraxar. En kärra gnisslar på avstånd.
Augusta lägger huvudet på sned och lystrar.

Konstig kärring, sa man efteråt. Hon skrek inte. Grät inte ens.

Hon stod på verandan och väntade när den bruna ardennern stannade utanför grinden, stod där med händerna under förklädet som om hon redan visste. Hennes bomullsklänning var urtvättad och koftan hade stoppningar på ärmen. De tjocka strumporna i samma färg som kaffe med mjölk korvade sig över ett par slitna skor. Men hennes hår glänste i solen och rullen i hennes nacke var nästan en decimeter tjock.

De två gruvarbetarna gav varandra ett tveksamt ögonkast innan de bugade.

"Han är inte död", sa Augusta.

Det doftade fortfarande syrligt av äppelmos i trädgården. En fluga landade i Isaks ansikte. Kusken suckade:

"Snälla Augusta ..."

En av gruvarbetarna lade prövande sin hand på hennes skuldra.

"Disponenten själv tog pulsen."

Augusta skakade av sig beröringen.

"Han är inte död."

Den andre gruvarbetaren harklade sig:

"Vi gjorde spegelprovet."

"Han är inte död", sa Augusta. "Se bara ..."

Hon strök med handen över Isaks ansikte, han slöt ögonen och öppnade dem sedan igen.

De bar honom i gullstol in i huset och satte honom vid köksbordet. Augusta ville att han skulle sitta upp så att han kunde se henne i samma stund som han vaknade.

Det var så hon tänkte, den första dagen. Att Isak sov och snart skulle vakna igen. Solen sken ju genom köksfönstret och värmde honom, den skulle smälta hans skräck och lösa honom ur förlamningen. Och själv tänkte hon hjälpa till. När männen från Herräng hade satt sig i kärran och gett sig av, slevade hon upp en tallrik ångande äppelmos och hällde mjölk över, satte sig sedan tätt intill Isak. Hans ögon stirrade. Munnen gapade i ett stumt skrik.

Augusta hällde lite äppelmos i skriket.

"Jag skulle kunna göra det till en saga", säger Augusta och öppnar ena ögat.

Alice har delat hennes hår i tre tjocka slingor, nu ska hon börja fläta. Men först suckar hon:

"Det skulle du. Men jag vill veta hur det verkligen var."

Augusta öppnar också det andra ögat:

"Jag kan inte berätta hur det verkligen var. Det går inte."

"Varför?"

"För att sanningen alltid glider undan. Den är som en sån där genomskinlig fläck som man kan ha i ögat: den glider undan om man tittar direkt på den. Man måste titta bredvid, då seglar den in över synfältet och blir synlig."

Hon släpper tanken och söker sig en ny.

"Isak skulle ändå ha varit död vid det här laget."

"Tror du?"

"Jag vet. Han skulle ha varit söndervärkt. Om vintrarna var hans kläder ibland så blöta av svett och gruvfukt att de frös till is när han gick hem från gruvan."

"Man dör väl inte av reumatism."

"Kanske inte. Men man kan ha så ont att man dör …"

Augusta sitter tyst en stund.

"Det är så länge sedan det hände. Nästan trettio år."

Alice nickar bakom hennes rygg, men säger inget. Augusta sluter ögonen på nytt och fortsätter:

"Det är inte att svika om man gör en saga av det, inte när det har gått så lång tid … Jag skulle kunna hitta på något om gruvfrun. Om att det var hon som tog honom."

"Det skulle du", säger Alice torrt. "Men varför skulle du göra det?"

Augusta rycker på axlarna och låter frågan falla till golvet.

"Det finns en massa historier om gruvfrun i Herräng …"

Alice ler lite.

"Jag vet. Siri berättade om henne en gång när jag var liten."

283

Augusta fnyser till. Hon är på den säkra sidan nu, långt från sina minnen och sin sorg.

"Siri! Hon vet väl inget om gruvfrun ... Vad sa hon?"

"Att gruvfrun går omkring nere vid Eknäsgruvan om nätterna. Att hon är klädd i vitt."

"Som ett spöke?"

"Ungefär. Fast vackrare."

Augusta sluter ögonen och höjer hakan.

"Dumheter. Gruvfrun är varken vacker eller vit, hon ser ut som en gammal bondmora i grå vadmalskjol och svart schal. Gråhårig och ganska kraftig. Det enda som skiljer henne från en vanlig kärring är att hon har ett silverskärp om midjan."

Du gör henne till din avbild, tänker Alice. Till din äldre syster.

"Jag skulle kunna säga att det var hon som stack ut sin hand genom berget och grep efter Isak", säger Augusta. "Att hon ville ta honom ifrån mig. Men att jag gick till henne en natt och tiggde om förskoning."

"Alla sagor är döda", säger Alice. "De dog när fabrikerna kom. Efter vad jag har hört."

Men Augusta låtsas inte höra, hon söker med handen över huvudet och petar tankspritt i den halvfärdiga flätan.

"Jag skulle kunna påstå att jag var tvungen att ge henne något för att få behålla Isak i fyra år till ... Om det än bara var som beläte."

Beläte? Alice höjer ögonbrynen. För ett år sedan skulle ordet ha gjort henne upprörd, för sex månader sedan skulle det ha äcklat henne. Nu bekommer det henne inte alls, roar henne möjligen en aning. Om Augusta vill bygga ett ispalats av sina minnen så är det hennes sak. Alice har sina egna murar och förskansningar att bevaka. Alltså ler hon lite över Augustas skult och låtsas vara med på leken:

"Vad gav du henne då? Vad hade du som gruvfrun ville ha? Mer än Isak."

"Mitt hår", säger Augusta. "Jag skulle kunna påstå att jag gav henne mitt hår."

Alice skrattar till.

"Men det vore väl ändå att ljuga lite väl grovt", säger hon. "Vi vet ju ..."

Hon biter av repliken halvvägs, låter dess skorpionsvans stanna kvar i munnen. Ändå anar hon att Augusta känner stinget.

När hände det, tänker Alice. När blev jag elak?

Det har blivit tyst i rummet, det enda som hörs är Augustas andetag och ett stilla sprakande från kaminen. Något rasslar till bakom den stängda gjutjärnsluckan, kanske ramlar ett litet stycke kol över ett annat. Ljudet är så vant och välbekant att det förflutna väcks till liv. Plötsligt stirrar Alice på en gammal spegelbild, ser sig själv sådan hon var ett år tidigare. Flottigt hår. Rödkantade ögon. Ett ansikte som just hade börjat svullna. Hon sänker blicken och ser på Augusta. Nya skuggor tynger de redan tunga dragen.

Ingen av dem kan värja sig mot det som inte sagts: *Vi vet ju båda att du aldrig skulle offra ditt hår. Om du gav något till gruvfrun så var det väl Olga.*

När var det? För tretton månader sedan? Eller fjorton?

Alice rusade nerför trappan med sitt fynd.

Augusta reste sig från gungstolen i samma ögonblick som Alice kom in i rummet med den kornblå sidenklänningen, trots att hon nyss hade satt sig. Alice märkte hennes obehag, men brydde sig inte om det.

"Titta vad jag hittade i snedgarderoben", sa hon oskyldigt. "Är det din?"

Augusta slängde en sned blick på klänningen.

"Nej", sa hon. "Den var Olgas."

Alice gick ut i hallen, ställde sig framför spegeln och höll klänningen prövande framför sig. Magen putade lite under den blanka ytan.

"Fint tyg", sa hon och strök med handen över livet.

"Det är inte riktigt siden", sa Augusta. "Bara bennbergersiden."

"Var det hennes finklänning?"

"En av dom. Hon hade flera stycken."

Augusta hade hunnit ut i köket. Alice följde efter, fortfarande med klänningen framför sig:

"Tyckte hon om kläder?"

"Hö! Det kan man lugnt säga."

Augusta öppnade ett köksskåp och stängde det omedelbart igen, sökte med blicken efter något att sysselsätta sig med. Alice lade huvudet på sned:

"Var hon vacker?"

Augusta låtsades inte höra.

"Vi kanske ska ha lite eftermiddagskaffe", sa hon i stället.

Men Olga var vacker. Alice visste det. Det syntes redan på det konfirmationsfotografi som stod gömt bakom andra fotografier på Augustas linneskåp. Vacker och levande. Det hade hon förstått när hon hörde Erland och Harald tala om Olga en kväll för länge sedan.

En junidag i början på femtiotalet kom Harald på sitt första och sista besök till den stora villan i Jönköping. Han var en tvehågsen gäst, en som drog upp axlarna och gnuggade sina sträva handflator mot varandra när han såg sig om. Erland var hans tvillingbror, hans bäste vän och värsta fiende, den som en gång hade stått honom närmast och den som nu var honom mest främmande. Därför ångrade han redan att han kommit. Erland var lika illa berörd. Harald förde in något nytt i det vita huset, hans breda kropp skapade skuggor som inte borde finnas där, hans röst väckte liv i röster som borde ha tystnat för länge sedan.

Det var ABF som hade kostat på Harald en resa till Jönköping, och han hade tillbringat hela dagen på ett riksmöte. Men nu var det kväll, de långa diskussionerna om hur man skulle väga kunskapens egenvärde gentemot dess penningvärde var slut för dagen och Harald hade för skams skull sökt sig hem till sin tvillingbror när han nu ändå var i Jönköping.

Inga hade bjudit på middag innan hon gick till sängs med en liten huvudvärk. Alice hade satt sig med en bok inne i vardagsrummet, men utan att tända lampan. Och ute i den blå skymningen på terrassen satt den bror som hade valt kunskapen för dess egenvärde som gäst hos den som hade valt kunskapen för dess penningvärde.

Häggen blommade för dem båda.

"Hur är det med Augusta?" sa Erland och stoppade sin pipa.

"Bra", sa Harald. "Ont i knäna, förstås, men annars är det väl inget större fel på henne …"

"Knäna skulle bli bättre om hon gick ner i vikt."

"Tror jag inte. Hon är utsliten. Det tar på knäna att svabba cementgolv i tjugo års tid."

En liten låga blossade upp, Erland tände pipan.

"Så det är brukets fel att Augusta har ont i knäna?"

"Ja", sa Harald. "Det är brukets fel."

Stridslinjen var fastställd, men de tog inte till vapen. I stället blev det tyst en stund, röken från Erlands pipa blandade sig med skymningen.

"Och hur är det med resten av släkten?"

"Bra", sa Harald. "Siri har fått tag på en karl ..."

Erland skrattade till:

"Det var som fan. Hur gick det till?"

Ett leende i Haralds röst:

"Ja, Gud vet. Ingen känner honom egentligen. Han har jobbat på bruket ett par år, men han säger knappt flaska."

"Som Siri själv, alltså. Livsfeg."

Harald slöt munnen och smakade på ordet. Livsfeg?

"Ja", sa han till slut. "Siri brås ju inte på mor sin, precis. Det är som om hon aldrig har vågat börja leva ..."

"Men Olga levde", sa Erland. "Ja, djävlar, vad den flickan kunde leva ..."

"Se!" skriver Alice i den blå boken när hon sitter i snedgarderobens tältsäng senare på natten. "Vem du än är som läser det här: se! Jag slöt ögonen och vilade ett ögonblick och just då släppte pennan ifrån sig en stor droppe bläck. Plumpen trängde igenom tolv sidor. Om man bläddrar hastigt ser det ut som om den krymper. Kanske ligger det bokstäver gömda i den där plumpen. Bokstäver som bildar sagan om Olga, den enda saga som Augusta aldrig någonsin kommer att berätta ..."

Hon hejdar sig och lyfter pennan, ser för ett ögonblick rakt in i fotogenlampans låga, innan hon böjer sig över boken på nytt och fortsätter:

"Alltså får den uppgiften falla på mig."

Under de första åren vägrade Augusta att sätta sin fot i Herräng, det var som om hon gav själva samhället skulden för att Isak hade förstenats. Alltså fick hon vända sig mot Hallstavik när pengarna tröt. Och i Hallstavik var det slagsmål om de få arbeten som ansågs lämpliga för kvinnor. Butiker och damfriseringar var redan överfulla, och i de lite större villorna fanns det fler städerskor, tvätterskor och hembiträden än vad tjänstemannalönerna egentligen räckte till. Augusta ansågs ha tur när hon fick börja som städerska på bruket. Det var slitsamt och dåligt betalt. Men ett arbete.

Erland och Harald fick inte längre skratt och hiskeliga historier som tilltugg till frukosten, det fanns inte längre tid till sådant. Det var långt att gå till Hallstavik och Augusta hade fullt schå med att mata Isak och se till att det brann ordentligt i köksspisen innan hon gav sig av. Inte för att elden höll sig, när hon kom hem igen var det alltid lika kallt och rått i huset. Men Isak tycktes inte märka det, han satt i samma ställning när hon kom som när hon gick. En dag fann hon honom med en liten istapp under näsan. Hon stirrade på den ett ögonblick, innan hon bröt av den och slängde den i sophinken. Den landade med ett litet pling.

Det var en trist vinter. Himlen var grå. Snön var smutsig. Erland och Harald fick blå skuggor under ögonen och slogs nästan dagligen. Augusta tappade en framtand. Isak plockade med fingrarna över duken och stirrade tomt framför sig.

Det var bara söndagarna som var annorlunda. Då kom Olga. Hon halkade in i huset med en tårtkartong och ett skratt, satte sig på sockerlådan i hallen och drog av sig sina bottiner. Augusta stod redan i dörröppningen och påpekade att hon aldrig hade sett en fnoskigare nymodighet än dessa tunna röda gummiskal som skulle krängas över högklackade skor. Pälskantade, men ofodrade. Det var rena undret att Olga inte frös tårna av sig, men om hon så gjorde så fick hon väl skylla sig själv ...

Olga såg noga till att bottinerna stod tätt intill varandra på hallgolvet och att tåspetsarna pekade mot ytterdörren innan hon bar in tårtkartongen i köket. Erland och Harald trängdes på var sin sida om henne, trots att de redan på förhand visste vad som skulle finnas i kartongen. Det var samma sak varje söndag: fem prinsessbakelser med grön marsipan, vit grädde och en syrlig klick rosa gelé. Ett orimligt slöseri, tyckte Augusta. Fullkomligt orimligt.

"Ibland måste man festa", sa Olga och strök först Erland över

hans snaggade skult och sedan Harald över hans stubbade nacke.
"Det är alldeles nödvändigt att ha fest ibland."
Sedan slog hon sig ner bredvid Isak.

"Han ser på mig", sa hon till Augusta.
Augusta böjde sig över potatisbingen:
"Han ser aldrig på någon."
Olga lade sin hand på Isaks.
"Jo. Han ser på mig. Han känner igen mig."
Augusta lät några potatisar dunsa ner i ett emaljerat handfat.
"Han känner inte igen någon."
Olga skakade på huvudet.
"Det gör han. Det syns i hans blick."
Augusta hällde en skopa vatten över potatisarna.
"Du inbillar dig."
Olga lade sin hand mot Isaks skäggstubb. Hennes naglar var vita som snäckskal.
"Han ser på mig", sa hon igen. "Mig ser han på."

Det fanns alltid ögon som såg på henne. Hon visste det.
När hon stod i tvagningen och strök med tvål och mjuka händer över en mans rygg visste hon att andra män följde varje rörelse med blicken. När hon gick förbi caféet visste hon att de unga pappersarbetare som ständigt satt vid ett bord där inne avbröt sitt samtal och glömde revolutionen för en stund. När hon steg in i stora salen på Folkets hus, redo för lördagskvällens dans, visste hon att Erik och Edvin, Bertil och Allan, Olof och Gunnar fäste sina blickar vid bröstens kontur under klänningslivets blanka bennbergersiden.
I sådana stunder blev hon det hon helst ville vara. Sin egen spegelbild.

De andra blickarna tycktes hon aldrig märka. De sneda ögonkasten från män som inte kunde tillåta sig att hoppas. Kvinnornas rynkade pannor. Flickornas höjda ögonbryn.
Däremot visste hon naturligtvis att det pratades, att hela Hallstavik redan på söndagsmorgonen visste vem som hade fått följa henne hem på lördagskvällen. Det störde henne inte alls. Tvärtom.

Skvallret gjorde henne bara än mer synlig för sig själv, det gav henne klarare färger och tydligare konturer.

"Du borde tänka på ditt rykte", sa Augusta och började skrubba potatisen.

"Det är inget fel på mitt rykte", sa Olga.

Alla älskade Olga. Olga älskade att vara älskad.

Hon log åt den lilla gnista som sprakande for genom nervsystemet när Erik smekte hennes bröst och inte kunde hejda ett kvidande.

Hon skrattade lågt när Edvin blev så ivrig att hans tänder slet ett stycke hud från hennes underläpp och lämnade den lika naken och hudlös som en skalad vindruva.

Hon stönade och lät tungan stryka över Bertils hals när han slet sönder hennes silkesstrumpor.

Hon blev fuktig och mjuk som en sjöbotten när Allan pressade henne mot markens fjolårsbarr.

Hon gnällde av lust när Olof äntligen slutade fråga och tvingade sig in.

Hon höjde sitt underliv mot Gunnar när han inte längre förmådde fördröja orgasmen, kramade mjukt och rytmiskt om hans kön och föll efter honom i det svarta djupet.

Olga ägde de vackra kvinnornas makt. Men hon förstod inte dess villkor.

Förr eller senare skulle det hända. Det var alldeles oundvikligt. Augusta slöt läpparna om sin förvissning. Teg och väntade. Väntade och teg.

När Olga sjönk ner bredvid Isak om söndagarna sökte hon med kylig blick över dotterns kropp. Var hennes skärp lika hårt åtdraget som förra söndagen? Hade hon börjat svullna eller syntes fortfarande den lilla gropen vid handleden? Var hon rödögd eller grå i ansiktet?

Men nej. Månad efter månad gick utan att Augusta kunde se vare sig det ena eller andra. Olga var ständigt lika smal om midjan, de spröda benen i hennes hand lät sig fortfarande skönjas, hon förblev oskuldsfullt klarögd och rosenkindad.

Det var hennes aptit som till slut avslöjade henne. Hennes glupande hunger. En söndag slukade Olga både svål och brosk på fläsket, mosade fyra potatisar i löksåsen, bredde därefter tjockt med smör på en limpskiva och sköljde ner den med två glas mjölk.

"Nu ska det bli gott med efterrätt", sa hon och torkade sig om munnen med handflatan.

Augusta hissade upp ögonbrynen.

Det tog lång tid innan Olga själv begrep. Flera månader.

Det var som om hon inte kunde föreställa sig att det som ständigt hände andra flickor också skulle kunna hända henne. Kanske trodde hon att hennes skönhet skulle skydda henne. Kanske var det också därför som hennes oro under de första månaderna handlade just om utseendet. Hade hon inte blivit lite tjock? Var hon inte lite blek? Och varför var det plötsligt så omöjligt att få någon fason på frisyren?

Oron kostade. Hon köpte dyrbara champonpulver i speceriaffären och skickade efter pudercrème från ett skönhetsinstitut i Stockholm. Den veckan hade hon bara två bakelser i kartongen, en åt Isak och en åt Harald och Erland att dela på. Pudercrèmen hade kostat en hel krona, förklarade hon blekt. Men det skulle bli bättre: nästa vecka skulle hon ha råd med fem bakelser igen.

"Tror jag knappast", sa Augusta och vände ryggen till, öppnade ett köksskåp och började rota runt på måfå. "Det är nog slut med bakelseätandet för din del. Du lär väl behöva dina fattiga slantar till ungen."

När sanningen äntligen gick upp för Olga började hon gråta, och när hon väl hade börjat gråta kunde hon inte sluta. Hon satte sig bredvid Isak och lutade pannan mot hans stela skuldra, klamrade sig fast i hans blåkläder och grät så att halva bussarongen blev mörk av tårar. Harald och Erland stod i köksdörren och stirrade stumt på henne, Harald gnagde på en tumnagel och Erland bet sig i knogen. Men Augusta satte sig vid köksbordet och följde Isaks blick, stirrade lika tomt som han mot den grå vinterskymningen utanför.

"Du får väl ta och flytta hem igen", sa hon efter en stund.

Olgas gråt stegrades till ett skrik och hon stampade vanmäktigt i plankgolvet med sina högklackade skor.

Hon vägrade att gå tillbaka till Hallstavik och möta blickarna. Aldrig i livet.

Därför blev det Augusta som fick gå upp på brukskontoret nästa morgon för att tala om att Olga på grund av hastigt påkommen ohälsa tyvärr var nödgad att säga upp sin plats på badhuset. Fru Olofsson, den äldsta kontoristen, log syrligt och tillönskade god bättring.

Iris, Olgas rumskamrat, flackade med blicken när Augusta sent om eftermiddagen stod i dörröppningen och förklarade att hon kommit för att hämta Olgas ägodelar. Herrejesus. Visst hade Iris haft sina aningar, men inte hade hon kunnat tro att det verkligen var så illa. Stackars lilla Olga! Och stackars tant Augusta som redan hade fått mer än sin beskärda del ...

Augusta fnös och avhöll sig bara med möda från att muttra något om våp och fjompor, tackade i stället torrt för hjälpen när Iris stuvade ner Olgas kläder i en gammal resväska.

"Äkta konstsilke", sa Iris och höll upp ett par underbyxor med spetskant.

"Precis som Olga själv då", sa Augusta och smällde igen väskan.

Iris snörvlade till och såg ängslig ut:

"Vet tant vem det är?"

Augusta blinkade till och såg förvirrad ut:

"Vadå? Vad menar du? Vem det är?"

Hon skämdes över det där när hon gick hem. Kände sig dum som inte genast hade förstått vad Iris menade. Dum och onaturlig.

Själv hade hon inte skänkt saken en tanke, inte en enda gång sedan hon börjat misstänka att Olga var med barn hade hon tänkt på att barnet måste ha en far. Det hade helt enkelt inte fallit henne in. Och det var onaturligt. Så borde man inte tänka.

Det kunde ju vara en rejäl karl. Någon som verkligen tyckte om Olga och ville gifta sig med henne. Eller åtminstone någon som var beredd att betala för sig. För en sekund mindes hon hur det kändes att gå omkring med flera hundralappar i skon. Knöligt under foten. Och ensamt. Nästan lika ensamt som nu.

Det hade börjat snöa. Vägen var ett vitt stråk genom den svarta skogen.

Jag skulle kunna lägga mig ner, tänkte Augusta. Jag skulle kunna lägga mig på en åker någonstans och bara låta snön falla över mig ...

Hon grymtade till, flyttade resväskan från den ena handen till den andra, och tog ut stegen. Tunga flingor kittlade hennes ansikte.

I tidningen Husmodern hade Olga en gång läst om en kvinnoläkare som ansåg att man kunde känna igen en verkligt sund kvinna på hennes utseende under havandeskapet. Hyn blev klarare hos sådana kvinnor. Ögonen mer glittrande. De blomstrade.

Olga var alltså inte en sund kvinna. Hon blomstrade ju inte under havandeskapet. Hon vissnade. Hyn grovnade och blev grå. Ögonen svullnade av gråt och förlorade sin glans. Håret, det som alltid varit hennes skönhets krona, blev strävt och tovigt och vägrade låta sig formas ens till den enklaste frisyr. När Augusta höll förhör med henne om kvällarna drog Olga testarna över ansiktet och gömde sig.

"Vem?" sa Augusta. "Kläm fram med det nu. Någon gång måste du ju ändå säga vem det var."

Men Olga teg, tänkte på Erik och Edvin, Bertil och Allan, Olof och Gunnar och gömde sig själv och sin skam i håret.

Hennes humör blev allt sämre vartefter månaderna gick. Hon gjorde miner bakom Augustas rygg och fräste åt pojkarna, surade för att det aldrig fanns något gott att äta och för att hon förväntades laga mat av ingenting, glömde till slut vad Isak hade varit för henne och skrek av motvilja varje gång hon upptäckte att han hade kissat ner sina blåkläder. *Djävla beläte!*

En dag i mitten av mars daskade hon katten över ryggen med ett vedträ. Augusta hittade den på trädgårdsgången när hon kom hem från bruket. Den kunde inte gå längre, bakbenen släpade i snömodden när den försökte.

"Ja, vadå?" sa Olga när Augusta bar in den förlamade katten i köket. "Den klöste mig ..."

Det blev Augusta som fick ta hand om det. Olga vägrade.

Katten väste och fräste redan när hon pumpade vatten i hinken, den klöste och rev i hennes arm medan hon gick mot brygghuset, den jamade gällt och skrikande när hon ställde ifrån sig hinken, men tystnade när hon sänkte sitt ansikte i den mjuka pälsen och sög in den varma doften.

Sista gången, tänkte Augusta.

Hon kunde inte få katten att släppa taget, hon fick stå på knä med armen sänkt i hinken ända tills sprattlet och ryckningarna hade upphört. Under tiden såg hon ut genom de öppna brygghusdörrarna. Äppelträdet sträckte sig mot en himmel som skiftade i rosa, hon anade mer än såg att svarta knoppar svullnade på de nakna grenarna.

Snart är det vår, tänkte hon. Då blir allt bra igen.

Det tog en stund att lirka loss klorna ur armen efteråt. Katten stirrade på henne med döda ögon och vattnet som droppade från pälsen samlades i en svart liten pöl på golvets furuplank.

"Dränk henne!" skrek Olga när Augusta försökte lägga Siri på hennes arm.

Barnmorskan skakade på huvudet.

Det luktade blod i rummet.

Ändå blev det faktiskt lite bättre när sommaren kom.

Siri, som hade skrikit oupphörligen under sina första månader, gav upp och föll i sömn. Erland och Harald fick fräknar och fina betyg, skuggorna under deras ögon bleknade. Augusta skickade ut dem i skogen för att plocka blåbär, de kom tillbaka med blå tänder och överfulla hinkar. Själv skördade hon årets första rabarber redan i mitten av juni och kokade soppa på dem. Isak slöt ögonen när hon matade honom med den. Det var ett gott tecken. Augusta var övertygad om det.

Olga satt under äppelträdet och var vacker igen.

I tre år skulle hon fortsätta att vara vacker. Lika vacker som någonsin förr och kanske vackrare. Hennes färger hade djupnat och hennes linjer blivit mjukare efter förlossningen. När hon gick genom Hallstavik eller Herräng fanns det alltid ögon som följde henne. Hon visste det. Ändå fann hon inte längre samma vila i sin visshet: hon hade börjat ana att de vackra kvinnornas makt bara var villkorlig.

I veckorna gick hon hemma i Nordanäng och skötte hushållet. Bytte blöjor på Siri och tvättade Isaks blåkläder när han hade kissat ner dem, lagade middag på nästan ingenting och skurade köksgolvet med aska när såpan hade tagit slut och det inte fanns pengar till ny.

Hela tiden tänkte hon på lördagen, på den som just hade gått och på den som snart skulle komma. På vilken av sina gamla finklänningar hon skulle bära och på hur hon skulle kamma sitt hår. På främlingen som skulle dyka upp på dansen i Herrängs Folkets hus eller i Hallstaviks Folkets park, han som en gång skulle komma och bära henne bort från detta liv.

Och till slut kom han. Till slut måste han ha kommit.

Den söndagsmorgonen vaknade Augusta av att Siri grät.

Hon tog sig upp ur sömnen med ett stönande: kroppen värkte fortfarande av veckan som gått. Hon slängde en blick på väckarklockan som stod på en stol bredvid kökssoffan – kvart över fem – innan hon vältrade sig runt och tittade på Isak. Han stirrade i taket som vanligt.

Augusta satte sig upp och såg sig om i köket. Solen sken på hennes kläder där de låg slängda över en stol. En brun strumpa hängde håglöst mot golvet.

Snart lägger jag mig på en åker, tänkte Augusta. Snart får jag sjunka ner i jorden igen.

Siri ville inte sluta gråta. Augusta hävde sig upp ur kökssoffan.

Olga hade inte kommit hem. Men vart hon hade tagit vägen var en gåta.

Augusta hade inte varit i Herräng sedan Isak förstenades, men nu gick hon dit. Hon började sin rundvandring hos Nilsson, han som hade varit Logetemplare på den tid då Augusta fortfarande hade tid och ork att bry sig om världen och nykterheten. Han skakade på huvudet inför hennes frågor, men tog ändå på sig söndagskavajen och följde med när hon gick vidare. I andra hus gjorde andra män och kvinnor samma sak, snart var det en hel procession som gick från dörr till dörr och ställde samma frågor. Hade någon sett Olga på dansen i Folkets hus i går kväll? Hade någon sett vart hon hade tagit vägen efteråt?

Alla hade sett henne på dansen. Hon hade haft en röd klänning, sa pojkarna. I crêpe de chine, sa flickorna. Hon hade dansat med alla de vanliga, de som alltid stod i kö när Olga kom till Herräng. Elis och Nils, Gusten och Arne, Holger och Eilert.

Elis skakade på huvudet. Han hade bara fått en enda dans.

Nils grinade snett och försökte låtsas likgiltig. Han hade ju inte fått ens så mycket.

Gusten ryckte på axlarna. Olga hade lovat honom en vals, men inte hållit löftet. Bara försvunnit.

Arne körde händerna djupt ner i byxfickorna. Han hade sett henne med någon ny. En mörk typ. Tattare av något slag.

Holger spottade på gårdsplanens grus. Jo. Han hade faktiskt sett Olga utanför Folkets hus med den där nye ... Hon hade verkat ganska kärvänlig, om man säger så.

Eilert drog med handen över munnen. Inte för att det bekom honom, men nog hade han sett både Olga och den där nye. De hade gått bort mot Glittergruvan. Eilert hade tänkt följa efter på avstånd, bara för att se att inget ont hände med Olga, men sedan hade han ändrat sig och gått tillbaka. Tänkt att hon nog kunde ta vara på sig själv.

Augusta bet sig i underläppen. Vad hette han, den där nye? Hur såg han ut? Och vad gjorde han i Herräng en lördagskväll, var det någon som visste det? Varför hade han alls kommit hit? Till världens ände?

Ingen visste. Allt man visste var att han var mörk och såg ganska bra ut. Lång. Ganska smal. Kanske var han överklassare: han hade haft tunna vita händer. Om han nu inte var en frimicklare på syndastråt: han hade ju haft svart kavaj och svart hatt precis som predikanten som försökte rädda Herrängs själar häromåret.

En mörk man i svarta kläder hade lagt sin arm om Olga och gått med henne mot Glittergruvan. Mer än så visste ingen.

Det var länge sedan man hade slutat bryta zink i Herräng. Glittergruvans dagbrott hade blivit en liten damm; en bottenlös damm med magiskt vatten. Ingen annanstans i Roslagen fanns ett vatten som var så rent och smakade så gott som detta. Ingen annanstans i Roslagen fanns heller ett annat vatten som kunde ändra färg varje timme, som kunde skifta från grönt till turkos, från ljusblått till blygrått, från violett till svart under en enda dag.

Olgas röda sko stod vid Glittergruvans kant. Tåspetsen pekade mot vattnet.

Den natten brydde sig Augusta för första gången inte om att lägga Isak, han fick sitta där han satt vid köksbordet och plocka med duken bäst han gitte. Pojkarna fick bre ett par smörgåsar åt sig själva och Siri, men de fick inte äta dem i köket. Augusta ville vara ensam.

När barnens röster hade tystnat löste hon sitt hår och drog det framför ansiktet, blundade och tvingade sig att se den där bilden som hela dagen hade fladdrat genom hennes huvud och som hon hela dagen hade aktat sig för att se. Olga dansade sin allra sista dans medan hon sjönk mot Glittergruvans botten: det vänstra benet kröktes, den högra armen svepte upp över hennes huvud, handen gled bakåt i en förförisk gest. Huden skimrade vit i det svarta vattnet, den röda klänningen glänste. Spännet som hade hållit frisyren på plats lossnade plötsligt och det långa håret svepte som sjögräs genom vattnet ...

Gömd i sitt eget hår såg Augusta sin dotter sjunka mot gruvans botten.

Hon sjönk och hon sjönk och hon sjönk.

När det blev morgon hade hela världen blivit grå.

Augusta vaknade av att hon frös. Hon rätade på ryggen och blinkade ett par gånger innan hon insåg att hon måste ha somnat vid köksbordet. Isak satt mitt emot henne, han stirrade på henne med tom blick.

Hon reste sig med ett kvidande, ryggen värkte och nacken var stel, blev sedan stående mitt på köksgolvet utan att riktigt veta vad hon skulle ta sig för.

Hon såg ner på sina fötter: de hade svullnat under natten. Benen var som stockar. Den ena strumpan hade lossnat från strumpebandet och korvade sig över ankeln, den blottade huden var vit med blå ådror.

En kärring, tänkte Augusta. Jag är en ful gammal kärring.

Bakom henne hördes ett strilande ljud. Hon visste vad det var, men vände sig inte om. Isak kissade på golvet.

Nakna fötter tassade över golvet i hallen. Siri stod i dörröppningen.

Augusta såg på henne ett ögonblick, höjde sedan överläppen och **försökte tala.** Men hon fann inga ord. Det fanns inga ord. Det blev **bara en väsning.**

"ALLT FINNS ALLTID", SÄGER ALICE.
"Och vad betyder det?" säger Kristian.
"Att du har sluppit undan länge nog."

Nej. Så sa hon inte. Det är bara en hämndfantasi. En tröstesaga.
I själva verket står hon i ett provrum på NK och försöker knäppa ett par svarta jeans. Det vill inte lyckas: hon är för tjock om midjan. Hon drar in magen och gör ett nytt försök. Men nej, det är omöjligt ...
Inte för att det gör något, hon tänker ju ändå inte köpa några svarta jeans. Det visste hon redan när hon gick in i provrummet. Hon har redan fyra par hemma i garderoben och vad ska hon då med ett femte?
Utanför provhytten ropar en högtalarröst att varuhuset strax ska stänga.

Ute på Hamngatan är det redan mörkt. Klockan har slagit sju och staden byter skepnad. Affärerna stänger. Krogarna öppnar. Medelålders kvinnor förväntas gå hem och göra sig osynliga.
Alice kör händerna i fickorna och drar upp axlarna. Hon kan inte gå hem. Det är omöjligt.

Hon har dragit runt i affärer hela eftermiddagen. Provat jeans som inte går att knäppa. Luktat på parfymer som hon inte vill ha. Bläddrat i böcker som hon inte har för avsikt att läsa. Grubblat över Augusta och hennes sagor, över Isak som har varit död i en mansålder och över Olga som gick ut en kväll och aldrig kom tillbaka.
Det är inte klokt. Hon är medveten om det. För fem timmar sedan lämnade hon Kristian på Sheraton, alltså borde hon ha annat

att tänka på. Sanning och lögn, till exempel. Ansvar och skuld. Äktenskap och framtid. Dessutom ska hon lämna en projektbeskrivning till Historiska museet om två dagar om inte hennes yrkesliv ska haverera fullständigt och hon har ännu inte skrivit en användbar rad.

Tanken får henne att ta ut stegen, klackarna klappar beslutsamt mot trottoaren. Under ett andetag skymtar hon sin egen spegelbild i ett skyltfönster: självsäker kvinna i dyr dräkt.

Förklädnaden fungerar.

"Allt finns alltid", säger Alice.
"Och vad betyder det?" säger Kristian.
"Att du har förverkat all rätt att få veta något om vår son."

Nej. Så sa hon inte.

I själva verket reste hon sig ur sängen utan ett ord och snodde överlakanet om kroppen, samlade ihop sina kläder och gick in i badrummet.

Hon stod en stund och blundade med ryggen mot den låsta dörren innan hon öppnade ögonen och såg sig om. Blotta tanken att låta sig beröras av något som redan berört Kristian var kväljande. Tvålen måste vara ny och handduken oanvänd för att hon skulle kunna duscha, annars skulle hon bli tvungen att gå ner till receptionen och boka sig ett eget rum. Men hon hade tur: det låg fortfarande några oöppnade små tvålpaket på handfatet och ett prydligt vikt badlakan hängde på stången. Hon luktade på det för säkerhets skull. Men nej. Det luktade inte Kristian.

Däremot låg det en använd tvålbit på badkarskanten och en skrynklig handduk på golvet. Hon rev av en bit toalettpapper för att skydda handen när hon slängde tvålen i toaletten och sparkade sedan in handduken i ett hörn. Så. Nu var hon redo. Nu kunde hon äntligen göra sig ren.

Hon vet inte hur länge hon stod under den heta duschen, vet bara att hon tvättade sig så länge och så grundligt att tvålen nästan försvann. Tankar och minnen rörde sig under pannan, men hon kunde betrakta dem på avstånd och lät sig inte oroas. Där gick Augusta genom sin blommande trädgård. Där skrattade Petter sitt kluckande risgrynsskratt i hennes knä. Där log Lars över sina fraktaler och talade om slumpvandringen som attraktor, om dess förmåga att skapa komplicerade mönster och få dem att upprepa sig. Alice gnuggade tvålen mellan benen. Den skulle ge henne flytningar, det visste hon. Men det fick bli ett senare problem. Just nu måste hon bara bli ren.

När hon en stund senare öppnade dörren ut till hotellrummet hade hon ett välmålat ansikte på framsidan av huvudet. Det log lite mot Kristian.

"Alice", ropade han när hon gick mot dörren. "Alice, för fan …"

"Allt finns alltid", säger Alice.

"Och vad betyder det?" säger Kristian.

"Att han aldrig har lämnat mig. Att jag aldrig har lämnat honom."

Nej. Så sa hon inte. Så skulle hon aldrig säga. Det är för patetiskt. Orden skulle inte komma över läpparna.

Ändå är det så. Han har aldrig lämnat henne. Hon har aldrig lämnat honom. Det är som om hon har levat två liv. Ett i den verkliga världen. Ett annat med sin döde son i skuggorna.

Efter två år på Televerket flyttade hon till Norrköping och Statens Skola för Vuxna, den enda i sitt slag på den tiden. Till Inga och Erland sa hon att hon skulle arbeta som telefonist på brandstationen och fick en uppgiven suck till svar. Det var ingen riktig lögn: hon var verkligen telefonist på brandstationen, men bara om nätterna. På dagarna studerade hon. När hon tog studenten firade hon genom att gå till fotografen klädd i vit dräkt och studentmössa, skickade sedan en förstoring till Augusta och en annan till Inga och Erland. Två dagar senare knackade föräldrarna på hennes dörr. De hann överlämna en bankbok med tvåtusen kronor, en flaska champagne och ett guldhalsband innan de började gräla och bestämde sig för att åka hem igen.

Alice stod i fönstret och såg efter dem. Erland trampade gasen i botten på den nya Rovern, hon kunde skymta hans viftande hand bakom vindrutan. Kanske skulle han stanna bilen halvvägs till Jönköping och ge Inga en snyting, det hände av allt att döma oftare nu än förr. Inga hade haft en liten fläskläpp när de träffades hos Augusta i julas, och Erland hade haft ett klösmärke i pannan.

Alice ryckte på axlarna. Det var deras helvete. Vad angick det henne?

När hon kom till Lund anslöt hon sig till Smålands nation, men gick sällan till de danser och fester som följde med medlemskapet. Dock: under en av dessa undantagskvällar lät hon sig ledas ut på dansgolvet av en ung matematiker.

Han tyckte om hennes lugn, sa han några månader senare. Detta att hon inte avkrävde honom en massa meningslösa löften och inte tvingade på honom några förtroenden. Detta att hon kunde lyssna. Detta att hon var så sansad och förnuftig, men ändå inte saknade fantasi och humor.

När han friade ett år senare kvävde hon en suck: det hade varit skönt att få slippa. Hon visste bara inte hur hon skulle säga det utan att såra honom.

Han såg henne inte gråta förrän hon rullades in i förlossningssalen, men då grät hon så vilt och så våldsamt att man var tvungen att ge henne en extra dos Petidin.

Det hade gjort honom förtvivlad, sa han efteråt medan han smekte Petter över det duniga huvudet. Han hade inte haft en aning om att det skulle göra så ont ...

Alice vände först bort blicken och började sedan tala om allt Lars måste köpa innan hon och Petter kom hem från BB, allt det som hon inte hade vågat köpa på förhand av något högst irrationellt skäl. Barnvagn och barnsäng, kläder och blöjor. Och kunde han vara så snäll att också köpa bindor? Det var lite pinsamt, hon var ledsen för att hon var tvungen att begära det av honom, men hon hade faktiskt ingen annan att be ...

Ett halvår senare kröp hon tätt intill honom en natt och började viska om den stora gråten. Det var ju inte för att det gjorde ont som hon hade gråtit ...

Han tände sänglampan och stirrade på henne. Vad var det då? Varför hade hon gråtit?

Äsch. Alice drog sig tillbaka till sin del av sängen och lät rösten bli aningen torr. Det var väl existentiellt. Mötet med livet och så där.

Lars nickade allvarligt. Existentiellt? Ja, i så fall var det väl inte något att göra åt.

Ändå var det inget dåligt liv, det de levde tillsammans. De visade hänsyn och respekt. De skrattade ganska ofta och åt samma saker. De gav Petter en uppväxt utan gräl och knutna nävar. De arbetade och lät varandra arbeta. De älskade med varandra, stundtals med en hetta som nästan smälte alla förbehåll, stundtals med en kyla som reste dem igen.

Det var bara i sängkammaren som Lars ibland anade att Alice hade ett annat liv.

"Allt finns alltid", säger Alice.
"Och vad betyder det?" säger Kristian.
"Att ditt svek är mycket större än du tror."

Jo. Så skulle hon kunna säga. Om hon alls förmådde tala till honom.

Hon har sneddat över Norrmalmstorg och kommit in på Biblioteksgatan, hon stannar utanför ett skyltfönster och tittar på en grå dräkt. Skyltdockan är skallig, ögonen och läpparna saknar färg. En kvinna utan ansikte. En kvinna med blicken täckt av hud. Dräkten är trist. Ängslig i färgen och inställsam i modellen: en snäll liten krage på jackan ber om ursäkt för kjolens icke särskilt uppseendeväckande slits. Priset är hisnande. Självklart. Ingen skulle ens titta på den där dräkten om den inte var dyr. Man köper en prislapp och känsla av utvaldhet, kläderna får man på köpet.

Alice rycker på axlarna. Hon struntar väl i Bibliotekgatans alla dräkter, hon vill bara slippa tänka på det där hon egentligen tänker på. Men hon skulle vilja veta vart fötterna tänker föra henne. Vart hon är på väg.

I slutet på graviditeten blev världen allt suddigare. Augustas konturer löstes upp och väggarna i hennes hus blev grå och dimmiga. De rörde sig hela tiden, drog sig undan när Alice sträckte ut handen och sökte stöd, sköt fram och ställde sig i vägen när hon gick omkring och letade efter en plats att vila på. Alice fogade sig stumt i tillvarons nya villkor, hon hade inte ork att klaga. När en vägg försvann sökte hon med handen efter en annan, när den sköt ut och ställde sig i vägen gjorde hon en liten omväg. Men för det mesta låg hon stilla i Augustas säng. Tältsängen i snedgarderoben hade blivit för liten: segelduken knakade och hotade att brista så fort hon satte sig.

Hon hade svällt till ett monster. Ändå kände hon sig som ett barn, där hon låg. Ett spädbarn. Kanske berodde det på att hon så ofta betraktade sina händer, att hon höll upp dem mot ljuset och vred och vände på dem. Ibland glömde hon vem de tillhörde, rynkade pannan och undrade. Augusta? Men nej, inte ens Augusta hade fingrar så tjocka att de spretade åt alla håll ...

Ibland svepte ett mörker in från Strömsviken. Alice tyckte om det: hon öppnade ögonen och lät det rinna in i pupillerna. Hon kunde höra att Augusta ropade hennes namn långt borta, men hon brydde sig inte om att svara.

Hon var inte vid medvetande när man bar ut henne i ambulansen.

"Allt finns alltid", säger Alice.

"Och vad betyder det?" säger Kristian.

"Att jag borde ha varit lika lite berörd av din ungdoms lidande som du var av min."

Så var det. Hon borde ha lärt sig ljuga lika övertygande som Kristian. Övat sig i falskspel. Räddat sitt eget skinn, så som han räddade sitt. Hon borde ha lurat honom så som flickor vid den tiden lärdes att lura unga män, hon borde ha lockat honom med falska löften om förförelse och befrielse medan hon i själva verket plundrade honom på allt det hon själv ville ha: skratt, lekar och en stunds vila. Men hon var för ung. Alldeles för ung och trosviss och längtande för att kunna ljuga så skickligt.

Nåja. Det finns kanske inte skäl att putsa alltför grundligt på glorian, tänker hon när hon står vid ett övergångsställe på Stureplan. Jag har tigit i tjugosju års tid. Jag har gömt mig bakom murar och staket. Jag har skyllt på Lars och kallat honom likgiltig. Och i dag har jag fullbordat det hela genom att krypa i säng med informationskonsulten Kristian Dahlberg. Kräkmedlet från Jönköping.

Grön gubbe. Fötterna börjar gå. Hon börjar ana att de är på väg mot Sveavägen. Till hennes kontor.

Kristian har rört vid henne. Hon kan inte gå hem.

"Allt finns alltid", säger Alice.
"Och vad betyder det?" säger Kristian.
"Att din förlust är större än min. Jag hade honom. Du kommer aldrig att få honom."

Hon minns inte några värkar. Bara att hon frös. Förlossningssalen hade väggar av is. Röster ekade där inne. Metall skramlade mot metall. En lampa ville suga mörkret ur hennes pupiller, men hon höll emot.
"Se upp", ropade någon. "Hon är på väg bort."
Alice vände ögonen ut och in, såg in i sin egen kropp och fann att den var tom. Han hade lämnat henne.

Hon återfann honom inte förrän flera dygn senare. Då var det natt.

Hon vaknade av att en lampa tändes i salens andra ände. Någon satte sig upp och suckade. En kvinna. Alice kunde se hur hon grep om sängens gallergavel och mödosamt reste sig, hur hon sökte med fötterna efter sina morgonskor medan hon drog på sig morgonrocken. Turkos. Årets modefärg. Kvinnan stack händerna i fickorna och började gå mot dörren. Hon lämnade lampan tänd efter sig, Alice sträckte prövande sin hand mot dess ljus. Fingrarna var fortfarande svullna, men inte så svullna att de spretade åt alla håll.

Luften var som välling, varm och söt och tung att andas. Hon slöt ögonen och vilade i dess doft. En kör sjöng långt borta. Det var en spröd sång, utan rytm och melodi och konsonanter, lika vag och svirrande som ljudet från en bisvärm och lika oroande. Alice öppnade ögonen igen.

Det låg en bomullsrock på sänggaveln, hon antog att den var avsedd för henne och drog den åt sig. Rörelsen hejdades av något styvt om magen: hon kikade ner i sjukhusskjortans ringning för att se vad det var. Visst ja. Nu mindes hon att två unga biträden hade snott långa bindor runt hennes mage under eftermiddagen, de hade stått på var sin sida om sängen och dragit hårt åt var sitt håll. Nu kunde hon knappt röra sig. Men hon var så illa tvungen: kören kallade. Hon måste ut i korridoren.

Hon hörde hans röst så fort hon öppnade dörren. Kände igen den, trots att hon aldrig hade hört den förr, trots att den blandades med och stundtals dränktes av andra röster. Hon hejdade sig, tog stöd mot väggen och lyssnade.

Korridorens golv var brunt. Väggarna grå. En enda lampa var tänd, den spred ett smutsgult ljus över barnsköterskan när hon stängde dörren till barnsalen. Klockan var två på natten. Det var kaffedags på sköterskeexpeditionen.

Det var förbjudet att gå upp ur sängen. Nyblivna mödrar skulle vila.
Det var förbjudet att gå ut i korridoren. Man kunde halka.
Det var förbjudet att gå in i barnsalen. Man kunde sprida smitta.
Alice öppnade dörren.

Mitt barn, tänkte hon. Jag håller i mitt barn.

Hans huvud rymdes i hennes handflata. Ögonlocken var så tunna att de verkade genomskinliga. Håret var mörkt och glest: varje strå var ett tunt tuschtecken mot vit bakgrund.

Det går kanske att leva, tänkte hon. Det är kanske möjligt att leva.

Han var mindre än de andra barnen. Hon kunde se det. Mycket mindre. Hans hud rödare och skrynkligare. Hans skrik var mattare. Han tystnade och blev lugn när hon lade honom till sitt bröst. Men han orkade inte suga, hans mun slöt sig bara slappt om bröstvårtan och släppte den genast igen. Han hade somnat. Alice kysste hans öppna mun. Saliven smakade som källvatten.

Nästa morgon blev hon för första gången medveten om BB-avdelningens morgonrutiner. En sköterska knuffade upp dörren till salen med höften och rullade in en besynnerlig möbel: en brun byrå på hjul med lufthål i lådorna. Sex lådor till en sal med sex sängar. Hon ställde den mitt på golvet, öppnade en låda och lyfte ur ett barn, snodde en bomullsfilt om den lilla kroppen och sträckte den till en kvinna. Hon halvsatt redan i sängen med uppknäppt skjorta, gäspade lite och log.

Alice egen skjorta var redan fuktig av mjölk, hon knäppte upp den medan hon besegrade de hårda lindorna runt magen och hasade upp i sittande ställning. Men när barnsköterskan hade lämnat det femte barnet till den femte modern gav hon Alice en hastig blick och skyndade mot dörren.

Hon hade aldrig ställt till bråk förut. Inte i hela sitt liv. Men nu ställde hon till bråk.

Hon väste och visade tänderna. Skrek åt avdelningssköterskan och knuffade ett biträde som försökte spärra vägen till avdelningsläkarens expedition. Slog upp dörren och skrek:

"Mitt barn! Ge mig mitt barn!"

Det hjälpte inte mycket. Rummet var tomt. Klockan var bara sex på morgonen och läkaren hade ännu inte kommit.

"Det går inte an", sa han senare på dagen.

Han stod med ryggen till och såg ut genom fönstret, en mager man med kutig hållning. Alice satt framför hans skrivbord och lät sitt pekfinger följa bokstävernas snirklande väg över den snidade namnskylten på skrivbordet: Dr. Herbert Strömberg.

"Du har inte råd att bli så där upprörd. Det kan ta kål på dig."

Han vände sig om och såg på henne över glasögonen.

"Hur gammal är du?"

Alice snörvlade till.

"Snart sjutton."

Han skakade på huvudet.

"Herrejesus. Vad gör du här? Varför är du inte hemma hos mamma och pappa?"

Alice gjorde en grimas.

"Jaja", sa Herbert Strömberg och suckade. "Du är varken den första eller den yngsta. Ta det lugnt nu och snyt dig."

Alice grävde i fickan efter näsduken. Strömberg drog ut sin skrivbordsstol och satte sig.

"Vet du vad graviditetstoxikos är för något", sa han. "Havandeskapsförgiftning?"

Alice skakade på huvudet medan hon torkade näsan.

"Jag har aldrig sett ett allvarligare fall", sa han. "Och aldrig någon yngre. Du har varit mycket sjuk. Du är fortfarande mycket sjuk."

"Ge mig mitt barn", sa Alice. "Jag vill ha mitt barn."
"Han är också mycket sjuk", sa Herbert Strömberg.

Hon fick aldrig veta om hans beslut styrdes av medicinska överväganden eller av lusten att leka Gud, om han handlade av likgiltighet eller barmhärtighet.

Allt hon vet är att ingen längre talade om framtid och adoption, att man rullade in henne på ett eget rum och att hennes son bars in till henne när det var dags för amning. Han sov när han första gången lades på hennes arm. Barnsköterskan var gråhårig och moderlig, hon talade i saklig ton men med mycket dämpad röst. Alice borde stryka med bröstvårtan över pojkens mun. Då skulle han vakna.

Alice nickade stumt och öppnade sin skjorta.

Hon förstod aldrig hur svag han var och att han åt för lite, att något var fel när han föll i sömn vid hennes bröst efter bara några halvhjärtade sugrörelser. Hon lät honom bara ligga där medan hon lirkade upp filten och grep om hans röda fot, lade den i sin hand och betraktade den, log när han spärrade ut tårna och satte hälen mot hennes handflata. Efter en stund slöt hon själv ögonen, låg med hans fot i handen och gled mellan sömn och vaka.

Korridorens röster dämpades utanför deras dörr. Barnsköterskan struntade i rutinerna och lämnade dem i fred. Alla lämnade dem i fred. Men en gammal sjuksköterska strök Alice över kinden en dag och skakade på huvudet.

Alice var den enda som inte förstod vad allt detta betydde.

"Allt finns alltid", säger Alice.
"Och vad betyder det?" säger Kristian.
"Att jag gav honom livet. Men att han gav mig liv."

Efter några dagar började hon tala till honom.
"Det går kanske att leva", sa hon.
Han slog upp ögonen och såg på henne med havsblå blick.
"Ibland vet jag inte vem som är du och vem som är jag", sa hon.
"Nyss var vi i samma kropp. Nu är vi i samma själ, vi flyter ut och in

i varandra, tänker varandras tankar, drömmer varandras drömmar. Gränserna är inte tydliga."

Hon lade sitt pekfinger i hans handflata. Han grep om det. Hon sänkte rösten.

"Det gör inget. Vi behöver inga gränser. Inte än. Och det är du som ska få dra dem när den dagen kommer."

Hon lyfte hans hand och granskade den. Lillfingernageln var knappt synlig. Han blundade, hon såg på honom en stund innan hon själv slöt ögonen.

När hon vaknade en timme senare låg han tung och orörlig i hennes famn.

"Allt finns alltid", säger Alice.

"Och vad betyder det?" säger Kristian.

"Att tystnaden var ditt största svek. Att du aldrig frågade. Att du aldrig skrev till mig efteråt och ville veta. Att ingen frågade. Att ingen ville veta."

Under den första veckan efteråt trodde man att hon skulle förblöda.

Hon öppnade ögonen ibland, såg på sköterskorna och undersköterskorna, och undrade slött varför de gjorde sig så mycket besvär med cellstoffsbindor och gummidukar. Varför kunde de inte låta henne vara ifred? Lägga henne i sköljen och låta mörkret ta över.

"Kroppen gråter", sa Herbert Strömberg.

Låt den gråta, tänkte hon. Lämna mig ifred och låt den gråta.

Mörkret, tänker hon. Jag släppte in det. Jag lät det rinna in i honom ...

Kylan har kommit, hon kan känna dess andedräkt i nacken när hon går längs Kungsgatan. Hennes klackar klapprar inte mer, hon har inte bråttom längre. Hon vet ju vart hon är på väg, men hon längtar inte dit.

När hon kommer till sitt kontor måste hon ringa till Lars och förklara att hon inte kommer hem på ett tag. Kanske aldrig. Att hon måste få vara ensam medan hon övar sig i att leva. Men hur ska hon säga det? Hur ska hon säga till Lars att hon har legat med en annan man, men att det ändå inte är hennes största svek? Att fegheten är värre. Detta att hon har burit en frusen sorg genom hela deras liv tillsammans och aldrig vågat tala om den?

Och vad kommer han att svara? Att det kan göra detsamma? Att han är trött på hennes skuggor och led vid hennes sorger? Att han tänker lämna henne för Corrinne och att det är hennes eget fel?

Jo. Så kan det nog bli.

En smörgås. Hon ska stanna och köpa sig en smörgås, så att hon har något att äta när hon vaknar i morgon bitti.

Hon har aldrig sovit på kontoret förut, men andra har gjort det. Kåre och Marianne när de har varit i Stockholm. Petters vänner från Australien. En fattig matematiker från S:t Petersburg som inte hade råd med hotellrum. Det står två tältsängar i garderoben och det finns både kokvrå och dusch. Det är ju inget formellt kontor. Bara en liten etta på nedre botten i ett gårdshus.

Ett gömställe, tänkte hon den där dagen för femton år sedan när mäklaren öppnade dörren och bjöd henne att stiga in. Precis vad jag behöver.

Hon gör en grimas åt minnet. Som om hon skulle behöva ett gömställe. Hon som har gömt sig ett helt liv.

"Allt finns alltid", säger Alice.
"Och vad betyder det?" säger Kristian.
"Ingenting."

Det är över, tänker Alice och drar efter andan. Det har gått mer än fyrtio år. Nu får det vara över.

Hon går med snabba steg längs Sveavägen, skyndar över platsen där Olof Palme mördades, går med stora steg förbi Bonniers utan att stanna och se på böckerna i de upplysta skyltfönstren, halvspringer nästan över Tegnérgatan. Handen letar redan i fickan efter nycklarna.

Det är över, tänker hon igen. Pojken har jag alltid med mig. Men Kristian? Han får leka sina lekar utan mig.

Tanken på Lars hugger till när hon skjuter upp den tunga glasdörren och går med raska steg genom gathusets entré. Men det får bli som det blir, bara det blir annorlunda.

Det är mörkt på gården och ännu mörkare inne i gårdshuset. Hon sträcker handen mot ljusknappens röda öga.

"Alice", säger en röst i mörkret.

Hon trycker på knappen. Lars sitter i trappan, lampans gula ljus glänser i hans panna.

"Vi måste prata", säger han.

Alice sticker nyckeln i låset och öppnar dörren.

"Ja", säger hon. "Det måste vi."

Ingenting finns för alltid. Hon vet det. Ändå känner hon sig med ens alldeles lugn.

VINTERN ÄR PÅ VÄG. DEN GÅR MED STORA STEG.
Vinden rister i Augustas hus under natten och sliter genomskinliga äpplen från grenarna på trädet utanför. De är mycket ömtåliga, bruna fläckar slår ut på deras skal i samma stund som de slår i marken, redan i morgon ska de vara halvruttna och oätliga. Lupinerna under äppelträdet har slutat göra motstånd, de hukar sig för regnet, skakar sina uppfläkta fröställningar och låter sig uppgivet förvandlas till ogräs.

Det är kallt också inne i huset i kväll. Vinden letar sig in genom hemliga springor, viner genom kök och rum och hall och driver bort alla minnen av sommaren.

Det är sent om natten, men Angelica kan inte sova. Kölden håller henne vaken.

Det är så kallt att hon får kramp i tårna.

Hon kurar ihop sig under täcket och sticker händerna mellan låren, försöker ligga alldeles orörlig och tänka på varma saker. Siris kök. Mikael som kryper ner i sängen. Händer som doftar av kungsmynta ...

Det hjälper inte. Krampen blir bara värre, hon kan känna hur tårna spretar åt alla håll. Typiskt henne. Hon är löjlig till och med när hon fryser. Ändå är det kanske bra att det är kallt. Hon behöver ju kyla ner sig. Ta det lite lugnt. Försöka tänka klart och inte vara så förbannat hysterisk. Se saker och ting som de verkligen är.

Hon har lurat sig själv. Hon inser det. Hon medger det. Hon erkänner inför sig själv.

För det första har hon inbillat sig att hon skulle kunna bo i Augustas hus över vintern. Men det går ju inte. Inte utan att elda.

Hon har varit inne i två öde sommarstugor om vintern, en gång med en kille som hette Daniel, en annan gång med en som hette Jonatan. Hon vet hur det känns att klä av sig när frosten täcker fönstren och andedräkten blir till rök. Det gör ont. Ont i huden. Ont i näsans slemhinnor. Ont i lungorna när man andas riktigt djupt.

Fan! Krampen vrider vänsterfoten till en onaturlighet. Hon biter sig i läppen och gör en hastig kalkyl: å ena sidan tror hon att det ligger gamla kläder i byrån inne i sovrummet, å andra sidan kommer sängen att bli ännu kallare om hon går upp och tittar efter. Ändå skulle hon kanske kunna sova om hon hittade ett par raggsockor. Eller en varm tröja. Eller åtminstone en halsduk.

Alltså borde hon gå upp. Hon inser det. Ändå ligger hon kvar och fortsätter att hålla rättegång med sig själv.

Alltså: hon har lurat sig själv. Hon har alltid varit duktig på att lura sig själv.

Det är därför hon har gått omkring med sina stora ritblock och inbillat sig att hon skulle kunna bli konstnär. Men det är ju löjligt, hon är ju bruksunge och bruksungar kan inte bli konstnärer. De fattar inte sånt en konstnär måste fatta, de fattar inte ens att de inte fattar. Det räcker inte med att vara duktig i teckning, sa Ilona redan den första dagen, man måste dessutom kunna se. Men Angelica kan inte se. Inte på det viset. Ingen har ju lärt henne att se, hon har fått gå omkring och glo på egen hand. Resultatet har blivit därefter.

Alla de andra esteterna har varit utomlands. När Ilona bad dem berätta om sina bästa konstminnen talade de om tavlor som de sett i Paris och Barcelona. Fast de använde inte ordet tavlor, Angelica lade märke till det. Bilder var ordet. En riktig estet tittar på bilder när hon går runt på museerna med mor och far. Och på installationer. Angelica har inte riktigt lyckats räkna ut vad en installation egentligen är, men hon misstänker att det är så fint att hon ändå inte skulle begripa det. När det blev hennes tur tittade hon i bänken och mumlade något om Toulouse-Lautrec, men utan att nämna att hon bara hade sett hans affischer i en konstbok på Hallstaviks bibliotek. Och hon sa ingenting alls om den där andra boken, den som handlade om hans liv: *Målaren på Moulin-Rouge*. Kanske skulle Ilona rynka på näsan om hon fick veta att Angelica gillar den.

Men Angelica gillar den. Hon har gillat den ända sedan den där våren då hon gick omkring med mössan nerdragen nästan till ögonen och väntade på att håret skulle växa ut. Hon gick ofta på biblioteket under den tiden och en kväll hittade hon boken om Toulouse-Lautrec. Det var en gammal bok med gammaldags vaxdukspärmar, det var en ren tillfällighet att den öppnade sig i hennes hand och blottade en bild: en svart manssilhuett och dansande kvinna. Men det var inte motivet som lockade henne, det var färgerna. Hon bar hem boken och satte sig vid Siris köksbord för att läsa bara för att bilden var gul utan att egentligen vara gul.

Siri var full av beundran inför den tjocka boken. Hon nickade allvarligt varje gång Angelica höjde huvudet och berättade om det hon läst. Om hur Henri Toulouse-Lautrec trillade nerför trappan i sina föräldrars slott när han var liten och stannade i växten, hur han blev krokig och förkrympt för livet. Om hur hans pappa knappt stod ut med att se på honom efteråt och därför lät honom flytta till Paris. Om hur hans mamma sörjde att han inte målade så som hon tyckte att fina konstnärer skulle måla: ädla damer och nobla herrar med ansikten av vaniljglass. Toulouse-Lautrec gjorde affischer i stället och sprätte färg på dem med en tandborste. Dessutom brydde han sig inte om glassmänniskor, han målade clowner och dansöser och – här rynkade Angelica pannan inför det svåra ordet – pros-ti-tuerade. Siri log ängsligt och sa att hon var makalöst duktig. Att det var rent otroligt att en tolvåring kunde läsa så tjocka böcker om så svåra saker. Att hon för sin del inte hade läst en enda bok när hon var lika gammal.

Siri! Hjärtat hejdar sig vid tanken, det bultar långsamt och varje slag driver som en darrning genom kroppen. Angelica drar efter andan och lägger handen mellan sina bröst. Men nej. Hon får inte tänka på Siri.

Däremot måste hon faktiskt tvinga sig att tänka på Ilona. På detta att Ilona skakade på huvudet åt hennes teckning i dag. Allt annat är att lura sig själv.

Det är första gången. Aldrig förr har någon skakat på huvudet åt något Angelica har tecknat. På mellanstadiet flockades de andra flickorna bakom henne när hon ritade och susade av beundran. *Så likt! Så snyggt! Så gulligt!* Ingen kunde utmana henne. Inte ens Rebecka.

Kanske var det därför opinionen svängde på högstadiet, kanske var det därför det plötsligt blev löjligt att hålla på med teckning. Småbarnstjafs. Nu var det ju allvar. Nu gällde det framtiden. Rebecka stod på skolgården och for med handen genom luggen: själv tänkte hon satsa stenhårt. Göra karriär och så. Men vissa andra kunde ju inte bli annat än socialfall. Det är ju bara så: socialfallens ungar blir alltid socialfall. Somliga föds förgäves. Det brukade hennes mamma säga och hon borde ju veta. Hon var ju läkare.

Vinden håller andan ett ögonblick innan den tar i på nytt.

"Miffo", sjunger den. " Miffomiffomiffomiffo ..."

Takpannorna skallrar. Om man sluter ögonen låter det som applåder.

Föds somliga förgäves?

Jo. Så är det nog. Om man tvingar sig att tänka på saken.

Inte för att det är en särskilt behaglig tanke: den bränner som ett glödjärn mot pannans insida. Kanske är det för det där glödjärnets skull som Angelica har gått omkring och kaxat sig om att bli konstnär. Skryt svalkar. Dessutom täpper det till truten på Rebecka.

Rebecka vet ju att konstnärer är fina på något sätt, även om hon inte riktigt kan räkna ut hur. Hon känner inga konstnärer. Det finns inga konstnärer bland alla hennes noggrant redovisade fastrar och mostrar och kusiner, de är läkare och advokater, direktörer och veterinärer hela bunten. Om Angelica hade börjat drömma om ett sådant jobb hade Rebecka kunnat krossa henne på ett ögonblick – *Vad tror du! Som om dina betyg skulle räcka!* – men när Angelica sa att hon skulle bli konstnär hade hon inget att komma med. Alltså tittade hon bort och låtsades inte höra.

Men det är ju inte bara för den sakens skull som Angelica har gått omkring med näsan i vädret. En blivande konstnär har också andra fördelar. Hon kan till exempel gå omkring i slitna byxor och utgångna gamla jympaskor utan att skämmas. Bete sig som om hon inte var fattig på riktigt, utan bara stod över sån skit ...

Det var åtminstone vad Angelica trodde tills hon började på estetiska programmet. Det tog några dagar innan hon insåg att de andra tjejerna i klassen inte såg ett dugg slitna ut. Tvärtom. De hade tajta toppar och silkiga byxor som var så enkla och rena i linjerna att de måste ha kostat en förmögenhet. Det var bara en som såg ut som hon själv. En kille. En konstig kille som hette Rasmus och aldrig sa något. Hans bilder var otäcka: han ritade kvinnor med sår i bröstet och ett stilleben med inälvor. Ilona hade nickat åt hans teckning i dag. Strax innan hon rynkade på näsan åt Angelicas leende flicka med stort hårsvall.

I Hallstavik skulle hon ha fått beröm för den där teckningen. Hon är säker på det. Ändå vet hon ju att den är falsk, hon visste att den var falsk redan medan den tog form. Hon kunde bara inte hjälpa det, det var som om alla de där tusen bilderna som hon ritat vid Siris köksbord kom krypande från huvudet genom armen ut genom hennes hand. Som om hon satt kvar vid det där bordet i Alaska och ritade den ena långhåriga flickan efter den andra. Som om hon kunde känna hur Siri än en gång lade sin varma hand på hjässans nakna hud och sa att ingen kunde rita så fint som Angelica. Ingen i hela världen.

Hon frös den våren. Det minns hon. Det var kallt om huvudet. Annars minns hon inte särskilt mycket. Kanske beror det på att hon inte gjorde särskilt mycket, hon satt ju mest vid Siris köksbord och läste eller ritade när hon var färdig med skolan och reklamen. Hon ville inte gå ut. Och när hon ändå var tvungen att gå ut drog hon mössan djupt ner i pannan och vägrade ta av den. Till och med i skolan.

De skickade henne till kuratorn för den där mössans skull.

Hon hade sitt rum högst upp i huset. Nästan på vinden. Angelica fick sitta utanför och vänta en stund, men det gjorde ingenting. Det var ett bra ställe att sitta på: ett tyst litet kapprum med höga fönster. Utan röster. Utan ögon. Utan några människor alls. I världen utanför sken solen och brukets vita rökar steg mot himlen. Hon tittade på dem en stund medan hon petade med pekfingret under mössans kant. Det kliade. Håret hade börjat växa ut.

Trots det gjorde kuratorn en äcklad grimas när Angelica en stund senare drog av sig mössan och blottade sitt huvud. Men hon fann sig snabbt, slöt ögonen och rättade till kragen på sin randiga skjortblus medan hon anlade en lagom bekymrad min.

"Lilla gumman", sa hon sedan och lade huvudet på sned. "Varför har du rakat av dig ditt fina hår?"

Angelica fick söka djupt i sitt inre för att hitta sin röst, ändå blev det bara till ett kraxande när hon svarade:

"Inte jag."

"Vad menar du?"

"Som har gjort det."

Hon hade lagt sin hand på det blonda skrivbordet. Kuratorn sträckte sig fram för att gripa den. Angelica hann se att hennes naglar var målade i en varmt körsbärsröd nyans medan hon drog åt sig sin egen hand och satte sig på den. Under ett andetag såg de varandra djupt i ögonen, sedan lutade kuratorn sig bakåt i sin skrivbordsstol och knäppte händerna. Hennes röst var oförändrat lugn och vänlig.

"Vem är det då?"

Angelica stack också den andra handen under stjärten och gungade till:

"Bacillen."

Kuratorn lutade sig fram och placerade sina knäppta händer under hakan:

"Din pappa?"

Angelica skakade stumt på huvudet. Kuratorn sänkte rösten:

"Gör han något med dig? På nätterna? Eller så?"

Angelica upprepade rörelsen. Nej. Bacillen hade aldrig gjort det där som kuratorn tänkte på. Varför skulle han det? Han tyckte ju att hon var äcklig.

"Slår han dig?"

Rösten kom tillbaka. Angelica kunde nästan känna hur den flög in i strupen och satte sig till rätta.

"Nej", sa hon och drog på sig mössan. "Han slår mig inte. Han har bara rakat av mig håret."

Nej. Nu måste hon sova. Någon gång måste hon ju sova.

Ibland känns det som om hon har varit vaken ända sedan Siri

dog. Men det är ju löjligt, det också. Hon vet ju att hon har sovit åtminstone en liten stund varenda natt. I går natt måste det ha blivit nästan sju timmar. Ändå bränner tröttheten under ögonlocken.

Men hon fryser inte längre. Eller rättare: hon vet att hon fryser, men hon kan inte känna det. Tänderna skallrar. Ryggen är stel. Tårna spretar i kramp. Men hon kan inte känna det.

"Miffo", sjunger vinden utanför fönstret. "Djävla miffomiffomiffomiffo ..."

Angelica drar håret över ansiktet och lägger händerna för öronen. Hon fryser inte. Hon hör ingenting. Och nu ska hon sova.

Bacillen väntar bakom ögonlocken. Han står i Carinas vardagsrum och ler. Angelica har blivit en hund. En brun liten hund med vassa tänder som hoppar upp och hugger honom i ansiktet. Men det hjälper inte: Bacillen vägrar att dö, han griper bara om den lilla hundens svans och slänger den i väggen.

Sedan skrattar han.

Angelica sätter sig upp i sängen. Hjärtat bankar, blodet rusar genom ådrorna.

"Lugna ner dig", säger hon högt till sig själv. "Det var ju bara en dröm."

Men rösten är gäll och skrämmer henne plötsligt mer än drömmen, hon tumlar upp ur sängen och rusar ut i hallen, tänder taklampan och sjunker ner på golvet, pressar sina knutna händer hårt mot ögonlocken. Hon kan knappt andas längre, ryggen har låst sig i kramp, det är som om hon ska kvävas av sin egen kropp. Men Siri räddar henne, hon låter sitt ansikte glida förbi under Angelicas ögonlock:

"Snäll", säger hon. "Så snäll och duktig och söt ..."

Angelica öppnar ögonen och slår armarna om sig själv. Hon fryser. Nu kan hon känna att hon faktiskt fryser.

Men Siri har fel.

Angelica är inte snäll. Hon vet det. Hon har aldrig varit snäll. Inte ens när hon var liten och bodde ensam med Carina. Hon var just så uppkäftig och djävlig som Carina sa att hon var. Skrek som en gris om hon inte fick som hon ville. Svor och gjorde grimaser. Snodde pengar. Spottade Bacillen i ansiktet när han sov fyllan av sig på golvet i vardagsrummet och stal hans cigarretter.

Ett miffo. Det var vad hon var. Ett litet djävla miffo.

Och nu är hon väl ett stort djävla miffo. Ett stort djävla miffo som ljuger för den enda människa i världen som bryr sig om henne. Ett litet luder som luktar ...

Tanken hejdar sig och skyggar till. Hon lutar huvudet mot hallväggen och blundar, längtar plötsligt efter att borsta håret. Ja. Om allt hade varit annorlunda skulle hon ha borstat håret. Om hon själv hade varit en annan skulle hon ha borstat håret. Men somliga föds förgäves ...

Fan! Hon tjuter till och slår sig själv i pannan. Hon får inte skaffa sig fler idiotramsor, det räcker så väl med dem som redan rasslar runt i hennes huvud.

"Skärp dig", säger hon högt till sig själv och dunkar knogarna mot tinningen för varje ord. "Ta nu för fan och skärp dig."

Det hjälper. Hon reser sig upp, tar ett djupt andetag och skärper sig.

Okej. Nu gäller det att vara realistisk och systematisk. Att se det som ett mattetal. Hon fryser. Alltså bör hon ta på sig något varmt. Hon kan inte sova. Alltså bör hon göra något annat. Läsa, till exempel. Folk brukar ligga och läsa innan de somnar. Det är sånt som normala människor gör. Det var sånt som hon själv brukade göra när hon bodde hemma hos Siri. Ibland kom Siri dessutom med ett glas mjölk till henne, ställde det på sängbordet och klappade henne på kinden. Hon tyckte om det. Hon tyckte om detta att Siri kunde säga saker utan att säga något ...

Glöm det. Det är meningslöst att tänka på Siri. Något varmt var det. Hon skulle leta efter något varmt.

Hon går in i Augustas sovrum utan att minnas att hon stannade på tröskeln i går och skyggade, plötsligt rädd för att störa rummets pastellfärgade lugn. Nu är färgerna döda, allt är grått, svart och smutsvitt. Ljuset som tränger in från hallen ritar svarta fåglar på väggarna, de sitter stumma och orörliga, med vaksamt sträckta halsar. Angelica låtsas inte om dem.

Hon hackar tänder medan hon haltar över trasmattorna mot byrån. Tårna på vänsterfoten spretar fortfarande, hela kroppen är styv och spattig som en trädocka. Det skulle ha varit komiskt om det inte hade gjort så ont.

Hon får kämpa i flera minuter för att få upp den översta byrålådan, den sitter hårt fast och händerna skakar som på ett gammalt fyllo. Men det lönar sig att kämpa: när lådan äntligen lossnar kan hon se att den är full av gamla kläder. Hon rotar runt en stund innan hon hittar ett par raggsockor och en stickad tröja. När hon ska skjuta in lådan igen fastnar ett randigt tygstycke i öppningen, hon drar upp det, tänker sig att vika det slätt för att få det att rymmas. Först då ser hon att det är ett gammalt nattlinne. Ett randigt flanellnattlinne i elefantstorlek. Hon för det mjuka tyget mot näsan och sniffar försiktigt. Det luktar som gammalt tyg brukar lukta: lite instängt och dammigt. Den som en gång ägde det här nattlinnet har inte lämnat några dofter efter sig.

"Augusta", tänker Angelica ändå. "Hon som var så stor och tjock, men inte så särskilt snäll ..."

Hon drar nattlinnet över den stickade tröjan: det ska väl värma ännu bättre. Sedan böjer hon sig ner och drar ut också den undre byrålådan. Den är halvtom, men ändå full av skatter, hon lyfter upp den ena efter den andra och håller dem mot hallens ljus. En gammal brosch med kors, hjärta och ankare. En liten lykta med en ljusstump. Ett par jättelika rosa underbyxor. Några bruna glasburkar med gammal medicin. Angelica måste rynka pannan för att kunna läsa texten på etiketterna: *Apekumorol* och *Lanacrisp*. Utskrivna till Augusta Johansson den 20 mars 1975. Hon skakar på dem innan hon ställer dem på byråns vita duk, båda verkar vara nästan fulla. Men det bryr sig inte Angelica om, mitt i rörelsen har hon fått syn på något annat: en flaska raklödder. Den kommer från ingenstans och rullar plötsligt över byrålådans botten, stannar inte förrän den stöter emot en genomskinlig påse med något gult och vitt. Rakhyvlar. Tio rakhyvlar av engångsmodell.

Hon känner igen dem. Det var sådana Bacillen använde.

Vinden håller andan en sekund innan den tar i på nytt: "Kräk", säger den. "As. Luder. Äckel. Djävla lögnarmiffo."

Tolv år var hon den gången. Tolv år och storasyster. Mikael hade just fyllt tre.

Han hade runda kinder, trubbiga fingrar och smala ögon. Tungan halkade ut hela tiden, men det gjorde ingenting, han var ändå sötare än alla andra ungar i Hallstavik. När Angelica kom för att hämta honom på dagis slog han armarna om hennes hals och inneslöt henne i sin doft, hon brukade borra näsan i hans hår för att kunna reda ut allt vad den innehöll. Frisk luft. Barntvål. Ett stänk av honung och kanel.

Det var alltid Angelica som hämtade honom på dagis, och om det inte var Angelica så var det Siri. Carina hade just blivit sjukskriven för ryggen i ytterligare fyra månader, och Bacillen kom bara hem var femte vecka. Han hade gått arbetslös i flera år efter det att han hade slutat som rövare, men strax efter Mikaels födelse hade han äntligen fått jobb. Inte på bruket, som han hade hoppats, utan på behandlingshemmet där han en gång själv hade utsatts för behandling. Han trivdes, sa han till alla som ville höra på. Det var ett meningsfullt arbete och en genomtänkt metod. Fostran. Vanlig hederlig uppfostran utan en massa tjafs. Knarkarna fick helt enkelt lära sig att arbeta och sköta sig, i övrigt skulle de bara hålla truten till den dag då de hade skött sig så länge att de kunde anses som vanligt folk. Och vid det laget var de naturligtvis bättre rustade än några andra att lära nya knarkare att veta hut. De kunde ju alla tricksen. Visste vilka listiga lögnare de hade att göra med och hur lätt det var att låta sig luras av snyfthistorier och gnäll. Så kom det sig att den ene färdigbehandlade klienten efter den andra kom tillbaka till behandlingshemmet som vårdare. Och så kom det sig att det fanns en plats i världen där Bacillen äntligen kunde känna sig som segrare. Han behövde det. Nu när livet hade drabbat honom med ännu ett nederlag.

Han hade i det längsta vägrat att tro att Mikael hade en kromosom för mycket. Det var bara skitprat: Mikael var frisk som en nötkärna och stark som en oxe, det kunde ju vem som helst se. Rösten stegrades och blev gäll: Va? Visst syntes det att det inte var något fel på hans unge ...

Någon gång under det första året måste sanningen ha gått upp för honom, men han medgav det aldrig, han sa aldrig rent ut att han var far till en pojke med Downs Syndrom. I stället halkade hans blick allt hastigare över Mikael och snart såg han honom knappast alls, klappade honom bara valhänt på huvudet då och då innan han tog sin väska och gav sig av till det andra livet.

Däremot granskade han Angelica desto noggrannare. När han kom hem på sina friveckor satte han sig tungt på en pinnstol i köket, lade sina röda händer på bordets ärrade furu och inledde förhör. Var det sant att hon hade börjat dela ut reklam utan att fråga om lov? Och att hon var så sniken att hon gömde pengarna, även när Carinas sjukpenning var på upphällningen? Jo. Det kunde han tro. Angelica hade alltid varit en självisk liten djävel, en som aldrig hade begripit innebörden av ordet solidaritet. Men det skulle han säga henne att ...

Angelica hade redan tidigt lärt sig att stänga av öronen när Bacillen gick i gång, men numera aktade hon sig för att låta honom märka det. Hon stod rak och allvarsam framför honom medan han talade, sträckte fram händerna när han sa att hon skulle sträcka fram händerna och blottade halsen när han begärde att den skulle blottas, men utan att släppa honom längre in än till ytterörat. Bacillen granskade henne med krökt överläpp. Fy fan, vad det var äckligt med nagelbitare!

Ändå fick han allt mindre att anmärka på för varje gång han kom hem.

Det var ju ett oavvisligt faktum att Angelica gick upp först om morgnarna och lagade frukost till de andra. Det var ett lika oavvisligt faktum att hon väckte Mikael och tvättade honom, att hon matade honom med frukostflingor medan hon klädde både sig själv och honom, att hon sedan drog på honom overallen och sprang iväg med honom till dagis redan innan Carina och Bacillen hade hunnit upp ur sängen.

Visst. Bacillen ville inte vara orättvis, han medgav att Angelica hjälpte till med ett och annat. Men det verkade som om lilla fröken trodde att hon själv kunde bestämma vad och hur hon skulle göra. Det kunde hon inte, hon skulle lära sig att lyda vuxet folk och visa respekt.

Hon blev nästan aldrig inlåst i badrummet numera, och när det någon gång hände brydde hon sig inte om det. Som den där gången då Carina hade blivit kallad till skolan för att reda ut ett och annat när det gällde Angelicas uppförande.

"Som en rättegång!" sa Carina andlöst till Bacillen när han kom hem från behandlingshemmet några veckor senare. "Det var precis som en rättegång ..."

Och visst. Angelica kunde hålla med om det. Det hade varit precis som en rättegång på TV. Den enda skillnaden var att den anklagade inte hade rätt till någon försvarsadvokat. Hon fick inte ens vara med, hon fick sitta hemma och gissa sig till vad som sades på studierektorns expedition. Inte för att hon skulle ha haft mycket att säga till sitt försvar, hon hade ju redan erkänt att hon verkligen hade hotat Jeanette Johansson i parallellklassen, att hon hade tagit ett stadigt tag i hennes hår och lovat att knuffa henne i Edeboviken om hon inte gick till Bergström på Firman och sa att hon tänkte sluta dela ut reklam. Visst. Det var sant. Men hur skulle Angelica ha kunnat veta att den dumma kossan verkligen skulle ta henne på allvar? Va? Dessutom behövde hon pengarna. Vilket var mer än vad man kunde säga om Jeanette Johansson. Hennes morsa var ju lärare och hennes farsa ingenjör.

Bacillen slet Angelica i håret när han slängde in henne i badrummet. Det gjorde så ont att ögonen tårades, men det struntade hon i. Hon struntade till och med i att hon fick stanna där inne hela natten. Det enda som oroade henne var att hon kunde höra hur han rotade bland hennes grejor efteråt, hur han svor och tömde hennes ryggsäck på golvet, hur han slet upp skrivbordslådorna och rörde runt, hur han öppnade hennes garderob och drog ut kläderna. Kanske skulle han hitta hennes nyinköpta kassaskrin och ta alla pengarna, hon hade gömt det längst in på översta hyllan i garderoben. Men hon hade tur: Bacillen räckte inte upp till översta hyllan och han nedlät sig inte till att ställa sig på en stol. Han härjade bara en stund och vände sedan sin vrede mot Carina, röt något om vilken usel morsa hon var och att hon måste skärpa sig innan han sjönk ner framför TVn. Hederligt folk tittade på Rapport varje kväll. Alltså var Bacillen mycket noga med att titta på Rapport.

Han tittade snett på Angelica hela veckan, men fann inte något skäl att gå till förnyat angrepp. Hon var inte hemma så mycket, när hon hade delat ut sin reklam och hämtat hem Mikael från dagis tog hon sin cykel och gav sig iväg till Siri. En dag smugglade hon med sig sitt kassaskrin och gömde det i Siris städskåp. Hon hade bara en hundralapp och två tiokronorsmynt i det vid det laget, men hon visste redan att hon inte hade råd att slösa bort några pengar, att de tvåtusenfyrahundrasextiotre dagar som återstod till hennes artonde födelsedag måste användas till att bygga upp ett kapital stort nog att köpa henne fri.

Angelica lyfter försiktigt upp påsen med rakhyvlarna och lägger dem på byrån, griper sedan om handspegeln och ser på sitt ansikte. Övar sig i att verkligen se.
Är detta ett ansikte som Ilona skulle godkänna?
Ja. Kanske. Hon ser ju ut som en häxa. Överläppen är krökt i en hånfull grimas. Hon har svarta skuggor under ögonen. Håret hänger i tjocka tovor över ansiktet.
Hon skulle vilja borsta håret. Men det ligger ingen borste på Augustas byrå. Bara en gammal sköldpaddskam med silverkanter.

Det är skönt att kamma sig. När man har fått bort de värsta tovorna är det nästan lika skönt som att borsta håret. Kanske skönare. En borste river och sliter, men en kam glider så mjukt över hårbotten att håret också blir mjukt. Angelica lägger sin vänsterhand mot hjässan och låter den följa förvandlingen, känner hur det som nyss var strävt och raggigt med ens blir silkeslent.
De tjocka kläderna hjälper. Nu fryser hon inte mera. Nu börjar hon bli varm.

Det var vår i luften när Bacillen kom tillbaka. Kanske var det den första våren någonsin.
Angelica hade aldrig brytt sig om det där förut. Hon hade inte förstått lärarnas lyriska utgjutelser över den smältande snön och det klara ljuset, själv tyckte hon att världen blev skräpig och ful när vintern släppte taget. Jorden låg naken och torr. Fjolårsgräset var gult och visset. Asfalten full av grusrester.
Hon hade cyklat uppför Skärstabron. Det hade varit tungt, men hon hade inte velat ge sig, hon ville besegra sin egen väsande andhämtning och den långa backen. När hon nådde krönet satte hon

foten i asfalten och blev stående, såg ut över bruket och Edebovikens vatten. Hämtade andan och lyssnade till sitt eget hjärtas slag.

För ett ögonblick var det alldeles tyst i världen. Inga bilar morrade på avstånd. Inga måsar skrek. Inga människor talade. Luften var spröd som glas, den sipprade in i henne genom näsa och mun, genom porer och pupiller.

Gud har blå händer, tänkte Angelica. Och de luktar gott.

Tre timmar senare hände det.

Då hade det nästan blivit mörkt, en gråblå skymning hade letat sig in genom fönstren och blandat sig med röken från Carinas cigarretter. Mikael sov. Men Angelica stod rak i ryggen framför köksbordet när Bacillen knackade en cigarrett ur sitt eget paket och tände. Hans hand darrade en aning.

"Idiot", sa han och rösten var lägre än vanligt. "Så du kallar din egen lillebror för idiot ..."

Angelica gjorde en liten rörelse med överkroppen, men svarade inte.

Bacillen skakade på huvudet.

"Vilket kräk du är ... Fy fan, vilket litet kräk du är."

Det blev tyst en stund. Carina lät blicken glida över Angelica, vred sedan på huvudet och såg ut genom fönstret. Bruket hade tänt sina strålkastare på andra sidan vattnet, de glimmade som vita stjärnor.

"Idiot", sa Bacillen igen och rösten var än mer dämpad. "Att kalla sin egen lillebror för idiot ..."

Angelica lät tungan fara över läpparna. Det var annorlunda i dag. Värre än vanligt.

"Jag menade ju inte ..."

Bacillen höjde handen till ett stopptecken. Handflatan var röd.

"Du håller bara truten. Du säger inte ett ord."

"Men ..."

Carina suckade tungt:

"Men var inte så förbannat uppkäftig. Vi hörde ju dig. Både Conny och jag hörde ju vad du sa."

Bacillen lade händerna på bordsskivan. Naglarna var minutiöst rengjorda.

"Det är såna som du ..." sa han och sög dröjande på orden. "Det är såna som du som förföljer och plågar alla som är annorlunda. Som inte begriper innebörden av ordet solidaritet. Som hatar."

Angelica snörvlade till:

"Men han hade ju ritat i mitt nya ritblock ... På varenda sida."

Bacillen reste sig upp och satte sin knutna näve under hennes näsa:

"Du håller truten. Fatta det. Såna som du ska bara hålla truten."

Angelica blinkade till och försökte svälja. Det gick inte: en slemklump svullnade i hennes strupe. Men hon grät inte, hon hade inte gråtit så att någon annan sett det sedan hon var fem år gammal och hon hade lovat sig själv tusen gånger om att det aldrig skulle hända igen. Men då visste hon ju inte att detta skulle hända, då visste hon ju inte att hon faktiskt var ett sånt eländigt djävla missfoster. För det var sant, det som Bacillen sa. Hon hade faktiskt kallat Mikael för idiot. Hon slöt ögonen och skakade på huvudet:

"Det kostade femtio kronor! Ritblocket. Och jag sa ju förlåt ..."

Bacillen öppnade näven och rätade på ryggen.

"Jaha", sa han och tog ett steg bakåt. "Det handlar om pengar. Kunde tro det. Det handlar ju alltid om pengar för lilla fröken sniken."

Han tog ett steg bakåt och gled ur synfältet, Angelica kunde känna hur han plötsligt stod bakom hennes rygg. Men Carina satt kvar vid köksbordet, hon strök med handen över nacken och skakade långsamt på huvudet.

"Du är tamejfan inte klok", sa hon och fimpade sin cigarrett. "Femtio spänn för ett ritblock ... Det har du kostat på dig. Va? När jag knappt har haft till maten."

Bacillen lade sin hand på Angelicas huvud, lät den vila där några sekunder, innan han drog den bakåt över hjässan och snodde hästsvansen ett varv om handen. Hans röst var mycket dämpad.

"Det är kanske dags för en lektion", sa han. "Det är kanske dags för somliga att lära sig att allt inte kan mätas i pengar."

"Mitt ansikte", tänker Angelica. "Jag blev så rädd för mitt ansikte."

Hon såg det inte förrän morgonen därpå. Men då såg hon det.

Hon stod i stram givakt framför spegeln i hallen medan telefonen ringde, men hon räknade inte signalerna. Hörde dem knappt. Det stod en flicka på andra sidan spegelglaset och såg på henne. En flicka utan hår. En flicka med blank skalle och svarta ögon. En flicka vars läppar var alldeles grå. En flicka som långsamt höjde sina armar och korsade dem över huvudet.

"Jag", viskade hon. "Jag."

Var är hon, tänker Angelica och stirrar i Augustas handspegel. Vart tog hon vägen?

Hon vet inte riktigt vad hon själv menar. Men nu vet hon äntligen vad hon ska göra. Vad hon måste göra. Vad alla de som föds förgäves förr eller senare måste göra.

Hon reser sig mödosamt från golvet och tar stöd mot byrån, ler lite mot sin egen bild när hon lägger ifrån sig spegeln. Väggarnas svarta fåglar fäller tveksamt ut sina vingar. Angelica vänder sitt leende mot dem.

"Ni ska inte ha så bråttom", säger hon med klar röst. "Det är mycket som ska göras."

Man kan bära rätt mycket i ett randigt flanellnattlinne. Man behöver bara ta tag i fållen och lyfta den, genast har man en liten påse. Och i påsen kan man lägga allt det man behöver. Två bruna glasburkar med gamla mediciner. En kam med silverkanter. En genomskinlig påse med tio rakhyvlar av engångsmodell. Och allra sist en grön burk med raklödder av märket Wilkinson Sword.

Sedan är det bara att gå nerför trappan.

Nu kan hon tända lampan i köket. Det gör detsamma.

Köttsoppan står fortfarande på bordet. Saxen hänger på en krok ovanför kokplattan. Tre gummiband är trädda över kranen.

Angelica tömmer nattlinnet på bordet och skakar sitt hår. Var är kammen? Hon vill kamma sig en sista gång innan hon går ut i hallen med raklödder och engångshyvlar.

Men först måste hon fylla ett glas med vatten, sätta sig vid köksbordet och ta sin medicin.

"Hej", säger flickan i spegeln.

Angelica stirrar på henne utan att svara. Den kala skallen blänker, ögonen är svarta.

"Se", säger flickan och höjer hästsvansen, låter den svänga i sin högerhand. Den är mycket lång, nästan en halv meter. Håret växer en centimeter i månaden och det är femtiotre månader sedan någon sist satte saxen i Angelicas hår. Hon lyfter handen och låter hästsvansen stryka över ansiktet, den är sval och silkeslen. Det är synd att hon inte kan känna dess doft, att husets alla dofter har trängts undan och förintats av raklöddret.

"Så", säger flickan i spegeln. "Lägg den på golvet nu. Alldeles innanför dörren."

Angelica sätter sig på huk och lägger hästsvansen på golvet, reder ut den med fingrarna och formar den till en mörk solfjäder mot golvets gulnade furu. Det blir bra. Enkelt och vackert. Kanske borde hon lägga kammen med silverkanter bredvid?

"Nej", säger flickan i spegeln. "Gör inte det ... Det är tillgjort."

Angelica nickar och reser sig upp. Rörelsen gör henne yr, hon måste sluta ögonen och ta stöd mot väggen. Hjärtat bultar tungt, varje slag är ett eko i hennes huvud.

"Men det räcker kanske inte", säger flickan i spegeln. "Du vet ju inte vad det var för tabletter. Du måste göra något mer."

Rösten är alldeles klar, men hennes ansikte ser konstigt ut. Hakan hänger och hon tittar slött på Angelica genom halvslutna ögonlock.

"Gå ut", säger flickan. "Ta av dig kläderna och gå ut någonstans och lägg dig på marken. Strö löv över dig. Låt kroppen sjunka ner i jorden och försvinna ... Då dör du inte. Då upphör du bara att finnas till."

Angelica nickar stumt. Hon har rätt.

Flickan i spegeln är rask i rörelserna, trots att också hon måste ta stöd mot väggen då och då för att inte yrseln ska ta överhanden. Hon viker varje plagg till en prydlig liten fyrkant och lägger dem i en hög på golvet. Ett randigt flanellnattlinne. En tjock tröja. En sladdrig collegetröja. Ett par urtvättade svarta jeans. En behå. Ett par raggsockor. Ett par trosor.

Efteråt står de med händerna korsade över brösten och ser på varandra. Vinden viner utanför, men den har inte längre några ord. Flickan i spegeln ler lite.

"Ta på dig skorna", säger hon. "Annars kommer du inte långt. Och då hittar de dig innan du har sjunkit ner i jorden ..."

Angelica nickar stumt och drar på sig jympaskorna, knyter dem ordentligt och avslutar med en liten rosett. När hon tittar upp ser hon att flickan i spegeln också har tagit på sig skorna. Hon står stum ett ögonblick. Två skalliga flickor ser på varandra, båda är nakna, men har skor på fötterna. De sträcker fram händerna i samma sekund, lägger sina handflator mot varandra.

"Och vart går du?" säger Angelica. Hennes röst är bara en viskning.

"Någon annanstans", säger flickan. "Jag går någon annanstans."

VI.

ARLANDAS UTRIKESHALL. MÄNNISKOR KÖAR. Högtalarröster ekar.
Lars sträcker fram nycklarna. De klingar lite mot varandra där de svajar i hans hand.
"Jag kunde ha skickat dem", säger han. "Du hade inte behövt komma hit."
Alice rycker på axlarna:
"Jag hade ändå vägarna förbi."
"Ska du till Augustas hus?"
Alice nickar.

Corrinne står en bit bort med ryggen emot dem, hennes axlar sluttar. Alice känner igen den svarta resväskan som står vid hennes sida: hon har själv köpt den. En födelsedagspresent till Lars för fem år sedan. Eller sju.
Lars gnuggar händerna mot varandra och fäster blicken någonstans över Alices vänstra skuldra. Boardingkortet sticker upp ur hans bröstficka.
"Ja", säger han. Det låter som en suck eller en utandning. Alice väntar på fortsättningen, men han säger inget mer. Kanske finns det inte mer att säga.
En hel natt satt de på Alices kontor. Nu vet de allt om varandra. Eller åtminstone så mycket som det alls går att veta om den man har levt med i nästan trettio år.
Just så mycket. Och så lite.

Lars harklar sig.
"Ska du träffa den där mannen igen? Kristian."
Alice skakar på huvudet. Så mycket har han alltså förstått.
"Nej", säger hon. "Det ska jag inte."

I ögonvrån kan hon se hur Corrinne rättar till sin vita cashmereschal.

"Och du?" säger hon. "Tänker du stanna i Chicago?"

Lars skakar på huvudet.

"Inte nu. Jag är tillbaka om några veckor. Sedan får vi se hur det blir."

Corrinne vänder sig om och kastar en blick på sin klocka, rörelsen får hennes guldbruna hår att falla fram över kinden.

"Okej", säger Alice. "Vid det laget har jag packat ihop mina grejor ..."

Corrinne gör en nigande rörelse och lyfter resväskan. Lars kastar en blick på henne över axeln innan han ser på Alice igen.

"Jag skulle vilja behålla slagbordet", säger han. "Och mina böcker. Annars kvittar det. Jag tar det som blir över när du har tagit det du vill ha. Det har ingen betydelse."

"Jag vet", säger Alice. "Ingen betydelse alls."

Corrinne står plötsligt bredvid Lars. Hon ler mot Alice. Alice ler mot henne. Lars ler mot dem båda. De är mycket civiliserade.

Det är över, tänker Alice när hon sjunker ner på en stol i cafeterian.

Hon vet inte varför hon inte har gått ut och satt sig i bilen, varför hon dröjer sig kvar på Arlanda efter det att Lars och Corrinne har försvunnit in i pass- och biljettkontrollen.

Hon ser ner på sin bricka. Kaffe i tjock mugg. Kylskåpskall smörgås med plastomslag. Ett litet äckel rör sig i mellangärdet, hon lägger en servett över smörgåsen och drar åt sig muggen, vänder sedan blicken ut mot landningsbanan. Ett plan taxar ut. Lufthansa. Men Lars och Corrinne ska åka med SAS, alltså befinner de sig fortfarande bara några hundra meter bort. Kanske handlar de i taxfreebutiken just nu. Skrattar. Eller ler.

Alice lyfter sin kopp och tar en liten klunk av kaffet.

Vad är det för liv som återstår när planet till Chicago har lyft?

Ett trångt liv. Hon vet det. Ett liv med ensamma nätter. Ett liv där män, unga såväl som gamla, bara kommer att låta blicken glida över henne, registrera hennes existens under ett ögonblick och sedan glömma henne. Ett liv där hon får gå på teater med andra ensamma kvinnor om hon alls vill gå på teatern. Äta middag med dem. Diskutera nyheter och världshändelser med dem. Ett liv i de medelålders kvinnornas land. De nyskildas. De alltför unga änkornas.

Hon sätter koppen på brickan och stryker med tummen över underläppen. Kanske har hon inte ens så mycket att vänta. Hon har ju egentligen inga vänner. Bara bekanta. Men ganska många bekanta.

Tanken på Lars hugger till. En vän har jag haft, tänker hon. En enda.

Nu kan hon se honom. Nu när han är borta kan hon äntligen se honom.

Den raka ryggen. Den där mycket manliga rörelsen som visade att han beredde sig för en uppgift: han ställde sig bredbent, grep tag i byxans linning och lyfte den. Leendet efteråt. Det återhållna skrattet, det som kom lika mycket från hans ögon som från hans strupe. Den hastiga gesten då handen for över flinten, den som avslöjade att också ytterligt förnuftiga professorer i matematik kan gömma en långhårig sextonåring inom sig. En sextonåring som ibland kunde snudda vid hennes femtonåring i sovrummets mörker. Den beniga kroppen. Hans läppar. Hans hetta, den som kunde flamma upp också när de sjönk in i varandra den tusende och tvåtusende gången. Hans blick när ljuset sedan tändes och Alice vände sig bort, slöt till om sig själv och sina hemligheter.

Han såg, tänker Alice. Och han väntade. Hela tiden. Men till slut gav han upp.

Ett plan taxar ut och vänder nosen mot startbanan. Den här gången är det SAS. Alice ser ner i sin kaffekopp.

"Jag har förött mitt liv", säger hon.

Sekunden efteråt inser hon att hon har talat högt. Hon rätar på ryggen och försöker dölja sina ord med en liten harkling. Men det är onödigt. Ingen har hört något. Ingen ser på henne. Hon är ensam gäst i cafeterian.

Vem ska man skylla på, tänker hon när hon går mot bilen. På vem vilar ansvaret för att jag aldrig har förstått att det inte går att leva utan glädje? Bara på mig själv? Eller också på Inga och Erland? På Kristian? På Lars? På Augusta?

Hon rycker på axlarna. Det är meningslöst att hålla rättegång. Alla är lika skyldiga. Alla är lika oskyldiga. Och det förflutna finns inte mer.

Ändå tänker hon på det förflutna när hon sätter sig i bilen och vrider om startnyckeln. På hur det förflutna har förvandlats under den senaste veckan. Hur det som förr fyllde hela synfältet har krympt och blivit nästan osynligt. Hur det som förr var splittrat och fragmentariskt har lagt sig i tydliga mönster, lika invecklade och gåtfulla som Lars fraktaler, men ändå överskådliga och symmetriska.

Först kändes det som om hon var otrogen. Som om hon svek sin äldste son. Som om hon förintade honom genom att tala.

Hon stod vid fönstret och vände ryggen mot Lars, såg ut mot den mörka gården. Han satt i soffan längst in i hennes arbetsrum med fötterna på bordet, stum och orörlig så länge hon talade. Det förvånade henne att hon kunde hålla sin röst så torr och saklig, att orden rann så lätt ur hennes strupe, att hon kunde blotta sina tankar och hemligheter utan att darra på rösten, trots att hon kunde se att händerna som hon pressade mot det kalla glaset faktiskt gjorde det. Men hon gav inte efter för sin egen vånda, hon tillät sig inte att söka efter ursäkter och försvar. Efter tjugosju år av självkontroll var självkontroll det minsta hon kunde begära av sig själv.

När hon till slut tystnade och vände sig om såg hon att Lars hade lagt båda händerna över ansiktet. Han satt orörlig en stund innan han plötsligt drog efter andan, satte fötterna i golvet och blottade sina ögon.

"Ja", sa han och böjde sig fram. "Då är det väl min tur att tala sanning."

Han hade träffat Corrinne redan för fem år sedan. På en kongress. För fyra år sedan hade hon blivit hans älskarinna. På en annan kongress. Nu hade hon skilt sig och nu ville han också skilja sig.

"Jag har tjugofem år kvar att leva", sa han till slut. "Om jag har tur. Det är inte så mycket."

Alice nickade och sjönk ner i sin skrivbordsstol. Hon var torr i halsen.

"Därför vill jag verkligen leva", sa Lars. "Jag vill hinna leva ett riktigt liv innan jag måste dö."
Alice svarade inte.

Hon satt orörlig i skrivbordsstolen när Lars reste sig för att gå, förblev orörlig när han gick ut i den lilla hallen och tände lampan, men korsade armarna om sig själv när hon hörde honom dra upp blixtlåset på sin jacka.

Lars öppnade dörren och stängde den försiktigt bakom sig. Hans steg ekade mot gårdens asfalt. Regnet slog mot rutan. Vinden ven.

Vintern är på väg, tänkte Alice.

När hon vaknade några timmar senare upptäckte hon att hon hade somnat vid skrivbordet, att hon hade legat framstupa med kinden mot sitt eget skrivbordsunderlägg. Ändå kände hon sig utvilad. Kanske berodde det på att solen sken utanför, en gul höstsol som fick gårdens fuktiga asfalt att glittra.

Hon ställde fönstret på vid gavel innan hon gick ut i hallen och klädde av sig.

Först när hon stod inne i duschen insåg hon att hon inte längre kunde se sin äldste son, att bilden under ögonlocken var borta. Det fick henne att hejda sig, hon stod stilla med ansiktet lyft mot det varma vattnet och sökte i hjärnans alla vindlingar efter honom. Men nej. Han var borta. Det enda hon hade kvar var bilden av en bild. Minnet av ett minne.

Ändå kunde hon sätta sig vid sitt skrivbord en stund senare, slå på datorn och lugnt ta itu med en annan del av det förflutna. Hon tog en klunk kaffe och sökte med blicken över bildskärmen efter rätt ikon: *Fabriksarvet*. Texten som kom upp på skärmen var splittrad och fragmentarisk. Värdelös. Alice suddade bort den, satt sedan orörlig en stund och stirrade på den tomma bildskärmen, innan hon började skriva.

Plötsligt var allt självklart. En utställning om industrialismen måste naturligtvis handla om motsatser eftersom industrialismen var motsatsernas epok. Innanför fabrikernas murar rådde tvång, övervakning och kontroll, där behandlades vuxna människor som ansvarslösa barn, där fråntogs de rätten att fatta minsta beslut, där lärde sig arbetarna att de var hatade och föraktade och där lärde de sig att svara med hat och förakt. Men utanför fabrikernas murar växte friheten. En dag kunde människor som bara en generation tidigare skulle ha varit egendomslösa från födelse till död sätta sig vid eget bord, inte bara för att äta utan också för att samtala. De såg på varandra, insåg att deras blotta antal var en makt och att makten var till för att brukas. Arbetet hade tömts på kunskap, ändå krävde det mer kunskaper än någonsin förr. Analfabeterna hade lärt sig läsa. De läste planlöst och ostrukturerat till en början, Nick Carter blandades med Platon, Kommunistiska manifestet med Bibeln, herrgårdsromaner med Zola ... Alice hejdade sig.

Men sagorna dog, tänkte hon. Jag måste minnas det. Det kan jag inte tillåta mig att glömma.

Hon har hamnat bakom en stor timmerbil och måste sänka farten. Det är meningslöst att försöka köra om, snart kommer hon ändå att ligga och nosa en annan timmerbil i baken. Detta är vägen till Hallstavik, den är full av timmerbilar. Alltid. Varje dag. Året om. Jätten vid Edebovikens strand har god aptit.

Solen står högt på himlen, en skog i rödguld och koppar kantar vägen. Om Alice hade fått vikariera för Gud skulle hon ha låtit sommaren få höstens färger. Det gröna skär sig mot himlen när den är blå och det ser trist och håglöst ut när det är mulet. Alice ler lite åt sin egen tanke och sträcker på ryggen. Guds vikarie? Det är ingen måtta på somligas anspråk ...

Sekunden senare blir hon allvarlig igen. Varför log hon? Varför gråter hon inte? Lars har ju lämnat henne. Han sitter på ett plan just nu och har lagt sin hand över Corrinnes, hur kan det då komma sig att Alice kan sitta i sin bil och njuta av höstens färger? Att hon känner sig lite trött och resignerad, men inte förtvivlad?

Hon rycker på axlarna. Det är mycket man inte vet om sig själv. Mycket som man kanske inte ens måste veta.

Hon har varit lika besynnerligt lugn hela veckan. Lugn och självsäker. När hon presenterade sin projektbeskrivning på Historiska museet i går kunde hon möta alla invändningar med svala och avmätta tonfall.

Jo, sa hon. Det var nödvändigt att använda sig av stora speglar i utställningen. Det var ett sätt att mångfaldiga och understryka industrialismens paradoxer, detta att det var en epok där varje företeelse rymde sin motsats: frihet och tvång, uppror och underkastelse, rikedom och fattigdom, kollektivism och individualism. Dessutom – hon log hastigt – finns det väl skäl att misstänka att framtiden också i fortsättningen kommer att vara det förflutnas spegelbild. Förvrängd, kanske, förstorad i vissa delar och förminskad i andra, men ändå en spegelbild.

Därför var det också nödvändigt att utställningen pekade på det där med sagorna. För sagorna var undantaget: det var en spegel som plötsligt hade spruckit. Något mycket avgörande måste ha hänt med människors sätt att tänka när de gick in på fabrikerna: de kom ju från en värld som var befolkad av allsköns väsen, från gårdar där gråklädda varelser hade hjälpt drängar och pigor i arbetet, från skogar där rödhåriga kvinnor med hål i ryggen hade lockat skogsarbetare och kolare till de ljuvaste synder, från gruvor där bastanta madammer plötsligt hade lösgjort sig ur klippväggarna och gripit efter gruvarbetarna. Hon menade inte att människorna i det gamla jordbrukssamhället nödvändigtvis trodde på allt detta, men det var ingen tvekan om att de använde och hade nytta av sina sagor. Ändå tog de ingenting av detta med sig när de gick in i fabrikerna, för första gången sedan människan blev människa fick hon leva i en värld utan sagor. Kreativiteten föddes och fantasin dog ...

En av de unga männen vid sammanträdesbordet harklade sig, Alice vände sig mot honom med ett artigt litet leende. Du tycker att jag är pinsam, tänkte hon. Det syns i din blick. Men det bjuder jag på.

"Men handlade inte det där bara om kunskapsnivån?" sa han. "Att sagorna var ett redskap för att förklara världen, ett redskap som förlorade sin betydelse när kunskaperna ökade."

"Nej", sa Alice. "I så fall skulle de ju inte ha kommit tillbaka."

Han höjde på ögonbrynen.

"Tillbaka? Så du menar att sagorna har kommit tillbaka?"

"Ja", sa Alice och log moderligt. "Vi lever i berättelsernas tid. Har du inte märkt det?"

Hon är inne i Hallstavik nu. Lukten av fuktigt trä tränger in i bilen. Timmerbilen framför henne ökar farten och tar sats för att ta sig upp för Skärstabrons backe. Alice växlar ner och låter avståndet öka, slänger en blick omkring sig. Men, nej, hon ser inga bekanta ansikten. Ingen Kåre är på väg mot Folkets hus, ingen Marianne strävar med fulla matkassar från Konsum. Ingen Carina går med krökt rygg mot vårdcentralen och ingen Bacillen hastar mot arbetsförmedlingen med hakan höjd i samma vinkel som Mussolini. Ingen Mikael skrattar sitt silverskratt och ingen Angelica kör förbi på en reklamtyngd cykel.

Jag känner igen hennes blick, tänker Alice medan hon svänger till vänster. Jag vet vad den säger.

Kanske kan hon bjuda Angelica till Stockholm någon dag. Tala med henne och se om det finns något man kan göra för att hjälpa.

Hon tänker åka direkt till Augustas hus, men hon tänker inte stanna länge, hon ska egentligen bara gå in i huset och stänga av vattnet. Nåja, kanske måste hon också ta ett varv genom huset och kontrollera att allt är i sin ordning innan hon åker tillbaka till Hallstavik och lämnar nyckeln till Marianne. Hon kom ju iväg lite hastigt i söndags, kanske glömde hon mer än vattenledningen. Dessutom längtar hon ju inte precis efter att slå sig ner vid Mariannes köksbord och berätta det hon måste berätta.

Hittills har hon bara talat med en person om skilsmässan. Petter. Han ringde från Paris en dag och hälsade med återhållet skratt i rösten. Kanske var han nyförälskad, hon trodde det, men vågade inte fråga. Petter har byggt höga murar om sitt liv, och Alice har aldrig vågat sträcka sig över dem, hon har nöjt sig med de glimtar som hon har kunnat skymta i sprickorna. Han verkar ha det ganska gott. Så när som på just detta att han lever sitt liv bakom höga murar. Men hur skulle det ha kunnat vara annorlunda? Ingen har förmått visa Petter att det går att leva på ett annat sätt. I synnerhet inte hon själv.

Han tog beskedet med fattning, blev bara lite allvarligare än vanligt på rösten. Det var ju tråkigt. Men om det nu inte fanns någon annan utväg så ...

Hon sa ingenting om att han hade haft en storebror en gång.

Det får vänta, tänkte hon. Tills vi möts på riktigt.

Det är tyst i Nordanäng. Alice sträcker på ryggen när hon kliver ur bilen, blir sedan stående en stund och lyssnar. Långt borta anar hon brukets puls, men det är ett ljud som är så dämpat och avlägset att hon inte är riktigt säker på att hon verkligen hör det.

Hösten har nått sin kulmen. Hon kan se det. Fallfrukten ligger i en ruttnande cirkel under äppelträdet, syrenens blad är så gula att de nästan stöter i vitt, lupinerna har dragit av sig sina kulörta kjolar och låtit sig förvandlas till ogräs. Snart kommer frosten: den ligger redan på lur i den svala luften. Det är dags att stänga av vattnet och låta Augustas hus gå till vila för vintern.

Alice stänger bildörren och börjar gå mot huset.

När hon har öppnat dörren tar det ett ögonblick innan hon förstår vad hon ser. Är det ett djur? Hon klipper med ögonen. Är det ett brunt litet djur som har lagt sig för att dö på golvet i Augustas hus?

Sedan ser hon. Det är hår. Kvinnohår. Augustas arv till alla släktens kvinnor.

Alice sjunker ner på knä, lägger ena handen över munnen och stryker med den andra över hästsvansen.

Angelica, tänker hon. Angelica ... Vad har du gjort? Vad har du blivit tvungen att göra?

EFTERÅT MINNS HON TYSTNADEN.
Hur hon insåg att det hon nyss hade tagit för tystnad hade varit en värld full av ljud. Fågelkvitter. Vindens sus. Ett stilla knäppande från bilen när motorn svalnade.
Allt det där var borta nu. Nu var det tyst. Världen hade verkligen tystnat.

Hon rörde sig långsamt, tog ett stort kliv över hästsvansen, gick sedan med dröjande steg ut i köket och såg sig om. Det stod en tallrik köttsoppa på bordet, en sked låg slängd på golvet nedanför. Bredvid tallriken stod ett glas, tätt intill stod två bruna medicinburkar. Tomma och utan lock. Hon tog tre steg fram till diskhon: avloppssilen synts inte mer, alla de små hålen var täckta av brun stubb. Någon hade rakat bort hår. Mycket hår. Hon öppnade skåpet under diskbänken. Jo. I sophinken låg fem använda engångshyvlar.

I stora rummet rådde fruset kaos. En stol låg omkullvräkt på golvet. En tavla hade halkat snett. Telefonluren hängde mot golvet i sin svarta sladd. Men ljuset som silade in genom de nerdragna rullgardinerna var mycket milt, det beströk väggar och golv med mjuka pasteller.

Alice rörde sig hastigare nu, hon tog trappan upp till övervåningen i tre stora steg, släckte den tända lampan i hallen utan att ens vara medveten om det medan hon såg in i Augustas sovrum. En byrålåda var utdragen till hälften, annars var rummet orört. Alice drog upp axlarna innan hon sträckte sig mot snedgarderobens dörr och öppnade den.

Sängen var obäddad och lakanen skrynkliga. Men ingen var där. Ingen låg med rakat huvud i tältsängen och stirrade på henne med tom blick.

Lättnaden var så stor att knäna mjuknade under henne. Hon lutade sig mot dörrposten, stod ett ögonblick och hämtade andan innan hon började famla i fickan efter mobiltelefonen. Tre signaler gick fram innan någon svarade.

"Ja", sa Marianne med ett frågande tonfall.

Alice harklade sig, det tog ett par sekunder innan hon hittade sin röst.

"Det har hänt något", sa hon hest. "Någonting har hänt."

Sedan dess har världen varit full av ljud.

Först Mariannes misstrogna röst i telefonen och sedan Kåres. Motorljudet från deras bil när den närmade sig från stora vägen. Ekot som rullade över skogen när de klev ut och slog igen var sin bildörr. Mariannes vassa irritation – *Vad har hon nu hittat på!* – när hon gick genom grinden och hennes dämpade rop när hon fick syn på hästsvansen. Kåres röst när han stod på verandan och talade i sin mobil. Rasslet i trädgårdsgångens grus när de första poliserna gick tillbaka till sin bil för att rapportera, de dämpade rösterna från Nordanängs andra invånare, ett tiotal människor som hade lockats ut ur sina hus av polisbilens blinkande blåljus. Alice kände bara igen tre av dem, Kristoffer och hans föräldrar. Ann-Katrin hade en blå kofta, hon drog den tätare om kroppen när en taxi stannade utanför syrenhäcken och Carina och Bacillen tumlade ut.

"Är det föräldrarna?" sa hon med en röst som ljöd högt över alla andra röster.

Ingen svarade, men Kristoffer gav henne ett hastigt ögonkast innan han vände ryggen till och gick mot grinden.

Det var Kristoffer som hittade henne.

Inte Bertil. Inte Kåre. Inte Bacillen. Inte de fyra poliserna. Inte någon av alla de andra som en timme tidigare hade gett sig ut i skogarna runt Strömsviken för att leta. Utan Kristoffer.

Hans ansikte var grått när han kom tillbaka till Augustas trädgård, men han sa ingenting. Han lutade sig bara mot Alices bil och gömde ansiktet i händerna. Ann-Katrin som hade suttit på verandatrappan och översköljt Carina med ord, tystnade och reste sig upp, tog tre steg mot sin son innan hon hejdade sig och blev stående.

Bakom henne rätade Carina uppmärksamt på ryggen. Marianne bet sig i knogen.

"Har du hittat henne?" sa Alice.

Kristoffer tog bort händerna från ansiktet och nickade.

"Är hon död?"

"Ja", sa Kristoffer med en vuxen mans röst. "Hon är död."

Han bet sig i överläppen och vände ansiktet mot himlen. Solen glittrade i hans ögonfransar. Han harklade sig och rösten svajade till.

"Men jag kände knappt igen henne", sa han och såg ner i gruset. "Hon hade inget hår längre."

Han tittade upp och gjorde en förvirrad grimas:

"Hon var alldeles skallig."

De stod utspridda i trädgården och väntade på att ambulansen skulle komma tillbaka från skogen. Solen hade börjat gå ner. Höstens färger flammade upp i det röda ljuset, det förgyllde Kåres silverhår när han lade armen om Marianne och ritade djupa skuggor i Carinas ansikte där hon lutade sig mot Bacillen. Han tuggade tomt och stirrade med rynkad panna mot björkarna på andra sidan vägen:

"Hon blev mördad", sa han med dov röst. "Jag kan ge mig fan på att hon blev både våldtagen och mördad ..."

Ingen svarade, men Carina gav ifrån sig ett litet ljud, en blandning mellan en suck och ett kvidande. Bacillen höjde hakan:

"Jo. Hon blev mördad. Och det ska jag säga er, att den djävla psykopaten som gjorde det, honom ska jag personligen åta mig att ..."

Kåre lade sin hand på hans skuldra.

"Hon hade rakat av sig håret", sa han dämpat.

Bacillen flackade till med blicken och sökte efter stöd i kretsen av ansikten. Ingen såg på honom. Bertil satt på verandatrappan med armen om Kristoffer, Ann-Katrin stod ute på gräsmattan och drog i sin kofta. Alice stod borta vid grinden och vände ryggen till. Plötsligt sträckte hon på halsen.

"De kommer nu", sa hon.

Ambulansen hade gula ögon. De glimmade till innan de försvann i en kurva och dök upp på nytt. För en sekund blev det tyst i Augus-

tas trädgård. Alla stod orörliga och uppmärksamma när ett skrik plötsligt steg mot himlen:
"Angelica!" ropade Kristoffer. "Angelica!"

En svan, tänker Alice när hon diskar efter begravningskaffet. Han ropade som en svan ...

Hon är ensam kvar i Augustas hus, hon har lyckats förmå Marianne att åka hem och lämna henne ensam kvar med allt det som måste göras. De har skött begravningsarrangemangen tillsammans. Alice talade med prästen och valde kista, Marianne gjorde smörgåstårtor och bakade kakor till begravningskaffet. Carina har inte gjort någonting: hon har legat orörlig i sin säng i sexton dagar. Alice har besökt henne några gånger, hon har suttit på sängkanten och viskande berättat om vilka psalmer hon tänkt sig, hur blomsterarrangemangen kommer att se ut och vilken dikt hon valt till dödsannonsen.

"Karin Boye", sa hon och strök med handen över Carinas påslakan. "Hon är ju de unga flickornas diktare ..."

Hon tystnade och väntade på svar, men fick inget. Carina låg orörlig och stirrade i taket. Alice vände bort blicken och citerade:

> *"Av ismurar och istystnad*
> *är freden skyddad i mitt gryningsland*
> *där luften skälver blek av hunger*
> *till solliv och solbrand.*
> *Törnsnåren i ångestväntan*
> *stänger hårt i sin kala stam*
> *alla lågor, som ber och tigger om*
> *att snart få brista i blommor fram."*

Carina suckade tungt. Alice reste sig upp.

"Den handlar om Angelica", sa hon. "Vi måste nog medge det. Allihop."

Bacillen stod som en skugga i vardagsrummets dörröppning när hon kom ut i hallen, hon hejdade sig och såg på honom medan hon drog på sig jackan. Hans axlar sluttade.

"Jag ..." sa han, men tystnade sedan.
"Ja", sa Alice.
Han harklade sig.
"Jag har inte haft det så lätt, jag heller ... Fosterhem och så. Mycket stryk."

Alice hade börjat dra upp blixtlåset, men nu lät hon armarna sjunka. Bacillen snörvlade till:

"Jag vill bara att du ska veta det. Att ni ska veta det allihop."

Alice stack händerna i fickorna.

"Jag vet det", sa hon. "Vi vet det allihop. Men ..."

Det blev tyst under några andetag.

"Men vadå?" sa Bacillen till slut.

"Men mitt medlidande räcker inte till", sa Alice. "Det tog slut när jag fick veta att du hade rakat av henne håret när hon var tolv år gammal ..."

Bacillen tog ett steg tillbaka, hans röst svajade till:

"Jag fick stryk med en läderrem när jag var tio, jag har fortfarande ärr på ryggen."

"Det hjälper inte", sa Alice. "Brutalitet är ingen ursäkt för brutalitet."

Hon höll händerna kvar i fickorna. Han skulle inte få se att de darrade.

Utanför mörknar det hastigt, hon får tända lampan i köket när disken ska torkas. Det är inte så mycket, bara tolv blommiga koppar och assietter och ett enda saftglas. Mikaels. Alice lyfter det mot ljuset och ler.

Det var hon själv som föreslog att begravningskaffet skulle hållas i Augustas hus. Marianne var tveksam, hon tyckte att det var för långt till Nordanäng från kyrkan i Häverödal, och föreslog sitt eget hus i stället, men när Alice stod på sig ryckte hon på axlarna och gav upp. Om nu Alice tyckte att det var så viktigt, så varför inte ... Även om det skulle innebära en massa extra besvär.

Alice vet inte själv varför hon var så bestämd, hon visste bara att hon inte tänkte ge efter. Kanske är det ett tafatt medgivande i efterhand. Ett erkännande. Angelica hade ju rätt. Det var hennes hus också. Hennes och Mikaels.

Alice suckar och hänger den fuktiga handduken på sin krok. Disken är avklarad. Köket är i ordning. Allt är över.

Inne i det stora rummet lyser en ensam lampa. Ljuset är gammaldags gult.

Alice ställer sig i dörröppningen och granskar rummet. Stolarna med sina snidade äpplen står prydligt inskjutna under bordet, tavlorna hänger som de ska, den svarta bakelittelefonens lur ligger i sin klyka.

En fråga fladdrar förbi: till vem ringde Angelica den där sista kvällen?

Alice rycker på axlarna. Augustas hus har sina gåtor. Detta är ännu en.

"Angelica", säger hon högt. "Jag borde ha sett hur du hade det, men ..."

Hon hejdar sig mitt i meningen. Det är ju bara bortförklaringar, det där som hon vill säga. Att man själv inte har blivit sedd, är ingen ursäkt för att inte se.

Det finns ingen ursäkt.

Trappan knarrar under hennes svarta pumps när hon går upp till övervåningen. Hon har inte varit här sedan den där dagen, Marianne har städat och ställt var sak på sin plats.

Taklampan i hallen är tänd. Kanske är det dess bleka ljus som plötsligt får henne att minnas hur hon öppnade dörren till snedgarderoben en dag för tjugofem år sedan. Men den gången var hon inte ensam, Lars följde efter när hon steg in i det trånga utrymmet. Han var klädd i mörk kostym: några timmar tidigare hade Augusta sänkts i jorden.

"Titta", sa Alice och sträckte sig efter den skotskrutiga klänningen som hängde på en krok på väggen. "Det är min gamla klänning ... Från femtiotalet."

Lars log, men kastade bara en hastig blick på klänningen:

"Har det här varit ditt rum?" sa han och såg sig om.

Alice hängde tillbaka klänningen på kroken.

"Nej", sa hon. "Inte egentligen. Det är bara ett extrarum. Ett sånt som man kan behöva ibland. När det kommer gäster."

Den skotskrutiga klänningen hänger fortfarande på sin krok på väggen, men den ser vissen ut. Kjolen slokar. Tråcklingen som håller den vita kragen på plats har börjat släppa. Men fotogenlampan ser likadan ut som för mer än fyrtio år sedan och den står fortfarande på en liten pall vid sängens huvudända. Det ligger en tändsticksask på pallen. Utan att tänka drar Alice en sticka mot plånet och tänder lampan, sjunker sedan ner på tältsängens kant och ser sig om. Svarta skuggor fladdrar över brädväggarna precis som förr. Under den lilla pallen står en spånkorg. Alice böjer sig fram och drar den åt sig.

De fyra blå skrivhäftena ligger överst i korgen. Själv brukade hon vara noga med att lägga dem underst. Alltså har någon läst hennes berättelser från Augustas hus. Men själv vill hon inte läsa dem igen, hon lägger dem bara i sitt knä och stryker med handen över dem, ler lite åt sin egen runda handstil, så lik och ändå så olik den hon skriver med i dag. Sedan böjer hon sig fram och ser ner i korgen. Det ligger en gammal biblioteksbok på botten. Stöldgods från en annan tid.

Hennes fingrar är onaturligt vita när de griper om den röda pärmen. Hon märker genast att boken är trasig. Sönderslagen. Den öppnar sig i hennes hand och fläker ut sig, några gulnade ark faller mot spånkorgens botten. Alice låter dem falla, men lägger det som återstår av boken i sitt knä och öppnar den. Ögonen fladdrar över försättsbladet:

"Vi måste släppa till flickorna. Karl Singel."

Hon hade glömt det där citatet. Men nu minns hon. Nu låter hon sitt pekfinger glida över orden som en skolflicka. Plötsligt skrattar hon till: hela hennes liv skulle kanske ha blivit annorlunda om hon inte hade låtit sig hejdas på Jönköpings stadsbibliotek en dag för fyrtiotre år sedan. Om hon hade vänt ryggen åt Kristian och dragit ut den där boken ur hyllan. Om hon hade slagit sig ner vid ett bord i biblioteket och tagit ut satsdelarna i den där meningen i stället för att låta sig bjudas på konditori. Om hon hade sett och förstått att *Vi* är subjekt, att *släppa till* är predikat och att *flickorna* är objekt.

Hon blir sittande med boken i knäet en stund. Klockan är inte ens fem, ändå har det redan blivit mörkt utanför. Vintern närmar sig, den går med stora steg. En vind viner, några regndroppar knackar mot fönstergluggens glas. Alice lyfter på huvudet och lyssnar, men det är inte vinden hon hör och inte regnet.

Huset viskar.

Hon kan faktiskt höra att Augustas hus har börjat viska.

EPILOG

Räven ser det ingen annan ser.

Han är ett silvertecken i en silverskog, en vit och mager varelse i en vit och mager värld. Han hungrar. Vintern är mycket kall och det kan gå dagar mellan de lyckliga stunder då han får göra sitt sorksprång.

Ofta ligger han orörlig i sin lya för att spara på krafterna, lutar nosen mot sina korsade framtassar och vädrar håglöst i luften. Det är glest med lukter i kylan. Glest med sorkar, glest med dofter, glest med minnen och tankar. Ibland sluter han ögonen och drömmer, glider som förr genom en kopparskog och låter sig tröstas av dess dofter.

Därför tror han att det är en dröm den dag en mycket speciell lukt plötsligt glider genom hålrummen i hans kranium. Han lyfter på huvudet i lyans mörker, blinkar till och vinklar öronen bakåt. Han hör något. Tunga steg en bit bort. En människas lätta andhämtning.

Han ligger orörlig i sin lya långt efter det att stegen har passerat, väntar och bidar sin tid. Först när det har blivit mörkt utanför reser han sig upp, sätter tassarna i marken och sträcker på sig. När han glider ut är han osynlig: bara en vit rörelse mot en vit bakgrund.

En svart himmel kupar sig över skogen. Den är full av stjärnor. Men räven ser inte mot stjärnorna, han sätter nosen mot marken och följer människospåren. Men spåren räcker inte långt: bara bort till gläntan. Den där gläntan som är förknippad med minnet av tusen söta dofter; dofter som skingrats och förintats för länge sedan.

Det ligger något i snön. Några mörka stjälkar. Räven tvekar ett ögonblick, stannar mitt i ett steg och vädrar, innan han bestämmer sig för att gå vidare, gå närmare, undersöka. Det är ju inget farligt. Han vet ju det.

Det är bara ett minne av sommaren. En ört. Eller en krydda.
Kungsmynta.
Kungsmejram.
Konig.